BASTEI
LÜBBE

Heinz G. Konsalik sind bei Bastei-Lübbe 25 Romane hältlich.

KONSALIK

In den Klauen des Löwen

Roman

BASTEI LÜBBE

BASTEI-LÜBBE-TASCHENBUCH
Band 14 351

Erste Auflage: Mai 2000

Lizenzausgabe im Bastei-Verlag Gustav H. Lübbe GmbH & Co.,
Bergisch Gladbach
Einbandgestaltung: QuadroGrafik, Bensberg
Titelfoto: Premium
Satz: hanseatenSatz-bremen, Bremen
Druck und Verarbeitung: Elsnerdruck, Berlin
Printed in Germany
ISBN 3-404-14351-5

Schon von weitem sah Corinna Sander den Victoria-See. Im Dunst des Morgens tauchte er auf, eine riesige, blausilbern schimmernde Scheibe. Schleier von Feuchtigkeit überwehten ihn: die erste aufsaugende Wärme der Morgensonne. Die Urwälder in den Niederungen am See dampften.

Corinna preßte die Stirn gegen das dicke Sicherheitsglas des ovalen Fensters. Unter ihr glitt das braungrüne, flache, ab und zu leicht gewellte Land der afrikanischen Savanne vorbei; die riesigen Sumpfgebiete im Flußtal des Victoria-Nils mit ihren Papyruswäldern wogten wie überdimensionale Kornfelder im Wind. Herden von Topiantilopen und Gnus flüchteten durch das mannshohe Elefantengras vor dem Donnern und dem Schatten des Riesenvogels, der über die Savanne strich.

Das Flugzeug der United Arab Airlines zog in geringer Höhe dem Flugplatz Entebbe am Victoria-See entgegen. Es war beim Morgengrauen in Kairo gestartet, war in Khartum, im Sudan, kurz zwischengelandet und brachte nun die wenigen Passagiere in das Innere Afrikas. Die meisten der Fluggäste waren Inder und schweigsame Araber. Ein Chinese, der in Kampala einen Exporthandel betrieb, las die Londoner Times. Die Araber unterhielten sich leise in ihrer kehligen Sprache. Die Inder sahen wie Corinna Sander schweigsam aus den Fenstern auf das herrliche, geliebte und gehaßte Land. Sie waren, auch wenn keiner darüber sprach, die wahren Herren dieses Landes. 3200 indische Kaufleute lebten jetzt, Mitte der sechziger Jahre, in Uganda, durch ihre Hände lief der Handel, ihr Reichtum war sagenhaft, ihr Kapital unterstützte den Staat.

Die Stimme des Ersten Stewards schallte aus dem Lautsprecher durch das schwach besetzte Flugzeug: »Bitte schnallen Sie sich an. Wir landen in wenigen Minuten.«

Corinna Sander legte den Gurt um ihre Hüften und lehnte sich zurück. Unten tauchte Entebbe aus den Frühnebeln. Die Halbinsel mit dem Flugplatz, der zum See hin in einen Sumpf überging. Dahinter, unendlich fast, mit dem Himmel am Horizont zusammenstoßend, das »afrikanische Meer«, der drittgrößte Binnensee der Welt. Ein Wasserbecken, das den Nil gebar und Klima und Landschaft bestimmte. Das wogende Herz Afrikas.

Was werde ich dort unten vorfinden? dachte Corinna, während das Flugzeug einen weiten Kreis über Entebbe zog und zur Landung ansetzte. Warum ist seit vier Wochen die Post ausgeblieben? Auch telefonieren kann man nicht mehr. Die Strecke ist gestört, das war alles, was die Hauptvermittlung in Kampala sagte. Dann knackte es, und die Verbindung brach ab.

Mit gedrosselten Motoren schwebte das Flugzeug ein, setzte auf und rollte langsam zur Abfertigung. Ob in Europa oder Afrika, das Bild auf einem Flugplatz ist immer das gleiche. Die heranfahrende Gangway, die Elektrokarren für das Gepäck, die Tankwagen, die breiteren Wagen für die Güter, an der Absperrung die Reihe der Neugierigen, hinter den Glaswänden die wartenden Beamten von Zoll und Paßkontrolle, vor dem Flughafengebäude die Autotaxen und die Omnibusse, die die Reisenden nach Kampala, in die Hauptstadt, 36 Kilometer nördlich, bringen mußten. Es war die einzige Verbindung, eine Eisenbahn gab es nicht. Vor den Güterschuppen drängten sich die Lastwagen, das Geschrei der Fahrer und Ladearbeiter klang weit über die Betonpisten.

Corinna hielt sich nicht damit auf, dieses Bild festzuhalten. Sie kannte es von vielen Flügen her, sie war hier in diesem Land geboren, nordwestlich vom Albert-See, auf einer Farm, die Großvater Sander als junger Mann angelegt hatte. Wie er nach Afrika kam, das war eine lange Geschichte, die oft erzählt worden war. Kurz vor dem Ersten Weltkrieg, 1910, war Eberhard Sander aus dem badischen Rippoldsau ausgewandert, ein Bauernsohn, dem die Heimat zu eng wurde. Nun befand sich die Farm bei Kitumba, 10 Quadratkilometer groß, der Savanne abgerungen, in der dritten Generation. Weideland, Kaffeepflanzungen und Bananen. Eine reiche Farm.

Und jetzt eine schweigende Farm.

Corinna Sander zeigte ihren Paß vor. Der farbige Zollbeamte nickte und winkte. Corinna war es, als blinzle er dem zweiten Beamten zu, aber es konnte auch eine Täuschung sein, oder das übliche. Wo Corinna mit ihrem hellblonden Haarschopf auftauchte, staunten die Schwarzen sie an. In den Städten Kampala und Fort Portal blieb man sogar stehen und starrte ihr nach. Sie hatte sich daran gewöhnt, warf den Kopf in den Nacken und setzte eine abweisende Miene auf.

Der erste Weg Corinnas führte zum Postamt des Flughafens. Der farbige Beamte, dem sie die Nummer der Farm sagte, schüttelte den Kopf und machte ein trauriges Gesicht.

»Simu inafanya matata«, sagte er. Es war Kisuaheli und hieß: »Die Leitung ist gestört.« Corinna atmete tief aus.

»Das hat man mir schon zehnmal gesagt! Das erste Mal vor vier Wochen. Eine Leitung kann doch nicht vier Wochen lang gestört sein.«

»Es ist so. Miß.« Der Schalterbeamte hob bedauernd seine Hände. »Ich kann nichts daran ändern.«

»Dann versuchen Sie es per Funk. Wir haben auf der Farm eine Funkstation. Die Frequenz steht in Ihren Büchern.«

»Nisamehe!« (Entschuldigen Sie) Der schwarze Beamte verbeugte sich in großer Höflichkeit und verließ seinen Schalter. Nach wenigen Minuten kam er aus den Hinterräumen zurück. Sein Gesicht war traurig wie das einer getretenen Bulldogge. »Mwenye kupigiwa simu hajibu« (Der Teilnehmer antwortet nicht), sagte er. »Wir können gar nichts tun. Miß.«

»Danke.«

»Tafadhali.« (Bitte)

Verwirrt, mit einer bohrenden Angst im Herzen, stand Corinna vor dem Flughafengebäude und sah über die Omnibusse und Taxen. Von hier bis nach Kitumba waren es über 250 Kilometer. Allwetterstraßen über Flüsse und durch Sümpfe, durch die Savanne und quer durch menschenleere Wildschutzgebiete. 250 Kilometer in glühender Sonne und feuchtgeschwängerter Tropenluft, durch Elefantenherden und Löwengebiete hindurch. Drei gute Tage, wenn man vernünftig fuhr, denn 250 Kilometer afrikanische Straßen sind keine 250 Kilometer europäische Autobahnen. Ein plötzlich durch Regenfälle anschwellender Fluß konnte die einzige Straßenbrücke weggerissen, ein Buschbrand weite Teile unpassierbar gemacht haben, Niederungen konnten über Nacht zu einem Schlammloch werden. Es war alles möglich auf diesen Straßen.

Zuerst nach Kampala, dachte Corinna Sander. Von dort komme ich besser weiter als von Entebbe. In Kampala konnte man Genaueres erfahren. Dort gab es die Hauptpoststation, das Innenministerium und zur Not auch die deutsche Botschaft.

Mit einem Taxi fuhr sie eine halbe Stunde später in die Hauptstadt Ugandas. Der farbige Chauffeur hatte Corinnas Gepäck geholt und eingeladen und fuhr, wie alle Afrikaner, in einem Höllentempo die 36 Kilometer nach Norden, obgleich auf den Straßen eine Geschwindigkeitsbeschränkung herrschte.

»Was wollen Sie, Miß?« sagte der Chauffeur und grinste breit. »Ich kenne alle Polizisten, und wie ich sie kenne! Und weil ich sie so gut kenne, schreiben sie mich nicht auf. Ich weiß zuviel von ihnen! Keine Angst, Miß.«

In Kampala ließ sich Corinna hinauf zum Hotel »Apolo« fahren. Es lag auf dem Gun Hill, einem der sieben Hügel, auf denen Kampala gebaut ist. Ein Palast der Gastlichkeit mit 300 Zimmern, einem riesigen Schwimmbad und einer Dachterrasse, von der man vor allem nachts einen märchenhaften Blick auf die ganze Stadt hatte.

Nachdem sich Corinna geduscht und umgezogen hatte, fuhr sie mit dem hoteleigenen Wagen zum Innenministerium. Man ließ sie wider Erwarten nicht lange im Vorzimmer sitzen. Ein höflicher farbiger Ministerialrat empfing sie schon nach wenigen Minuten und war über alle Maßen galant und zuvorkommend. Sein dunkles Gesicht glänzte wie poliert; es war ein heißer und besonders feuchter Tag.

»Was kann ich für Sie tun?« fragte er.

»Ich mache mir Sorgen um meine Eltern und Geschwister. Seit vier Wochen bekomme ich keine Post mehr nach Deutschland, das Telefon ist gestört, der Funkverkehr ist unterbrochen. Das ist doch nicht normal.«

Der farbige Ministerialrat sah auf seine großen Hände. »Ihre Farm liegt im Gebiet von Muhende?«

»Ja, an der Grenze nach Toro. Bei Kitumba.«

»Hm.« Der Ministerialrat wandte sich ab und trat ans Fenster. Er sah eine kurze Zeit hinaus, als gäbe es dort auf der Straße ungeheuer Wichtiges zu sehen. Es waren nur Sekunden, aber Corinna spürte, wie ihr der Schweiß vor Angst ausbrach.

Was war in Kitumba geschehen? Warum schwiegen sie alle?

»Sie können mir helfen!« sagte sie in die Stille hinein. »Ich weiß, daß Sie es können.«

»Ich kann Ihnen nichts sagen. Miß Sander. Es muß wirklich nur eine Störung sein. Vielleicht ein Unwetter ...«

Corinna wußte, daß der Beamte log. Sie wußte aber auch, daß es sinnlos war, weiter zu fragen. Das Zimmer mit den kühlen Ledermöbeln, den kreisenden Propellern des Ventilators an der Decke, der ausgespannten Fahne Ugandas an der Wand als einzigem Schmuck kam ihr plötzlich wie ein Gefängnis vor.

»Ich werde einen Wagen mieten und sofort hinfahren«, sagte sie.

Der Ministerialrat drehte sich schnell zu ihr um. Sein schwarzes Gesicht schien noch mehr zu glänzen, als sei es mit blankem Schweiß eingerieben.

»Ich möchte Ihnen empfehlen. Miß Sander, das nicht zu tun«, sagte er langsam. »Die Straßen sind ab Katoke und Muntembe gesperrt. Sie würden Schwierigkeiten bekommen.«

»Also ist doch etwas passiert!« rief Corinna erregt.

»Ein Unwetter, ich sagte es schon.«

»Wegen eines Unwetters sperrt man nicht ein Gebiet so groß wie das Rheinland!«

»Ich kenne das Rheinland nicht.« Der Ministerialrat lächelte geschmeidig. »Aber ich habe einen Freund in unserer Botschaft in Bad Godesberg.«

»Ich möchte zu meinen Eltern.« Corinna setzte sich auf einen der ledernen Sessel. »Ich bin hier geboren, ich bin

Bürgerin dieses Landes. Ich habe also auch ein Recht, die Wahrheit zu wissen! Was ist in Kitumba geschehen?«

»Nichts von Bedeutung. Drei Naturereignisse trafen aufeinander. Zuerst ein großer Regen, der alles in einen Sumpf verwandelte, dann eine große Hitze, die die schlammige Erde austrocknete und reißen ließ, und am Ende ein Steppenbrand, der noch immer nicht unter Kontrolle ist. Hunderttausend Tiere sind auf der Flucht. Es herrscht Panik in diesem Gebiet. Wir haben die Armee hingeschickt zur Hilfe. Die Herden jagen blindlings in alle Himmelsrichtungen. Sie können jetzt nicht in dieses Gebiet.«

»Und die Farm?«

»Wir haben noch keine Nachricht, Miß.«

Corinnas Augen wurden weit. Die Angst ließ sie zittern. »Sagen Sie die Wahrheit!« sagte sie leise. »Bitte, bitte ... Ist ... ist die Farm verbrannt? Leben meine Eltern und Geschwister noch? Warum sagen Sie denn nichts?«

»Ich weiß es nicht, Miß.« Das schwarze, glänzende Gesicht war jetzt wie eine Maske aus poliertem Ebenholz. Der runde, wollhaarige Schädel mit den flinken Augen und den aufgeworfenen roten Lippen bewegte sich kaum. »Ich kann Sie nur bitten, in Ihrem Hotel zu warten, bis die Straßensperren aufgehoben sind. Wo wohnen Sie?«

»Im Apolo.«

»Da läßt es sich doch zauberhaft wohnen, Miß.« Ein schwaches Lächeln glitt über den Ebenholzkopf. »Ich benachrichtige Sie sofort, wenn ich etwas erfahre. Wir stehen ja in ständigem Funkverkehr mit den Truppen, die das Feuer einzudämmen versuchen. Kwa heri ya kuonana.« (Auf Wiedersehen)

Mit zitternden Beinen verließ Corinna das Gebäude des Innenministeriums. Im Schatten des Eingangs blieb sie stehen und lehnte sich an die Wand. Er lügt, dachte sie. Er lügt perfekt, aber überzeugen kann er mich nicht. Seit über fünfzig Jahren hat es keine solchen Unwetter bei Kitumba gegeben, wie er sie geschildert hat. Ein Buschbrand, ja, aber er war schnell unter Kontrolle gebracht. Die Arbeiter und Feuerwehren der großen Farmen löschten ihn schon, bevor er sich über große Gebiete ausbreiten konnte. In den Trockenzeiten gab es extra Brandbeobachter. In den riesigen Affenbrotbäumen und Schirmakazien bauten sich die Schwarzen ihre Ausgucke, schwankende Sitze oben in den Kronen, den Geiern gleich. Dort hockten sie Tag und Nacht, bis wieder der Regen kam. Sahen sie in der Ferne eine Rauchwolke, gaben sie Alarm. Dann zog alles, was laufen konnte, dem Brand entgegen. Es ging um das eigene Leben; um das Land, das sie ernährte; um die Herden, deren Fleisch sie brauchten.

Und jetzt sollte ein Gebiet wie das Rheinland brennen? Zuerst Regen, dann Trockenheit, dann Brand? Das konnte man jemandem erzählen, der Afrika aus den Büchern oder als Tourist kannte, aber keinem, der dort geboren und aufgewachsen war, der die Savanne kannte und die Ufer des Albert-Sees; der als Kind, das eben laufen konnte, schon im Landrover mitgenommen wurde auf die Löwenjagd und zwölf mal in seinem Leben einen Heuschreckenschwarm erlebt hatte, der die halbe Pflanzung kahlfraß.

»Er hat gelogen!« sagte Corinna laut, wie um sich zu bestätigen, was sie fühlte. »In Kitumba ist etwas anderes geschehen.«

Und die Angst kam wieder. Die Angst vor etwas, das nicht zu erklären war.

Am Nachmittag saß Corinna Sander im Zimmer des deutschen Botschaftsrates Dr. Herbertz. Sie hatte ihre Sorgen vorgetragen, und Dr. Herbertz war ehrlich bemüht, ein wenig Licht in die Dunkelheit zu bringen, die plötzlich am Albert-See aufgezogen war. Aber auch er scheiterte an der Schweigsamkeit und den Ausflüchten der Regierungsstellen von Uganda. Mit einem Achselzucken legte er den Telefonhörer zurück, nachdem er über zehn verschiedene Stellen angerufen hatte.

»Man rennt gegen eine Gummiwand«, sagte er ärgerlich. »Überall das gleiche: Savannenbrand, Sperrzonen, zuletzt hieß es sogar Seuchengefahr wegen des massenhaft verendeten Wildes. Zu näheren Erklärungen ist keiner bereit, und zwingen können wir niemanden. Nur eins ist sicher: Sie können im Augenblick nicht nach Kitumba zu Ihren Eltern.«

»Ich würde es anders sagen, Dr. Herbertz. Eins ist sicher: Ich komme zu meinen Eltern!« Das Gesicht Corinnas zeigte wilde Entschlossenheit. Mit einer ostentativen Bewegung warf sie die blonden Haare in den Nacken. Sie trug sie offen, nur zusammengehalten von einem roten hauchdünnen Chiffonschal.

»Und wie?« fragte Dr. Herbertz zweifelnd.

»Mit einem Jeep oder Landrover! Ich habe Freunde in Kampala, die mir einen beschaffen. Handelspartner von Vater.«

»Ich nehme an, Inder.«

»Ja.«

»Wenn die Regierung die Straßen und Zufahrten sperrt, wird sich keiner finden, der so dumm ist, Ihnen einen Jeep für die Fahrt nach dem Nordwesten zu geben. Erstens ist der Jeep bald hin, zweitens kommen Sie in böse Schwierigkeiten, und drittens fällt das auf das Geschäft Ihres Handelsfreundes zurück. Und noch eins: Ich kann Sie nicht schützen, wenn Sie solche Dummheiten machen.«

»Ist es eine Dummheit, wenn man Angst um seine Eltern und Geschwister hat?« rief Corinna. »Wenn mir niemand hilft ... gut, ich schaffe auch allein den Weg!«

»Sie kennen Afrika.« Dr. Herbertz goß Corinna noch einen eisgekühlten Orangensaft ein. »Sie sind in diesem Land geboren und aufgewachsen. Sie haben zu diesem Land eine andere Einstellung als ich, der ich Afrika vor meiner Berufung hier an die Botschaft nur vom Atlas und aus den Filmen kannte. Trotzdem kann ich Ihnen einen Rat geben, diesmal als Diplomat: Uganda ist ein junger Staat. Mit der Selbständigkeit kam auch der Stolz zu den jungen afrikanischen Völkern. Und mit Recht. Jahrhundertelang waren sie unterdrückt und versklavt. Wenn nun eine Staatsstelle etwas anordnet und ausgerechnet ein Weißer ignoriert diese Anordnung, so reagieren die farbigen Stellen sehr sauer. Besonders sauer! Immer lauert im Hintergrund der Komplex: Die Weißen nehmen uns nicht ernst. Sie tun nach wie vor, was sie wollen! Dementsprechend werden Sie behandelt werden, und keiner wird Ihnen helfen können.«

»Ich will auch keine Hilfe!« Corinna trank das Glas aus und setzte es hart auf den Tisch. »Vergessen Sie, was ich gesagt habe.«

»Mit anderen Worten heißt das: Sie versuchen doch, nach Kitumba zu kommen.«

»Selbstverständlich.«

Dr. Herbertz hob die Arme. Mehr als warnen konnte er nicht. Im stillen bewunderte er dieses Mädchen, dieses Produkt deutscher Eltern und afrikanischer Landschaft, für das es keine Gefahren gab, gegen die es nicht den nötigen Mut aufbrachte. Wie sie jetzt dastand, mit zurückgeworfenen Haaren, blauen, blitzenden Augen und leicht geballten Fäusten, traute man ihr zu, quer durch die Savanne zu fahren ohne Rücksicht auf Kaffernbüffelherden oder aufgescheuchte Elefantenbullen.

»Vor Ihnen müssen Löwen Angst haben«, sagte Dr. Herbertz ernst. »Ich kann Sie nur zum wiederholten Male bitten: Seien Sie vernünftig. Warten Sie im Hotel Apolo auf eine günstige Nachricht. Ich bemühe mich ständig darum, das verspreche ich Ihnen. Genügt Ihnen das?«

»Nein!« Corinna stand auf. Mit beiden Fäusten klopfte sie sich auf die Brust, und es war eine schöne Brust, wie Dr. Herbertz feststellte. »Hier drinnen brennt etwas! Ich kenne das. Es sind Ahnungen, die mich noch nie getrogen haben. Es muß etwas Fürchterliches geschehen sein ... Und da soll ich oben in der Hotelbar sitzen und Cocktails schlürfen? Wofür halten Sie mich eigentlich?«

»Für eine sehr hübsche, sehr kluge und sehr temperamentvolle junge Dame.« Dr. Herbertz gab Corinna die Hand. Sie drückte sie fest. »Und seit zehn Minuten auch für eine sehr mutige junge Dame. Zu mutig für meine Begriffe.«

»Sie sind auch nicht in der Savanne geboren. Guten Tag.«

Dr. Herbertz sah Corinna hinter der Gardine vom Fenster aus nach. Schnell und kraftvoll, hochbeinig und mit wehenden blonden Haaren ging sie zu dem Hotelwagen.

Ein Satansweib, dachte Dr. Herbertz. Glücklich der Mann, der sie einmal bekommt.

Aber es muß ein Mann sein, stark wie ein Büffel.

Am Nachmittag eines glutheißen Tages saß Hendrik Thorwaldsen unter den breiten Zweigen eines Leberwurstbaumes und bereitete sich auf einem Gaskocher sein Abendessen. Er hatte eine Pfanne aufgesetzt und hockte nun in der Tür seines gelbgestrichenen, im hohen Gras kaum sichtbaren Landrovers, hatte ein Stück geräucherten Gazellenschinkens zwischen den Beinen und schnitt ein paar große Lappen davon ab.

Für Thorwaldsen war der Tag zu Ende. Nach dem Essen würde er sich sein Zelt aufbauen. Zwischen dem dicken Stamm des Baumes und seinem Landrover. Eine kleine Festung. Mit einem Feuer davor, das in der Nacht herumstreifende Leoparden fernhalten würde.

Afrika barg keine Gefahren für ihn. Hendrik Thorwaldsens Vorfahren waren von Schweden nach Hamburg gekommen und hatten sich dort als Reeder niedergelassen. Die Thorwaldsen-Linie war bekannt. Sie hatte sich vor allem auf Südamerika spezialisiert. Von dort kamen die Bananen-, Kaffee- und Guano-Schiffe über den Atlantik nach Hamburg; schmucke Dampfer, die der alte Thorwaldsen immer wieder vervollständigte und durch Neubauten ersetzte. Die alten Kähne verkaufte er an afrikanische Gesellschaften, wo sie in der Küstenseefahrt noch gute Dienste taten.

So kam auch Hendrik nach Afrika, zunächst nur, um einen Vertrag auszuhandeln. Dann machte er eine Safari mit und war von diesem Land fasziniert, begann die Tiere zu lieben, die Probleme der jungen Staaten zu achten und verlor sein Herz völlig an die Savanne und den Regenhochwald an den Hängen der ostafrikanischen Berge.

Aus einer Vertragsunterzeichnung wurden sieben Jahre Jägerdasein. Der alte Thorwaldsen in Hamburg hatte zuerst getobt, dann mit Enterbung gedroht, schließlich seinen Sohn Hendrik tatsächlich aus der Liste der Reedernachfolger gestrichen.

Hendrik machte sich nichts daraus. Groß, breitschultrig, mit blondem Stoppelhaar, zog er durch die Savannen und jagte, verkaufte die Trophäen jährlich viermal an einschlägige Händler und erhielt dafür genug, um weiterzuleben,

Munition zu kaufen, seinen Landrover in der Werkstatt durchsehen zu lassen und ab und zu eine neue Safariausstattung zu beschaffen. Was er zum Leben brauchte, schenkte ihm die verschwenderische Natur Ostafrikas: das Wasser, das er vor dem Trinken immer abkochte; Fleisch der Antilopen und Gazellen; Früchte, die er nur zu pflücken brauchte. Milch gaben ihm die Bantus, Gemüse kaufte er auf den Eingeborenenmärkten gegen Glasperlen oder Gewehrmunition. Was wollte er mehr? Die große weite Welt gehörte ihm, und wenn er in seinem Zelt lag und die vielfachen Stimmen der Savanne hörte, den Wind in den Zweigen der Euphorbien und Papaya-Bäume spürte, dann war er der glücklichste Mensch dieser Erde und dachte nur mit Schaudern an das Leben, das man zivilisiert nennt.

An diesem Tag hatte er kein Glück gehabt. Die Jagderlaubnis des Garne and Fisheries Departments Uganda in Entebbe gestattete ihm zwar das Jagen in den Gebieten Toro, Mubende und Bunyoro, und der auch heute noch regierende »König« von Toro, der »Mukama«, der in Fort Portal einen zweistöckigen Rundpalast bewohnte, war sein Freund und Duzbruder – aber das nutzte wenig gegen die Beschränkungen, die man ihm auferlegt hatte. Der Abschuß der Elefanten war genau eingeteilt. Die Flußpferde und Nashörner waren kontingentiert; es gab sie gewissermaßen auf Bezugsschein. An Impala-Gehörnen und Topi-Antilopenstangen hatte er genug im Wagen. Der nächste Elefant war der letzte in diesem Monat, dann war das Konto erschöpft. Und auf diesen letzten Monatselefanten hatte Hendrik Thorwaldsen seine Jagd angesetzt. Er war wählerisch und ließ die normalen Bullen an sich vorüberziehen, verdeckt durch das fast drei Meter hohe Gras, riesige Halme von der Größe kleiner Bäume. Hier stand er still mit seinem gelbgestrichenen Wagen und beobachtete die gewaltigen

Tiere, wie sie durch das Gras walzten und eine eigene Straße durch die Savanne anlegten.

Er wartete auf seinen alten, kapitalen Bullen. Auf den grauen Fleischberg, dessen Stoßzähne 60 Kilogramm wogen. 120 Pfund bestes Elfenbein ... es reichte aus, das Leben Hendrik Thorwaldsens für ein Vierteljahr zu finanzieren.

An diesem Tage hatte er überhaupt keinen Elefanten gesehen. Die Savanne war merkwürdig unruhig gewesen. Große Herden von Kudus mit ihren gewaltigen, gedrehten Gehörnen und Rudel von Defassa-Wasserböcken galoppierten in geringer Entfernung an ihm vorüber, als würden sie von unsichtbaren Jägern getrieben. Elen-Antilopen jagten in der Ferne davon ... Hendrik beobachtete es durch sein Fernglas und verstand diese Panik nicht.

Die Savanne war unverändert, keine Rauchwolke schwebte in den heißen Himmel. Auch von fernen Schüssen war nichts zu hören.

Es wird anderes Wetter geben, dachte er, als er sein Abendessen vorbereitete. Es wäre etwas früh mit der Regenzeit, aber das ist kein Grund, daß die Herden flüchten. Hier muß etwas anderes die Ursache sein. Ein Heuschrekkenschwarm?

Hendrik Thorwaldsen schnaufte durch die Nase. Er haßte Heuschrecken. Einen Löwen oder wütenden Kaffernbüffel sieht man und kann darauf schießen. Selbst der listige Leopard ist ein guter Feind – er stellt sich zum Kampf. Aber ein Schwarm von Tausenden von Heuschrecken, eine schwarze, schwirrende, sirrende Wolke, die die Sonne verdunkelt, über das Land herfällt und knackend und mahlend alles kahlfrißt und sich dann wieder emporhebt und weiterfliegt, Kilometer um Kilometer, eine gestorbene Landschaft hinter sich lassend – gegen diese Rieseninsekten war man machtlos. Da flüchteten die Menschen in die Hütten, da jagte das

Wild davon, da verkroch sich sogar der Herr der Savanne, der Löwe, und steckte den Schädel zwischen seine Pranken, um zu resignieren.

Hendrik aß seine Pfanne voll Eier und Antilopenschinken, trank aus dem Wasserkanister zwei Becher des abgekochten Wassers und vermischte es mit Gin, nicht zu viel, gerade so, daß man den Geschmack auf der Zunge hatte, und begann dann, sein Zelt aufzubauen.

Die Dunkelheit kam schnell. Nach einem goldenen Himmel fiel sie über das Land wie ein Tuch. Hendrik Thorwaldsen schichtete die abgehackten Äste und das Dornengestrüpp auf einen Haufen, um das Feuer für die Nacht zu entzünden. Er hatte schon die Streichhölzer in der Hand, als er von weitem das Geräusch hörte, das nicht in die nächtliche Steppe paßte.

Es klang wie ein Singen, wie ein rhythmisches Lied, und es kam näher, vom Norden her, wo der Albert-See lag, und schwebte über dem im Abendwind wogenden Elefantengras.

Thorwaldsen steckte die Streichhölzer in die Tasche, griff nach seinem Gewehr und entsicherte es. Eingeborene, die bei Dunkelheit durch die Savanne ziehen, sind äußerst selten. Die Angst vor den Raubkatzen, vor allem aber die Furcht vor den Geistern, die nachts aus den Gräbern steigen und die Menschen verhexen, die durch die Nacht gehen, läßt keinen Bantu bei Dunkelheit mehr das Gebiet seines Dorfes oder seiner Hütte verlassen. Hier aber, das hörte Thorwaldsen nun deutlich, zogen Eingeborene durch die Savanne, singend und auf Handtrommeln schlagend. Dem Klang nach mußten es viele sein, eine ganze Dorfgemeinschaft vielleicht.

Thorwaldsen warf das Gewehr über die Schulter, nachdem er es wieder gesichert hatte, und ging durch das hohe

Gras dem Klang entgegen. Je näher er kam, um so dumpfer dröhnten die Trommeln und klangen die Stimmen heller. Jetzt sah er auch Feuerschein, der sich gegen den Nachthimmel wie eine Lichtschlange bewegte.

Fackeln, dachte er. Das ist noch seltener. Wer zieht hier mit Fackeln durch den Busch? Und wozu das Gesinge, das Geschrei, die Trommeln, von ruhelosen Händen bearbeitet?

Um das seltene Schauspiel genauer zu sehen, ohne entdeckt zu werden, kletterte er auf eine hohe Schirmakazie und verjagte, einige Affenfamilien, die schreiend aus den Ästen hinunter ins Gras sprangen und wegrannten. Über einen armdicken, weit ausladenden Ast balancierend, erreichte er endlich eine Stelle, von der er einen freien Blick hinüber zu der rätselhaften Feuerschlange hatte.

Durch die nächtliche Savanne marschierte eine Dorfgemeinschaft, sondern ein ganzer Stamm.

Wie auf einer Parade war die Kolonne eingeteilt: Zuerst Fackelträger und kräftige Männer, die das Gras niedertrampelten. Dann drei Reihen Trommelschläger, deren Hände die gespannten Häute unablässig bearbeiteten und die dabei mit hochgeworfenen Köpfen und aufgerissenen Mündern sangen. Ihnen folgte eine geballte Masse von Kriegern, bewaffnet mit Gewehren und Speeren, Beilen und Keulen aus Hartholz. In ihrer Mitte trugen sie eine Art Thron; dicke, wippende Bambusstangen, auf die man einen Stuhl gebunden hatte, einen europäischen Polsterstuhl mit geschnitzter, hoher Lehne. Ein großer Schwarzer mit einem Kopfschmuck aus weißen Straußenfedern und einer losen Jacke aus Leopardenfell saß auf dem Stuhl und hatte den Kopf nach hinten gelehnt. Er schlief. Hinter dem Thron folgten maskierte Eingeborene mit großen Wedeln aus Löwenhaar; sie sprangen um den Thron herum und schienen die bösen Geister der Nacht zu verscheuchen. Den Schluß, dessen

Ende Thorwaldsen nicht mehr abwartete, bildeten neue Krieger-Kompanien und eine – wie eine Herde zusammengetriebene – Schar von Frauen und Kindern.

Vor dem Stuhl mit dem schlafenden Häuptling trugen kräftige Männer an langen Stangen einige verschnürte, große Pakete. An Stricken pendelten sie hin und her. Thorwaldsen kannte das; so transportierte man im Busch das erlegte Wild oder gefangene Wildkatzen. Aber das hier, das sah er gleich auf den ersten Blick, waren keine Tiere.

Hier wurden Menschen transportiert. Zusammengeschnürte, in Häute gewickelte Menschen, mit Händen und Füßen an die Stangen gefesselt.

Bewegungslos, an den armdicken Ast der Schirmakazie geschmiegt, wie ein sichernder Leopard, starrte Thorwaldsen auf den Kriegerzug. Er sah keinen Sinn in diesem Nachtmarsch. Stammesfehden gab es nicht mehr. Seit der Selbständigkeit Ugandas war dieses Land ein friedlicher Flecken Erde, die Könige und Häuptlinge regierten in ihren Gebieten, beaufsichtigt vom Parlament und den Ministerien in Kampala, gelenkt durch eine kluge Stammespolitik. Die Zeit, in der die Stämme gegeneinander Krieg führten, gehörte der Geschichte an. Die Bantus begannen, über ihre Grenzen hinaus zu denken. Sie waren ein Volk, ein geschlossener Staat geworden, mit einer Stimme in der UNO.

»Das muß ein bestimmter Zauber sein«, sagte Thorwaldsen leise und kroch den Ast zurück. Der Zug der Eingeborenen ging fünfzig Meter an seinem Baum vorbei. Bis hierhin reichte kein Fackelschein. Hier war tiefe Nacht. »Vielleicht beschwören sie einen Ahnen.«

Doch dann fielen ihm die pendelnden Bündel an den Stangen ein, und er wurde sehr nachdenklich.

Was es auch ist, dachte er, oberstes Gebot ist immer: Sich

nicht einmischen. Afrika ist ein herrliches Land, wenn man ihm sein eigenes Leben läßt. Was kümmern einen die Stämme ... man ist Großwildjäger und hat sich hier eine neue Heimat geschaffen. Hören wir nicht hin, schließen wir die Augen.

Hendrik Thorwaldsen rannte zurück zu seinem kleinen Camp, baute sein Zelt ab und verlud es auf den Landrover. Dann fuhr er, was selten ein Mensch in der Savanne tut, in der Nacht weiter nach Norden.

Es ist immer besser, zwischen sich und dem, was man nicht sehen wollte, viel Raum zu haben.

Die Wunder Afrikas sind manchmal tödlich.

Das Apolo-Hotel auf dem Gun Hill von Kampala leuchtete mit seinen Hunderten von Fenstern in die schwüle Nacht. Man merkte die Nähe des Äquators; auch wenn es sich nachts abkühlte, betrugen die Schwankungen nicht mehr als höchstens 10 Grad. So war die Kühle der Nacht immer noch so hoch wie ein guter Sommertag in Europa. Und doch war sie erfrischend nach der Gluthitze des Tages, wenn das Thermometer auf über 40 Grad kletterte.

In der großen Halle und auf der Panorama-Terrasse des Hotels spielten Tanzkapellen und drehten sich die Paare langsam auf den glatten Flächen. Meist waren es Weiße oder Inder; Geschäftsleute von Kampala; die Reichen, die sich hier zum Diner trafen mit den Geschäftsfreunden aus aller Welt, die im »Apolo« wohnten. Auch Touristen der Luxusklasse, Amerikaner und Deutsche, saßen auf der Panorama-Terrasse und erlebten das verstädterte Afrika bei Nacht. Morgen würden sie mit einem Omnibus ins Innere fahren, auf Safari, um Elefanten und Löwen, Wasserbüffel und Nilpferde zu fotografieren, um nachher mit den Fotos die

Nachbarn und Bekannten zu ärgern, die sich eine solche Reise nicht leisten konnten.

Auch einige reiche Bantus saßen an den runden Tischen mit den kleinen Lampen. Unauffällig, in dunklen Gesellschaftsanzügen, stolz auf ihre Frauen, die in langen Abendkleidern und hochgetürmten Frisuren die neue, selbstbewußte Schicht des jungen Staates repräsentierten.

In dem angestrahlten, großen Schwimmbecken im tropisch üppigen Garten planschten ein paar Mädchen und bespritzten ihre Kavaliere am Rande des Pools. Ihr Lachen klang durch die Musik der beiden Tanzkapellen bis zum Dachgarten hinauf.

Corinna Sander lehnte an der Balustrade und sah hinunter auf das schlafende Kampala. Sie konnte nicht schlafen, sosehr sie sich dazu auch gezwungen hatte. Kaum lag sie im Bett, überfielen sie Bilder von Brand und Tod, hörte sie die Stimmen ihrer Eltern, die nach ihr riefen, geisterte dumpfer Trommelklang durch ihren Kopf. Sie war dann immer aufgesprungen und hatte einen Schluck Eiswasser genommen. Schließlich zog sie sich wieder an und fuhr hinauf in den Dachgarten, so wenig sie auch dazu aufgelegt war, jetzt Tanzmusik zu hören.

Da sitzt ihr nun und trinkt euren Whisky, Likör oder Champagner, dachte sie und preßte die Hände fest aneinander. Ihr dreht euch auf der Tanzfläche, flirtet, lacht, zeigt eure Abendkleider und euren Schmuck – und 250 Kilometer weiter ist etwas geschehen, von dem niemand sprechen will. Vielleicht habt ihr es auch gehört, in Afrika bleibt kein Geheimnis lange geheim, aber ihr tanzt weiter, lacht weiter, trinkt weiter. Was geht es euch an? Der Albert-See ist weit.

Sie zuckte zusammen, als sich neben ihr eine Gestalt ebenfalls mit den Händen auf die Balustrade stützte und hinuntersah auf Kampala. Aus den Augenwinkeln musterte sie ihn. Ein großer, schlanker Eingeborener mit einem klassisch schönen Bantukopf. Der weiße Smoking hob seine muskulöse Gestalt noch hervor; das Gesicht, zwar dunkel, aber nur mit einer Andeutung von Wulstlippen und breitem Nasenrücken, drückte Intelligenz und Kultur aus.

»Ein schönes Land«, sagte er, als er bemerkte, wie Corinna ihn von der Seite musterte. Er hatte eine tiefe, melodische Stimme, die ihn sofort sympathisch machte. »Eine Stadt, erbaut auf sieben Hügeln wie Rom. Das Rom Ugandas.«

»Sie kennen Rom?« Corinna drehte sich um und lehnte sich gegen die Steinmauer. Sie hatte eigentlich keine Lust, Konversation zu treiben, aber die Stimme des Mannes beruhigte sie irgendwie, und außerdem kam man für ein paar Minuten auf andere Gedanken.

»Ja. Ich war drei Monate dort.« Der elegante Farbige verbeugte sich korrekt. »Julius Malanga ... wenn Sie Wert auf meinen Namen legen.«

»Warum sollte ich nicht? Corinna Sander.«

»Danke.«

»Wofür danke?«

»Daß Sie so freundlich sind, mit mir vor den anderen Weißen zu sprechen.« Er nahm plötzlich ihre Hand, zog sie hoch und deutete einen vollendeten Handkuß an.

»Ich bin in diesem Land geboren, Mister Malanga.« Corinna versuchte ein Lächeln, und es gelang ihr halb. »Ich liebe es.«

»Sie wohnen hier in Kampala?«

»Nein. Im Nordwesten. Wir haben eine Farm bei Kitumba.«

»Ach.« Julius Malanga drehte sich etwas in den Schatten der Lampen und zeigte auf einen leeren Tisch am Rande der Balustrade. »Ist es unverfroren. Sie an meinen Tisch zu bitten? Oder erwarten Sie jemanden?«

»Nein. Gehen wir.«

Sie saßen kaum, als der Oberkellner kam und eine Flasche Champagner brachte. Corinna hatte nicht gesehen, wie Julius Malanga sie bestellte. Er mußte es mit einem stummen Blick getan haben, als er sie zum Tisch geleitete.

»Ihr Geschmack, Miß Sander?« fragte er, als der Ober die Kelchgläser gefüllt hatte.

»Welches weibliche Wesen mag keinen Champagner?« Sie legte die Hände um das vor Kälte beschlagene Glas. »Sie sind Stammgast hier?«

»O nein. Ich bin erst vor drei Tagen aus London gekommen.« Malanga hob das Glas und prostete Corinna zu. Und dann sagte er in einem klaren, akzentfreien Deutsch: »Auf Ihr Wohl!«

Corinna hustete, sie hatte sich vor Überraschung verschluckt. Als sie wieder sprechen konnte, sah sie in das breite Lächeln des Mannes.

»Sie sprechen deutsch?«

»Ich bin zufrieden. Ich habe drei Jahre in Erlangen und Köln studiert. In Köln habe ich meinen Doktor gemacht. Es war eine schöne Zeit in Ihrem schönen, aber kalten Land.«

»Sie sind Jurist, nicht wahr?« fragte Corinna.

»Nein, Mediziner. Ich bin ein richtiger, ausgebildeter Medizinmann.«

»So etwas! Ich studiere seit zwei Jahren in Heidelberg Medizin.« Corinna lächelte zurück. »Welch ein Zufall. Und nun besuchen Sie hier Verwandte?«

»Nein. Ich bleibe in Uganda.« Julius Malanga griff zur Seite, holte die Flasche aus dem Sektkübel und goß Champagner nach. »Ich habe in London mein Fachwissen in Chirurgie erweitert und abgeschlossen und bin nun zurückgekommen, um meinem Volke zu dienen.«

»Das klingt gut«, sagte Corinna. »Meinem Volke ...«

»Es ist ein großes Problem unseres Landes. Wir haben 7,7 Millionen Einwohner, aber nur 600 ausgebildete Ärzte, 2600 Krankenschwestern und 800 Hebammen. Krankenhäuser gibt es ganze 29 mit knapp 4800 Betten. Und das bei einer Kindersterblichkeit von 50 Prozent, bei jährlich 110 000 Malariafällen und 80 000 Geschlechtskrankheiten. Man braucht hier wirklich jede Hand. Aber ich quäle Sie mit Zahlen wie ein blinder Computer, der nicht sieht und fühlt, daß eine wunderschöne Frau vor ihm sitzt. Verzeihen Sie. Aber wenn ich über mein Volk spreche, blutet mir sofort das Herz.«

Malanga verbeugte sich im Sitzen und hob sein Sektglas. Corinna stieß mit ihm an. Stumm tranken sie es aus und sahen dann hinunter auf die Lichterketten von Kampala.

»Sie haben Sorgen?«

Corinnas Kopf zuckte hoch. Ihre Augen versuchten, die Angst, die sie wieder überkam, zu verschleiern.

»Nein ...«, sagte sie leise.

»Warum lügen Sie? Ich sehe es Ihnen an. Ich bitte Sie, haben Sie Vertrauen zu mir.« Malangas schwarze Hand legte sich auf Corinnas weiße Finger. Die Wärme, die von ihm ausging, war beruhigend und aufreizend zugleich. Vorsichtig, damit es nicht wie eine Beleidigung aussah, zog Corinna ihre Finger zurück und nestelte ein Taschentuch aus ihrer Abendtasche, um dieses Entgleiten zu rechtfertigen.

»Ich weiß nicht, wie ich Ihnen das erklären soll«, sagte sie stockend. »Seit vier Wochen habe ich keine Nachricht mehr von zu Hause bekommen. Vorher schrieben meine Mutter oder meine Schwester jede Woche, und wenn es nur eine Karte war. Ich rief in Kitumba an ... die Leitung ist angeblich gestört. Vier Wochen lang? Ich wurde unruhig, nahm das nächste Flugzeug nach Kairo und stieg um nach Entebbe. Von dort versuchte ich wieder, Verbindung mit der

Farm zu bekommen. Wieder alles gestört. Sogar per Funk keine Antwort. Im Innenministerium, in der deutschen Botschaft ... überall Ausflüchte. Die letzte Version: Ein großer Steppenbrand mit Seuchengefahr. Alle Zufahrten nach Nord-Mubende sind vom Militär gesperrt. Können Sie verstehen, daß ich völlig verzweifelt bin?«

»Sie glauben nicht an den Steppenbrand?«

»Nein!« Corinna sah Julius Malanga fragend an. »Ich bin dort geboren. Ich kenne die Savanne. Das, was man mir einreden will, ist nie dort geschehen! Etwas anderes muß passiert sein! Aber was? Mein Gott, was? Warum läßt man mich nicht nach Hause? Warum kann mir keiner sagen, was mit meinen Eltern ist? Kitumba liegt doch nicht auf dem Mond.«

Sie hatte sich in eine große Erregung hineingeredet und zitterte nun. Malanga hielt wieder ihre Hände fest.

»Ich glaube daran, was Ihnen die Behörden gesagt haben. Warum soll es nicht wahr sein?«

»Ich fühle es.«

»Das Gefühl einer Frau ...« Malanga zog seine Hände zurück. Ein amerikanisches Ehepaar kam von der Tanzfläche zurück und blickte mißbilligend auf das weiße, blonde, hübsche Mädchen, das mit einem Schwarzen am Tisch saß und sichtlich flirtete. »Sie sollten Gefühle anders verschwenden. Miß Sander, als in der Angst um Katastrophen, die nicht stattfinden.« Er griff wieder zum Sektkübel und goß erneut die Gläser voll. »Vielleicht ist morgen der Draht wieder frei, und alles ist gut.«

»Darauf warte ich nicht. Morgen, übermorgen, in einer Woche ... das halte ich nicht aus.«

Malangas Gesicht wurde ernst. »Ich werde Ihnen beweisen, daß Ihre Sorge unbegründet ist.« Er stand auf, verließ den Dachgarten und kam nach wenigen Minuten mit einem Arm voller Zeitungen zurück. Eine nach der anderen legte er sie vor Corinna auf den Tisch. »Bitte, sehen Sie die Zeitungen durch! Wenn irgendwo etwas Außergewöhnliches geschehen wäre ... die Journalisten lassen sich so etwas nie entgehen. Hier – die Uganda Argus – nichts! Munno ... Uganda Eyogera ... Taifa Empya ... The People ... Taifa Uganda Empya ... alle Zeitungen bringen nichts über Muhende.« Er blätterte in den Zeitungen herum und faltete die Uganda Eyogera zusammen. »Doch, hier, ein kleiner Bericht über einen Buschbrand bei Kagadi.«

»Das ist in unserer Nähe!« Corinna riß Malanga die Zeitung aus der Hand. Es war ein allgemeiner, kurzer Bericht über einen Savannenbrand, wie er im Laufe des Jahres zigmal in den Blättern stand. »Das kann nicht der Anlaß sein, das ganze Gebiet zu sperren!«

»Man ist vorsichtiger geworden, wegen der Seuchen. Sie und ich als Mediziner sollten das am besten verstehen.« Malanga legte die Zeitungen zusammen, winkte einem kleinen, pechschwarzen Boy und gab sie ihm. Der Boy klemmte sie unter den Arm und rannte davon. »In ein paar Tagen ist bestimmt alles vorbei.«

»Wenn auch!« Das Gesicht Corinnas zeigte wilde Entschlossenheit. »Ich fahre nach Kitumba.«

»Womit?« Julius Malanga musterte Corinna interessiert.

»Mit einem Wagen. Ich leihe ihn mir.«

»Sie wollen allein fahren?«

»Natürlich.«

Malanga beugte sich etwas über den Tisch. Sein herrlicher, ebenmäßiger Kopf glänzte im Schein der Tischlampe. »Darf ich Sie begleiten. Miß Sander?«

»Sie?« Corinna war ehrlich verblüfft. »Ich denke, Sie sind zurückgekommen, um Ihrem Volke als Arzt zu dienen? Und nun wollen Sie in den Busch?«

»Meine Aufgabe liegt im Busch. Ich werde eine Stelle in Toro annehmen. Wir haben also den gleichen Weg.« Malanga erhob sich abrupt. Auch Corinna stand auf, wie von einem Magneten vom Stuhl gezogen. »Außerdem ist es unmöglich, Sie allein fahren zu lassen. Das Militär würde Sie sofort entdecken, und Soldaten sind nicht gerade die sanftesten Partner. Wenn es Ihnen recht ist, werde ich für alles sorgen. Ich beschaffe den Wagen, die Ausrüstung, die Verpflegung. Morgen, um fünf Uhr früh, werde ich auf dem Nikivubo-Markt auf Sie warten.« Malanga legte eine große Geldnote auf den Tisch, faßte Corinna unter und führte sie zum Aufzug. »Ich bringe Sie sicher nach Kitumba«, sagte er dabei. »Haben Sie Vertrauen zu mir.«

»Das habe ich ... merkwürdigerweise.« Corinna sah an dem großen, schlanken Eingeborenen empor. Er war ein Mann, der eine geheimnisvolle Ausstrahlung besaß, dessen Stimme betörte. »Warum tun Sie das alles?« fragte sie. »Daß Sie unbedingt morgen nach Toro müssen, ist doch nur ein Vorwand.«

»Sie sind klug.«

»Und trotzdem?«

Malanga sah über die blonden, aufgesteckten Haare Corinnas hinweg, als erblicke er die Weite der Savanne. »Sie sind zu schade, um von Löwen zerrissen oder von Kaffernbüffeln in das Gras gestampft zu werden. Sie sind zu schön dazu ... das ist alles, Miß Sander.«

Malanga verbeugte sich korrekt, hielt die Tür des Fahrstuhls auf, schloß dann die Tür und winkte Corinna lächelnd durch die Scheibe nach, als sie langsam nach unten entschwebte.

In dieser Nacht schlief Corinna zum erstenmal seit Wochen wieder tief und sorglos.

Im Morgengrauen verließen Corinna und Julius Malanga das kaum erwachte Kampala. Malanga hatte einen fast neuen Landrover organisiert, ausgerüstet mit allem, was man für eine lange Safari braucht. In den Gewehrständern standen vier neue Büchsen, Benzinkanister und Wasserkanister türmten sich auf dem Rücksitz, einige Kartons mit Lebensmitteln und Metallkisten mit einer Erste-Hilfe-Ausrüstung belegten den anderen Sitz.

Corinna hatte ihre Koffer im Hotel Apolo gelassen. Im Busch braucht man keine Kleider und Modellkostüme. Als sie aus dem Taxi stieg, sah sie wie ein Junge aus. Auf dem Kopf trug sie einen zerbeulten Khakihut. Enge, lange Khakihosen mit halbhohen braunen Schnürstiefeln und eine Bluse mit vielen Taschen vervollständigten die Kleidung. An dem breiten Ledergürtel baumelte eine Pistolentasche. Corinna sah abenteuerlich und süß zugleich aus. Malanga klatschte begeistert in die Hände. Auch er trug nun Safarikleidung.

»Jeder Büffel wird vor Ihnen in die Knie gehen!« rief er und zog sie auf den Sitz neben sich. Dann tippte er auf die Pistole. »Was soll das denn?«

»Ich habe einen Waffenschein, bester Doktor.«

»Und schießen können Sie auch?«

»Das habe ich fast zusammen mit den ersten Worten, mit Papa und Mama, gelernt. Mit sechs Jahren jagte ich Hyänen.«

»Ich bewundere Sie.« Malanga sah geradeaus, als er das sagte. Er meinte es ehrlich aus der Tiefe seiner Seele, und er wollte es nicht erleben, daß vielleicht in den Augen Corinnas die Abwehr aufblitzte: Was redest du da? Du bist doch nur ein Neger ...

»Können wir?« fragte er, als sie nicht antwortete.

»Von mir aus.«

Mit einer Lastwagenkolonne, die nach Mityana fuhr, verließen sie Kampala. Der Verkehr entlang der Bahnlinie Kampala – Kasese war stark. Wagen mit Kaffeesäcken und gepreßten Baumwollballen kamen ihnen entgegen, ein Viehtransport rollte an ihnen vorbei. Bei Muduma, einem kleinen Dorf an der Staatsstraße, hatte sich eine militärische Einheit versammelt. Graubraune Raupenfahrzeuge, Schützenpanzer und sogar vier große, englische Panzer mit langen Kanonenrohren.

Malanga betrachtete die Einheiten der Armee sehr interessiert, fuhr sogar langsamer und schien die Truppen zahlenmäßig abzuschätzen. Dann gab er wieder Gas und überholte die Lastwagenkolonnen. Eine hohe Staubwolke blieb hinter ihnen zurück. Die Fahrer in den offenen Kabinen der Wagen fluchten ihnen nach, hoben die Fäuste und drohten.

Hinter Mityana, bei dem kleinen Marktflecken Myanzi, bog Malanga plötzlich von der Straße ab und lenkte den Wagen quer durch die Savanne. Südlich von ihnen war ein riesiges Sumpfgebiet mit Papyruswäldern, vor ihnen das leicht gewellte Land der grenzenlosen Steppe. Der Landrover hüpfte und torkelte über den Boden; hier gab es keinen Weg mehr, keinen Pfad, höchstens die niedergestampfte Gasse, die Elefanten in das hohe Gras getreten hatten.

»Warum fahren wir nicht weiter auf der Straße?« fragte Corinna, nachdem Malanga einen Bach durchquert hatte und mit heulendem Motor das andere, sumpfige Ufer emporgeklettert war. »Wo fahren wir überhaupt hin?«

Malanga stellte den Motor ab. Über sein dunkles Gesicht rann Schweiß.

»Haben Sie Vertrauen zu mir?« fragte er.

»Ja. Säße ich sonst neben Ihnen?«

»Wir müssen von der Straße weg. Haben Sie das Militär

gesehen? Ich weiß nicht, wo die Sperren beginnen; auf jeden Fall können sie nur die Straßen kontrollieren. Im Busch sind wir sicher. Wer denkt schon daran, daß man es wagen könnte, quer durch das Land zu fahren? Man hält so etwas für Selbstmord.«

»Und wir wagen es?« Corinna stellte sich in den Wagen. Malanga hatte das Verdeck zurückgeklappt. »Wie lange fahren wir schon?«

»Vier Stunden.«

»Es ist mir wie eine knappe Stunde vorgekommen.«

»Danke.«

Corinna schüttelte den Kopf. Ein merkwürdiger Mensch, dachte sie. »Warum bedanken Sie sich eigentlich immer?«

»Ich genieße Ihre Freundlichkeit, Miß Sander.«

»Haben Sie so schlechte Erfahrungen mit Weißen gemacht?«

Malanga ließ den Motor wieder an. »Ich hasse die Weißen«, sagte er dabei. »Sie sind überheblich, hinterlistig und kaltherzig ... wie eine Schlange.«

In Corinna zerriß etwas. Sie spürte es wie einen Stich. Das edle, braunschwarze Gesicht Malangas wurde plötzlich eine Fratze für sie. Erinnerungen tauchten auf. Die Kinderzeit. Großvater Sander, wie er Geschichten aus alten Zeiten erzählte. Negerstämme, die brennend und mordend durchs Land zogen und die Weißen grausam folterten und töteten. Die geheimnisvollen Leopardenmenschen, die in Felle eingenäht in der Nacht die Farmen überfielen und die Menschen mit den Krallen der Leoparden zerrissen. Der große Häuptling Mutunta, der seinen Thronhimmel mit weißer Menschenhaut bespannen ließ. Corinna hatte auf dem Schoß des alten Sander gesessen und atemlos diese Geschichten angehört. »So war es früher in Afrika!« hatte der Großvater gesagt. »Jeder Tag war Kampf! Jetzt weißt du auch, warum die Savanne so fruchtbar ist. Sie ist mit Blut gedüngt!«

Corinna schrak auf, als Malanga wieder anfuhr. Sie klammerte sich am Rahmen des Frontfensters fest und vermied es, Malanga jetzt anzusehen. Habe ich auf einmal Angst vor ihm? dachte sie. Das ist doch Blödsinn! Er ist ein Schwarzer der gebildeten Klasse. Er hat in Deutschland und England studiert. Er hat seinen Dr. med. gemacht. Er ist ein Mensch unserer Generation. Mein Gott, es ist ja alles Blödsinn, was ich plötzlich denke!

Aber irgendwie war das Verhältnis nun anders zwischen ihnen. Stumm ratterten sie durch das hohe Gras und fuhren mitten durch eine weidende große Herde von Topigazellen. Unter einer großen Schirmakazie, im Schatten faul auf dem Rücken liegend, sahen sie eine Löwenfamilie. Die Löwin hob träge den Kopf, als sie das Brummen des Motors hörte, und blinzelte zu ihnen herüber. Dann gähnte sie, reckte sich, kratzte über den Boden und warf sich wieder zurück auf die Seite.

Als der Himmel streifig wurde, suchte Malanga einen Platz für das Nachtlager. Er fand eine kleine, tafelartige Höhe, bestanden mit Borassus-Palmen und Baobab-Bäumen, die in ihrem flaschenförmigen Stamm Wasser sammeln, um in den Trockenperioden zu überleben.

»Ein guter Platz!« Malanga zeigte auf die Erhebung. »Dort sind wir vor Überraschungen sicher.«

Es dauerte noch eine halbe Stunde, bis sie bei der Anhöhe waren und den Landrover ausluden. Malanga spannte das Zelt auf und trug eine Aluminiumkiste unter einen der großen Bäume. Klappstühle und einen Klapptisch hatte er unter den Arm geklemmt.

»Es ist der Frau von Gott gegeben, für den Magen zu sorgen«, sagte er, stellte Stühle und Tisch auf und warf die

Klammern des Kisten Verschlusses herum. »Sie finden in der Kiste alles, was Sie brauchen. Sogar eine Kühltasche mit Wein. Sie sollen nie sagen können, eine Safari mit mir sei eine Hungertour.«

Corinna lachte. Der innere Druck, unter dem sie die ganzen letzten Stunden gestanden hatte, verlor sich. Er ist doch ein netter Kerl, dachte sie. Wenn er einen solchen Horror auf die Weißen hat – wer weiß, was er in Europa alles erlebte. Man kennt das ja. Allein schon die Zimmersuche als Student. Ein Schwarzer? Bedauere ... das Zimmer ist schon besetzt. Und schnell die Tür zu, als stände draußen der Teufel und hole die Seele.

Malanga arbeitete noch am Zelt, als Corinna mit einer Serviette winkte. »Fertig!« rief sie. »Hoffentlich überleben Sie meine Kochkunst. Bisher habe ich immer allein essen müssen, was ich zusammenbraute. Ich gestehe, daß ich einen Blinddarm besser herausnehme, als Blumenkohl zu kochen.«

Malanga lachte. Es war wieder das tiefe, herrliche Lachen, das wie Gesang klang. Er setzte sich auf einen der Klapphocker, hielt den Plastikteller hoch und war jetzt wie ein übermütiger Junge.

»Von Ihnen vergiftet zu werden, ist ein schöner Tod!« Er hob schnuppernd die Nase. »Was gibt es?«

»Warmen Schinken mit Möhrengemüse!«

»Köstlich! Wie im ›Ritz‹ in Paris.«

Corinna setzte sich und stellte den heißen Topf auf den Tisch. Hinter ihr zischte ein kleinerer Kessel auf dem Propangaskocher. Teewasser.

»Sie haben gute Büchsen gekauft, Mister Malanga«, sagte sie. »Aber ich bitte zu beachten, daß die Soße ganz allein von mir stammt. Eine Mehleinbrenne.«

»Lassen Sie mich nur die Soße essen!«

»Wenn Sie unbedingt eingehen wollen.«

Es wurde ein fröhliches Abendessen. Nach dem Tee tranken sie die Flasche gekühlten Wein, Malanga holte ein Transistorradio aus dem Wagen, Tanzmusik klang auf und wehte über die nächtliche Savanne.

»Was ist anders als auf der Dachterrasse des Apolo?« fragte er und bot Corinna eine Zigarette an.

»Uns schauen Affen und Löwen zu.«

»Die gab es im Apolo auch! Dort trugen sie weiße Smokings. Hier erkennt man sie sofort; die Savanne ist ehrlicher.«

Corinna sah über die Glut ihrer Zigarette in das Gesicht Malangas. Eine Batterielampe erleuchtete ihren Campplatz. Ganz in der Nähe heulten einige Hyänen auf. Irgendwo in dem hohen Gras und am Fuße ihrer Erhebung raschelte es laut. Ein großes Tier, in der Nacht nicht sichtbar, mußte hier um das Lager gehen, angelockt von dem fremden Licht.

»Wollen wir tanzen?« fragte sie.

Malanga hob ruckartig den Kopf. Seine Augen leuchteten.

»Jetzt? Hier?«

»Wir haben Musik, wir haben Wein ... denken wir, wir seien auf der Dachterrasse des Apolo.«

»Bitte, nicht das!« Malanga sprang auf. Sein Klappstuhl fiel um. »Dort hätte ich nicht mit Ihnen tanzen können.«

»Dummheit! Wir sind doch moderne Menschen!« Sie machte einen Knicks und hob die Arme. »Ein Walzer. Ausgerechnet ein Walzer! Ich liebe ihn. Sie auch?«

»Sehr.« Malangas Stimme war plötzlich belegt. Er nahm Corinna in seine Arme und machte die ersten Tanzschritte. »Ich habe einmal einen Walzer in New Orleans getanzt. Ich besuchte dort einen Freund. Ich tanzte den Walzer mit einem weißen Mädchen. Zehn Minuten später holte mich die Ambulance ab ... man hatte mich im Lokal zusammengeschlagen.«

»Denken Sie nicht mehr daran.« Corinna wiegte sich im Takt der Musik. »Sie tanzen gut.«

Es war, als gehe die Musik nie zu Ende. Und es war der seltsamste Tanz, den vielleicht je ein Paar getanzt hatte, in der Savanne Ostafrikas, unter den breiten Ästen der Borassus-Palmen, beschienen von einem Batteriescheinwerfer, umheult von Hyänen und beobachtet von Hunderten von Tieraugen, die außerhalb des Lichtkreises auf die unbekannten Wesen starrten.

Als der Walzer zu Ende war, ließ Malanga die Arme sinken, sprang zu dem Transistorradio und stellte es ab.

»Warum?« fragte Corinna und trank einen Schluck Wein. »Jetzt kommt doch ein Foxtrott.«

»Ich will diesen Walzer nicht töten.« Malanga lehnte sich an den Stamm einer Palme. »Er soll in mir nachklingen, immer, unsterblich ... Wissen Sie, wie glücklich ich bin. Miß Sander?«

Ein Gefühl plötzlicher Abwehr kam in Corinna hoch. Sie konnte es sich nicht erklären, aber es war da und störte nun die Harmonie. Plötzlich erschreckte sie auch die grenzenlose, nächtliche Savanne mit ihren unbekannten, hundertfachen Lauten, das Rascheln im Gras, das Hyänengeheul, das Quäken und Pfeifen, Wispern und Raunen ... die Sinfonie der Steppe.

»Sie haben in anderer Richtung recht«, sagte sie und hielt die Hand vor den Mund. »Ich bin verteufelt müde. Man merkt doch, daß man in Europa verweichlicht. Der erste Tag einer Safari, und schon gähnt man sich auseinander. Gute Nacht, Mister Malanga.«

»Gute Nacht, Miß Sander.«

Sie gaben sich die Hand. Dann kroch Corinna in das Zelt, schlüpfte in den Nylonschlafsack und zog den Reißverschluß zu. Erstaunt sah sie, daß kein zweiter Schlafsack im Zelt lag.

»Wo schlafen Sie denn?« rief sie hinaus.

»Im Wagen.« Die Stimme Malangas war nahe am Zelteingang. »Es ist besser so. Wir liegen hier mitten in einem Leopardengebiet. Haben Sie keine Angst. Ich bleibe auf.«

Noch ein paar Minuten lauschte Corinna auf die Geräusche der Tropennacht, dann fielen ihr die Augen zu. Ein wohliges Gefühl überkam sie, sie streckte sich im Schlafsack und begann zu träumen.

Die Farm ... der Vater, wie er die Kaffeesäcke auf der Waage nachwiegt. Bruder Robert, der mit einer Baumwolladung aus den Feldern kommt. In der Ferne die rhythmisch singenden Pflücker mit ihrem schrillen Vorsänger.

Wie schön ist dieses Land!

Mitten in der Nacht schlug Malanga den Zelteingang zurück und blickte auf die schlafende Corinna. Der Mond schien über die Savanne, es war stiller geworden, nun schliefen auch die aufgeschreckten Tiere.

Er hockte sich zu Füßen des Schlafsackes auf die Erde, nach Eingeborenenart mit angezogenen Knien, und saß da wie ein Sklave, der den Schlaf seiner Herrin bewacht.

Ich liebe sie, dachte Malanga. O Gott, wie liebe ich sie. Schon als ich sie an der Balustrade des »Apolo« sah, wußte ich, daß ich nie mehr von ihr loskommen würde. Dieses goldene Haar; diese Haut, weiß und zart wie Porzellan; dieser junge, herrliche Körper mit den festen Brüsten, der schlanken Taille und den langen Beinen. Ihr Lachen, ihre Stimme, ihr Gang, ihre Handbewegungen, der glänzende Blick ihrer tiefblauen Augen ... ich sauge alles in mir auf wie ein Gift. Ja, so ist es. Ich vergifte mich an ihr. Es ist wie beim Opium; man weiß, daß man an ihm zugrunde gehen wird, aber man raucht es weiter, um die Illusionen immer wieder zu genießen, um sich eine Welt vorzugaukeln, die nur aus Rauch besteht, aus Phantasie, aus ... aus Gift! Genauso ist sie ... ich liebe sie, ich ließe mir für sie das Herz aus der Brust reißen ... und ich weiß, daß ich sie nie berühren darf, daß meine Hände schwarz sind, mein Gesicht, mein Körper, alles an mir. Nur das Blut ist rot wie ihres ... aber das ist nicht genug, um sie zu lieben.

Er beugte sich langsam, ganz vorsichtig über Corinnas Kopf und streichelte ihr blondes Haar, zog mit den Fingerspitzen die Konturen ihres Gesichtes nach ... die Augen, die Wimpern, die Nase, die Ohren, das Kinn, zuletzt die Lippen, und als er diese berührt hatte, drückte er die Fingerspitzen an seine Lippen und atmete tief auf, senkte den Kopf und schüttelte ihn.

Es wird nie sein, nie!

Leise kroch er aus dem Zelt. Draußen dehnte er sich und sah über die schlafende Savanne.

Mein Land, dachte er. Mein herrliches Land. Hier bin ich ein König. Warum hat Gott den Menschen verschiedene Farben gegeben? Warum, du Gott?! In der Bibel steht: Du schufst den Menschen nach deinem Ebenbild! – Warst du ein Weißer, Gott? Hast du den schwarzen Mann geschaffen als eine Laune, als Narren für den weißen Mann? Was hast du dir dabei gedacht, o Gott? Einmal haderte Hiob mit dir und klagte dich an, ein schlechter Gott zu sein, ein ungerechter, ein blinder, ein böser Gott. Jetzt klage ich dich an, Gott. Ich, Julius Malanga, ein Bantu aus Toro. Ich frage dich, mein Gott: Warum hast du uns Schwarze geschaffen?!

Malanga senkte den Kopf. In der Nähe des Lagers raschelte es laut. Mit lautlosen Schritten rannte Malanga zum Wagen und nahm die Büchse vom Sitz, wo sie schußbereit gelegen hatte. Dann lehnte er sich an die hinteren Kotflügel, drückte mit dem Daumen den Sicherungsflügel herum und wartete darauf, was aus dem hohen Gras in den Lichtschein kommen würde.

Es dauerte lange Minuten, bis ein Schatten zwischen den Baobabs auftauchte, ein schlanker, gleitender, katzenhafter Schatten, der sichernd in der fahlen Dunkelheit blieb, jenseits von Lampe und Mondschein.

Malanga rührte sich nicht. Jetzt war er Wild wie das Wild um sich herum, lauernde Natur, sich wehrende Kreatur.

Der Schatten stand bewegungslos. Nur ein feines Geräusch flog von ihm her zu Malanga. Ein leises Peitschen, ein Schaben.

Er schlägt mit dem Schwanz, dachte Malanga. Er sieht mich, er riecht mich, und er weiß nicht, wer und was ich bin. Komm, Chui, komm ... tritt aus dem Schatten, greif an, zeige deine gefleckte Schönheit. Sei nicht ängstlich, in der Steppe hat man Mut ... komm, Chui ...

Malangas Kopf schob sich an den Kolben des Gewehres. Der Leopard, auf kisuaheli Chui, duckte sich etwas. Der Schatten wurde kleiner, dünner. Malanga krümmte den Finger bis zum Druckpunkt. Er zielte nicht auf den Schatten, er visierte einen imaginären Punkt drei Meter weiter zu sich an. Hier mußte der Leopard nach seinem ersten Sprung landen, und hier würde ihn die Kugel treffen.

Malanga wartete. Er atmete kaum. Hast du Angst, Chui? dachte er. Du darfst sie haben. Ich hatte sie auch, als ich von Europa zurückkam nach Kampala, als ich den Boden meiner Heimat wieder fühlte und nicht wußte: Bist du noch ein Sohn dieses Volkes, oder bist du ein europäisierter Laffe, ein vornehmer Herr Doktor der Medizin, der seine Examina mit sehr gut bestanden hat? Kannst du überhaupt noch Luganda sprechen wie deine Brüder in der Savanne? Kannst du noch zu Fuß zehn Tage durch die Steppe rennen, um eine Nachricht zu überbringen, wie du es mit vierzehn Jahren getan hast? Gehörst du noch zu diesem Land? Und dann, als ich die Trommeln hörte, als ich verstand, was sie meldeten, als ich Mutete umarmte, der heimlich nach Kampala gekommen war, um mich zu begrüßen und zu sagen, daß Kirugu mich erwartet, der große König der Bwamba, da war es wie früher, und ich hätte mich auf die Erde werfen können, um sie zu küssen.

Der Leopard erhob sich wieder und gab seine Sprungstellung auf. Mit drei langen Sätzen verschwand er im hohen Gras und in der schützenden Dunkelheit.

»Feigling!« sagte Malanga laut. »Selbst die Leoparden sind nicht mehr wie früher.«

Als der Morgen mit einer gelbroten Sonne über der Savanne schwebte, kroch Corinna aus dem Zelt.

Malanga saß im Wagen, eine Decke um die Schultern, das Gewehr zwischen den Knien und schlief. Sein Kopf lag zurückgelehnt an den Polstern.

Corinna schlich zum Gaskocher, zündete die Flamme an und setzte den Wasserkessel wieder auf. Als der Tee aufgebrüht war, nahm sie einen Becher voll und hielt ihn dem schlafenden Malanga unter die Nase.

»Good morning, Sir!« rief sie. »Es ist gedeckt.«

Malanga schrak hoch und riß das Gewehr an sich. Als er Corinna sah, ihre in der Sonne glänzenden Haare, ihre schelmischen Augen, ihre lachenden Lippen, ließ er das Gewehr fallen und breitete die Arme aus.

»Wie schön ist das Leben!« rief er. »Ich liebe das Leben!«

Corinna ging zurück zum Klapptisch. Brot und Butter holte sie aus der Tropenkiste und einen großen Topf Marmelade. »Es war eine wundervoll stille Nacht, nicht wahr?« sagte sie dabei. »Oder gab es etwas Besonderes, Mister Malanga?«

»Nein. Nichts Besonderes. Es war eine ganz normale Nacht ...«

Er setzte sich Corinna gegenüber auf seinen Klappstuhl, ließ sich eine Scheibe Brot schmieren und trank seinen Tee. Und er wünschte sich dabei, nie das Ziel der Fahrt – Kitumba – zu erreichen.

In der gleichen Nacht fuhr Hendrik Thorwaldsen durch die Steppe. Nachdem er den kriegerischen Stamm gesehen hatte, war er nordwärts gefahren und hatte dann einen weiten Bogen geschlagen. Nun war er schon sieben Tage unterwegs in einem Gebiet, das er nicht kannte. Es war Feuchtsavanne wie die anderen Gegenden, aber viel wasserreicher. Immer wieder mußte er mit seinem Wagen Bäche und kleine Flüsse überqueren, Sumpfgebieten ausweichen und an Flußläufen entlangfahren, bis er eine Stelle fand, die flach genug war, um überzusetzen. Einmal saß er sogar fest im Morast und schlug einen Tag lang Bäume, um einen Knüppeldamm zu bauen, über den er das schwabbelnde Gelände befahren konnte. Nachts umschwirrten Millionen Moskitos seinen durch ein Netz geschützten Schlafsack. Am Tag begegnete er Flußpferden und Defassa-Wasserböcken, Warzenschweinen und Oribis.

»Das ist alles ein ganz großer Scheißdreck!« fluchte er laut und kletterte auf hohe Bäume, um irgendwo Rauch zu suchen. Wo Rauch in den Himmel stieg, waren auch Menschen. Aber alles, was er sah, waren nachts in der Ferne große Feuerscheine, und sie waren ihm unheimlich und gefahrvoll. Dreimal hörte er von ganz fern Geknatter. Verblüfft hielt er an und lauschte angestrengt. Maschinengewehre, dachte er. Verdammt noch mal, das sind tatsächlich Maschinengewehre. Da drüben ist etwas im Gange, dem man am besten ausweicht.

Der Kriegerzug in der Nacht ... nun MG-Feuer ... die Feuer am nächtlichen Himmel ... Hendrik Thorwaldsen biß die Zähne zusammen und setzte seinen Weg im großen Bogen nach Süden fort.

Am siebenten Tag erreichte er einen großen Wasserlauf. Breit wälzte sich der Fluß nach Westen. An den Ufern wogten Urwälder, auf Sandbänken sonnten sich Krokodile.

Thorwaldsen nahm seine Karte aus der Ledertasche und nickte zufrieden. Das muß der Muzizi sein, dachte er. Er fließt in den Albert-See. Demnach stimmt die Richtung. Nun immer den Fluß entlang, dann erreichst du die Straße nach Fort Portal und Hoima. In der Nähe von Muhororo wirst du aus der Einsamkeit herauskommen. Dann kannst du weiterfahren nach Kitumba.

Hendrik Thorwaldsen gönnte sich einen Ruhetag, schlief wie ein Bär und setzte sich am nächsten Tag frohgelaunt hinter sein Steuer.

Dem unerbittlichen Gesetz des Schicksals folgend, mußte er irgendwo mit Corinna Sander und Julius Malanga zusammentreffen, es gab gar keine andere Möglichkeit. Noch trennten sie fast 140 Kilometer Savanne ... aber was sind 140 Kilometer für das Schicksal?

Hendrik Thorwaldsen hoppelte den Flußlauf hinunter. Oft mußte er weite Strecken undurchdringlichen Geländes umgehen, fuhr weite Bogen und manchmal sogar entgegengesetzte Richtungen, um dann später doch wieder in die Nähe des Muzizi zu kommen.

Wie er auch fuhr ... er kam Corinna Sander immer näher. Und mit ihm reiste die Tragödie von drei Menschen. Aber das wußte noch niemand.

Fünf Tage brauchten Malanga und Corinna, um durch den Busch in die Nähe von Kitumba zu kommen.

Eingeborenendörfer umgingen sie, sahen sie nur von weitem liegen. Dann kamen sie in eine Gegend, wo es nach Brand roch. Malangas Gesicht wurde steinern. An der Piste, einem typischen Eingeborenenpfad, fanden sie Spuren von Wagenrädern. Dann sahen sie ein Dorf: Es qualmte noch aus den verbrannten, eingerissenen Hütten; die schützenden Dornenhecken waren niedergewalzt, in der Luft lag ein süßlicher, widerlicher Geruch. Corinna kannte ihn aus der Anatomie. Entsetzt faßte sie Malanga an die Schulter.

»Hier sind Tote!« keuchte sie. »In den Hütten sind noch Tote! Riechen Sie es nicht? Himmel noch mal, was ist denn hier passiert?«

Malanga hielt nicht an, er gab Gas und durchraste das verbrannte Dorf. »Die Seuche!« schrie er durch den Motorlärm. »Man hat Ihnen doch gesagt, daß hier alles gesperrt ist wegen der Seuchen. Das beste Mittel gegen die Verbreitung ist Feuer! Nun sind wir mitten im Sperrgebiet.«

»Aber das ist doch Lüge!« schrie Corinna zurück. Ihr blondes Haar wehte im Zugwind, sie hielt es mit beiden Händen fest und brüllte Malanga ins Ohr. »Man hat mir etwas von Steppenbrand gesagt! Nichts hat hier gebrannt ... nur die Dörfer ... Halten Sie an! Ich will wissen, was hier los ist!«

Malanga ignorierte die Bitte Corinnas. Er beugte sich über das Steuer wie ein Rennfahrer und raste die Piste hinunter. Corinna hatte Mühe, sich festzuhalten, wenn der Wagen über Schlaglöcher schleuderte oder über Steine hüpfte.

Sie kamen noch durch viele Dörfer, und alle sahen so aus wie das erste Dorf: zerstört, eingerissen, verbrannt, umweht vom süßlichen Leichengeruch. Große Schwärme von Geiern umkreisten die Hütten.

In der Nacht – Corinna schlief erschöpft, als sei sie betäubt – hörte auch Malanga von weitem das Knattern von Maschinengewehren. Er preßte die Fäuste gegen die Brust und stöhnte leise auf. Unruhig rannte er in dem kleinen Camp hin und her wie ein gefangener Löwe, der die Savanne riecht und sie nie mehr durchstreifen wird.

Am sechsten Tag, nachdem sie frühmorgens eine am Horizont sichtbare Militärkolonne im Schutze des hohen Elefantengrases und einiger Euphorbien hatten vorüberziehen lassen, erreichten sie das gewellte Land, das Corinna sofort erkannte.

»Unser Land!« rief sie und breitete die Arme aus. »Das ist unser Land, Mister Malanga! Sehen Sie dort den Hügel? Dort steht ein Lagerhaus für Baumwolle, auf der anderen Seite. Hinter diesem Hügel beginnen die Plantagen. Noch zwei Kilometer nördlich, und wir sind an der Senke, in der unsere Farm steht. O Gott, alles ist unversehrt! Nichts ist verbrannt. Es ist alles in Ordnung! Wie soll ich Ihnen bloß danken?«

Malanga schwieg. Sein schwarzer, schöner Kopf war wie aus Stein gemeißelt. Er fuhr nun langsamer, als habe er Angst, an den Rand der Senke zu kommen, wo die Farm der Sanders lag.

Nach zehn Minuten kamen sie auf den Weg, den schon Großvater Sander aus der Savanne gehobelt hatte. Damals hatten vierhundert Bantus die Straße gebaut; sie war eine Verbindung zu der Piste, die nach Kitumba führte. Eine schöne, breite, feste Allwetterstraße, schnurgerade zu dem Kessel, in dem, geschützt vor allen Winden und Unwettern, die Farm lag. Ein Goldstück in der Steppe.

Malanga fuhr fast im Schritt, als die Straße sich etwas anhob und dann über den Grabenrand hinunter verschwand. Plötzlich hielt er an und stieg aus. Corinna sprang hinterher. Sie zitterte vor Freude über das gleich stattfindende Wiedersehen.

Was werden sie staunen, dachte sie. Plötzlich stehe ich auf dem Hügel und jodle. Diesen Rufe kennen sie. Sie werden es nicht glauben ... aber ich bin da! Corinna ist da! Und Mama wird sicherlich weinen; das hat sie nicht verlernt trotz fünfzig Jahren Siedlerdaseins.

»Warum halten wir?« rief sie und wollte die Straße weiter hinauflaufen. Malanga hielt sie am Arm fest.

»Ich muß Ihnen etwas sagen.« Seine Stimme hatte allen Wohlklang verloren.

»Nicht jetzt! Nachher! Unten im Haus! Wir sind da. Wir sind endlich da! Und alles ist wie früher.«

Malanga senkte den Kopf. »Kommen Sie«, sagte er heiser. »Ich begleite Sie.«

Sie gingen die paar Meter bis zum Rand des Kessels und standen dann oben. Vor ihnen lag ein weites, kraterähnliches Tal, grün, fruchtbar, ein Park mit gepflegten Bäumen, mit Gärten und Wiesen, ein Tal, wie es auch in Bayern sein konnte oder im Schwarzwald oder irgendwo am Rhein.

In diesen Gärten lag die Farm der Sanders.

Das langgestreckte Bungalow-Herrenhaus.

Die Scheunen und Werkstätten.

Die Ställe und Vorratshäuser.

Der Getreidesilo.

Vier lange, strohgedeckte Häuser für die farbigen Vorarbeiter.

Ein Paradies ...

Ein schreckliches Paradies.

Corinna starrte hinunter und hatte den stützenden Arm Malangas umklammert. Ihre Fingernägel gruben sich in sein Fleisch.

Wo alles das, was die Sanders-Farm darstellte, sein sollte, ragte jetzt ein Gewirr verbrannter und zerfetzter Balken und Hausteile in den Himmel. Der Silo war umgestürzt und gesprengt, das Herrenhaus eine flache, verkohlte Ruine, die Scheunen, Ställe, Schuppen nur noch aufgerissene Ruinen, über denen der Brandgeruch lag, als sei er in die verkohlten Balken gefressen.

»Unsere Farm ...«, stammelte Corinna. »Unsere Farm ... Vater ... Mama ... Nein! Nein! Nein!«

Sie riß sich los von Malanga, warf die Arme gegen den Himmel und rannte schreiend den Weg hinunter zu den stinkenden Trümmern.

Sie hatten die Gräber zugeschaufelt, die Erde festgetreten und dann mehrere Schichten dicker Steine, die Malanga in der Senke zusammensuchte, darübergelegt, damit die Hyänen die Toten nicht wieder aus dem Boden kratzten. Nun standen sie stumm, mit gefalteten Händen, vor den beiden Hügeln und beteten. Corinna hatte den Kopf tief gesenkt, Malanga sah sie aus den Augenwinkeln an. Sie weinte nicht. Ihr Gesicht war unbewegt, nur die Lippen zitterten leicht. Sie sprachen das unhörbare Gebet.

Die vergangenen Stunden waren schrecklich gewesen.

Wie eine Wahnsinnige war Corinna durch die Brandtrümmer gerannt. Ihre sich überschlagende Stimme gellte durch die Totenstille. »Vater!« hatte sie geschrien. »Mama! Gisela ... Robert ...« Immer und immer wieder. Sie hatte sich in die verkohlte Ruine des Bungalows gestürzt, ehe Malanga sie daran hindern konnte. Er war ihr langsam gefolgt, mit hängenden Armen, und sein Herz blutete, als er Corinna so schreien hörte. Aber helfen konnte er nicht mehr. Was bedeuten hier noch Worte? Wie kann es hier Trost geben? Vor allem: Was sollte man sagen, wenn man so etwas erwartet hatte? Wenn man wußte, wer die Mörder waren? Wenn man ihre Namen nennen konnte?

Malanga setzte sich auf einen zerborstenen Flachwagen und starrte über die sinnlose Zerstörung. Zum erstenmal verstand er seine Landsleute nicht mehr. Das war nicht nötig, sagte er sich. Man kann ein großes Ziel auch ohne Morden erreichen. Aber wer kann es ihnen so sagen, daß sie es auch glauben? Wer kann einem Menschen, der nur den Busch kennt, der an die Geister der Verstorbenen glaubt und an Stimmen, die aus der Erde dringen, an Götter, die in der Sonne regieren und an Dämonen, die im Wasser sitzen – wer kann es ihm erklären, daß das Leben nicht nur aus Geburt und Tod besteht und dazwischen nicht nur der mitleidlose Kampf um das nackte Dasein ist?

Das war Nabu Budumba, der Medizinmann. Aus dem Götterschatz vergangener Jahrhunderte hatte er ein neues Regiment über den Stamm aufgebaut. Er verschwieg, daß er in Nairobi drei Jahre als Taxifahrer gearbeitet hatte und nebenbei einen Kursus für Amateurzauberei besucht hatte. Er konnte Geldmünzen aus den Nasen ziehen, Wasser in eine Zeitung gießen und verschwinden lassen. Ein Kaninchen aus seinem Zylinder zaubern und eine Taube köpfen, den Kopf dann mit der Taube zusammen in ein Tuch wickeln, das Tuch hochwerfen – und die Taube fliegt unversehrt mit Kopf davon. Das alles hatte er in Nairobi gelernt, und er war ein fleißiger Schüler gewesen, der nach drei Jahren alle Tricks beherrschte und seinen Taxikollegen vorzauberte.

Als er zurückkam zu seinem Bantu-Stamm in der Savanne und zum erstenmal den Tauben-Trick vorführte, lag der ganze Stamm auf dem Boden, mit dem Gesicht zur Erde und bat die Götter um Gnade. Da erst erkannte Budumba seine Macht, und er wußte sie auszunutzen.

Malanga atmete tief auf. Corinna hatte aufgeschrien. Hell, herzzerreißend klang ihre Stimme aus dem verbrannten Haus. Malanga erhob sich und ging über den einstmals gepflegten Plattenweg zur Veranda. Jetzt war er übersät mit verkohlten Balken und zusammengeschlagenem, mutwillig zerstörtem Mobiliar. Drei Betten lagen auf dem Weg, die Matratzen aufgerissen, vielfach zerschlitzt von breiten Buschmessern. Es sah aus, als habe man die Kapokfüllungen herausgerissen wie Gedärme. Ein Blutrausch ohne Hemmungen mußte hier gewesen sein. Malanga blieb vor dem verbrannten Haus stehen. Die Stimme Corinnas war schrill und unnatürlich.

»Malanga!« schrie sie. »Malanga! Helfen Sie mir doch! Malanga ...«

Warum hat Kirugu das getan, dachte Malanga, während er zögernd in die nach Brand und süßlicher Verwesung stinkenden Ruinen trat. Kwame Kirugu, der Bruder seines Vaters, der ehrgeizige König der Bwamba-Bantus in Toro. Malanga hatte noch das Telegramm im Gedächtnis, das er in London von ihm bekommen hatte.

»Kehre zurück zu uns. Wir brauchen Dich. Du hast genug gelernt, um Dein Volk zu führen. Kehre zurück.«

Julius Malanga hatte gehorcht. Er war zurückgekommen aus dem kalten Europa, aus der Welt der Weißen, die er zwar bewundert, aber nie verstanden hatte. Aber sein Volk? War das noch sein Volk, das mordete und brandschatzte, das die Arbeit von drei Generationen zerstörte, auch wenn es die Arbeit der Weißen war?

Was konnten ihnen die Trümmer geben, die zerstörten Plantagen, die verdorrenden Felder, die auseinandergetriebenen Viehherden? Welche Dummheit in diesen Taten! Toro war ein reiches Land, aber es war reich geworden durch sinnvolle Arbeit, nicht durch Zerstörung. Man durfte die Weißen hassen, die selbstgefälligen kleinen Götter, die auf die dunkle Hautfarbe herabschauten mit verächtlicheren Blicken als auf einen räudigen Hund, man durfte sie verfluchen ... aber nur tief drinnen im Herzen. Der farbige Mensch wurde frei, das war die Tendenz der Zeit, aber so sehr er um seine Freiheit jubelte – er konnte nicht ein Jahrhundert überspringen und die Entwicklung mit der neuen Fahne des eigenen Landes in sich aufsaugen. Dazu fehlte es an ausgebildeten Fachkräften, an der Auslese unter der Intelligenz, an der Umstellung kindlicher Neugier und nachäffender Handlung zu eigenem produktivem Denken. Woher sollte man die Männer nehmen, die mit der gleichen Routine einen Staat leiten konnten wie die Weißen? Woher sollten plötzlich die Ärzte kommen, die Techniker, die Fachleute? Die Geburt eines afrikanischen Volkes muß wie das Wachstum eines Baumes sein, stetig, sich festigend, reifend, bis der Stamm so stark geworden ist, daß ihn kein Sturm mehr umwirft. Afrikas Freiheit aber war wie der Ausbruch eines Vulkans, und Vulkane zerstören nur. Noch nie schufen sie aus ihrem Feuer etwas Segensreiches.

Es ist Budumba, dachte Malanga, als er in das Haus kam. Nur Budumba mit seinen Zaubereien kann mein Volk zu willenlosen, hirnlosen Sklaven machen. Und Kwame Kirugu, der Onkel, sieht ihm zu und schweigt. Er braucht den Trommler des Hasses für seine großen Ziele.

O Gott, wird man ihnen diesen Irrsinn jemals wieder austreiben können? Wird man ihnen klarmachen können, daß sie sich auf diese Weise selbst vernichten? Sie ziehen durch das Land mit ein paar Gewehren, selbstgeschnitzten Speeren und den breiten Buschmessern, und um sie herum wartet eine perfekt technisierte Welt darauf, sie zwischen den Maschinen der Vernichtung zu zerquetschen. Mahlsteine der Macht, in denen ein Volk zerkleinert werden kann wie ein Haufen unnützes Papier.

Malanga kam in einen Raum, der früher einmal das Arbeitszimmer von Gerald Sander gewesen war. Die Decke war eingestürzt, die Wände rußgeschwärzt, der Fußboden aus dicken Bohlen war zerhackt und herausgerissen. Hier mußte der letzte Kampf stattgefunden haben. Vor den Fenstern standen noch Schränke, an der Tür, jetzt zur Seite geschleudert und ebenfalls zerhackt, lag der breite, schwere Schreibtisch Sanders. In diesem Zimmer hatten sie sich verschanzt, bis die Flammen sie hinaustrieben.

Corinna kniete hinter einem Trümmerberg und weinte. Malanga blieb in der Tür stehen. Neben Corinna sah er vier Beine ... ein Paar in blutbefleckten Hosen, das andere Paar weiß, unbekleidet. Frauenbeine.

»Vater ...«, stammelte sie, als sie Malanga sah. »Und Mutter ... Man hat sie ... hat sie ... zerhackt ...«

Malanga schwieg. Er bückte sich, faßte Corinna unter die Achseln und zog sie vom Boden hoch. Er umarmte sie und drückte sie an sich und empfand ihren Schmerz mit.

»Kommen Sie«, sagte er und zog Corinna von den furchtbar aussehenden Leichen weg. Die Zerstörung der Farm mußte schon vor drei Wochen geschehen sein. Die Körper von Gerald und Erna Sander waren bereits stark verwest. Termiten, Käfer und Raupen wimmelten um die zerfließenden Körper, ein Anblick, der selbst Malanga Übelkeit in die Kehle trieb.

»Warum hat man das getan?« stammelte Corinna immer wieder. »Warum? Vater war überall beliebt, die Bantus waren seine Freunde, die Landarbeiter nannten ihn Papa! Er hat nie einen Arbeiter geschlagen, er hat die besten Löhne bezahlt. Sogar ein Hospital hat er für sie eingerichtet ... Und nun ist alles verbrannt, zerstört, getötet ... Warum?«

Malanga schwieg. Es war die Frage, die er sich selbst auch gestellt hatte und die er nur beantworten konnte mit: »Wir müssen Nabu Budumba fragen ...« Was sollte Corinna mit einer solchen Antwort anfangen?

Er zog sie aus dem Bungalow und überblickte das große Feld der Verwüstung. Kein Gebäude stand mehr, selbst die Unterkünfte der Landarbeiter hatte man verbrannt. Von den Arbeitern war niemand mehr hier; entweder waren sie geflüchtet oder mit den Bwambas mitgezogen – oder sie lagen, zerhackt wie ihre weißen Herren, zwischen den Ruinen ihrer Häuser. Malanga schauderte es, zu den anderen Gebäuden zu gehen.

Wie sehr ich doch schon ein Europäer geworden bin, dachte er. Die Grausamkeit, eine der Urgewalten Afrikas, erschüttert mich. Ich werde als ein Fremder zu meinem Stamm zurückkommen; was vorher nur eine Ahnung war, ist jetzt Gewißheit: Ich komme aus einer anderen Welt, und sie ist besser als meine alte Welt.

»Wir müssen Gisela und Robert suchen«, sagte Corinna und machte sich aus Malangas stützenden Armen los.

»Wer sind Gisela und Robert?«

»Meine Geschwister. Sie müssen auch hier irgendwo liegen ... O mein Gott, ich kann es nicht begreifen ...«

Drei Stunden suchten sie in den Trümmern, schoben verkohlte Balken zur Seite, wühlten sich durch Geröllhaufen und zerschlagene Möbel. Sie fanden die beiden deutschen Schäferhunde Tobi und Rex; man hatte ihnen die Kehlen durchgeschnitten. In den verbrannten Resten der Arbeiterbaracken lagen neun Leichen. Es waren die Vorarbeiter, die zu Sander gehalten und sich mit Gewehren verteidigt hatten. Als ihre Häuser brannten, hatten sie den Widerstand aufgegeben. Vor den Türen wurden sie hingerichtet; neunzehn Speerstiche zählte Malanga allein in einem Körper. Dann waren die Trümmer der zusammenstürzenden Häuser über die Toten geprasselt.

»Nichts!« sagte Malanga, als sie müde und verdreckt, mit Ruß beschmiert und mit zerfetzten Kleidern auf einem Steinhaufen saßen und sich ausruhten. »Ihre Geschwister sind nicht mehr hier, Miß Sander.«

»Aber sie müssen hier sein!« Sie sprang auf. »Wir wollen weitersuchen.«

»Ich befürchte«, sagte er mit dunkler Stimme, »man hat sie lebend mitgenommen. Als Geiseln.«

»Um Gottes willen!« Corinna schlug beide Hände vor die Augen. »Was wird man mit ihnen machen?«

»Nichts. Man wird sie pflegen. Nur wenn es für den Stamm kritisch wird, wird man sie wie ein Schutzschild vor sich herschieben. Sie werden eine Handelsware werden: Geiseln gegen Straffreiheit. Gelingt der Handel nicht, wird man sie ebenfalls töten.«

»Ihr Land ist ein fürchterliches Land!« sagte Corinna schwer atmend. »Ich hasse es! Ich hasse es!«

»Es ist auch Ihre Heimat, Miß Sander. Sie wurden hier geboren. Sie sind eine Afrikanerin.«

»Nein! Nie!« Corinna sprang auf. Mit einer wilden Bewegung schleuderte sie beide Arme durch die Luft. »Ich könnte dieses Land vernichten ohne einen Funken Reue.«

»Also auch mich?«

»Sie können nichts dafür.«

»Aber ich bin ein Neger.«

»Sie sind Arzt, Malanga. Sie haben in Europa studiert. Sie gehören nicht zu dieser Klasse Wilden, die noch immer mordet, für die der Mensch nichts wert ist. Sie haben gelernt, was Humanität ist ...«

Malanga sah schweigend über die Trümmerwüste. Er spürte, wie recht Corinna hatte, und er wehrte sich dagegen. Zugegeben: Er hatte Latein gelernt, er hatte in sechs Jahren begriffen, welche Möglichkeiten es gab, Krankheiten zu besiegen. Er hatte operiert und geheilt. Gliedmaßen amputiert, Bäuche aufgeschnitten, auf lebende, bloßgelegte Herzen geblickt, Nieren herausgenommen und krebsige Brüste weggeschnitten. Er hatte gelernt, zu helfen, den Menschen zu retten vor den unzähligen Gefahren der Krankheiten, und es hatte ihm Spaß gemacht, hatte ihn mit Stolz erfüllt, als Sohn der Bwamba-Bantus nun ein großer mganga, ein Arzt, zu sein. Er hatte Liberalismus und Pazifismus kennengelernt, er hatte in der Masse seiner Kommilitonen gegen den Krieg mitdemonstriert, gegen die Atombombe, gegen die Aufrüstung; vor ein paar Wochen noch, als Stationsarzt in London. Er hatte es aus voller Überzeugung getan, aus dem heiligen Wunsch nach Frieden auf der Welt ... und nun saß er inmitten von Brand und Leichen, und es war sein Stamm gewesen, der diese sinnlose Vernichtung über das Land trug.

»Es sind so viele Fragen, Miß Sander«, sagte er ausweichend. »Wir wollen zuerst die Toten begraben.«

Ein paar Stunden waren sie dann beschäftigt, die Gräber auszuheben, Steine zu sammeln und die Leichen von Gerald und Erna Sander in ein paar alte Kaffeesäcke zu schieben, die man unter den Trümmern des Lagerhauses fand. Malanga übernahm diese letzte Arbeit allein. Mit starrem Gesicht zog er die Säcke über die stinkenden, glitschigen, verwesten Körper von Corinnas Eltern und legte sie dann auf ein Brett, das er an einem Tau hinter sich herzog bis zu den Gräbern, wo Corinna wartete. Sie hatte sich auf den Spatenstiel gestützt und sah mit leeren Augen über die Verwüstung. Alle Trauer war aus ihrem Gesicht gewichen. Sie sah älter, entschlossener und in ihrem Willen zur Rache noch hübscher aus als zuvor.

Wortlos griff sie zu, als Malanga mit seinem Brett an den Gräbern stand; gemeinsam schoben sie die Säcke in die Grube und schaufelten sie dann zu.

»Ich werde ein großes Kreuz zimmern«, sagte Malanga leise, als Corinna die Hände faltete. »Ein Kreuz aus den verkohlten Balken. Es soll ein Mahnmal werden.«

»Gegen wen? Ich brauche kein Denkmal. Was ich heute gesehen habe, ist in mir eingebrannt.« Corinna wandte sich ab, warf den Spaten weg und begann, mit ihren Stiefeln den Boden über der Grube glattzustampfen.

»Soll ich Sie wieder zurückbringen nach Kampala?« fragte Malanga. Er schichtete die Steine auf das Grab Gerald Sanders.

»Zurück? Nein! Ich bleibe.«

Malanga ließ die Steine, die er gerade in den Händen hielt, fallen.

»Was wollen Sie?«

»Hierbleiben! Ich baue die Farm wieder auf. Ich werde mir Freunde herüberholen, das Land aufteilen und ein Dorf gründen! Ein weißes Dorf mitten im schwarzen Afrika! Jetzt gerade, Malanga! Man wollte uns vernichten ... das Gegenteil wird der Fall sein: Hier wird neues Leben entstehen. Ich werde Siedler aus Deutschland kommen lassen, ich werde ihnen das Land schenken. Und wenn ganz Toro aus schwarzen Teufeln bestehen sollte – hier bei Kitumba wird das Dorf ›Neu-Sander‹ entstehen. Ich wollte in dieses Land zurückkommen als Ärztin. Ich wollte helfen, die Seuchen zu besiegen, die Kindersterblichkeit aufzuhalten, die Bantu-Dörfer zu hygienisieren. Jetzt wird alles anders sein. Ich werde kämpfen.«

»Sie allein?«

»Ich werde viele Freunde haben.«

»Man wird Sie zerhacken wie Ihre Eltern.«

»Glauben Sie?« Corinnas Kopf flog herum. Ihre Augen blitzten. Malanga hob erschrocken die Schulter. So viel Haß hatte er noch nie in einem Augenpaar gesehen. »Ich werde jeden Schwarzen, der sich der Grenze von ›Neu-Sander‹ nähert, ohne Anruf erschießen lassen. Rund um das Dorf herum werde ich große Schilder aufstellen und nachts bescheinen lassen: Off limits for Blacks!«

»Sie sind wahnsinnig. Miß Sander«, sagte Malanga tonlos. »Ihr Haß übersteigt alle Maße.«

»Und das hier? Übersteigt das nicht auch alle Maße?« Sie machte wieder eine weite, alles umfassende Armbewegung. »Wer das gesehen hat, lernt verachten und rächen!«

»Ich habe in der Missionsschule und auch später immer wieder gelernt: Liebet eure Feinde. Das ist ein schweres Gebot, ich weiß. Es ist vielleicht das schwerste Gebot im ganzen Christentum. Aber je mehr man in es eindringt, um so mehr bekommt es Sinn. Man sollte seine Feinde erst einmal verstehen lernen ...«

»Verstehen?« Corinna bückte sich und wälzte die schweren Steine über das Grab ihrer Eltern. »Hier gibt es kein Verstehen mehr. Oder können Sie mir sagen, Malanga, warum man Vater und Mutter hinmordete und meine Geschwister wegschleppte? Ohne Grund, mitten aus einem Schaffen heraus, das nur Frieden und Wohlstand im Sinn hatte? Können Sie mir das erklären?«

Malanga schwieg. Ich werde Budumba danach fragen, dachte er. Und ich werde ihn, wenn er mit seinem Zauber anfängt, umbringen. Ich werden ihn töten wie eine heulende Hyäne. Zehn Jahre war ich in Europa, und ich bin zurückgekommen, den Geist der neuen Welt zu bringen, nicht aber, mich der Dummheit zu beugen, die seit Jahrhunderten die Krankheit Afrikas bedeutet.

Als die Nacht hereinfiel, so, als zöge man einen dunklen Vorhang über den Himmel, baute Malanga sein Zelt auf und befahl Corinna zu schlafen.

»Ich kann nicht!« wehrte sie sich. »Wie kann ich jetzt ein Auge zumachen? Meine ganzen Nerven zittern.«

»Ich werde Ihnen eine Beruhigungsinjektion geben.« Malanga klappte seinen Arztkoffer auf, holte eine Spritze und eine Schachtel mit Ampullen heraus, zog drei Kubikzentimeter einer hellen Flüssigkeit auf und kam mit der fertigen Spritze zu Corinna. Sie saß auf dem Schlafsack und sah über die bizarren Trümmer der Farm. Wie klagend zum Himmel gestreckte Finger wirkten die Balken gegen den fahlen Nachthimmel.

»Bitte Ihren rechten Arm, Miß Sander«, sagte er.

»Was ist das?«

»Eine Kombination von Kreislaufstütze und einem Sedativ. Eine Weiterentwicklung von Sedormid.« Er nahm Corinnas Arm und stieß schneller, als sie antworten konnte, die Nadel in den Muskel. Corinnas Ruf: »Es ist nicht nötig!« kam erst, als er die Nadel schon wieder herausgezogen hatte.

»Sie haben eine Blitztechnik im Spritzen«, sagte sie und rieb die Einstichstelle. »Wer weiß, was Sie mir injiziert haben.«

»Mißtrauen Sie mir jetzt auch?« Malanga packte die Spritze wieder in seine Tasche.

»Nein. Ihnen nicht. Sie sind ein wahrer Freund.« Corinna beugte sich vor und gab Malanga die Hand. »Ich danke Ihnen, daß Sie mir so beigestanden haben.«

»Bitte, Miß Sander.«

Malanga ergriff Corinnas Hand und drückte sie fest. Dabei kam er sich schäbig und wie ein Lügner vor.

Als Corinna sichtbar müde wurde und ihre Augenlider flatterten, half Malanga ihr, in den Schlafsack zu kriechen. Er zog den Reißverschluß zu und wartete neben ihr, bis sie tief eingeschlafen war. Dann beugte er sich über sie, zögerte noch einmal und küßte sie dann ganz vorsichtig, nur hingehaucht, auf die Augen.

»Lala salama«, sagte er leise, »gute Nacht«.

Um sie herum wurde die Nacht lebendig. Malanga entzündete ein Feuer – Holz lag ja genug herum –, nahm sein Gewehr zwischen die Knie und hielt Wache vor dem kleinen Zelt.

Ich werde Nabu Budumba töten, dachte er wieder. Was er Corinna angetan hat, hat er auch mir angetan.

Er starrte in die prasselnden Flammen. Zehn Jahre europäischer Erziehung und Studiums fielen von ihm ab wie Wassertropfen von einer Ölhaut. Er war wieder der getaufte Bantu Julius Malanga, dem die Savanne gehörte, ihm gehörten die Tiere im hohen Gras und die Tiere unter dem glühenden Himmel, das weite, schöne Land, die Stämme, die Flüsse und Seen, die Wasserfälle und die Sümpfe ... das ganze Afrika, das Gott so reich gemacht hatte, um es dann Jahrhunderte schlafen zu lassen.

Am nächsten Morgen hatte sich die Lage verändert. Corinna ging noch einmal durch die Trümmerwüste der Sander-Farm und schien aus dem grauenvollen Anblick neuen Mut zu schöpfen. Mit einem Ruck blieb sie vor Malanga stehen, der im Keller eines Schuppens noch drei Benzinfässer entdeckt hatte und dabei war, seine Kanister zu füllen.

»Wohin wollen Sie jetzt?« fragte sie.

»Weiter nach Nordwesten und dann am Albert-See nach Süden.« Malanga drückte mit beiden Daumen auf den

Schlauch und unterbrach das Einfüllen. »Ich werde suchen.«

»Suchen? Was?«

»Ihre Geschwister, Miß Sander.«

Er sah sie nicht an und wartete darauf, wie sie reagierte. Corinna hatte die Hände zu Fäusten geballt und starrte auf die Trümmer ihrer Heimat.

»Haben Sie Hoffnung, sie zu finden?« fragte sie heiser.

»Ja.«

»Wo wollen Sie suchen? Zwei Menschen in diesem riesigen Land – das ist unmöglich. Wissen Sie, ob Robert und Gisela überhaupt noch leben? Gewiß, in den Trümmern lagen sie nicht, aber vielleicht hat man sie nur ein kurzes Stück mitgeschleppt, dann wurden sie lästig, und man warf sie in irgendeinen Fluß, wo die Krokodile sie ...« Corinnas Stimme brach wieder. Sie wandte sich ab und senkte den Kopf. Malanga schmerzte es körperlich, sie so verzweifelt zu sehen. Eine unbändige Wut gegen seinen Stamm kam in ihm hoch.

Es ist nur Budumba, dachte er wieder. Er ist der böse Geist. Als Taxifahrer in Nairobi ist er einmal von einem betrunkenen Weißen geschlagen worden. Das hat er nie vergessen.

»Ich werde den Spuren nachziehen«, sagte Malanga. Dabei lächelte er fast verschämt. »Sehen Sie mich nicht so an, Miß Sander. Ja, ich bin in Europa Arzt gewesen, aber ich habe meine Herkunft nicht mit den Examina abgelegt. Ich kann noch Spuren lesen wie meine unterentwickelten Brüder. Ich kann Fährten suchen, umgeknickte Gräser deuten, ich habe wie ein Raubtier den Geruch des Feindes in der Nase. Glauben Sie mir: Ich finde die Mörder Ihrer Eltern, und wenn sie quer durch Uganda ziehen!«

»Dann gehe ich mit!« sagte Corinna fest. Sie nahm mit

beiden Händen ihre langen blonden Haare hoch und band sie mit einem einfachen Strick, den sie am Gürtel trug, zusammen. Dann stülpte sie den alten zerbeulten Safarihut auf den Kopf und hielt Malanga einen der Kanister hin. Malanga steckte den Schlauch in die Öffnung, löste den Daumendruck und ließ das Benzin einlaufen.

»Wann fahren wir?« fragte Corinna.

»In einer Stunde.«

Dann schwiegen sie, bis der Benzinkanister voll war. Als Corinna ihn zur Seite stellte, schüttelte sie den Kopf.

»Sie sind ein merkwürdiger Mensch, Malanga.«

»Warum, Miß Sander?«

»In Kampala wollten Sie mich zurückhalten, nach Kitumba zu fahren. Jetzt ist es Ihnen fast selbstverständlich, daß ich mit Ihnen in eine sehr gefahrvolle Ungewißheit ziehe.«

»Ich bin bei Ihnen«, sagte Malanga fast feierlich. »Daß Sie Ihre Geschwister mitsuchen, war mir selbstverständlich. Ich hätte Sie auch nicht allein hiergelassen.« Er richtete sich auf und sah über das Land, als wisse er genau, in welcher Richtung man zu suchen hatte. »In ein paar Tagen haben Sie Ihre Geschwister wieder.«

Corinna hob die Schultern hoch, als fröre sie unter der glühenden Sonne. »Manchmal sind Sie mir unheimlich«, sagte sie leise. »Seien Sie ehrlich: Was wissen Sie von dem, was hier geschehen ist?«

»Nichts!« Malanga griff zwei Benzinkanister und wuchtete sie hoch. »Ich bin nur ein Sohn dieses Landes.«

Eine Stunde später fuhren sie ab. Am Rande des Kessels drehte sich Corinna noch einmal um und blickte über die Verwüstung. Unter den weit ausladenden Ästen einer Schirmakazie lagen die beiden Gräber mit dem Kreuz aus verkohlten Dachsparren, das Malanga doch noch daraufgesetzt hatte.

»Auf Wiedersehen, Paps«, sagte Corinna leise. »Auf Wiedersehen, Mama. Ich komme zurück. Ich gebe dieses verhaßte Land nicht auf ... ich werde mich an ihm festklammern. Jetzt erst recht!« Sie gab Malanga, der den Wagen angehalten hatte, einen leichten Stoß in die Seite. »Sie können weiterfahren, Malanga. Es ist kein Abschied für immer.«

Malanga gab wieder Gas. Hüpfend rollte der Landrover über die Savanne auf die feste Straße von Großvater Sander.

Kein Abschied für immer? Malanga war davon keineswegs überzeugt.

Auf seiner Fahrt nach Kitumba hatte Hendrik Thorwaldsen Pech. Als er dachte, er sei in diesem Teil des Landes allein auf der Welt, kam er in einen Hinterhalt. Plötzlich schrie ihn eine helle Stimme an: »Stopp!« und überall tauchten aus dem hohen Gras gelbbraune Helme auf. Drei Soldaten sprangen auf die Piste und hielten Hendrik ihre Maschinenpistolen entgegen.

Die helle Stimme schrie wieder »Stopp!« Aus dem hohen Elefantengras wurde unnötigerweise ein Schuß abgefeuert, der über Thorwaldsen durch die heiße Luft schwirrte.

Hendrik stieg sofort auf die Bremse und stellte den Motor ab. Dann kletterte er aus dem Landrover und schob seinen breitkrempigen Safarihut in den Nacken. Uganda-Soldaten, dachte er. Immerhin besser als einer dieser wildgewordenen Stämme. Mit den Soldaten kann man sprechen.

»Jambo!« grüßte er höflich und legte die rechte Hand an den Hutrand. »Njia hii inakwenda Kitumba?« (Guten Tag. Führt diese Straße nach Kitumba?)

Aus dem hohen Gras sprang ein junger, schlanker Offizier. Er hielt eine Pistole in der Hand und musterte Thorwaldsen kritisch. Die anderen Uganda-Soldaten sperrten nun die Piste hinten und vorn. Sie hatten Thorwaldsen eingekreist.

»Was machen Sie hier?« fragte der junge Offizier scharf.

»Ich jage.« Hendrik holte aus der Brusttasche den von der Regierung ausgestellten Jagdausweis und hielt ihn hin.

»Der Ausweis gilt nicht mehr!« Der junge Offizier riß mit einem Ruck das Papier aus Thorwaldsens Hand und zerfetzte es. Die Schnipsel warf er hoch in die Luft. »Ungültig!« sagte er dabei noch einmal.

Thorwaldsen blieb ruhig. Haltung, alter Junge, sagte er sich. Nur nicht nervös werden. Das sind die Soldaten von allein. Man ist lange genug in Afrika, um zu wissen, daß brenzlige Situationen auf allen Schultern ausgetragen werden, ohne Rücksicht auf Freund oder Feind. Auch das hier wird sich als ein Irrtum herausstellen. Dann entschuldigen sie sich wortreich und schieben einen ab.

»Wie kommen Sie in dieses Gebiet?« fragte der junge Offizier. Die Soldaten kamen näher. Der Kreis um Hendrik wurde enger.

»Ich jage hier schon seit vier Jahren.«

»Haben Sie nicht den Aufruf gehört, daß alle Europäer das Gebiet verlassen sollen?«

»Das ist mir neu. Seit sechs Wochen habe ich keinen Europäer mehr gesehen, und die Bantus hören kein Radio ...«

»Kommen Sie mit!« Der Offizier winkte mit seiner Pistole und ging voran. Thorwaldsen folgte ihm, begleitet von zwei Uganda-Soldaten, die ihre Gewehrläufe in seinen Rükken bohrten. Im hohen Gras, völlig unsichtbar durch Netze, auf die man Gras geflochten hatte, standen zehn Jeeps etwas abseits der Straße. Sie bildeten einen Kreis, in dessen Mitte Kisten mit Munition und Verpflegung und zwei Maschinengewehre standen. Der junge Offizier setzte sich auf eine Kiste mit Handgranaten und sah Thorwaldsen mißtrauisch an.

Ihm erschien es unmöglich, daß ein weißer Mensch seit Wochen ungehindert in diesem Gebiet hin und her fahren konnte. »Sie behaupten also, überhaupt nicht zu wissen, was hier los ist?« fragte er.

»Ja. Ich wäre Ihnen sehr dankbar, Leutnant, wenn Sie mir Auskunft gäben.«

»Das ganze Gebiet Toro ist gesperrt! Haben Sie keinen Feuerschein gesehen?«

»Ab und zu doch. Ich dachte mir nichts dabei.«

»Ein Teil der Bwamba-Bantus ist verrückt geworden. Sie träumen von einem eigenen Staat zwischen Albert-See und den Mondbergen. Wir wissen nicht, wie viele es sind, aber überall brennen sie die Farmen nieder, überfallen Militärstützpunkte und ziehen von Dorf zu Dorf, um Männer zu bekommen. Weigert sich ein Dorf, wird es niedergemetzelt. Wie die Geister tauchen sie auf, mal da, mal dort, aber immer an Orten, wo gerade kein Militär ist. Sie müssen einen blendend ausgebauten Nachrichtendienst haben. Von drei Gefangenen erfuhren wir nur soviel, daß sie einen König gewählt haben, der Kwame Kirugu heißt. Der mächtigste Mann des Stammes aber ist ein Zauberer. Nabu Budumba. Mehr sagten die Gefangenen nicht. Am nächsten Morgen waren sie tot. Sie hatten sich selbst erdrosselt. Das war vor vier Wochen. Seitdem ist das Gebiet Toro von allen Weißen geräumt. Zwei Bataillone der Armee kämmen es systematisch durch. Es wird nicht lange dauern, bis wir die Bwambas haben. Und Sie fahren mitten durch das Land, als sei es ein Vergnügen.«

»Ich könnte mir etwas Vergnüglicheres denken.« Thorwaldsen kraulte sich die Stirn. Er sah wieder die nächtliche Kolonne der Krieger vor sich, den Mann auf dem Thron, die Zauberer, die ihn umhüpften, die beiden Pakete an den Stangen, wie sie hin und her pendelten, den dumpfen Trommelwirbel und den fanatisierenden Gesang, betäubend und mitreißend.

Glück gehabt, Junge, dachte er und schauderte jetzt noch. Wenn sie dich entdeckt hätten, wärst du jetzt Gehacktes.

»Sie haben außer Feuerschein nichts bemerkt?« fragte der junge Offizier. Thorwaldsen zuckte aus seinen Gedanken hoch.

»Nein! Nichts! Doch ja ... ferne Trommeln. Die typischen Signale.«

»Das waren sie.« Der Leutnant faltete eine Karte auseinander. »Wo ungefähr war es?«

»Hier.« Thorwaldsen zeigte auf ein Gebiet, durch das er vor sieben Tagen gezogen war.

»Dort also auch!« Der junge Leutnant nahm seinen Helm ab. Über sein fast schwarzes Gesicht lief der Schweiß in Bächen. »Sie sind überall. Als wenn sie Flügel hätten!« Er sah Thorwaldsen wieder nachdenklich an. »Was mache ich jetzt mit Ihnen?«

»Das einfachste: Sie haben mich nicht gesehen, und ich fahre weiter.«

»Unmöglich! Sie müssen zurück nach Muhende. Ich gebe Ihnen zwei Soldaten mit ... nicht zum Schutz, sondern damit ich sicher bin, daß Sie auch nach Muhende fahren.« Er winkte zwei Soldaten und sprach mit ihnen in einem Luganda-Dialekt, den Thorwaldsen nicht verstand. Die Soldaten nickten, grinsten breit, knallten die Hacken zusammen und klemmten ihre Maschinenpistolen unter den Arm. Wie Kinder, die man auffordert, Auto zu fahren, rannten sie zu Hendriks Landrover und schwangen sich auf die Rücksitze. Für sie war der Savannenkrieg eine Woche lang zu Ende. Solch ein Job kam nie wieder, und wenn der verdammte Weiße schnell machte, war auch die Gefahr vorüber, daß es sich der Leutnant anders überlegte.

Sie winkten deshalb Thorwaldsen zu und machten wilde, kämpferische Gesichter.

Hendrik kletterte wieder in seinen Wagen, nickte dem Leutnant zu und wendete auf der Piste. Zurück nach Muhende. Wenn man gut vorankam, konnte man es in sieben Stunden erreichen. Man konnte aber auch drei Tage brauchen, wenn zum Beispiel der Motor versagte.

Bei Thorwaldsen versagte der Motor nach zwei Stunden. Er machte Blubb-blubb, der Wagen ruckte, dann stand er mitten auf der Piste und gab keinen Laut mehr von sich. Die beiden Soldaten sahen Thorwaldsen fragend an.

»Motor kaputt!« sagte Hendrik. »Los, helft mir. Er muß von der Piste. Sitzt nicht herum wie müde Affen!«

Die Soldaten sprangen herunter und drückten den Wagen seitwärts ins Gras. Dort zog Thorwaldsen sein Hemd aus und kroch unter das Fahrgestell. Er blieb eine Weile liegen, ohne etwas zu tun, und hörte dem Palaver der beiden Soldaten zu. Sie unterhielten sich darüber, daß man vielleicht zu Fuß weitergehen müßte, wenn der Motor ganz defekt sei.

Thorwaldsen unterbrach sein Liegen und hämmerte ein paarmal gegen die Vorderachse. Wenn ich den Benzinhahn abdrehe, kann kein Motor laufen, dachte er. Sie werden es nie merken. Und wenn die Nacht kommt, meine Lieben, werde ich euch einen Zauber vorführen, den kein Medizinmann kann: Ich lasse mich selbst verschwinden!

Er kroch unter dem Wagen hervor und machte ein böses Gesicht. Die beiden Soldaten verstanden. Motor total kaputt.

»Scheiße!« sagte Hendrik laut. »Der Motor muß ausgewechselt werden. Sollen wir hier warten, bis jemand vorbeikommt und uns mitnimmt, oder sollen wir zu Fuß nach Muhende?«

Da es am Horizont bereits fahl und dunkel wurde und

kein Eingeborener gern bei Nacht durch die Savanne läuft, auch wenn er eine Maschinenpistole bei sich hat, nickten die beiden Soldaten. Sie waren sich einig.

»Morgen früh«, sagte einer von ihnen. »Wir übernachten hier, Bwana.«

»Auch gut! Habt ihr zu essen bei euch?«

»Nein, Bwana.«

»Auch das noch!« Thorwaldsen holte seine Aluminiumkiste vom Wagen und öffnete die Verschlüsse. Er packte seinen Gaskocher aus, ein paar Dosen und einen Kessel. Unbemerkt von den Soldaten, die sich eine Zigarette ansteckten, holte er aus der Safari-Apotheke ein Röllchen mit einem Schlafmittel und rührte jedem Soldaten vier Tabletten in den Napf Suppe. Es war jetzt dunkel, die Soldaten saßen mit dem Rücken an den Landrover gelehnt und schlürften ihre Suppe. Es waren Bohnen mit Speck, und sie schmatzten zufrieden wie Kinder. Ein Feuerchen brannte vor ihnen, die Maschinenpistolen lagen neben ihnen, es war eine milde Nacht mit einem milchigen Mond. Die Savanne wirkte wie silberbronziert.

Thorwaldsen steckte sich eine Pfeife an und wartete.

Nach einer Stunde rutschten die Soldaten weg ... sie legten sich neben den Wagen in das niedergestampfte Gras, streckten sich und begannen in allen Tönen zu schnarchen. Thorwaldsen wartete noch ein paar Minuten, dann kroch er zu ihnen hin und rüttelte sie. Sie grunzten, drehten sich um und schliefen weiter.

»Na also«, sagte Thorwaldsen zufrieden. »Jetzt werdet ihr erleben, wie sich ein Mensch mit einem defekten Motor auflöst.«

Er packte alles zusammen, legte die beiden Maschinenpistolen neben sich auf den Sitz, breitete eine Decke über die beiden Soldaten, damit sie nicht froren und dadurch vorzeitig aufwachten, und schob dann mit viel Mühe und keuchenden Lungen den Wagen auf die Piste zurück. Erst dort ließ er den Motor an und fuhr im rechten Winkel zur Straße in die Steppe hinein.

Zum Albert-See, dachte er. Dort habe ich viele Freunde. Dort liegen einige deutsche Farmen, die bestimmt nicht abgebrannt sind. Es wird alles nur ein böser Spuk sein, wie so vieles in Afrika. Schon nächste Woche kann alles vergessen sein.

Und außerdem brauche ich noch zwei große Elefantenzähne.

Er fuhr die ganze Nacht hindurch, ohne etwas zu sehen oder zu hören. Das Land schien tatsächlich leer zu sein. Ausgestorben. Ein Gräberfeld.

Thorwaldsen warf einen kurzen Blick auf die beiden Maschinenpistolen neben sich. Sie waren jetzt das Wertvollste, das er bei sich trug.

Sie fuhren seit fünf Stunden über enge Pisten, als sie an gerodetes Land kamen, an Wiesen und Kaffeesträucher und endlose Baumwollfelder. Corinna erhob sich vom Sitz und lehnte sich an die Frontscheibe.

»Das ist die Farm von Harris! Unser nächster Nachbar. Fahren Sie zu ihm, Malanga. Ob man ihn auch ...« Sie schwieg und setzte sich wieder. Malanga drehte auf eine befestigte Straße ab, die schnurgerade durch die Felder lief und weit hinten in einem Waldstück endete. Dort, das war fast sicher, lag das Farmhaus.

Malanga fuhr langsam. Er suchte Spuren in den Feldern, aber er sah keine. Je näher er dem Waldstück kam, um so mehr wunderte er sich. Keine Geier kreisten über den Bäumen, kein Brandgeruch wehte zu ihnen hin. Erstaunt hielt er an, als er über den Baumwipfeln eine dünne Metallspitze sah.

Der Mast einer Sendeanlage. Unzerstört. Betriebsbereit.

»Sie kennen diesen Harris?« fragte Malanga, ehe er wieder anfuhr.

»Ja. Er ist ein Freund meines Vaters. Als Kind mochte ich ihn nicht. Er war immer so grob, so laut, ich hatte Angst vor ihm. Er konnte brüllen, daß die Scheiben klirrten. Später erkannte ich dann, daß dieses Land ihn so geformt hatte. Seine Eltern wurden erschlagen, seine Frau von einem Löwen zerrissen, sein Sohn kam durch einen Schlangenbiß um. Er ist verbittert. Jeden Morgen – so erzählte er Vater –, wenn er aus dem Haus kommt, spuckt er erst den Boden an und verflucht ihn. Aber er bleibt ... wie ich.«

Malanga war etwa auf fünfzig Meter an das weiße, zwischen den Bäumen liegende Farmhaus herangekommen, als ihnen eine Maschinengewehrgarbe entgegenknatterte. Sofort bremste er und blieb steif hinter dem Steuer sitzen. »Rühren Sie sich nicht!« sagte er zu Corinna, die herausspringen wollte. »Ich weiß nicht, wer dort im Haus ist.«

Er zog sein Hemd aus, band es an den Lauf seines Gewehres und schwenkte es dann durch die Luft. Vom Haus her antwortete ihm eine neue Feuergarbe, aber sie lag weit neben dem Wagen. Plötzlich tönte eine Stimme auf; über einen Lautsprecher dröhnte sie weit in die Landschaft: »Bleiben Sie stehen! Kommen Sie heraus! Arme hoch! Und langsam vorwärtskommen!« Malanga gehorchte. Er sprang aus dem Wagen und hob die Arme. »Aha! Ein Black!« dröhnte die Stimme. »Komm her, du Rabenaas, und halt die Pfoten schön hoch. Wenn du eine schiefe Bewegung machst, bist du ein Sieb! Bleib stehen!«

Die Stimme brach ab. Corinna war aus dem Wagen gesprungen und winkte mit beiden Armen. »Onkel Mike!«

schrie sie. »Onkel Mike. Ich bin es! Corinna Sander! Laß uns näher kommen!«

»Corinna! Zum Teufel, wo kommst du denn her?« Die Stimme im Lautsprecher war geradezu entsetzt. »Los. Kommt rein. Aber schnell!«

Malanga lief zu seinem Wagen zurück und fuhr neben Corinna her, die die letzten Meter rannte. Ihnen entgegen kam ein mittelgroßer, stoppelhaariger Mann mit einem typisch englischen Schnurrbart. Er trug eine weiße Hose und darüber seinen alten britischen Waffenrock. Vor der Brust pendelte eine Maschinenpistole.

»Corinna!« schrie Mike Harris, als er vor ihr stand. »Mädchen, wer hat dich zurückgeholt?« Er drückte sie an sich und sah an ihrem Kopf vorbei mit einem Blick voller Haß auf Malanga. »Du ... du warst schon zu Hause?«

Corinna nickte. Mike Harris führte sie ins Haus und drückte sie in einen Sessel. Im Inneren des Hauses sah es wie in einer Festung aus. Alle Fenster waren mit Sandsäcken verrammelt, Schläuche von der Wasserpumpe ringelten sich durch alle Zimmer, überall lag Munition herum. Bis auf das große Wohnzimmer waren alle Zimmer mit den treu ergebenen Bantuarbeitern besetzt. Sie hockten hinter den Sandsäcken und beobachteten das Land.

»Mich bekommen sie nicht auf die Schippe!« sagte Harris wild. »Ich habe mein verstecktes MG wieder ausgegraben, geölt und eingeschossen. Es geht wie eine Nähmaschine! Hinter dem Schornstein ist es in Stellung. Ein taktisch guter Punkt ... man kann das ganze Vorgelände bestreichen. Hier kommt keine schwarze Wanze herein! Dreimal haben sie versucht, mich anzugreifen ... von Süden her, von rückwärts ... Das hat geballert! Sie hatten mindestens fünfzig Tote. Haben sie alle mitgenommen.« Er legte seine Hände auf Corinnas gesenkten Kopf und streichelte ihre Haare.

»Dein armer Vater. Und die lustige Erna. Ein Arbeiter von euch, der dem Massaker entgehen konnte, brachte mir die Nachricht. Zehn Stunden später waren sie bei mir. Mich konnten sie nicht überraschen.« Er blickte auf Malanga, der still neben der Tür stand. »Wer ist denn das da, Corinna? Wenn ich fremde Blacks sehe, werde ich nervös! He, komm mal näher, du schwarze Ratte!«

Corinnas Kopf zuckte zu Malanga herum. Er stand stumm, hochaufgerichtet an der Tür und regte sich nicht. Aber sie wußte, was jetzt in ihm vorging. Es war genau der Ton, unter dem er seit seiner Geburt litt.

»Das ist Dr. Julius Malanga, ein Arzt«, sagte Corinna. »Ein Freund unserer Familie.«

»Hab Sie nie dort gesehen, Mister Malanga«, brummte Mike Harris. »In Europa studiert?«

»In Deutschland und England, Sir.« Malanga trat näher. Sein schönes Gesicht war bewegungslos. Nur seine Augen tasteten den Uniformrock von Harris ab. »Sie waren Captain, Sir?«

»Ja«, antwortete Mike verwundert.

»In den Kolonien?«

»Na klar.«

»Man merkt es!« sagte Malanga stolz.

Harris wurde rot und rückte das Kinn an. »Corinna, wenn ich nicht von dir wüßte ... ich habe eine Abneigung gegen Neger, denen der Stolz wie billiges Parfüm anhaftet.«

»Wir haben noch nicht das Geld, uns mit dem teuren Parfüm des weißen Hochmuts zu besprühen«, sagte Malanga dunkel. Harris schnaufte durch die Nase.

»Ach nee!« schrie er plötzlich. »Und was hier passiert? Das ist richtig, was? Morden, brennen, schänden! Das gehört alles zum Erwachen des schwarzen Mannes!«

»Nein! Man wird die Verantwortlichen dafür bestrafen.«

»Bestrafen? Wen denn? Wie denn? Wo denn? Womit denn? Und vor allem – wer denn?« Harris lachte bitter. »Sie etwa, Doc?«

»Ja, ich, Sir.«

Harris wandte sich ab zu Corinna. »Verrückt ist er auch noch!« sagte er grob. »Mädchen, wie kommst du an so etwas?! Er will Kirugu bestrafen.«

»Ja!« Malangas Stimme hob sich. »Ich werde ihn vor seinem Stamm töten!«

»O Himmel, der hat einen zuviel getrunken!« Harris zeigte auf die Rohrsessel, die um einen runden Tisch standen. »Setzen Sie sich, Doc! Ich bringe etwas zu essen. Das hilft. Wo wolltet ihr überhaupt hin?«

»Vielleicht in die Mondberge«, sagte Malanga schnell, ehe Corinna antworten konnte. Mike Harris zog das Kinn wieder an. Corinnas Blick war voller Nichtbegreifen.

»Doc!« sagte Mike gefährlich leise. »Auch wenn Sie ein mir unbekannter Freund der Sanders sind: Ich schlage Ihnen den Schädel ein, wenn Sie frech werden oder das Ganze hier als ein Stück schwarzen Humors auffassen. Was Ihre Brüder hier angerichtet haben, ist nicht wiedergutzumachen. Sparen Sie sich also diese dämlichen Reden.«

»Sie mißverstehen mich, Sir.« Malanga verletzte nicht um einen Hauch die britische Höflichkeit. »Kirugu und seine Krieger ... wenn sie Toro durchzogen und, wie sie glauben, Furcht verbreitet haben, dem dann Gehorsam folgen soll – sie werden anschließend in die Mondberge gehen, um von dort aus das neue Reich zu regieren.« Harris schwieg. Mit offenem Mund starrte er Malanga an. Was er hier hörte, war das Ungeheuerlichste seit den wilden Jahren der Kolonisation. »In den Mondbergen, am Sitz der Götter, will Kirugu regieren. Es ist ein Irrsinn, den ihm Budumba eingeredet hat.«

»Wer ist Kirugu, wer ist Budumba?« stammelte Corinna.

»Die schwarzen Bestien, die hier alles kurz und klein schlagen. Die Teufel, die unser lieber Doc bestrafen will! Woher wissen Sie das überhaupt alles?« schrie Mike Harris.

»Man spricht viel darüber unter den Bantus.« Malanga wich aus. »Sie kennen doch die Gerüchte, Sir. Sie laufen schneller als ein Steppenbrand. Aber diesmal sind sie wahr ... Sie sehen es ja.«

»Und Sie Spinnkopf wollen auch in die Mondberge?«

»Ja! Ich will Robert und Gisela Sander zurückholen.«

»Ach Gott, ja. Deine Geschwister, Corinna.« Harris ließ sich in einen der Sessel fallen. »Die Sauhunde haben sie mitgeschleppt?«

»Malanga vermutet es.« Corinnas Stimme schwankte. »Wir haben sie nicht in den Trümmern gefunden.«

»Das ist Irrsinn, Doc.« Harris drehte den Kopf zu Malanga, der hinter ihm stand. »Sie allein! Und das Mädchen dabei! Himmel noch mal, wir erleben hier keine Märchenvorstellung. Der böse Häuptling Humbabumba. Was Sie vorhaben, ist das Verrückteste, was ich je gehört habe. Wenn die Armee von Uganda nichts erreicht ... Sie wollen es, Doc?!«

»Ich allein kann es vielleicht«, sagte Malanga bescheiden. »Ich spreche die gleiche Sprache.« Er schloß plötzlich die Augen und faltete die Hände. »Mehr geht Sie nichts an, Sir.«

»Danke!« fauchte Harris. »Essen wir etwas, sonst dreht sich mir der Magen um.«

In der Nacht klopfte es leise an Corinnas Zimmertür. Unten im Haus und auf dem Dach saßen die Wachen hinter den Sandsäcken und dem Maschinengewehr. Ein Scheinwerfer kreiste über die Gärten und Felder; sein greller Finger glitt langsam, tastend von Strauch zu Strauch, um dann plötzlich blitzschnell ganz woanders hinzuschwenken. »So überrasche ich jeden Kerl, der glaubt, sich im toten Winkel des Strahls anschleichen zu können«, hatte Mike Harris grimmig gesagt. Mit dem Scheinwerfer schwenkte auch das Maschinengewehr. Wer in den grellen Strahl kam, war verloren.

Corinna, die angezogen auf dem Bett lag, griff zur Seite und zog die Pistole an sich. Dann rollte sie sich aus dem Bett und ging hinter einer alten Kommode in Deckung.

»Ja?« rief sie

Die Tür schwang auf, Mike Harris' unverwechselbarer Kopf erschien im fahlen Mondlicht. Er sah auf das verlassene Bett und lachte leise.

»Wo bist du, Corinna? Wetten, hinter der Kommode. Komm hervor, ich kapituliere.« Er warf die Tür zu und ging zum Fenster. Unten pendelten Patrouillen um das Haus. Sie wurden beaufsichtigt von drei weißen Vorarbeitern. Den Bantus allein traute Harris nicht.

»Ich muß noch mal mit dir sprechen«, sagte Harris und setzte sich ans Fenster. Corinna kam hinter der Kommode hervor und steckte die Pistole in den Gürtel ihrer Safarihose. »Mir geht dieser Doc nicht aus dem Kopf. Was er da mit dir vorhat, ist doch Irrsinn! Die nächste Bwamba-Rotte dreht euch durch den Wolf. Ob er die gleiche Sprache spricht, ist doch Blödsinn! Mädchen, ich wette meinen Schnurrbart, daß etwas anderes dahintersteckt. Woher kennst du ihn?«

»Er ist Arzt und hat in Deutschland studiert.«

»Na und? Drüben in Kenia hat es Mau-Mau-Führer gegeben, die hatten ihr Juraexamen mit Auszeichnung in der Tasche, und trotzdem zogen sie ihren Gegnern die Haut ab und schnitten den Weibern die Brüste weg ...«

»Onkel Mike!«

Harris wischte sich über das Gesicht. »Ja, ich weiß, ich bin ein grober Klotz. Aber man wird hier so! Und alles das ändert nichts daran, daß mir der Doc nicht gefällt.«

»Du magst ihn einfach nicht leiden.«

»Das ganz bestimmt. Seine Erzählung von den Mondbergen ... verdammt, das hat mich wie ein Blitz getroffen. So etwas trommelt man nicht durch die Gegend, das sind Informationen von Eingeweihten. Mädchen, ich habe da eine Antenne. Ich spüre das innerlich. Überhaupt Antenne. Meine Funkanlage geht noch. Jeden Tag gebe ich Berichte nach Kampala. Ich habe dreimal nach einem Dr. Julius Malanga fragen lassen. Wenn er Arzt ist und jetzt nach seiner Rückkehr aus Europa im Staatsdienst tätig sein soll, müßte man von seiner Existenz wissen. Aber nichts. Die Knaben in Kampala geben ausweichende Auskünfte. Noch keine Akte da ... und mehr solchen Käse! Mädchen, mit deinem schwarzen Wunderknaben stimmt etwas nicht! Hör auf den alten Onkel Mike, bleib hier! Wir sollten sogar etwas ganz anderes tun! Hingehen, ihn aus dem Bett holen und verhören. Und wenn er weiter so arrogant ist, zweiter, dritter Grad des Verhörs, und wenn alles nichts hilft: Aufhängen, draußen an der Riesenpalme. Donnerwetter, ich habe es im Gefühl ... da stimmt etwas nicht!«

»Ausgeschlossen!« Corinna schüttelte den Kopf. »Du siehst Gespenster, Onkel Mike.«

»Ist der Tod deiner Eltern ein Gespenst?«

»Was kann Malanga dafür? Er ist der anständigste, hilfsbereiteste und mutigste Mensch, den ich jemals kennengelernt habe. Ich wünschte, manche Weißen wären so ein Gentleman wie er ...«

»Danke!« sagte eine dunkle Stimme von der Tür her.

Mike Harris und Corinna fuhren herum. Neben der geschlossenen Tür stand Malanga im Zimmer. Man erkannte nur seinen hohen Schatten. Weder Mike noch Corinna hatten gehört, wie er hereingekommen war.

»Seit wann stehen Sie da?« bellte Mike.

»Schon einige Minuten.«

»Das habe ich gern. Herumschleichen wie ein Fuchs. Dann haben Sie hoffentlich auch alles gehört, was ich über Sie gesagt habe.«

»Alles, Sir.«

»Ich nehme kein Wort zurück!« brüllte Harris.

»Das verlange ich auch nicht von Ihnen, Sir. Aber –« die Stimme Malangas bekam einen herrischen Ton, »– ich bitte Sie darum, sich zu entschuldigen, sobald ich Robert und Gisela Sander hier zu Ihnen zurückgebracht habe.«

»Wenn Ihnen das gelingt, trinken wir Brüderschaft.«

»Danke. Das Wort Entschuldigung genügt. Eine Brüderschaft schätze ich höher ein.«

Die Tür schwang lautlos auf, der Schatten glitt hinaus.

»Ein Lackaffe!« knirschte Harris, als die Tür, jetzt hörbar, ins Schloß fiel. »Ein ekelhaftes, poliertes schwarzes Schwein! Schlafe weiter, Corinna. Ich stelle einen Mann vor deine Tür. Mir paßt dieses Herumschleichen im Haus ganz und gar nicht.«

Am frühen Morgen stand Malanga schon abfahrbereit neben seinem Landrover. Der Verwalter der Kaffeeplantage hatte ihm zwei Kisten mit Lebensmitteln mitgegeben und die Kanister mit frischem Wasser gefüllt. Mike Harris fing Corinna in der Diele ab. Er versuchte zum letztenmal, sie zurückzuhalten.

»Ich habe Funkverkehr mit Kampala gehabt«, sagte er. »Schon um fünf Uhr. Ein neues Bataillon rückt heran und geht in die Mondberge. Mädchen, ich flehe dich an: Bleib hier! So fürchterlich es ist, aber Robert und Gisela siehst du nie wieder. Glaubst du, die schleppen zwei Gefangene mit? Das ist ihnen viel zu lästig. Corinna, wir müssen jetzt ganz nüchtern denken: Du bist als einzige Sander übriggeblieben, und bei mir bist du sicher! Über mein Maschinengewehr kommen sie nicht hinaus!«

»Malanga wartet.« Corinna umarmte Mike Harris. »Vielen Dank für alles, Onkel Mike. Soll ich sagen: Gott schütze dich?«

In die Augen von Harris kam ein seltsamer Glanz. Wie Tränen sah es aus. Das ist unmöglich, dachte Corinna. Harris kann nicht weinen. Er hat noch nie geweint. Selbst nicht, als seine Frau und sein Sohn starben. Da hat er nur dieses Land verflucht.

»Corinna ...«, sagte Harris stockend. »Du bist jetzt schon groß und fast eine Ärztin, aber ich sehe dich noch als Kind. Lange, blonde Zöpfe hast du gehabt, und wenn Feiertag war, hattest du große, rote Schleifen darin. So sehe ich dich jetzt ... und, verdammt noch mal, ich halte dich fest und laß dich nicht wieder los! Und diesen schwarzen Satan da draußen lasse ich umlegen! Du bleibst! Himmeldonnerwetter, ich zwinge dich, zu bleiben!«

»Warum, Onkel Mike?« Corinna machte sich aus Harris' Griff frei. »Ich glaube Malanga, daß Robert und Gisela noch leben. Warum, das kann ich nicht sagen; ich spüre es eben. Und solange ich daran glaube, daß sie leben, so lange *muß* ich doch nach ihnen suchen, nicht wahr?«

Mike Harris antwortete nicht. Mit einem Ruck warf er sich herum und stampfte ins Zimmer. Er warf die Tür zu, und kurz danach hörte sie ihn mit seinen Arbeitern herumbrüllen.

»Wir können«, sagte Corinna, als Malanga ihr vor dem Haus entgegenkam und ihr die Reisetasche abnahm. »Ich bin plötzlich so siegessicher.«

»Sie sollen es nicht bereuen. Miß Sander.« Er half ihr in den Wagen und sah noch einmal zurück zum Haus.

Auf dem Dach, hinter dem Schornstein, starrte der Lauf des Maschinengewehres direkt auf ihn. Er hob grüßend die Hand zu den unsichtbaren Schützen, kletterte hinter das Steuer und fuhr langsam hinaus aus dem Vorhof auf die Straße.

Nach zwanzig Minuten hatte die Savanne sie wieder.

Sie fuhren in einem Rudel von Oryxantilopen und großen Kudus nach Süden. Das hohe Gras wogte im Wind wie ein gelbgrünes Meer. Am Horizont, schemenhaft, von Feuchtigkeitsschleiern verhangen, in der flimmernden, heißen Luft verzerrt, ragte das Mondgebirge in den Himmel.

Die sagenhaften Berge, wo die Götter sitzen.

In der zweiten Nacht nach dem Verlassen von Mike Harris' Farm hatten sie ihr Lager auf einem der Inselberge, mit denen die Savanne durchsetzt war, aufgeschlagen. Malanga hatte eine kleine Gazelle geschossen, die besten Stücke auf einen eisernen Spieß gezogen und briet sie nun über dem offenen Feuer. Corinna hatte den Klapptisch gedeckt und kochte auf dem Gaskocher Tee. Die Nacht um sie herum war lebendig, vor allem eine große Affenherde beobachtete sie von den Bäumen aus. Ab und zu kreischten sie laut, wenn Malanga einen neuen Ast in das Feuer stieß.

Während Corinna die Teller und Bestecke aus dem Koffer holte, verfolgte Malanga sie mit den Blicken. Es waren rührend liebevolle Blicke, Blicke voller Anbetung und Sehnsucht, Scheu und Hoffnung. Jede Bewegung Corinnas nahm Malanga in sich auf, jeden Schritt, jede Beugung des schlanken Körpers, jedes Muskelspiel der bloßen Arme, jedes Auf- und Niederwippen der festen Brust.

Sie ist wundervoll, dachte Malanga. Wenn sie ein Hundertstel von dem spüren würde, was ich empfinde, ertränke ich in einem Meer von Zärtlichkeit. Was hat sie in den letzten Tagen leiden müssen. Welcher Schmerz hat sie zerrissen. Aber sie wird ihre Rache bekommen. Auf den Knien soll Budumba sie um Gnade anflehen, und ich werde den Speer meines Vaters nehmen und ihn zwischen seine Schultern stoßen.

Ob sie mich jemals lieben kann?

Er ging zu dem Wagen, stellte sich auf die andere Seite, wo Corinna ihn nicht sehen konnte, und holte einen Spiegel aus der Arzttasche. Im zuckenden Schein des Feuers sah er sein Gesicht an. Edel zwar, schön, aber dunkel. Die Augäpfel stachen weiß hervor, die Lippen waren etwas wulstig, das Haar gekräuselt.

Er legte den Spiegel zurück und lehnte die Stirn gegen den Wagen. Heiß wallte das Blut durch ihn.

Mein Gott, laß mich in ihren Augen wie ein Weißer sein, betete er stumm. Laß ein Wunder geschehen ... mach mich weiß! Mein Gott, ich sterbe an dieser Liebe, wenn sie nicht erfüllt wird ...

Später saßen sie sich gegenüber am Tisch und aßen den Gazellenbraten. Plötzlich legte Malanga sein Stück auf den Teller zurück und hob den Kopf. Lauernd, wie ein Leopard, drehte er den Kopf hin und her.

»Was haben Sie?« fragte Corinna erstaunt.

»Hören Sie nicht ... Motorengeräusch!«

Corinna strengte sich an, aber sie hörte außer den Tierstimmen gar nichts. Sie schüttelte den Kopf, aber Malanga stand ruckartig auf.

»Es kommt näher! Ganz deutlich ein Motor! Da ... Gehen Sie zum Wagen, Miß Sander. Legen Sie sich hinter ihn.«

»Wir müssen das Feuer löschen.«

»Zu spät. Wer da kommt, hat uns schon gesehen. Es genügt, wenn er mich allein sieht.«

»Und Sie umbringt! Nein! Ich bleibe neben Ihnen stehen!« Corinna stellte sich neben Malanga. Sie zitterte plötzlich.

»Haben Sie Angst um mich, Corinna?« sagte Malanga. Er lächelte fast traurig.

»Ja.«

»Es wird mir nichts geschehen. Aber es macht mich glücklich, daß Sie um mich zittern. Ich habe so viel Mitgefühl nicht verdient.«

Stumm, nebeneinander stehend, warteten sie. Das Motorengeräusch kam näher, jetzt hörte es auch Corinna.

»Ein einzelner Wagen?« flüsterte sie.

Malanga nickte. Er bückte sich und nahm sein Gewehr auf. Corinna zog ihre Pistole aus der Tasche. Hinter dem Feuer standen sie ... die Flammen waren zwischen ihnen und dem fremden Wagen.

Plötzlich, nachdem es ganz in der Nähe war, verstummte der Motor. Die Stille war unheimlich und voll Gefahr. Malanga legte den Arm um Corinnas Schulter. Sie bebte am ganzen Körper.

»Jetzt schleicht er sich heran«, sagte Malanga leise. »Ich kann ihn sehen ... er kommt durch das Gras neben der Papaya. Ich sehe seinen Schatten. Er ist kein Bantu ... er ist ein Weißer. Und er ist allein.« Er faßte Corinna plötzlich an der Hand und trat in den Feuerschein. Gleichzeitig zeigte er mit dem Gewehrlauf auf eine Stelle im Busch.

»Kommen Sie heraus!« sagte er laut. »Ich wünsche Ihnen Frieden.«

Aus dem hohen Gras schnellte ein Körper. Mit vier großen Sprüngen war er auf dem Lagerplatz, eine Maschinenpistole blitzte im Widerschein der Flammen.

»Corinna!« rief der Fremde. »Mein Gott, ist's möglich ... Corinna Sander!«

Er warf die Waffe weg und kam mit ausgebreiteten Armen auf Corinna zu.

Nun erkannte auch sie ihn, und alle Angst befreite sich in einem hellen Aufschrei.

»Hendrik Thorwaldsen! Sie?! Mein Gott, haben Sie uns in Spannung gehalten!«

Und dann geschah das, was Malanga nie vergessen würde:

Corinna und Thorwaldsen liefen sich entgegen, umarmten sich und küßten sich wie ein Liebespaar. Sie fanden nichts dabei, absolut gar nichts – es war nur die Wiedersehensfreude, die Erlösung von dem furchtbaren Druck der Angst. Aber für Malanga war es mehr. Für ihn brach die Welt seiner Liebe zusammen.

Er wandte sich ab und ging in den Schatten des Wagens zurück.

Ich hasse ihn, dachte er. Ich hasse ihn vom ersten Ton an.

Er setzte sich in die offene Tür des Wagens und ballte die Fäuste. Es war ihm, als verbrenne er innerlich. Und er hätte jetzt brüllen können wie ein sterbender Löwe.

Mit Zittern in den Fäusten sah er, wie Thorwaldsen das blonde Haar Corinnas streichelte, das Haar, in dem Malanga in der vorigen Nacht sein Gesicht vergraben hatte ... heimlich, als Corinna schlief, Minuten ängstlicher Glückseligkeit. Ich töte ihn, dachte Malanga, ich töte ihn ...

Er zuckte zusammen, als er seinen Namen rufen hörte. »Malanga!« rief Corinna mit ihrer hellen, forschen Stimme. »Malanga?! Wo sind Sie? Warum sind Sie weggegangen? Ein guter Freund ist gekommen.«

Malanga löste sich aus dem Schatten des Landrovers und kam langsam in den Schein des Lagerfeuers zurück. Er ging stolz und aufrecht, ein schwarzer Aristokrat, dem es keinen Eindruck macht, daß ein Weißer allein durch die Savanne fährt und Tiere schießt, die eigentlich den Bantus gehören, den Herren dieses Landes seit Jahrhunderten.

»Jambo!« sagte er mit seiner tiefen, singenden Stimme und hob die Hand. Es war ein unverbindlicher, höflicher Gruß. Aber schon die nächsten Sätze waren so etwas wie ein versteckter Angriff. »Sie sind auf dem falschen Weg, Sir. Hier dürfen Sie nicht fahren. Es ist gefahrvoll für Sie.«

Hendrik Thorwaldsen lachte sein jungenhaftes Lachen und legte den Arm um Corinnas Taille, was Malanga mit bösen Augen quittierte.

»Ich weiß. Hier in der Gegend gärt es wie in einem Bierkessel. Irgendein Stamm ist verrückt geworden und will einen eigenen Staat gründen.«

»Woher wissen Sie das?« Malanga sah über Thorwaldsen hinweg in die Nacht. Er war ein wenig größer als der Weiße, aber Thorwaldsen war kräftiger, muskulöser, durchtrainierter. Es wird schwer sein, dachte Malanga, ihn in einem offenen Kampf unschädlich zu machen. Er ist stärker als ich, aber vielleicht bin ich schneller als er. Ich habe es gelernt, wie eine Katze zu reagieren.

»Ich habe ein paar Stunden mit einem Stoßtrupp der Regierungstruppen verbracht.« Thorwaldsen setzte sich an das Lagerfeuer und streckte die Hände aus. Er drehte sie am Feuer und knetete sie; obwohl die Nächte hier nie richtig kalt wurden, war die Abkühlung gegenüber dem glühendheißen Tag doch spürbar.

Malanga hob wie witternd den Kopf.

»Hier in der Nähe?«

»Wie man's nimmt. Sie waren dabei, das Gebiet durchzukämmen. Ein junger Leutnant, ziemlich forsch, klärte mich auf. Da ist ja eine schöne Schweinerei im Gange.« Thorwaldsen sah zu Corinna hinüber. Sie goß heißen Tee in einen großen Blechbecher und tauchte den Löffel in die Zukkerdose. »Drei Löffel Zucker bitte!« rief Thorwaldsen. »Das ist das einzig Süße, was ich hier in diesem Land zu mir nehme. Sonst ist alles Salz und Schweiß.«

»Wenn Ihnen das Land so unangenehm ist, warum sind Sie dann hier?« fragte Malanga. Thorwaldsen lachte wieder.

»Der Beruf, mein Lieber! Corinna sagte mir kurz, Sie seien Arzt?«

»Ja.«

»In Deutschland studiert?«

»Ja.«

»Und nun wollen Sie den Gesundheitszustand in Uganda ankurbeln, was? Eine Sisyphus-Arbeit, mein Lieber. In den Städten, da geht es ja, da weht der Wind des 20. Jahrhunderts – aber in der Steppe, hier oder in den Bergen, ganz zu schweigen vom Norden, im Kitepo-Gebiet und in Koboko, da ist noch das selige Mittelalter. Da heilen die Medizinmänner noch mit Teufelstänzen und Fetischen, mit Wurzelmehl und Räucherkräutern. Das wird eine böse Aufgabe für Sie werden, gegen diese Wundermänner anzukommen.«

»Ich weiß es.« Malanga setzte sich auf einen der Klappstühle. Auch ihm gab Corinna einen Becher mit Tee. Er bedankte sich mit einer kleinen Verbeugung und einem leisen: »Ahsante, danke.«

Thorwaldsen schlürfte seinen Tee und schnalzte mit der Zunge. »Guter Darjeeling, endlich wieder. Seit zwei Monaten trinke ich das Kraut, das andere wegwerfen oder als Füllungen in die Kissen stopfen. Doktor!« Er drehte sich zu Malanga, der etwas seitlich von ihm saß. »Mir fällt erst jetzt auf, was Sie vorhin sagten: Ich darf hier nicht fahren! Und Sie können es?«

»Ich suche etwas.«

»Sie werden lachen – ich auch. Zwei Mordsdinger von Elefantenzähnen habe ich noch frei auf der Abschußliste.

Sehen Sie ... Sie suchen Kranke, ich suche Geld im Busch. Beides ist eine gute Sache, und deshalb meine ich, ist meine Anwesenheit gerechtfertigt. Dieser Westentaschenkrieg stört mich nicht.«

»Er hat mich meine ganze Familie und meine Heimat gekostet«, sagte Corinna heiser.

»Oh, Verzeihung!« Thorwaldsen wurde ernst. Er sah die Augen Malangas und fand sie gefährlich.

»Sie waren sehr unhöflich, Sir«, sagte Malanga dunkel. »Bitte, entschuldigen Sie sich.«

»Was soll ich?« Thorwaldsens Stimme war gedehnt. Er stand langsam auf und stemmte die Hände in die Hüften. »Das ist doch wohl ein bißchen zu viel verlangt, Doktor!«

»*Ich* habe in Europa Höflichkeit gelernt, Sir.«

»Und anscheinend einen Stich im Hirn!« Thorwaldsen reckte sich. »Corinna, Sie kennen mich! Ich bin ein Mensch, der unkompliziert ist, der das sagt, was er denkt, ohne vorher die Worte im Geist herumzuwälzen und zu panieren, damit sie auch gefällig klingen. Ich sage, was ich denke, und zum Teufel, ich gehe nicht davon ab. Dieser Mistkrieg der Stämme geht mich einen feuchten Dreck an – das ist meine Ansicht. Ich habe eine Jagdlizenz, Tiertrophäen sind mein Beruf, wie dem Doktor seine Kranken ... und es ist eine riesige Sauerei, daß die Sander-Farm vernichtet worden ist. Man sollte diese Neger ohne lange Reden an die Wand stellen! Auge um Auge, Zahn um Zahn. Steht schon in der Bibel. Sie sind doch getaufter Christ, Doktor?«

»Ja.« Malangas Augen waren wie verschleiert. »Sie sehen die Dinge einfach, Sir.«

»Ich sehe sie so, wie sie sind!« rief Thorwaldsen. »Die Kerle brennen die Farm ab, also muß man ihnen eins aufs Fell brennen! Das ist die simpelste Logik des Überlebens.«

»Es könnte möglich sein, daß die Männer nicht mehr

wußten, was sie taten. Daß sie einem Zauber gehorchten, der sie gefangenhielt.«

»O Himmel, Doktor, das sagen Sie als moderner Mensch? Als Naturwissenschaftler? Zauberei?! Ekstase durch Brimborium?! Ein ganzer Stamm fanatisierter Halbirrer?!«

»Unterschätzen Sie nicht die Macht der Zauberer. Sie haben vorhin selbst gesagt, sie seien meine eigentlichen Feinde.«

»Als Medizinmann. Aber einen Stamm hypnotisieren, daß er brennend und mordend durchs Land zieht ... das nimmt Ihnen keiner ab!«

»Es gibt so viele Dinge in diesem Land, die man mit Logik nicht erklären kann.« Malanga sah zu Corinna. Sie saß am Feuer, den Kopf gesenkt, die Hände im Schoß gefaltet. Sie dachte an Kitumba, an die rauchenden Trümmer, an die beiden Gräber unter der großen Schirmakazie. »Die Farbigen sind nicht schlechter als die Weißen!«

»Das sagen Sie, weil Sie selbst schwarz sind!« Thorwaldsen winkte ab. Malangas Augen versanken fast hinter den Lidern. Das Wort schwarz traf ihn jedesmal wie ein Peitschenhieb. Schwarz ... das war wie eine Kralle, die jedesmal ein Stück Haut von seinem Körper riß. »Ich habe die Mordkerle gesehen; sie machten nicht den Eindruck, als ob sie schlafwandelten.«

»Sie haben den Stamm gesehen?« Malangas Stimme war ganz ruhig. Nur seine Nasenflügel bebten.

»Ja. Sie zogen in fünfzig Metern an mir vorbei. Ich saß auf einem Baum. Sie waren bester Laune, sangen und trommelten. Auf einem Gestell trugen sie eine Art König. Der Kerl schlief selig.«

Onkel Kirugu, dachte Malanga. Er hat den Königstrupp gesehen. »Wann war das?« fragte er.

»Vor zehn Tagen. Ich habe einen Bogen geschlagen und bin ab nach Südosten. Hätte ich gewußt, daß diese Kerle die Sander-Farm ...«

»Was haben Sie weiter gesehen, Sir?«

»Nichts. Ich bin seitwärts in den Busch. Aber bei der nächsten Station, das sage ich Ihnen, werde ich Nachricht geben! Mit schnellen Einheiten wird die Armee ihnen noch den Weg abschneiden. Sind sie erst in den Mondbergen, holt sie keiner mehr raus! Corinna!« Er wandte sich an das stumme Mädchen und hieb sich auf die Schenkel: »Ich dachte ja an eine Stammesfehde. Hätte ich gewußt, daß Ihre Eltern ... bei Gott, ich hätte die ganze Uganda-Armee auf sie gehetzt. Damals hätte man sie mitten in der Savanne erwischt.«

»Das ist nun vorbei.« Malanga stand auf und ging zu Corinna. »Sie sind müde. Miß Sander«, sagte er. Seine Stimme hatte wieder den singenden Klang. »Bitte, gehen Sie ins Zelt und schlafen Sie. Morgen wird ein langer Tag sein.«

»Danke, Malanga.« Corinna stand auf und ging gehorsam zum Zelt. Am Eingang sah sie sich noch einmal um. »Gute Nacht. Wo schlafen Sie, Hendrik?«

»In meinem Wagen. Ich rolle mich zusammen wie ein Hund. Außerdem habe ich als Kopfkissen zwei Maschinenpistolen.«

Thorwaldsen und Malanga warteten, bis Corinna den Reißverschluß des Zelteinganges zugezogen hatte. Dann sahen sie sich an, und es bedurfte nicht vieler Worte, um das auszudrücken, was sie in den Blicken trugen.

»Sie sind mir total unsympathisch, Doktor«, sagte Thorwaldsen in seiner direkten Art. »Rund heraus: Ich mag Sie gar nicht.«

»Das trifft sich gut, Sir«, antwortete Malanga stolz. »Mir wird übel, wenn ich Sie ansehe.«

»Dagegen können Sie als Arzt ja etwas tun.« Thorwaldsens Spott war wie Faustschläge. »Ein Pülverchen genügt vielleicht.«

»Es gibt auch andere Mittel.«

»Darauf bin ich gespannt.«

»Das dürfen Sie auch, Sir. Gute Nacht.«

»Gute Nacht.«

Bis gegen zwei Uhr morgens blieb Thorwaldsen wach. Er lag in seinem Landrover, die Pistole neben sich, und wartete, ob Malanga etwas unternehmen würde. Er traute ihm nicht. Auch wenn es nicht klar ausgesprochen war, wußte er, daß er für Malanga ein Todfeind war.

Im Grunde genommen war Thorwaldsen gespannt, wie Malanga ihn ausschalten wollte, ohne Corinna mit in den Strudel der Ereignisse zu ziehen. Ein simples Töten im Schutze der Nacht war ausgeschlossen. Dafür gab es gegenüber Corinna kein Motiv. Daß Corinna aber Malangas ganzer Lebensinhalt geworden war, darüber bestand für Thorwaldsen kein Zweifel mehr. Wie er mit ihr sprach, wie er sie umsorgte, das war deutlich genug. Merkte es Corinna selbst nicht?

Thorwaldsen hob den Kopf und sah hinüber zu Malangas Wagen, der völlig im Nachtschatten stand. Nichts rührte sich dort. Malanga und Corinna ... welch ein absurder Gedanke! Dieses Mädchen in den Armen eines Negers! Dieser herrliche weiße Körper unter den tastenden braunschwarzen Händen?

Thorwaldsen schluckte mehrmals, als habe er einen dikken Kloß in der Kehle. Dann nahm er sich fest vor, Corinna davor zu schützen. Das war jetzt wichtiger als zwei Elefantenzähne von 60 Kilogramm Gewicht ...

Kurz nach zwei Uhr morgens schlief er ein. Die Sicherheit, daß Malanga ihm Corinnas wegen gar nichts anhaben konnte, machte ihn müde.

Malanga lag zusammengerollt wie eine Katze in seinem Wagen und beobachtete den Landrover Thorwaldsens. Als das Feuer ziemlich niedergebrannt war, stieg er aus und warf ein paar dicke Äste in die Glut. Er hörte, wie sich Thorwaldsen rührte. Metall klickte. Malanga lächelte überlegen. Hol nur deine Pistole heran, dachte er. So einfach mache ich es dir nicht. Wir haben noch einen langen Weg vor uns, Sir ... du sollst Afrika kennenlernen, wie es in keinen Büchern steht.

Ein paarmal warf Malanga später Steinchen in die Nähe von Thorwaldsens Wagen. Dort rührte sich nichts. Lautlos, wirklich katzengleich, schlich sich Malanga darauf an den Landrover heran und sah hinein. Thorwaldsen schlief fest, im rechten Arm eine Maschinenpistole.

Darauf geschah etwas Rätselhaftes. Malanga schlich zurück und kam wieder mit einigen zusammenfaltbaren Plastikeimern. Mit ihnen kroch er unter den Wagen Thorwaldsens, blieb dort eine Zeitlang liegen und kam dann wieder hervor, trug zwei gefüllte Eimer weg und entleerte sie ein paar Meter weiter in einer Senke. Er schien keine Angst zu haben vor den Tieren, die in der Nacht auf ihn lauern konnten.

Dann ging er zurück zu seinem Wagen, verstaute die wieder zusammengelegten Plastikeimer tief unter dem Gepäck, wo die Werkzeuge lagen, streckte sich unter einer Decke aus und wehrte sich nicht mehr gegen den Schlaf, der auch ihn überfiel.

Am Morgen weckte ihn das schrille Geschrei der Affen. Er schreckte hoch. Wenn Affen so schreien, ist das Alarm für die ganze Steppe. Wie versteinert saß Malanga nun hinter dem Steuer und starrte auf den schwarzmähnigen, riesigen Löwen, der langsam, mit der ganzen Majestät seiner Kraft und Grausamkeit rund um das erloschene Feuer ging, vor dem Zelt Corinnas stehenblieb und witterte. Sein Schwanz mit der Quaste am Ende peitschte den Boden, ganz leise kam ein dumpfes Grollen aus dem halbgeöffneten, in der Morgensonne feucht glänzenden Maul. Mit der rechten Tatze schlug er vorsichtig gegen die Zeltleinwand, dann trottete er weiter auf den Landrover Thorwaldsens zu. Malanga griff im Zeitlupentempo zu seinem Gewehr. Jede hastige Bewegung, jeder Laut konnte jetzt den Tod bedeuten. Dieser große, alte Mähnenlöwe war hungrig, das sah man. Er war ein Einzelgänger ohne Familie, ein langsam lahm werdender Einsiedler, dem die besten Stücke davonsprangen, der nicht mehr die Ausdauer hatte, Gazellen oder Antilopen zu jagen und nicht mehr die Kraft, ein Gnu zu schlagen. Er mußte auf die Kranken warten, die Schwachen der Herde, die Ausgestoßenen, wie er einer war. Oder auf die Menschen, denen er an List noch immer überlegen war.

Der alte Löwe hob den mächtigen, breiten Kopf, als er vor Thorwaldsens Landrover stand. Der Geruch des Menschen erregte ihn; wenn der Hunger im Bauch bohrt, ist kein Platz für Furcht mehr im Herzen. Die Krallen traten aus den Tatzen hervor, der buschige Schwanz schlug wieder den Savannenboden.

Zentimeter um Zentimeter, als habe das Gewehr das Gewicht einer bleiernen Kanone, hob Malanga seine Waffe bis an die Schulter. Dann senkte er den Kopf, um über Kimme und Korn den schwarzbehaarten Schädel anzuvisieren.

Im gleichen Augenblick ratterte aus dem Landrover eine Maschinenpistolensalve. Der alte Löwe schien erstaunt zu sein, wie ein Monument von Kraft und tierhafter Schönheit stand er da, den Kopf erhoben ... dann brüllte er, und es war ein Laut, der selbst Malanga eine Gänsehaut über den Körper trieb. Ein Schrei nach Leben und Sonne, ein Aufbrüllen gegen den Tod, der siebenfach in seinem mächtigen Körper steckte ... dann knickte der alte Löwe ein, rollte sich auf die Seite und hieb mit allen vier Pranken sterbend in den Boden, sich selbst mit Staub zudeckend wie mit einem Leichentuch. Zuletzt streckte er sich aus, ein letztes Gähnen noch, bis der endgültige Schlaf über ihn kam.

Malanga sprang aus seinem Wagen. Der Kopf Corinnas erschien in einer Spalte des Zelteinganges. Thorwaldsen kletterte aus dem Landrover und näherte sich dem toten Löwen bis auf fünf Schritte. Er hatte schon erlebt, daß ein anscheinend toter Löwe in letzter Wut noch einmal aufsprang und sich auf seinen Bezwinger stürzte.

Malanga war zuerst an dem großen Tier und beugte sich darüber. »Er ist tot«, sagte er. »Sieben Schüsse ins Herz. Dagegen hatte er keine Chance.«

»Ich habe auch nicht den Ehrgeiz, mit einem Löwen eine Boxolympiade zu veranstalten.« Thorwaldsen winkte hinüber zu Corinna, die noch immer aus dem Eingangsschlitz starrte. »Kommen Sie heraus, Corinna. Unser nicht eingeladener Gast legt sich Ihnen zu Füßen. Verdammt, mir stand das Herz still, als er vor Ihrem Zelt stand und daran kratzte, als klopfte er an. Ich konnte nicht schießen, ohne Sie zu gefährden. Aber Sie, Doktor, hatten einen guten Schußwinkel. Sie hätten schießen können!«

Malanga legte sein Gewehr an den Löwen. Er wußte, warum Thorwaldsen das sagte. Es sollte ihn bei Corinna herabsetzen. Er sollte als Feigling gelten. Dabei wußte Thorwaldsen genau, daß der Löwe so vor Malanga gestanden hatte, daß er keinen lebenswichtigen Teil treffen konnte. Von hinten hat noch keiner einen Löwen erschießen können.

Aber Malanga schwieg. Er gönnte Thorwaldsen den kleinen Triumph, Corinnas Retter zu sein. Der Tag hatte erst begonnen, und ein Tag ist lang in der Savanne. Als seien die

Schüsse für sie ein Signal, kamen die ersten Geier heran und ließen sich in den Bäumen nieder. Stumm, die nackten Hälse vorgestreckt, starrten sie hinunter auf den Löwen.

»Was machen wir mit ihm?« fragte Thorwaldsen. Er ging um den Löwen herum. Das Fell war arg mitgenommen, mit Schrunden übersät und zottelig. Allein die Mähne war herrlich. Für einen Massaihäuptling wäre es ein wundervoller Kopfschmuck gewesen. Außerdem waren sieben Einschüsse im Fell, nicht gerade ein Ruhmeszeichen für einen Jäger. Stolz zeigten einige Massaikrieger Löwenfelle, die nur einen einzigen Speereinstich hatten ... hier war bewiesen, daß ein Kampf Tier gegen Mensch stattgefunden hatte und der Mut und die Kraft des Menschen gesiegt hatten. Aber sieben Einschüsse? »Wir lassen ihn liegen. Die Mülleimer der Steppe werden schon für ihn sorgen.« Er sah hinauf zu den ekligen Geiern, von denen sich immer mehr in den Bäumen ansammelten.

Der Morgentee war schnell aufgebrüht, schnell ein Brot mit Wurst gegessen. Dann baute Malanga das Zelt ab, verstaute die Klappstühle in seinem Wagen und überließ es Thorwaldsen, sich um Corinna zu kümmern. Er widersprach nicht, als dieser kurz vor dem Aufbruch sagte: »Ich sehe. Ihr Landrover ist vollgepackt wie ein Lastwagen. Ich schlage vor, Doktor, Corinna fährt mit mir. Ich habe herrlich viel Platz neben mir.«

»Bitte!« sagte Malanga scheinbar gleichgültig. »Wenn Miß Sander es will.«

Thorwaldsen fuhr als erster ab. Malanga blieb einen Augenblick zurück und trat noch einmal an den alten, toten Löwen. Er kniete nieder und streichelte das mächtige Haupt. »Er ist ein Schwein!« sagte Malanga leise. »Er ist ein elendes, weißes Schwein. Ich werde dich nicht vergessen, Simba, wenn es zur Abrechnung kommt.«

Dann fuhr er Thorwaldsen nach, der ein scharfes Tempo einschlug und rücksichtslos quer durch die Savanne nach Westen fuhr, den am Horizont wieder wie eine Vision schwebenden Mondbergen entgegen.

Nach zehn Kilometern krachte es im Motor Thorwaldsens. Es hörte sich an, als zerbreche Stahl mit einem Aufschrei. Der Landrover machte einen mächtigen Satz, flog ein paar Meter durch die Luft und landete dann aufheulend wieder auf den Reifen.

»Himmel, Arsch und Zwirn!« brüllte Thorwaldsen und drehte die Zündung ab. Er hob Corinna aus dem Wagen und klappte die Motorhaube hoch. Qualm und der beißende Geruch glühenden Eisens schlugen ihm entgegen. »Das ist doch nicht zu fassen!« schrie Thorwaldsen. »Der Motor ist hin. Kolben festgefressen, die Pleuelstange ist durchs Gehäuse geschlagen! So was ist doch nur möglich, wenn der Karren ohne Öl läuft ...« Er schwieg abrupt und blickte sich nach Malanga um. Dieser hielt drei Meter hinter ihm und lächelte. »Aha!« sagte Thorwaldsen nur. Er lief rot an, aber schwieg darauf.

»Ich fürchte, wir müssen den Wagen stehenlassen, Sir.« Malanga kam teilnahmsvoll näher. »Darf ich mal einen Blick auf den Motor werfen?«

»Rühren Sie meinen Wagen nicht an!« brüllte Thorwaldsen. Er glühte wie die festgefressenen Kolben.

»Ich will Ihnen nur helfen, Sir.«

»Danke.« Thorwaldsen hieb die Motorhaube zu. »Was nun?«

»Sie steigen um zu mir«, sagte Malanga höflich. »Auf den Kisten kann man bei einiger Balance sitzen. Allerdings können wir nur das Nötigste von Ihnen mitnehmen. Ihr Rasierzeug vielleicht.«

Thorwaldsen kaute an der Unterlippe. Die Arbeit von

zwei Monaten war umsonst getan. Die Felle, das Elfenbein, alles mußte hier mitten in der Steppe zurückbleiben. Er hätte in diesem Augenblick Malanga ebenso durchlöchern können wie den alten Löwen; nur die Gegenwart Corinnas hielt ihn davon ab.

»Ich werde neben dem Wagen einen Mast errichten mit einer Fahne«, sagte er. »Wenn die Regierungstruppen in dieses Gebiet kommen, wissen Sie, wem der Wagen gehört.«

»Das ist eine gute Idee«, sagte Malanga höflich. »Gehen wir einen langen Ast schlagen.«

Es dauerte eine halbe Stunde, bis Thorwaldsen seinen Fahnenmast aufgerichtet, in den Boden gerammt und an die Tür des Wagens gebunden hatte. Oben flatterte ein weißes Stück Leinen, auf das er geschrieben hatte: Eigentum von H. Thorwaldsen. Fort Portal. Jagdschein Nr. 32 619 S.

»Können wir weiterfahren?« rief Malanga. Er saß schon wieder in seinem Wagen, Corinna neben sich. Für Thorwaldsen blieb ein kleiner Platz auf einer harten Aluminiumkiste. Er mußte sich mit Händen und Füßen daran festklammern, um bei dem Schwanken des Wagens nicht herunterzufallen.

»Ja! Sofort.« Er sah noch einmal auf seine zweimonatige Arbeit. »Können wir nicht ein Leopardenfell mitnehmen?«

»Nein! Ich riskiere keinen Achsenbruch!«

»Gut!« Thorwaldsen kletterte auf seine Kiste. Er zitterte vor verhaltener Wut. »Sie hätten statt Arzt Ölfachmann werden sollen!«

»Man muß verlieren können, Sir«, sagte Malanga höflich.

Thorwaldsen knirschte mit den Zähnen. »Ich werde Sie daran erinnern«, bellte er giftig.

Corinna legte die Hand auf Malangas Arm. Sie durchschaute diesen kleinen Privatkrieg und war sehr unglücklich darüber. »Hätte ich das alles geahnt, wäre ich in Kitumba geblieben«, sagte sie leise.

»Das war nicht zu ahnen.« Malanga ließ den Motor aufheulen. Dann fuhr er ab, ruckartig, indem er plötzlich bei Gas die Kupplung freigab. Thorwaldsen auf seiner Kiste fluchte und klammerte sich irgendwo fest. Er wurde durchgeschüttelt wie in einer Schleuder. »Nun ist es zu spät. Miß Sander. Nun gibt es kein Zurück mehr. Wir müssen in die Mondberge.«

Irgendwo in den weiten, undurchdringlichen Sumpfgebieten des Flusses Wasa, zwischen dem Südzipfel des Albert-Sees und den Ausläufern des Ruwenzori-Gebirges, der sagenhaften Mondberge, die bis zu 5109 Metern ansteigen und ewigen Schnee auf ihren Gipfeln tragen, hatte die Hauptgruppe der Bwamba-Bantus ihr Lager aufgeschlagen. Verteilt auf viele kleine, feste Inseln inmitten des Sumpfes hatten sie ihre Hütten gebaut, kleine runde Dinger, mit Schilf gedeckt und lediglich dazu aufgerichtet, um für ein paar Tage Schutz gegen den Regen zu bieten. Wenn der Befehl zum Weiterziehen kam, warf man die Hütten einfach um und zertrampelte sie oder verstreute sie im Sumpf.

Es waren über zweitausend Krieger, die jetzt hier in den Makoga-Sümpfen hausten, dazu einige Frauen und Kinder, die dem neuen König Kirugu gehörten und für alle anderen unantastbar waren. Sie lebten in einer großen Gemeinschaftshütte neben dem Rundbau Kirugus, neben dem auch die Hütte des Zauberers Budumba stand. Die kleine Insel war ein geheiligter Bezirk, nur ein schmaler Pfad verband sie mit den anderen festen Plätzen. Kaum zwei Mann konnten nebeneinander darübergehen. Es war ein natürlicher Schutz. Kirugu und Budumba waren unangreifbar.

Während eine Abteilung der Krieger auf Jagd ging und Wasserböcke und Flußpferde erlegte, die auf niedrig gehaltenen, kaum qualmenden Feuern gebraten wurden, saßen Kirugu und Budumba an einem Transistorradio und hörten die Meldungen von Radio Kampala.

In ihrem Zug durch die Provinz Muhende hatten sie eine Pause eingelegt, um die ermatteten Krieger zu schonen und die Verwundeten gründlich zu versorgen. Kirugu rechnete mit zehn Tagen Ruhe, dann sollte der Zug weitergehen in die Mondberge. Einige Kampftruppen waren ständig unterwegs und lenkten die Regierungstruppen ab, ein anderer Teil des Stammes zog kampflos weiter nördlich an der kongolesischen Grenze entlang den Mondbergen zu. Er bestand hauptsächlich aus Frauen und Kindern und einer Kompanie Soldaten, wie Kirugu und Budumba ihre Streitmacht ganz modern nannten und auch einteilten. Sie hatten Leutnants und Hauptleute ernannt, es gab einen Major und einen Oberst; Budumba nannte sich schlicht General, Kirugu war der König. Alle militärischen Operationen bereiteten sie auf einer Karte vor, die Budumba noch als Taxichauffeur in Nairobi gekauft hatte. Mit Rotstift hatte er ein Gebiet ummalt, das von den Ruwenzori-Bergen bis zum Albert-See reichte: das neue, selbständige Reich der Bwambas!

»Wir haben über zweihundert Verwundete«, sagte Kwame Kirugu böse und sah seinen Vetter Budumba an, der im Schmuck des Zauberers, bizarr und bunt bemalt, behängt mit Ketten aus Glasperlen und Zähnen von Leoparden und Löwen, neben ihm auf einem erbeuteten Campingstuhl saß. »Du hast versprochen, sie zu heilen! Was ist daraus geworden? Sie haben Fieber, stöhnen vor Schmerzen und müssen von den anderen getragen werden. Es wird nicht mehr lange dauern, und dein Zauber hat keine Wirkung mehr. Es wird

Zeit, daß Malanga bald zu uns kommt. Er ist ein richtiger Arzt. Er allein kann uns noch helfen!«

Nabu Budumba schwieg. Er war ein finsterer Mann, der immer mit halbgeschlossenen Lidern umherging und mit einem geschnitzten Stock jeden aus dem Weg prügelte, der ihm begegnete. In Nairobi, in den Slums am Rande der Stadt, hatte er den Plan geboren, aus den Bwamba-Bantus, denen er entstammte, einen eigenen Staat zu machen. Nach langen Palavern hatte er seinen Vetter Kirugu überredet, sich zum König ausrufen zu lassen und dem Stamm das neue Königreich in den Mondbergen zu versprechen. »Die Götter selbst auf dem weißen Dach der Welt haben uns den Befehl gegeben!« hatte Budumba bei der Proklamation Kirugus zum König Kwame I. ausgerufen, und die Bantus hatten mit den Stirnen auf der Erde gelegen. »Wir sind das älteste Volk der Erde, wir haben ein Recht, selbständig zu sein wie andere Völker. Was wir auch tun, Brüder ... die Götter auf dem Dach der Welt stehen neben uns und helfen uns!«

Das hörte sich so lange gut an, wie die Bantus ungehindert durch das Land ziehen konnten. Als die Pflanzer sich wehrten, als Männer wie Sander und Harris sich verbissen verteidigten, als vor allem die ersten Regierungstruppen mit automatischen Waffen in den Kampf eingriffen, waren die Götter der Mondberge plötzlich weit. Es gab Tote und viele Verwundete, und es gab vor allem kein Zurück mehr. Budumba sagte es dem Stamm ganz klar:

»Wir müssen weiterkämpfen, Brüder! Die Regierungssoldaten kennen keine Gnade. Jeder, der sich ergibt, wird aufgehängt und wie ein Schwein zerhackt. Es gibt kein Erbarmen mehr! Wir müssen siegen, auch wenn wir dafür bluten müssen.«

Um alle Zweifler zu überzeugen, daß die Götter bei ihnen

waren, ließ Budumba seine Zaubertricks los, die er in Nairobi für drei Pfund im Laden gekauft hatte. Er zauberte Kaninchen aus einem Zylinder und holte aus einem dünnen Röhrchen hundert seidene bunte Fähnchen.

Die Bantus jubelten und glaubten an die Liebe der Götter.

Anders Kwame Kirugu. Er hatte bald erkannt, in welches Abenteuer er sich da eingelassen hatte. Auch für ihn gab es kein Zurück, aber er suchte verzweifelt nach einem Ausweg, diesem Wahnsinn, in den ihn sein Vetter getrieben hatte, wieder zu entkommen. Seine ganze Hoffnung war Julius Malanga, der große, gelehrte Doktor, der Sohn seines Bruders. Malanga kam aus der Welt des Fortschritts, sein Wort würde Geltung haben, er war klüger als der ganze Stamm zusammen. Malanga ... das war für Kirugu wie ein Zauberwort, ein Gegenzauber zu Budumba, dessen Macht erlosch, wenn Malanga gekommen war.

»Warum hilfst du nicht den Verwundeten?« fragte Kirugu jetzt.

»Wie?« Budumba hob den federgeschmückten Kopf. »Wir haben keine Medikamente.«

»Du hast den Kriegern versprochen, deine Worte würden die Wunden schließen!«

»Kwame! Du weißt genau, daß das unmöglich ist.«

»Aber sie glauben es! Sie fordern es von dir! Was willst du ihnen sagen? Die Götter haben mich verlassen? Sie werden dich erschlagen, Nabu!« Kirugu beugte sich über die Karte, in der sein Reich eingezeichnet war. Ein imaginäres Reich, eine Utopie, die Ausgeburt eines fanatischen Gehirns. Auf drei Wegen zogen die Bwambas in die Berge, an den Rändern dieser drei Heersäulen schwirrten die »leichten Truppen« wie Moskitos herum und zerstörten, brannten nieder, mordeten und lieferten den Regierungstruppen wilde Gefechte, bei denen es kein Erbarmen gab. Warum das alles, dachte Kirugu bitter. Es ist meine große Schuld. Ich habe Budumbas Worten vertraut. Warum kommt Malanga nicht ...?

»Ich werde hierbleiben, bis Malanga bei uns ist!« sagte Kirugu mit fester Stimme. Er sah nicht die brennenden Augen Budumbas, die ihn musterten wie ein Götteropfer vor dem Todesstoß. »Das hier ist ein sicherer Platz. Malanga hat versprochen, mit dem nächsten Flugzeug aus London zu kommen. Er wird die Verwundeten versorgen und uns in die Berge führen. Und dir wird er das Handwerk legen, du Teufel!«

»Erst muß er hier sein.« Budumbas Stimme war gehässig. »Der Weg ist weit. Wir werden weiterziehen.«

»Nein!«

»Doch!« Budumba erhob sich. »Du wirst den Befehl geben. Oder soll ich dem Stamm sagen: Den großen Kirugu haben die Götter bestraft; seht her, sie haben ihm den Kopf abgeschlagen?« Er faßte an die breite Machete, die unter den Glasperlen in einem Ledergürtel stak. »Ich führe den Stamm auch allein in die Berge. Ich brauche kein Aushängeschild mehr. Alles ist in Bewegung, wie ein Wasserfall, der plötzlich aus den Felsen tritt und herunterstürzt.«

Kirugu senkte den Kopf. Er war machtlos, das wußte er. Er war nur wie eine Fahne, die man vorantrug und der man nachmarschierte. Die Fahne aber trug Budumba allein. »Und die Verletzten?« fragte er.

Budumba lächelte breit. »Ich werde einen Zauber um sie legen. Auf einer Insel sammle ich sie alle, schütte buntes Feuerwerkspulver um sie und brenne es ab. ›Die Götter werden euch heilen!‹ werde ich rufen. Dann ziehen wir ab, und ich sprenge als letzter den Damm zu der Insel. In ein paar Wochen werden nicht mal Knochen zu finden sein. Ist das ein guter Plan?«

Kirugu schwieg. Er stand auf, warf dabei den Klapptisch mit der Karte seines Königreiches um und verließ die große Königshütte. Allein ging er in das dichte Schilf- und Bambusdickicht des Sumpfes und faltete, als er unbeobachtet war, die Hände. Vor fünfzig Jahren – damals war er zehn – hatte er ein Jahr lang die Missionsschule in Sempaya besucht. Ein Mönch in weißer Kutte und mit einem langen Bart hatte ihn gelehrt, wie man Hände faltet und zu dem Gott betet, der sagt: Ich liebe alle Menschen, ob weiß, schwarz, gelb oder rot. Ich liebe meine Feinde und vergebe ihnen alle Sünden. Daran erinnerte sich Kirugu jetzt, und er fand auch die Worte wieder, die er vor fünfzig Jahren gelernt und seitdem nie wieder gesprochen hatte:

Vater unser, der du bist im Himmel ...

Aber an das Ende des Gebetes, vor dem Amen, setzte er noch hinzu: »... und laß Malanga kommen, damit er Budumba tötet. Amen!«

Zufrieden, innerlich merkwürdig stark, kehrte er zu seiner Hütte zurück. Budumba saß am Transistorradio und hörte Kampala.

»Sie haben drei neue Bataillone gegen uns losgeschickt«, sagte er und lachte hohl. »Was soll's? Hier finden sie uns nie!«

Kirugu antwortete nicht. Er ging zu seinem Lager, legte sich auf ein Leopardenfell und tat so, als ob er schlafen wolle.

Kettenklirrend verließ Budumba die Königshütte.

In der Nacht stellte er einen neuen Stoßtrupp zusammen. Es waren junge Krieger, die an seinen Zauber glaubten und die sich begeisterten an der Idee, ein eigenes Königreich zu haben. Immer und überall gibt es solche Jungen, in Europa wie in Afrika, in Amerika wie in Asien. Sie sterben für eine Idee und wissen doch nicht, warum.

Ihnen erzählte Budumba die Geschichte des Dr. Julius Malanga, der aus Europa herübergekommen sei, um den Bantus die Freiheit zu nehmen. »Ein halber Weißer ist er!« sagte Budumba und machte geheimnisvolle Zeichen in die Luft. »Die Götter verlangen, daß er stirbt. Ihr seid auserwählt, ihn zu töten. Ihr werdet die großen Helden des Stammes sein. Geht nach Osten und Norden, bewacht die Wege zu uns, und wenn ihr ihn seht ... tötet ihn. Er hat keinen Zauber um sich, er ist verwundbar. Wenn ihr mir seinen Kopf bringt, wiege ich ihn auf mit Gold! Und aus den Jungfrauen könnt ihr euch die schönsten heraussuchen. Den Kaufpreis bezahle ich!«

Die jungen Bantus nickten. In der gleichen Nacht noch zogen vier Stoßtrupps los, Julius Malanga aufzuspüren und zu töten. Wie wilde Tiere verschwanden sie in der Savanne.

Nabu Budumba war zufrieden.

Malanga würde nie mehr seinen Stamm erreichen.

Etwa um die gleiche Zeit ließ sich ein ehemaliger englischer Oberst, Sir John McCallen, beim Chef der Uganda-Armee melden. Er brachte, sehr zum Erstaunen des farbigen Generals, gleich den Innenminister mit. Die Herren begrüßten sich mit großer Höflichkeit und Förmlichkeit und nahmen dann im großen Zimmer des Generalstabs Platz. Propellerventilatoren verbreiteten einen kühlenden Luftzug, ein Boy in weißer Uniform und im Range eines Korporals servierte eiskalten Fruchtsaft.

»Ich muß, bevor ich ins einzelne gehe, erst erklären, wer ich bin«, sagte McCallen. Er steckte sich eine kurze Pfeife an und paffte ein paar Züge in die Luft. Er war genau der Typ des britischen Kolonialoffiziers, etwas steif, immer höflich, mit einem weißen Bärtchen unter der Nase und jener Selbstsicherheit, die England immer glauben ließ, Kolonien seien eine Einrichtung Gottes für gute Christenmenschen. Neben ihm wirkten der General etwas unsicher und der Innenminister wie ein Schüler aus der höheren Handelsschule. »Der Herr Minister weiß Bescheid, Ihnen wird es etwas Neues sein: Ich bin als Vertreter Ihrer britischen Majestät in Ihrem Land – das wissen Sie –, aber ich bin auch Beamter des Secret Service. Die Ereignisse in Ihrem Land lassen es für nötig erscheinen, dieses Inkognito im Einvernehmen mit meiner Dienststelle in London zu lüften. Wir wollten in diesem Falle nicht auf übliche anonyme Hinweise zurückgreifen, da dieser spezielle Fall zu unglaubwürdig schiene, wenn er anonym behandelt wird.« Oberst McCallen sog an seiner Pfeife, der süßliche Duft des englischen Tabaks durchzog den großen Raum. »Im Westen sind die Bwamba-Bantus aufgestanden und wollen einen eigenen Staat.«

»Unsere Truppen sind gerade dabei, die Revolution zu zerschlagen«, sagte der ugandische General schnell. »Wir haben drei Regimenter unterwegs. Es ist nur eine Frage von Tagen, Sir McCallen.«

»Glauben Sie! Darum bin ich hier, um diesen Irrtum aufzuklären. Uns ist aus verläßlicher Quelle zugetragen worden, daß die Bwambas im Augenblick wohl wilde Krieger spielen, aber alles noch sehr dilettantisch und unkontrolliert ist. Das wird sich ändern. Der Kopf der Bwambas ist unterwegs zu seinem Stamm.«

»Wie bitte?« fragte der General betroffen. Der Innenminister nickte betreten, er kannte die Geschichte bereits.

»Es soll sich um einen in Europa ausgebildeten Arzt handeln«, fuhr Oberst McCallen fort, »der per Flugzeug in den vergangenen Tagen gelandet ist oder noch landen wird. So genau war es nicht zu erfahren. Auch den Namen kennen wir nicht. Sicher ist auf jeden Fall: dieser Bwamba-Bantu ist ein in Europa ausgebildeter Intelligenzler, ein Fanatiker, was sein Volk betrifft, und soll das geistige Haupt werden. Unsere Agenten sind dabei, in Deutschland und England alle Universitätseinschreibungen von farbigen Studenten zu kontrollieren, vor allem aber die Promotionen der farbigen Ärzte. Es besteht gar kein Zweifel, daß wir in Zusammenarbeit mit den befreundeten anderen Geheimdiensten den Namen herausbekommen ... es fragt sich nur: Wann? Unter Umständen kann es dann für Uganda zu spät sein. Deshalb bin ich jetzt hier. Sie müssen etwas unternehmen. Sie müssen diesen Arzt auf dem Weg zu seinem Stamm in die Hände bekommen! Erreicht er erst die Bwambas, wird dieser Krieg eine Lebensfrage Ugandas! Bis jetzt ist er noch örtlich begrenzt, später wird er das ganze Land erfassen. Das ist nicht im Interesse Ihrer Majestät.«

»In unserem noch viel weniger, Sir.« Der Innenminister sah den General scharf an. »Was können wir tun?«

»Das Gebiet Toro ist abgeriegelt.«

»Gut, gut.« Oberst McCallen sah dem Rauch seiner Pfeife nach. »Als alter Soldat weiß ich, wie einfach es ist, in Afrika eine Abriegelung zu durchbrechen. Sie können keine feste Grenze ziehen, selbst aus der Luft ist die Savanne schwer zu kontrollieren. Und vergessen Sie nicht, daß dieser Arzt die volle Unterstützung des Volkes hat. Man wird ihn weiterreichen, außerhalb aller Sperren, bis er bei seinem Stamm ist. Dann gnade Ihnen Gott, meine Herren! Dann haben Sie ein zweites Kongo in Uganda!«

»Nicht auszudenken!« Der Minister schwitzte trotz der großen Ventilatoren. Der General blickte starr auf eine Karte an der Wand. Sie zeigte Uganda, und sie zeigte auch die Unmöglichkeit, in diesem Riesengebiet einen einzelnen

Menschen zu suchen und zu stellen. Einen Menschen, dessen Namen man nicht kannte, über den es keine Beschreibung gab, und von dem man nur wußte, daß er existierte. Der Staatsfeind Nr. 1 für Uganda.

»Ich kann eine Provinz wie Toro nicht abriegeln«, sagte der General schwach. »Nur aus der Luft könnten wir ...«

»Sinnlos!« McCallen winkte ab. »Politische Genies wie dieser Bantu benehmen sich in der Steppe wie Erdferkel; sie graben sich unsichtbar ein und wandern nachts. Sie müssen versuchen, das Volk zu gewinnen. Ich habe es schon dem Herrn Minister vorgeschlagen: Setzen Sie eine Belohnung auf seinen Kopf aus. Sagen wir: 5000 Uganda-Shillinge. Das ist ein Vermögen für einen Bauern, wenn er vor der Frage steht: Beherberge ich den Kerl oder liefere ich ihn ab und bin ein reicher Mann? Ich glaube, er wählt das Geld.«

»Das Ministerium ist bereit, diese 5000 Shillinge zu zahlen.« Der Innenminister lehnte sich zurück. »Ich halte die Idee von Sir McCallen für die einzig richtige.«

»Und was soll ich dabei?« fragte der General.

»Etwas Ungewöhnliches tun, General.« McCallen drückte mit dem Daumen den Tabak tiefer in die Pfeife. »Für einen Soldaten ist es vaterländische Pflicht, Rebellen unschädlich zu machen. Hier soll es anders sein: Auch der Soldat, der diesen Arzt fängt oder tötet, soll die 5000 bekommen! Der Mann, glauben Sie es mir, ist diese Sonderregelung wert. Halten Sie mich nicht für anmaßend, aber wenn es um Freiheitsideen geht, mögen sie auch noch so verschroben sein, traue ich nicht einmal dem Militär. 5000 Uganda-Shillinge zerbrechen dagegen auch das patriotischste Herz!« McCallen legte seine Pfeife auf die kupferne Tischplatte und beugte sich etwas vor. »Ich bin bereit, mit Ihnen den Text des Steckbriefes zu besprechen. Sie sollten heute noch über den Sender Kampala, über alle Militärfunkstellen und in allen Zeitungen den Aufruf bringen. An jeden Lastwagen, an jedes Auto, an jeden Esel, auf den Rücken jedes Menschen, der nach Osten, Süden oder Norden fährt, reitet oder geht, sollte man den Steckbrief kleben.«

»Wir werden das ganze Land damit überschwemmen.« Der Innenminister griff zitternd nach einer Zigarette, die ihm der General reichte. »Er wird uns nicht entgehen. Wenn wir wenigstens den Namen wüßten ...«

»Unsere Leute sind Tag und Nacht unterwegs. Jede Stunde kann per Funk Genaueres kommen. Aber jede Stunde ist auch wichtig.« Sir McCallen klopfte seine Pfeife in dem großen Aschenbecher aus und begann aus einem Lederbeutel, den er aus der Tasche zog, den Kopf neu zu füllen. »Ich habe das merkwürdige Gefühl, als säße dieser Kerl mitten unter uns. Oben im Apolo, im Grand-Hotel, im Silver Springs; elegant im Smoking, an der Bar, auf seine große Stunde wartend. Wir müssen ihm die Zeit abschneiden, mit der er spielt. Setzen wir den Text auf ...«

Am Abend dieses Tages strahlten alle Sender den Steckbrief von Julius Malanga aus. In den Druckereien jagten die Schnellpressen Plakate und Handzettel über die Druckwalzen.

5000 Uganda-Shillinge für einen Mann, der noch ein Phantom ist.

Er ist groß, schlank, sieht gepflegter aus als alle anderen Bantus, hat das Benehmen eines Gentleman und ist ein mganga, ein Arzt.

Er ist der Mann, den ganz Uganda sucht!

Als die Rundfunkstationen diesen Steckbrief ausstrahlten, war Julius Malanga gerade dabei, das neue Nachtlager zu suchen. Langsam fuhr er durch die Savanne und suchte einen geschützten Platz. Thorwaldsen hockte auf der Aluminiumkiste wie ein Riesenaffe und sehnte das Ende der Fahrt herbei. Sein Hintern war wundgescheuert, und seine Wut auf Malanga war grenzenlos.

Die Harris-Farm, umgewandelt in ein sturmsicheres Fort, wurde in den folgenden Tagen nicht mehr von den aufständischen Bantus berannt. Das Maschinengewehr auf dem Dach hatte sich ebenso schnell herumgesprochen wie der Befehl Mike Harris', von »Gefangenen abzusehen«, wie er es mit einer höllischen Höflichkeit ausdrückte.

Die Arbeit auf den Plantagen ging weiter. Es war jetzt wie in Israel an den jordanischen Grenzen: Man ging mit Gewehren und Maschinenpistolen auf die Felder, und während zehn Mann arbeiteten, wachten zwei Mann auf erhöhten Aussichtssitzen und kontrollierten das Land. Wenn sich etwas Unbekanntes regte, gellte ein Alarmsignal eine Sirene mit Handkurbel –, dann warfen die Arbeiter die Werkzeuge auf den Boden, griffen zu den Waffen und bildeten Kampfgruppen. Mike Harris begann sogar damit, seine farbigen Farmarbeiter militärisch auszubilden. Täglich drei Stunden exerzierte er mit ihnen auf dem großen Hof des Herrenhauses, ließ Griffe klopfen, hielt Schießübungen ab und gab Unterricht in Taktik, Angriff und Verteidigung. Morgens um 7 Uhr klang es über der Harris-Farm wie über einem Kasernenhof. Mike hatte das militärische Brüllen noch nicht verlernt und schrie seine Trupps nach guter alter Kommißmanier an.

Der Erfolg zeigte sich bald: Als ein Trupp versprengter Bwambas durch das Harris-Gebiet zog, kam ihm ein Stoßtrupp der Farm entgegen. Das Gefecht war kurz, weil die Farmarbeiter streng nach Reglement handelten, zickzackspringend zum Angriff übergingen und die Bantus in wilde Flucht schlugen.

Das war das letzte Mal, daß Mike Harris schießen mußte; er meldete es per Funk nach Kampala und fügte hinzu: »Was wir hier können, sollte auch die Armee können. Ich denke, ihr habt dort englische Instrukteure?«

Er bekam darauf natürlich keine Antwort, und beliebt machte er sich auch nicht dadurch. Aber das störte Harris wenig. Er hatte sich seine eigene Festung gebaut, und er wußte, daß sie uneinnehmbar war, solange die Bantus kämpften wie vor dreihundert Jahren.

Aber wie lange noch? Wann wuchs aus ihrer Mitte auch der politisch kluge und europäisch ausgebildete Kopf hervor, der das Volk um sich sammelte und mit modernen Mitteln einen Unabhängigkeitskrieg führte? In jedem afrikanischen Volk leuchtete plötzlich solch ein Stern auf, und dann standen die Europäer meistens verblüfft und wehrlos vor der Tatsache, daß ein jahrhundertelang schlafender Kontinent plötzlich erwachte.

Mike Harris machte sich darüber keine Gedanken, jedenfalls nicht mehr als um die Reparatur einer Erntemaschine, die einen Motorschaden hat. Er wurde erst munter, als er das Rundfunkprogramm hörte. Die Spätnachrichten brachten den Steckbrief des unbekannten Mannes, der zum Staatsfeind Nr. 1 in Uganda erklärt wurde.

Mike Harris hörte sich das alles an, dann wurde er rot im Gesicht und griff nach seiner Pfeife.

Ein Bantu. Ein Arzt. Ein Gentleman. In Europa studiert.

»Das ist doch ...!« brüllte Harris und sprang auf. Er rannnte in den kleinen Funkraum neben dem Badezimmer, setzte sich an das Gerät, stülpte die Kopfhörer über und stellte die Frequenz des Regierungssenders ein.

»Hier XN 3 ... hier XN 3 ... bitte kommen ... bitte kommen ...«, sprach er in das Mikrofon und warf den Hebel auf Empfang.

Stille. Die Leute in Kampala antworteten nicht. XN 3 ... das war Harris, wußten sie. Wenn Harris funkte, gab es immer Ärger. Er beleidigte regelmäßig Gott und die Welt. Warum also antworten? Man wollte sich nicht aufregen. Es war ein so schöner Abend, in einer halben Stunde kam die Ablösung, dann konnte man noch in ein Lokal gehen und mit Mimia tanzen. Harris aber verdarb einem den schönen Abend, also schweigen wir.

»Saubande!« fluchte vierhundert Kilometer westlich Mike Harris und hieb den Hebel wieder herum auf Sendung. »Da hat man einen großen Fisch an der Angel und die Kerle pennen! Hallo ... XN 3 ... hier XN 3 ... bitte melden ... bitte melden ... Es ist dringend. Es handelt sich um den Mann auf dem Steckbrief der Regierung ... bitte melden ...«

Die beiden Funker im Regierungsfunkraum sahen sich an und grinsten. Alter Fuchs, dachten sie. Kommt mit dieser Tour. Und wenn wir uns melden, legt er los und beschimpft uns. Nicht mit uns, Sir. Als wenn der große mganga gerade bei Mike Harris Station machen würde! Ausgerechnet dort!

Aber Harris gab nicht auf. Er brüllte eine halbe Stunde lang in das Mikrofon, bis sich seufzend und mit einem Blick zur Decke endlich der Regierungsfunker meldete. Er war schon die Ablösung, seine beiden Kollegen hatten sich fluchtartig entfernt.

»Schlaft ihr?!« brüllte Harris, als er endlich Verbindung zu Kampala hatte. »Ich versuche seit ...«

»Verzeihung, Sir«, unterbrach ihn der schwarze Funker, »aber mein Kollege und ich waren gerade auf der Toilette.«

»Eine halbe Stunde lang kann man nicht scheißen!« schrie Harris zurück. »Da kann hier die Welt untergehen, ihr hockt auf der Brille und fabriziert dicke Haufen. Verdammt noch mal!«

»Was wollten Sie der Regierung melden?« fragte der Funker in Kampala sehr zurückhaltend. »Bitte schnell, Sir ... wir brauchen die Frequenz für wichtigere Dinge.«

»Wichtigere?!« Harris schnaufte wie ein Flußpferd. »Bei mir war euer Mann, euer Staatsfeind Nr. 1. Dieser Bantu-Arzt.«

»Ach«, sagte der Funker nur. »Er hat bei Ihnen Tee getrunken?«

»Ja, natürlich.«

»Ein netter Mensch, nicht wahr? Ende!«

»Halt!« brüllte Harris. »Hören Sie doch. Sie Affe! Er war es wirklich! Er ist mit einem Landrover unterwegs. Hören Sie ...«

Aber Kampala schwieg wieder. Die Verbindung war abgeschaltet. Der Funker machte eine Notiz im Berichtsbuch. Sprechverkehr drei Minuten mit XN 3. Keine neuen Meldungen. Bericht über Wetterlage.

»Solche Idioten!« Harris warf den Kopfhörer weg und schaltete das Funkgerät ab. »Sie haben es nicht anders verdient, als daß man ihnen den Stuhl unterm Arsch wegzieht! Aber wir kommen ja auch dran, verdammt noch mal!«

Das war es, was Mike Harris sehr beunruhigte. Ein Aufstand im Land traf zuerst die weißen Pflanzer. Das hatte man bei Sander gesehen. Seine Farm lag genau im Durchmarschgebiet der Bantus, das war sein Pech. Man brannte sie nieder und ermordete nebenbei die Weißen und die ihnen treu ergebenen Arbeiter. Ein allgemeiner Aufstand aber traf alle Farmen; es würde das große Aufräumen werden, der Kahlfraß an allen Weißen. Ein Aufstand der Farbigen glich einer Heuschreckenplage; wohin sie kamen, hinterließen sie eine Wüstenei.

Mike Harris fühlte ein Jucken unter seinen Haaren. Er erkannte die große Gefahr, die mit der Machtübernahme durch einen intelligenten Bantu für alle heranwuchs. An den Namen des Arztes konnte er sich nicht mehr erinnern, so sehr er darüber nachgrübelte. Mabanda oder Mawanga oder Mobanda ... so irgendwie hatte es geklungen. Die Beschreibung paßte genau, und auch der Stolz, der Harris auf die Palme getrieben hatte, paßte zu allem, was von diesem Mann zu erwarten war.

Das fürchterlichste aber war, daß Corinna Sander ihn begleitete. Gutgläubig vertraute sie ihm. Natürlich, jetzt gewann der Irrsinn, die angeblich in Gefangenschaft geratenen Geschwister Corinnas aus den Händen der Bwambas zu befreien, einen völlig realen Grund. Wenn dieser Arzt der geistige Motor des Aufstandes werden sollte, war es leicht, durch ein einziges Wort der große Wohltäter zu werden.

Mike Harris wurde noch unruhiger. Er rannte im Haus herum, fluchte auf die Pisser im Sender und setzte sich mitten in der Nacht noch einmal an seinen Sender.

»XN 3 ... XN 3 ... bitte kommen ... XN 3 ... kommen ...

Der Mann, den ihr sucht, war bei mir. Er heißt so ähnlich wie Mabonda ... Er hat in Deutschland und England studiert ... Mit einem Landrover ist er unterwegs. In seiner Begleitung ist die deutsche Farmerstochter Corinna Sander. Die einzige Überlebende von der niedergebrannten Sander-Farm bei Kitumba.

XN 3 ... XN 3 ... bitte melden ...«

Da endlich glaubten sie es in Kampala. Der Funker hatte plötzlich eine hastige Stimme.

»Bleiben Sie am Apparat, Sir. Ich versuche, Sie mit dem Generalstab in Verbindung zu bringen. Wir müssen Ihre Frequenz nur durchgeben. Bitte, warten Sie, Sir.«

»Na endlich!« Harris wischte sich den Schweiß von der

Stirn. Zum erstenmal in seinem Leben sah er eine Sache, die ihn betraf, als sehr kritisch an. Selbst im Krieg, in der Ardennenschlacht, als er mit vier Mann in einem halbzerschossenen Bunker hockte und die Deutschen ihn mit schwerer Artillerie belegten, hatte er seine Pfeife geraucht. »Das ist das einzige, was wir hier noch tun können!« hatte er damals gesagt. Bisher sah er diese zwei Stunden Trommelfeuer als seine schlimmste Situation an. Das war nun veraltet. Ein einziger Mann, ein hochgewachsener, höflicher, überaus kluger Neger erschien Harris als das Schlimmste, was ihm im Leben begegnet war.

Er atmete auf, als in seinem Kopfhörer eine andere, etwas zackige Stimme aufklang. Militär. Harris kannte diesen Ton.

»Oberst Dokolo. Sie haben den Mann gesehen?«

»Er war bei mir. Hat hier übernachtet!« Harris schnaufte wieder. »Ein wahrer Gentleman! Aber ich hatte so eine Ahnung. Ich wollte ihn festsetzen. Doch das Mädel wollte es nicht. Vorgestern sind sie weiter, sie wollten zu den Mondbergen.«

»Ihre Angaben können stimmen.« Oberst Dokolo vom Generalstab schien sich Notizen zu machen. »Ich danke Ihnen sehr, Sir. Ihr Hinweis ist sehr wichtig. Wir werden alle Einheiten in diesem Gebiet in Alarm versetzen. In zwei Stunden wird eine Gruppe mit drei Jeeps und zwei Mannschaftswagen bei Ihnen sein. Sie sollen den gleichen Weg ausmachen, den der Landrover gefahren ist. Wir danken Ihnen, Sir.«

»Na, endlich mal ein vernünftiges Wort aus einem dunklen Mund!« Harris legte die Kopfhörer auf den Funktisch.

Aber der Druck um das Herz herum blieb.

Er hatte Malanga lange genug gesprochen und angesehen. Er wußte, daß er mit einem bedeutenden Mann gesprochen hatte. Einem Mann, dem es zuzutrauen war, einen neuen Brand in Afrika zu legen; eine Revolution, die Blut und Tränen und Vernichtung bedeutete.

Und Corinna Sander war bei ihm und vertraute ihm wie einem Freund.

Mike Harris griff zur Whiskyflasche und goß sich einen ganzen Becher voll. Seine Ohnmacht, weil er hier nicht helfen konnte, mußte er ertränken.

Von jetzt ab begann eine gnadenlose Jagd.

Malanga wußte es. Während Thorwaldsen und Corinna sich um das Abendessen kümmerten und Thorwaldsen Wasser von einem nahen Fluß holte, es durch Gaze filterte und abkochte, saß er im Wagen und hörte, auf leise gedreht, die Nachrichten aus Kampala. Corinna, die auf dem Gaskocher eine Suppe kochte, sah zu ihm herüber.

»Etwas Neues, Malanga?« rief sie ihm zu.

»Nein, Miß Sander. Nichts Besonderes. Das Übliche. In Deutschland demonstrieren die Studenten gegen alles, in Frankreich demonstrieren die Bauern gegen die Agrarpreise, und in England zittert die Pfundwährung.«

»Schrecklich!« Corinna rührte in dem dampfenden Kessel. Ein herrlicher Geruch zog über den Campplatz. »Wie friedlich leben wir dagegen hier.« Sie schwieg plötzlich, erschrocken von dieser so leicht hingesagten Phrase. Mit großen Augen starrte sie zu Malanga. Frieden? Man hat Vater und Mutter erschlagen, die Farm niedergebrannt und Gisela und Robert mitgeschleppt.

Frieden? Ihn gab es nicht mehr auf der Welt. Überall war nur Töten und Tod, Haß und Wahnsinn, Blut und Feuer.

»Stellen Sie das Radio ab!« sagte sie heiser. »Bitte ... ich will nichts mehr hören! Ich habe genug vom Tod!«

Malanga drehte den Ton ab und legte das Transistorradio

zur Seite. Nichts an ihm verriet, daß er nun der meistgesuchte Mensch in Uganda war, daß sein Kopf 5000 Uganda-Shillinge wert war.

Woher wissen sie, was ich plane, dachte er nur. Wer hat ihnen einen Hinweis gegeben? Wo ist die undichte Stelle, aus der die Geheimnisse heraustropfen wie wertvolles Blut?

Er setzte sich an den Klapptisch und sah Corinna zu, wie sie die Suppe abschmeckte und noch etwas Salz hineinstreute. Der Schein des Lagerfeuers zuckte über ihre schlanke Gestalt und ließ die blonden Haare wie Flammen aufleuchten.

In Malanga begann ein großer Konflikt sein Wesen zu spalten.

Was soll ich tun, dachte er.

Soll ich mein Volk zu einem eigenen Staat führen? Oder soll ich umkehren – noch kann ich es – und irgendwo eine Arztpraxis aufmachen, nicht hier, vielleicht in Nairobi oder in Dar-es-Salam oder als Chirurg in einem der großen, modernen Hospitäler, die man aus Entwicklungsgeldern baut? Ich könnte dann Corinna heiraten, wir würden ein herrliches, ruhiges, glückliches Leben führen, und sie wird vergessen, was mein Volk ihr angetan hat.

Ein kleines Haus am Meer oder in den Bergen. Keine Politik, keine Greuel, kein Blut für einen Traum. Eine weiße Frau, die mir allein gehört. Kinder, die aus unserer Liebe stammen. Ein Leben in Zufriedenheit.

Was soll ich tun?

Er starrte in die Flammen des Lagerfeuers und fühlte sich wie ein Mensch, der aus vielen Wunden blutet.

Umkehren? Das Volk verraten?

Malanga zuckte zusammen. Corinna stand hinter ihm und hatte ihm die Hände auf die Schultern gelegt. »Was ist mit

Ihnen?« fragte sie. »Sie sind so stumm und starren ins Feuer.«

Malanga legte seine Hände auf die Hände Corinnas und hielt sie fest. »Ich bin ein Vogel«, sagte er nachdenklich. »Ein Vogel, der herumflattert und einen Ast zum Ausruhen sucht. Aber nirgends ist ein Baum, kein Strauch ist da, kein Grashalm ... nur Wasser, bewegtes Wasser. Wo soll sich der Vogel ausruhen?«

»Auf einer Rose, die im Wasser schwimmt.«

»Das ist gut.« Malanga nickte. »Seien Sie diese Rose, Miß Sander.«

Eine ganze Weile blieb es still zwischen ihnen.

Malanga saß vor dem prasselnden Lagerfeuer und starrte in die Flammen. Corinna stand unbeweglich hinter ihm und ließ ihre Hände in seinen Händen. Irgendwo aus der Dunkelheit, in der Nähe des Flusses, hörten sie halblautes Fluchen. Thorwaldsen war bei seiner Wasserschlepperei auf ein Warzenschwein gestoßen, das, aus seiner Nachtruhe aufgescheucht, grunzend durch das Schilf davontrabte.

»Ich mag Sie gern, Julius«, sagte Corinna nach geraumer Zeit.

»Danke, Miß Corinna. Das ist wenigstens etwas.« Es klang bitter.

Gern mögen, das war die unverbindlichste Form der Sympathie. Auch einen farbigen Pullover, einen bunten Rock, eine Blume, eine Katze, einen Schrank, tausenderlei konnte man »gern« haben. Auch einen Neger, der Dr. Julius Malanga hieß. Ein Gegenstand, der nun mal da war, der schwarz war und aus einer anderen Welt.

Corinna löste die rechte Hand aus seinem Griff und legte sie auf Malangas Schulter. Unbewußt oder so, wie man ein Kind tröstet, streichelte sie leicht über seine glatte, in den Flammen glänzende Haut.

»Wir sollten über uns nicht nachdenken«, sagte sie leise. »Ich fühle mich weder als Frau noch als Mann. Ich weiß überhaupt nicht mehr, was ich bin, seitdem ich diese schrecklich zerhackten Körper meiner Eltern gesehen habe. Jedes Feuer, jede Flamme brennt in meinem Herzen weiter ...«

Malanga hob ruckartig den Kopf. »Soll ich das Lagerfeuer löschen. Miß Corinna?«

»Nein! Lassen Sie es. Es muß ja sein. Aber wenn ich es ansehe ... es brennt immer wieder die Wunde auf.« Sie ließ die Hand auf seiner Schulter liegen und starrte in die Dunkelheit der Steppe. »Warum haben sie alle getötet? Wo sind Robert und Gisela?«

»Wir suchen sie ja.«

»Sie glauben wirklich, daß sie noch leben? Malanga, woher nehmen Sie diese Gewißheit? Ich frage mich das schon die ganzen Tage. Hat es überhaupt Sinn, daß wir diesen Mördern nachschleichen?«

Malanga nickte. »Ich kenne dieses Volk. Sie vergraben keine fremden Toten, das haben Sie gesehen. Ihre Geschwister haben wir nicht gefunden, also schleppen sie sie mit. Ich ahne, warum.«

»Als Geisel natürlich.«

»Als Schutzschild! Eines Tages wird man sagen: Laßt uns in Ruhe, oder wir töten diese Weißen!« Malanga wischte sich über die Augen. »Es wird ihnen nicht viel nützen. Die Armee wird kommen und sie vernichten, und wenn sie hundert Weiße als Geiseln haben, denn auch die Armeesoldaten sind Farbige. Wenn man Budumba das sagt, wird er es einsehen und Ihre Geschwister freilassen. Darum müssen wir ihn treffen.«

»Wer ist Budumba?«

»Der Zauberer der Bwambas.«

»Sie kennen ihn, Malanga?«

»Ja. Ich kenne ihn.« Er sagte es so, daß Corinna nicht weiter fragte. Außerdem kam Thorwaldsen mit zwei Kanistern voll Wasser zurück und schüttete sie durch das feine Haarsieb in den großen Kessel, wo das Wasser abgekocht und keimfrei gemacht wurde. Nichtabgekochtes Wasser in der Savanne zu trinken, und sieht es noch so klar und sauber aus, ist fast ein Selbstmord. Die Bakterien der schrecklichsten Krankheiten haben keine verräterische Farbe und sind unsichtbar klein.

»Hier duftet es wie bei Muttern!« rief Thorwaldsen. »Bohnen mit Speck ... Corinna, Sie sind ein Juwel.«

»Der Büchsenfabrikant ist es!« Corinna löste sich von Malanga und trat an die Kochstelle. Sie rührte mit der Kelle in dem Suppentopf herum und füllte dann die tiefen Plastikteller. »Malanga, kümmern Sie sich um den Tee?«

»Sofort.« Malanga sprang auf. Es war kühler geworden. Er schlang einen Pullover um die Schultern und ging zu Thorwaldsens Kocher mit dem großen Wasserkessel. Sprudelnd kochte das Wasser, das Hendrik bereits gefiltert hatte. »Kann ich etwas davon nehmen?« fragte Malanga.

Thorwaldsen sah auf. Er hockte vor dem Haarsieb und betrachtete einen Käfer, der dort hängengeblieben war. Er kannte ihn noch nicht. Ein Käfer mit einem schillernd blaugrünen Panzerrücken.

»Bitte!« Thorwaldsen richtete sich auf und trat nahe an Malanga heran, als dieser Wasser in den kleinen Teekessel schöpfte. Seine Stimme sank zu einem Flüstern herab, das Corinna nicht hören konnte, Malanga aber deutlich verstand, weil die Köpfe der Männer eng beisammen waren.

»Ich habe Sie beobachtet, Doc, als ich vom Fluß kam ... Ich sage Ihnen nur eines: Die Finger weg von der Kleinen!«

»Ich rede über solche Dinge nicht«, sagte Malanga ebenso leise.

»Aber ich! Und nur ein paar Worte ... und die auch nur einmal ... dann rauscht's! Verstehen wir uns?«

»Nein.«

»Auch gut. Ich habe in der Sonne und in der Nacht geschulte Augen, Doc. Ich sehe so gut wie ein Bantu, darauf können Sie sich verlassen. Und ich wiege gute 180 Pfund. Was das bedeutet, wenn ich rechts aushole, können Sie sich ausrechnen. Und schießen kann ich blind ... das ist mein Beruf. Verstehen wir uns jetzt?«

»Nein«, sagte Malanga fast stolz. »Ich muß Tee zubereiten.«

Vom Feuer winkte Corinna Sander. »Essen kommen!« rief sie. »Die Suppe wird kalt!«

Thorwaldsen hielt Malanga am Pullover fest, als der Arzt sich schroff abwenden wollte. »Noch eins!« sagte er heiser vor Erregung. »Das Mädchen soll nichts merken, verstehen Sie? Es hat genug an Leid in sich hineingefressen und zeigt eine Haltung, die ich nicht aufbrächte. Wenn Sie irgendeine Andeutung machen, breche ich Ihnen die Knochen, ganz gleich, was nachher kommt. Verstanden?«

Malanga antwortete nicht. Er drehte sich weg und ging hochaufgerichtet zu Corinna. Thorwaldsen starrte ihm nach und ballte die Fäuste.

»Du arrogantes, schwarzes Aas!« knirschte er. »Dir den Schädel einzuhauen, muß eine ganz besondere Wonne sein!«

Dann nahm er einen Topf mit sterilisiertem Wasser und kam auch zum Eßtisch am Lagerfeuer.

Die Bohnensuppe duftete köstlich. Auch die Affen rings auf den Bäumen schienen es zu riechen; sie hingen an den äußersten Astenden und starrten auf den Tisch.

Die Nacht war ruhig. Malanga wachte auf, als die Sonne ihm ins Gesicht schien. Eine grelle Morgensonne, die gerade begann, die Kühle der Nacht und die Feuchtigkeit aufzusaugen.

Hinter dem kleinen Zelt, in dem Corinna schlief, hörte er es plätschern. Dort hatte er für Corinna eine Art Badekabine gebaut, eine gespannte Zeltleinwand, zur Steppe hin offen; ein langer Ast, in die Erde gerammt, bildete die Dusche, an dem Ast hing ein Wassersack mit einem Duschkopf am Ausguß. Zog man an einer Leine, so senkte sich der Wassersack in seinem Ring, und das Wasser lief in feinen dünnen Strahlen heraus. Es war die köstlichste Erfrischung nach einem langen Savannentag und der beste Tagesanfang für eine heiße, ins Unendliche gehende Wanderung.

Malanga kroch aus seinen Decken, dehnte sich und sah sich dann um. Von Thorwaldsen war nichts zu sehen. Er schlief sicher noch neben dem Zelt oder war schon, was er immer tat, beim Morgengrauen losgezogen, um einen Braten zu schießen.

Malanga sah auf die gespannte Leinwand, hinter der Corinna stand und sich duschte. Und auf einmal überkam ihn das Verlangen, sie zu sehen, heimlich, wie eine Maus durch eine Ritze ihre Umwelt anstarrt. Er wollte sie sehen, wie sie unter den Wasserstrahlen stand, wie sie die Arme hochreckte, wie sich ihre Rückenmuskeln spannten, die Hüften sich hoben, die Oberschenkel sich streckten, die Brüste sich vorwölbten und der Leib zitterte. Er wollte diese weiße Schönheit in all ihrer unerreichbaren Wonne genießen, mit den Augen nur, heimlich, aber doch dadurch beschenkt wie nie in seinem Leben. Er wollte seinen Traum sehen und sich berauschen an der Fülle herrlicher Details, die ein Mädchenkörper zu bieten hat.

Er verließ den Rastplatz und ging in die Savanne. Nachdem er einen kleinen Bogen geschlagen hatte, kam er zu der »freien« Seite der Badekabine zurück und schlich sich dann wie ein Leopard heran, geschützt durch das hohe Gras, lautlos, katzenhaft gleitend. Er erreichte eine Gruppe von Euphorbien und richtete sich langsam zwischen den Stämmen auf, so daß er mit seinem dunklen Oberkörper wie ein Teil der Baumgruppe aussah, wie ein dicker, senkrecht gewachsener Ast.

Von hier aus sah er voll auf die Dusche.

Corinna stand nackt unter den Wasserstrahlen und dehnte und reckte sich. Ihr langes, blondes Haar klebte an ihrem Rücken. Die Morgensonne übergoß ihren weißen Körper wie mit Silber. Sie tanzte unter den Wasserstrahlen, hob das Gesicht in die Sonne und massierte dann ihren nassen Körper mit beiden Händen. Es war ein Anblick, der einen anderen Mann als Malanga atemlos gemacht hätte ... für Malanga war es der Blick in ein Paradies, das zu erobern er sich angeschickt hatte.

Er lehnte zwischen den Euphorbienstämmen, hatte die Hände vor der Brust gefaltet und hielt den Atem an. Ich liebe sie, dachte er. Oh, mein Gott, wie liebe ich sie. Ich bin bereit, für sie mein Volk zu verlassen. Ich will mit ihr zusammen eine eigene kleine Welt gründen. Eine Welt des vollkommenen Friedens. Eine Welt der Glückseligkeit. Ich will für sie arbeiten wie ein Kuli. Ich will alles tun, um sie glücklich zu machen. Ich werde nichts mehr sein können ohne sie.

Corinna zog wieder an dem Wassersack. Noch einmal strömte das in der Sonne silbern flimmernde Wasser über die herrlichen Brüste und den flachen Leib und lief an den Schenkeln herab.

Malanga atmete seufzend auf, dann fuhr er wie ein aufgestörter Leopard herum. Ein leises Knacken hinter ihm hatte ihn gewarnt.

Hendrik Thorwaldsen stand an der Euphorbiengruppe und grinste. Aber es war ein gefährliches, böses Grinsen.

»Habe ich dich, Doc!« sagte er leise. »Logenplatz, was? Kleiner Privatstriptease?! Junge, die heimlichen Gucker sind mir die liebsten unter den Schweinen! Als wenn ich es geahnt hätte ... sitzt der geile schwarze Affe in den Bäumen und beguckt sich weiße Brüstchen! Kerl, ich schlage dir die Augen zu.«

Malanga antwortete nicht. Mit einem Satz stürzte er sich auf Thorwaldsen. Es war ein Sprung, der jedem Raubtier Ehre gemacht hätte.

Thorwaldsen schien es geahnt zu haben. Er wich aus, der Faustschlag Malangas traf nur seine Schulter, aber er war so heftig, daß er von ihm um die eigene Achse gedreht wurde.

»Oha!« sagte Thorwaldsen anerkennend. »Beim Pinkeluntersuchen hat er seine Kraft nicht verloren. Also denn!«

Er hieb zurück und traf Malanga zwischen die Augen. Es war ein Schlag, der einen Ochsen umgeworfen hätte, vor allem an diesem Punkt, aber Malanga blieb stehen und schüttelte sich nur. Blut rann aus der Nase, auf der Stirn bildete sich eine dicke Beule ... sie schwoll so schnell an, als blase man sie auf. Thorwaldsen staunte ehrlich.

»Du hast Kondition, mein Junge«, schnaufte er. »Ich sehe, wir haben noch viel voneinander!«

Noch dreimal schlugen sie auf sich ein, es klatschte laut, was Corinna unter ihrer Dusche nicht hören konnte. Als sie dann schwankend voreinander standen, hatte sich Corinna in ein großes Handtuch gewickelt und war zurück ins Zelt gekrochen.

»Der Tee wird gleich serviert«, keuchte Thorwaldsen. Er hatte ein geschwollenes Ohr und zwei große Flecken auf der

Brust. »Gehen wir. Die Unterhaltung wird später bei Gelegenheit fortgesetzt. Und vergessen Sie nicht: keinen Ton zu Corinna! Was hier auszuhandeln ist, geht nur uns beide an.«

Er ließ Malanga stehen, verschwand im Savannengras und wenig später hörte man einen Schuß. Eine Herde von Oribi-Gazellen flüchtete. Thorwaldsen hatte das Mittagessen geschossen.

Malanga ging hinüber zum Fluß, wusch sich das Blut aus dem Gesicht und kehrt dann ins Lager zurück. Corinna, in ihrer Safarikleidung wie ein großer Junge aussehend, hatte schon den Tisch gedeckt. Von der anderen Seite kam Thorwaldsen mit der erlegten kleinen Gazelle. Malanga grüßte mit einem Lächeln und ging zum Landrover. Das Bild, das er gesehen hatte, riß ihm niemand aus dem Herzen ...

»Mein Gott, wie sehen Sie denn aus?« rief Corinna entsetzt, als Malanga an ihr vorbeiging. »Was haben Sie denn gemacht?«

»Ich bin gestürzt.« Malanga sah sie dankbar an. Sie macht sich Sorgen um mich, das lindert allen Schmerz. »Ich wollte zum Fluß und stolperte über eine Baumwurzel. Ich fiel mit der Stirn genau auf einen Stein. Dumm, aber nicht so schlimm. Ich habe alles bei mir.«

Er holte aus dem Wagen eine Tropenkiste, öffnete sie und entnahm ihr eine Flasche und ein paar Lagen Zellstoff. Thorwaldsen, der zu ihm hinschielte, lachte plötzlich laut.

»Die gute alte essigsaure Tonerde!« brüllte er. »Haben Sie auch genug bei sich?«

»Genug. Es reicht für zwei«, sagte Malanga still.

Damit war das Thema beendet. Nach zwei Stunden fuhren sie weiter quer durch die Savanne, den Sümpfen von Toro und dem fernen, im Sonnenlicht tanzenden Mondgebirge entgegen ...

Die Lage hatte sich von einem Tag zum anderen verändert.

Es war den Kompanien der Armee trotz aller Zweifel McCallens gelungen, einen Sperriegel zwischen den aufständischen Bantus und den anderen Provinzen zu ziehen. Sogar an der Grenze zum Kongo waren Fallschirmjäger aus Kampala abgesprungen. Das war die große Gefahr für die Bwambas, denn vom Kongo bekamen sie Waffen und Munition; man hatte ihnen sogar leichte Kanonen versprochen, Granatwerfer und Maschinengewehre. Auch die Bedienung dieser Waffen wurde mitgeliefert ... es waren »Freiwillige«, Bantus aus dem Gebiet von Bunia und Djugu, die ihren Brüdern helfen wollten, einen eigenen Staat zu gründen.

Diese Lebensader der Bwambas schien langsam zu veröden, wenn die Fallschirmjäger erst Fuß faßten und mit Hubschraubern die Grenze zum Kongo überwachten. An der anderen Front fanden harte Kämpfe zwischen den Stoßtrupps der Bwambas und den Regierungstruppen statt. Die Verluste waren hoch, aber noch höher bei der Armee Ugandas, deren Soldaten meistens überrascht oder in Hinterhalte gelockt wurden. Nach zehn Gefechten hatten die Stoßtrupps der Bwambas alles an Waffen erbeutet, was sie brauchten, um der Armee gleichwertig zu sein – ein Umstand, der in Kampala viel Kopfzerbrechen auslöste.

»Sie bewaffnen sich bei uns«, sagte der General sarkastisch zu Oberst McCallen. »Was soll man tun?«

»Alles spricht dafür, daß dieser Doktor schon bei seinem Stamm ist.« McCallen stand vor der großen Karte Ugandas, an der das Gebiet Toro und Ruwenzori rot umrandet war. Rote Fähnchen steckten verteilt in diesem Gebiet: die Kampfgruppen der Armee und die bereits eroberten Dörfer. »Die Taktik ist typisch für einen Revolutionskrieg, wir kennen ihn von Kuba her, von den Mau-Mau, von Vietnam. Zermürbung des Gegners durch blitzartige Vorstöße mit an sich geringen Kräften ... aber diese Vorstöße kosten Material, Menschen und Nerven. Der Bursche hat viel gelernt. Ich bleibe bei meiner Theorie: Haben wir erst diesen Doktor, fällt die ganze Revolution der Bantus wie eine Seifenblase in sich zusammen.«

In den Sümpfen von Toro aber dachte man anders. Hier lag noch immer die Hauptstreitmacht der Bwambas in Ruhe und wartete. Nabu Budumba hörte die Nachrichten aus Kampala, und Kwame Kirugu mußte als König regieren und seinem Stamm erzählen, daß die Götter mit ihm geredet und den Sieg versprochen hätten.

»Wir müssen die Taktik ändern, Kwame«, sagte Budumba, als er den Steckbrief Malangas im Radio gehört hatte. Er berichtete Kirugu nichts davon, sondern nur von den Ansammlungen der Armee und den Fallschirmjägern an der kongolesischen Grenze. »Man wird uns zusammendrängen, bevor wir die schweren Waffen aus dem Kongo haben. Zwanzig Panzer wollen sie in die Steppe bringen. Dagegen helfen keine vergifteten Speere und auch kein Zauber mehr.«

»Machen wir Frieden!« sagte Kirugu müde. »Unterwerfen wir uns.«

»Sie werden uns allen die Köpfe abschlagen und die Frauen schänden.«

»Nicht, wenn wir jetzt aufhören! Wenn wir auf ihre Gnade hoffen.«

»Es gibt keine Gnade mehr, Kwame!« Budumba ging in der großen, runden Königshütte unruhig hin und her. »Vier Gefangene wurden an Ort und Stelle von den Regierungssoldaten enthauptet. Meine Späher haben das gesehen. Willst du das ganze Volk köpfen lassen? Es gibt nur noch eins: Wir müssen die Mondberge erreichen, bevor sie uns hier in den Sümpfen und der Steppe zusammenschießen. In den Bergen sind wir sicher. Dort machen wir jeden Stein zu einer Festung, dort können vom Kongo über die einsamen Pässe Munition und Waffen zu uns kommen. In den Mondbergen werden nicht nur die Götter zu Hause sein, sondern auch wir, das Königreich Bwamba! Und keiner wird uns mehr vernichten können, keiner!« Die Augen Budumbas flammten fanatisch. Kirugu schwieg. Er dachte nüchterner. Budumba ist ein Verrückter, dachte er, aber das Volk steht noch hinter ihm. Er ist durch seinen Zauber mächtiger als ich. Das aber wird sich ändern, wenn Malanga bei uns ist. Er wird Budumba lächerlich machen, daß man ihn wegjagt zu den Schweinen oder irgendwo aufhängt, den Geiern zum Fraß.

Kirugu lächelte vor sich hin. Malanga kommt, das war sicher. Er wird einen Ausweg finden für sein fehlgeleitetes, verführtes, blutendes, vom falschen Zauber betörtes Volk.

Aber wann, wann kommt er?

Jeder Tag, der verrinnt, schlägt eine Wunde mehr in das Volk der Bwambas.

»Was willst du also tun?« fragte Kirugu.

Budumba blieb stehen. »Wir müssen sammeln«, sagte er dumpf. »Weiße sammeln. Viele, viele Weiße. Es müssen hundert, zweihundert, dreihundert sein, so viel, wie wir bekommen können. Sie sind mehr wert als alle Versprechungen, als Millionen Shillinge, als alle Völkerrechte. Ich kenne das von Kenia, Kwame: Für einen Weißen rechneten sie zehn Farbige. Dreihundert Weiße sind dreitausend Bantus ... verstehst du das?«

»Du willst noch mehr umbringen?« sagte Kirugu heiser.

»Nicht umbringen! Ich will Sicherheiten! Ich sammle Schecks für unsere Freiheit. Jeder Weiße – ein Scheck! Wir werden mit ihnen unser Königreich bezahlen. Das ist sogar ein glattes Geschäft.« Budumbas Stimme hob sich.

Kirugu sah ihn aus gesenkten Augen an, so wie man einen Irren voll Vorsicht mustert. »Ich werde unsere Krieger ausschicken, so viele Weiße gesund und ohne Verletzungen einzusammeln, wie sie bekommen können. Vor allem auf den Missionsstationen ... Patres, Schwestern, Entwicklungshelfer, Ingenieure, Berater, Lehrer ... es gibt genug.« Budumba lachte schrill und warf die Arme hoch in die Luft. »Ich möchte die Armee sehen, die auf uns schießt, wenn jeder Schuß den Tod eines Weißen bedeutet. Die Welt wird auf uns blicken und verhindern, daß man die Weißen tötet. Sie werden mit uns verhandeln müssen ... und *wir* diktieren das Protokoll. So habe ich es in Kenia gelernt.«

»Du warst Taxichauffeur«, sagte Kirugu verächtlich.

»Jawohl!« Budumba fuhr herum. »Ich habe die großen Herren gefahren. Politiker, Abgeordnete, Geschäftsleute, Intellektuelle. Ich habe mich mit ihnen unterhalten, und sie haben mir alles erzählt. Einem armen, schwarzen Chauffeur kann man ja so etwas erzählen, er ist ja dumm wie ein Warzenschwein! Aber ich habe es mir gemerkt, ich habe es in mir gespeichert, Kwame ... ich kenne die Taktik der Großen! Und ich wende sie jetzt an gegen sie.«

Kirugu widersprach nicht, es hatte keinen Sinn. Budumba aber vollführte wieder seinen Zauber. Er baute ein Holzgestell auf, befestigte ein paar Papphülsen daran und legte eine lange Zündschnur, die alle Papphülsen miteinander verband.

In der Nacht standen die Krieger im Kreis um dieses Gestell. Budumba begann unter dem dumpfen Klang der Trommeln seinen Zaubertanz, hüpfte um das Gestell, wedelte mit Federn und wälzte sich auf der Erde, die Götter beschwörend. Sein schweißnasser Körper zuckte wild, aus seinem aufgerissenen Mund quollen unartikulierte, wilde

Schreie. Dann sprang er auf, ritzte ein Streichholz an und legte es an die Zündschnur.

Mit rasender Schnelligkeit fraß sich das Flämmchen die Schnur entlang zum hölzernen Gestell. Dort erreichte es die erste Papphülse. Es gab einen lauten Explosionskrach und bunte Sterne zischten in die Nachtluft.

Die Krieger sanken wie auf ein Kommando in die Knie und starrten mit weit aufgerissenen Augen auf diese Erscheinung der Götter.

Die zweite, dritte, fünfte, zehnte Hülse explodierte ... dann stand das ganze Gerüst in zischenden, bunten Flammen, und was da krachend in der Nacht leuchtete, war ein großer, bunter Stern.

Budumba breitete die Arme aus. Die Krieger fielen zu Boden.

Der große Zauberer hatte einen Stern vom Himmel geholt. Ein Stern war mitten unter den Bwambas. War das kein Beweis, daß die Götter sie liebten?

»Die Götter sind bei uns!« brüllte Budumba über die liegenden, zitternden Gestalten. »Die Götter befehlen uns: Nehmt die Weißen, nehmt sie lebendig! Die Weißen bringen euch die Freiheit!«

Dann erlosch das Feuerwerk, Budumba ging erschöpft in die große Königshütte, die Krieger schlichen zu ihren Lagerplätzen zurück, den flammenden Stern im Herzen.

Kwame Kirugu saß in der Hütte; er hatte den Zauber nicht mitgemacht.

»Was machst du«, fragte er Budumba, der aus seinem Federkleid schlüpfte, »wenn du keine Knallkörper mehr hast?«

»Dann müssen wir ein Königreich sein.« Budumba lächelte zufrieden. »So lange reicht mein Vorrat noch.«

»Und wo willst du die Weißen verstecken?«

»In den Mondbergen.«

»Wovon ernähren?«

»Sie werden Fleisch essen müssen, bis man sie austauscht.«

»Und die beiden Sanders?«

Nabu Budumba zog ein Phantasiekleid an, das aus einer Hose aus Affenfell und einer Jacke aus Leopardenfell bestand. So wirkte er auch »außer Dienst« immer wie ein Zauberer. Alles war ihm gehorsam, es gab einfach nichts anderes mehr als ihn und die Götter.

»Sie werden wie die anderen Weißen behandelt.«

»Auch das Mädchen?« In den Augen Kirugus lag ein Lauern. Budumbas Mund verzerrte sich etwas.

»Auch sie!« sagte er hart. »Warum nicht?«

»Ich dachte ...« Kirugu lächelte verhalten. »Ich habe dich gesehen, wie du sie beobachtet hast. Du starrst ihr nach, wie sie geht, wie sie sich auszieht, wie sie schläft, wie sie ißt, wie sie weint, wie sie wütend ist ... du siehst sie an wie einen Fetisch. Du willst sie haben, Nabu!«

»Nein!«

»Doch. Du lügst aus Angst. Wenn du sie nimmst, verlierst du gegen den Stamm dein Gesicht. Das weißt du.« Kirugu lehnte sich lächelnd zurück. »Was willst du also tun?«

»Sie wird ausgetauscht wie die anderen Weißen, weiter nichts.«

»Und warum hast du sie nicht getötet wie Mr. Sander und Mrs. Sander?«

»Das ist meine Sache.« Budumba sah böse auf Kirugu. »Regiere du als König ... die Politik überlaß mir!«

Er verließ die Königshütte und stand dann abseits im Schilf. Kirugu stieg von seinem Thron, dem europäischen Stuhl mit der hohen geschnitzten Lehne, rollte sich auf eine Matte und versuchte zu schlafen. Malanga muß kommen, dachte er wieder. Es war sein einziger, großer Gedanke. Er muß kommen, ehe es zu spät für mein Volk ist.

Budumba ging durch das Schilf, über den schmalen, festen Landsteg zu der Nebeninsel, auf der sechs Hütten errichtet waren. Hier wohnten die Frauen Kirugus und die der Gruppenanführer des Stammes. Budumba und Kirugu hatten die Bwambas gleich zu Anfang umorganisiert. Es gab keine Familienältesten mehr, keine Sippenherrscher, nicht mehr das harte Familienrecht, sondern der Stamm war nun eingeteilt wie eine Armee. Es gab Gruppen, Züge, Kompanien und Bataillone mit ihren jeweiligen Kommandeuren. Die militärische Rangordnung löste die uralte Geschlechtertradition ab. Oberbefehlshaber war Budumba, der König als Chef des Stammes war Kirugu. Die Bantus hatten sich schnell daran gewöhnt.

Budumba hatte jetzt die nächste Insel erreicht und nickte den Wachen zu, die rundherum im Schilf verteilt waren und alle zwei Stunden – auch hier nach dem Vorbild der Weißen – abgelöst wurden.

»Was macht die weiße Frau?« fragte er einen riesigen Bantu, der vor einer der Hütten saß und sofort aufsprang, als er den Leopardenrock Budumbas erkannte.

»Sie schläft noch nicht.«

»Paß auf, daß niemand in die Nähe kommt.«

Budumba öffnete die aus Gras geflochtene Klapptür und betrat die runde Hütte. In der Mitte stand eine Batterielampe, deren greller Lichtschein durch einen Schirm aus Schilfgeflecht abgedunkelt war. Gisela Sander saß auf einem Hocker und schrieb in ein Notizbuch. Sie blickte kurz auf, als Budumba eintrat und schrieb dann weiter.

Gisela Sander unterschied sich von Corinna, der älteren Schwester, nur durch ihre Haarfarbe. Sie hatte statt blondes ein helles, kupferbraunes Haar, das im Licht, ganz gleich ob

Sonne oder Lampe, immer wie blankgeputzt aussah. Ein herrliches Haar, das in einem langen Pferdeschwanz bis hinunter zu den Hüften hing. Dazu hatte sie grüngraue Augen und einen durchtrainierten, muskulösen Körper, derber als Corinna, geformt in der Farmarbeit auf Kitumba. Sie hatte nicht studiert ... ihr Interesse galt der Veredelung von Kaffee und dem Anbau von Baumwolle. Sie jagte Löwen und fing mit den Vorarbeitern störrische Stiere ein. Dementsprechend war sie kraftvoll, mit stämmigen Beinen und breiten Schultern. Nur die Brüste, stärker noch als die Corinnas, zeigten, daß sie trotz allem ein blutvolles Weibsbild war.

»Was machen Sie da, Miß Sander?« fragte Budumba und blieb an der Tür stehen.

»Ich schreibe in mein Tagebuch. Wollen Sie es hören? Heute wieder durch die Savanne gezogen, am Ast hängend wie ein gefangener Affe. Wir können das Ruwenzori-Gebirge sehen ... ob es dorthin geht? Was wollen sie mit uns machen? Langsam verebbt unsere Angst, wir sind nur noch neugierig. Wenn sie uns hätten töten wollen, wäre das längst geschehen. Aber sie verpflegen uns und achten darauf, daß uns kein Kratzer an die Haut kommt. Das ist alles rätselhaft, so rätselhaft wie dieser Budumba, der mir widerlich ist ... Wollen Sie noch mehr hören?«

Gisela Sander klappte das Tagebuch zu. Budumbas Gesicht lag im Schatten, man konnte es nicht sehen. Aber man hörte deutlich, wie er mit den Zähnen knirschte.

»Sie leben noch, weil *ich* es will!« sagte er heiser. »Ich allein bestimme über Ihr Leben.«

»Das ist mir klar.« Gisela Sanders Stimme zeigte keinerlei Ehrfurcht vor Budumbas Macht. »Ich weiß nur nicht, warum Sie meine Eltern umbrachten und meinen Bruder und mich mühsam durch die Steppe schleppen.«

»Das hat politische Gründe.« Budumba betrachtete das

Mädchen mit begehrlichen Blicken. In Gedanken zog er sie aus und schwelgte in den Formen, die sich ihm freigaben. In Nairobi hatte er öfter eine weiße Frau besessen, aber immer hatte er dafür zahlen müssen. Da gab es Bordelle für Schwarze, in denen auch weiße Frauen arbeiteten. Für zwei Pfund gab es eine welke, schwarzhaarige, dickliche Hure, die sich hinlegte und schläfrig sagte: »Nu mach schon, Blacky ...« Für vier Pfund bekam man eine Junge. Die blonden Weiber kosteten zehn Pfund; man konnte sie sich jährlich nur zweimal leisten, zum Geburtstag und zu Weihnachten. Aber auch das war nicht das Richtige, was Budumba ersehnte. Er wollte die volle Liebe einer weißen, blonden Frau, die ihn umarmte und nicht Geld dafür nahm.

»Sie könnten frei sein«, sagte Budumba gepreßt.

Gisela Sander hob kampfeslustig den Kopf. »Das wäre interessant.«

»Sie könnten Königin dieses Stammes sein, Gisela.«

»Ach!« Gisela verstand. Ihr Gesicht wurde steinern. »Gehen Sie hinaus, Sie Schwein!« sagte sie laut. »Wenn Sie darauf warten, dann sparen Sie sich Fleisch, Milch, Pflege und Transport von uns. Zerhacken Sie uns wie die Eltern!«

»Die Götter haben den Bantus viel Zeit geschenkt«, sagte Budumba pathetisch. »Warten wir es ab. Es gibt eine Hölle, wo eine schwarze Hand auf Ihrer weißen Haut wie die letzte Kühlung ist vor dem Verbrennen. Gute Nacht!«

Budumba verließ die kleine, runde Hütte, nickte dem Wächter zu und kehrte über den schmalen, unter fauligem Wasser liegenden Pfad zurück zur Königsinsel.

Gisela Sander starrte Budumba noch lange nach, als er längst die Hütte verlassen hatte. Es war, als sei sein Schatten noch im Raum.

Das ist es, dachte sie, und nun kam der ganze Schrecken

über sie. Er will mich. Darum lebe ich noch. Er will mich nicht als Sklave, nicht als wehrloses, vergewaltigtes Bündel. Er will mich als Sieger in seine Arme nehmen, als Beute, die zu ihm kommt aus Angst und Todesfurcht.

»Nie!«

Gisela schrie es in die Hütte und ballte die Fäuste. Der Wächter draußen rührte sich nicht. Er war es gewöhnt, Töne aus der Hütte zu hören.

»Nie ...«, sagte sie leiser. »Und wenn, dann erwürge ich dich, sobald du auf mir liegst und glaubst, glücklich zu sein ...«

Die neue Taktik Budumbas wurde bald erkannt. Seine Trupps überfielen ohne Rücksicht Stationen, Farmen, Buschschulen und Buschkirchen, schleppten die Weißen mit und verschwanden in der Savanne mit ihnen. Innerhalb von zwei Tagen bekamen sie zehn Patres, neun Schwestern, drei Lehrer und neunzehn andere Weiße – meistens Ingenieure – in die Hände.

Die Botschaften in Kampala wurden bei der Regierung von Uganda vorstellig, der Militärchef tobte, der Bischof las eine große Messe für die verschleppten Priester und Schwestern, Oberst McCallen raufte sich die wenigen, eisgrauen Haare.

»Ich sage Ihnen, diese Bwambas haben eine Führung, die europäisch ausgebildet ist«, referierte McCallen vor den Missionschefs der in Kampala akkreditierten Länder. »Es ist, gelinde gesagt, zum Kotzen, daß wir nicht seinen Namen kennen. Vieles wäre dann leichter. Aber diese Kampfführung – Stoßtrupps moderner Art und Geiselfang nach altem, klassischem Rezept, das ist in der Lage der Bwambas genial. Man bindet uns die Hände vor größeren Einsätzen und gewinnt so Zeit, in die sicheren Mondberge zu kommen. Das allein ist ihr Ziel ... und sie erreichen es, verdammt noch mal!«

Am dritten Tage nach der Veröffentlichung von Malangas Steckbrief meldete die 2. Kompanie des 1. Regimentes, die in der Gegend von Itojo operierte und die Randgebiete der Sümpfe durchkämmte und kontrollierte, einen Überläufer der Bwambas. Es war ein kleiner, zäher Bursche mit listigen Augen, der plötzlich vor einer MG-Stellung mit hocherhobenen Armen aufgetaucht war und den Kommandeur zu sprechen verlangte.

»Ich weiß, wen ihr sucht«, sagte er grinsend. »Aber ich rede erst vorm Kommandeur.«

Der Oberleutnant, der die 2. Kompanie führte, fragte ihn zunächst. Als der kleine Bantu immer wieder auf dem Kommandeur bestand, wurde er erst einmal mit biegsamen Ruten durchgehauen, dann an einen Baum gehängt und dort zwölf Stunden der Sonne ausgesetzt, von sieben Uhr morgens bis sieben Uhr abends.

Aber der Bantu schwieg. Er hatte die Worte des großen Zauberers Budumba im Ohr: »Du sagst nur dem General etwas! Du mußt dich nach Kampala bringen lassen. Sprichst du vorher, werden die Götter deiner Frau, deinen Kindern und allen deinen Verwandten die Zunge aus dem Mund reißen! So wahr sie den Stern vom Himmel fallen ließen.«

Um acht Uhr abends ließ der Oberleutnant der 2. Kompanie schweren Herzens einen Funkspruch nach Kampala durch. Morgens um neun landete ein Hubschrauber in der Savanne. Oberst McCallen und ein Oberst der Uganda-Armee sprangen ins Gras. Der kleine Bantu hatte sich wieder erholt, man hatte ihm viel Fleisch und Milch gegeben und eine alte Uniform, damit man nicht seinen striemigen, zerschlagenen Körper sah. Er hockte auf dem Boden, als Mc-

Callen zu ihm trat und ihm eine Schachtel Zigaretten zuwarf.

»Nun, was ist?« fragte er auf Bwamba-Luganda, der Sprache im südlichen Toro. »Ich bin der Kommandeur, den es angeht.«

Der Kleine schielte zu McCallen hinauf und grinste. McCallen hockte sich in Eingeborenenart neben ihn, in den Knien wippend, die Absätze nach oben ins Gesäß gestoßen. Schwarze können so stundenlang hocken ... dem Europäer schlafen nach spätestens zehn Minuten die Beine ein, die Knie beginnen zu zittern und er fällt einfach um. McCallen nicht. Er hatte es geübt. Wer dreißig Jahre lang Kolonialoffizier war, kennt diese Tricks genau.

»Na?« wiederholte er. »Was ist so wichtig?«

»Ich habe Nachricht für dich, Bwana.« Der kleine Bantu sah auf McCallens eisgrauen Schnurrbart. »Ich soll sagen, daß der große Doktor auf dem Weg zu den Bwambas ist.«

»Das weiß ich«, knurrte McCallen. »Wer schickt dich?«

»Ich weiß nicht.« Der kleine Bantu grinste wieder. »Ich soll sagen, der große mganga, den ihr sucht, heißt Dr. Julius Malanga und kommt aus London.«

McCallen spürte ein Kribbeln unter seiner Kopfhaut. »Junge ...«, sagte er gedehnt. »Junge, wenn das wahr ist, lasse ich dir deinen schwarzen Hintern vergolden. Du kommst mit nach Kampala! Wir prüfen das nach. Sofort!« Er sah zu dem Uganda-Oberst auf, der neben ihnen stand und es unter seiner Würde fand, sich niederzuhocken, so wie es sein Vater noch im Busch beim Palaver getan hatte. »Wir fliegen sofort zurück. Funken Sie an das Innenministerium, sie sollen uns alle Akten der nach Europa gereisten Studenten bereitlegen und darin nach einem Julius Malanga suchen ...«

Zehn Minuten später erlebte der kleine Bantu den ersten

Flug seines Lebens. Er hockte in der gläsernen Kanzel der Riesenlibelle, sah die Savanne unter sich, die flüchtenden Herden der Impalas und Gnus, Wasserböcke und Kudus, eine Herde ziehender Elefanten und ein Löwenrudel, faul in der Sonne liegend und schlafend. Da lachte er und klatschte in die Hände wie ein Kind und schrie immer und immer wieder gegen das Fenster: »Simba! Simba! Simba!«

Er war aus der Eiszeit in die Gegenwart gerissen worden und begriff es noch gar nicht voll. Er flog wie ein Vogel, und das war so schön, daß er alle Angst vergaß.

In Kampala empfing im Hauptquartier ein lachender General den nervösen McCallen. »Wir haben ihn!« rief der General und schwenkte ein Aktenstück. »Julius Malanga vom Stamme der Bwambas! Seit zehn Jahren in Europa. Studierte in Köln, London, Paris und Rochester. Vater war der letzte König der Bwambas. Sein Onkel Kirugu regiert jetzt den Stamm. Malanga ist vor drei Wochen in Entebbe gelandet, zurückgekehrt aus Europa.«

»Das ist er!« McCallen wischte sich den Schweiß von der Stirn. »Und dazu braucht man so lange Zeit, um das festzustellen. Wo alles so logisch ist, wo man sogar ein Dossier von ihm hat. Ist ein Bild dabei?«

»Mehrere.« Der General reichte die Mappe. McCallen sah in ein schönes, intelligentes, kaum noch negroides, dunkles Gesicht. Mit zusammengekniffenen Augen klappte er die Akte wieder zu. »Wirklich, dieser Mann ist gefährlich«, sagte er leise. »Das ist ein Gegner, den wir auf gar keinen Fall verachten sollten. Hören wir uns nun an, was unser kleiner Steppenhüpfer noch zu sagen hat ...«

Aber der kleine glückliche Bantu, der zum erstenmal wie ein Vogel geflogen war, hatte nichts mehr zu sagen.

»Das war alles, Bwana«, sagte er immer wieder, noch

nach fünf Stunden geduldiger Fragerei. »Das war wirklich alles, Bwana.«

Achselzuckend verließ McCallen den Raum und übergab den Kleinen den Militärs. Diese waren weniger höflich zu ihm; sie schlugen ihm ins Gesicht und fragten: »Wo stehen eure Männer? Wo ist der Sitz des Königs? Wie seid ihr bewaffnet? Woher bekommt ihr die Waffen? Wer unterstützt euch? Was sind die Pläne Budumbas? Rede, du Aasgeburt!«

Aber der kleine Bantu schwieg. Er wußte ja das alles nicht. Er war Träger in der Kolonne III, weiter nichts. Und die Götter hatten ihn durch Budumba dazu auserwählt, zu fliegen wie ein Vogel. Oh, war das schön!

Sie verprügelten ihn wieder, streuten Salz in die aufgeplatzten Wunden, brannten ihm glühende Eisen ins Fleisch, schnitten ihm die Ohren ab und kastrierten ihn.

Der Kleine schwieg. Wohl schrie er vor den gräßlichen Schmerzen, aber wer nichts weiß, kann ja auch nichts verraten.

Als der Schmerz und die Qual zu groß wurden, warf er sich aus dem Fenster auf die Straße. Dort lebte er aber noch, kroch auf allen vieren herum wie eine vom Sturz verletzte Katze, bis ihn der Posten vor der Tür erschoß.

Man warf ihn in die gleiche Abfallgrube, in die der Müll von Kampala abgeladen wurde. Eine Lastwagenladung fauliger Apfelsinen wurde seine Grabplatte. Vier Wochen später planierte ihn ein Bulldozer unter.

Beim Überfall auf die Station Butiti – ein kühnes Unternehmen, denn Butiti lag an der Hauptstraße Kampala-Fort Portal und war einen Tag vorher noch von zwei Zügen Panzerjäger besetzt gewesen – erbeutete der Stoßtrupp der Bwambas nicht nur Munition, Gewehre, Maschinenpistolen und Kisten voll Konserven, sondern auch achtundzwanzig Weiße, darunter einen katholischen Priester Pater Fritz, einen Deutschen –, und die deutsche Journalistin Ingeborg Kraemer. Sie war für eine Nachrichtenagentur trotz der Sperren bis Butiti vorgedrungen, um wenigstens einen allgemeinen Lagebericht nach Deutschland durchgeben zu können. Als die Bwambas nachts das Dorf überfielen, was an sich schon ungewöhnlich war bei der Scheu der Farbigen vor der Nacht, wurde Ingeborg Kraemer gefangengenommen, als lade man sie zu einer Party ein. Ein stämmiger Bantu in einer Phantasieuniform, die aus verschiedenen Zivilteilen und einer Militärhose bestand, während er um die Stirn ein Band aus Affenfell trug, kam in ihr Zimmer und winkte ab, als Ingeborg eine Pistole hob.

»Wir freuen uns, Sie mitnehmen zu können«, sagte der Bantu höflich und gab die Tür frei. »Bitte, kommen Sie mit. Wenn Sie schießen, sieht das alles ganz anders aus.«

Ingeborg Kraemer legte die Pistole auf den Tisch, griff nach ihrer Reisetasche aus Zeltstoff, stopfte Unterwäsche, zwei Kleider, eine lange Hose und einen Bikini hinein, räumte vom Waschtisch alle Kosmetika zusammen und legte obendrauf ihre kleine Reiseschreibmaschine, Papier und ein Wörterbuch »Kisuaheli für Anfänger«. Sie hatte plötzlich keine Angst mehr. Der sechste Sinn, den gute Journalisten haben müssen, meldete sich bei ihr. Wenn sie töten wollen, wäre ich jetzt schon hinüber, dachte sie. Aber sie wollen etwas anderes; das könnte eine Story werden.

Sie kämmte sich, zog ihre Buschkluft – Stiefel, lange Hose, Safarihemd, Windjacke und zerbeulter Hut – an und nickte dem geduldig wartenden, großen Bantu zu.

»Wir können, großer Häuptling!« sagte sie auf englisch. Auch der Bantu hatte englisch gesprochen. »Wohin geht die Reise?«

»Zu den Göttern, Madam.«

»Interessant. Da wollte ich schon immer hin.«

Ingeborg Kraemer nahm ihre schwere Reisetasche, warf noch einen Blick zurück ins Zimmer und folgte dann dem Bantu. Draußen traf sie auf Pater Fritz, der in seiner weißen Soutane inmitten gestikulierender und weinender anderer Gefangener wie ein Turm herausragte.

»Hatten Sie Schwierigkeiten?« fragte er Ingeborg Kraemer, als sie in den Kreis der anderen trat.

»Nein. Gar nicht. Er lud mich ein wie zu einer Wochenendfahrt. Es fehlt nur noch das ›Na Puppe, woll'n wir mal?!‹ Vielleicht kommt das noch?« Sie lachte und schob den zerbeulten Hut in den Nacken. Sie hatte ein offenes, frech-fröhliches Gesicht, gebräunt und mit etwa zweihundertneunundvierzig Sommersprossen auf der Nase; sie war schlank und mittelgroß und in dem Khakisack von Hemd, das sie trug, formenmäßig schlecht zu bestimmen. Pater Fritz nickte.

»Sie benehmen sich merkwürdig«, sagte er. »Im Kongo waren sie weniger höflich. Aber das kann noch kommen. Wer weiß, trotz langer Forschungen, was in diesen Seelen vorgeht?«

In der Nacht noch wurden sie weggefahren, mit erbeuteten Lastwagen, die fahrkundige Europäer fahren mußten. Bewaffnete Bantus saßen neben ihnen und gaben ihnen die Richtung an.

Als der Morgen graute, waren sie schon weit von Butiti entfernt in der Savanne; als Militärkolonnen die Verfolgung aufnahmen, stießen sie in Leere. Man fand zwar die Lastwagen, aber die Bantus und die Gefangenen blieben unsichtbar. Auch Hubschrauber erkannten sie nicht in der zerklüfteten Hochebene, in die sie geflüchtet waren.

Zwei Tage dauerte der Zug der Gefangenen durch die

mannshohe Grassavanne. Sie wurden bestens verpflegt und behandelt. Nur als ein italienischer Ingenieur fliehen wollte, tötete man ihn lautlos mit vergifteten Pfeilen. Das war eine Warnung, die jeder verstand. Pater Fritz begrub den Italiener unter einer Schirmakazie und zelebrierte einen kurzen Sterbegottesdienst. Dabei zeigte es sich, daß die Hälfte der Bantus getauft waren: sie bekreuzigten sich und knieten nieder.

»Da sieht man wieder das Geheimnis der afrikanischen Seele«, sagte Pater Fritz später zu Ingeborg Kraemer, die auf ihrer Reiseschreibmaschine diese Begebenheit festhielt. »Sie überfallen und morden, und sie bekreuzigen sich und knien nieder. Sie haben von dem Gott der Liebe gehört, aber sie leben weiter wie ihre Ahnen. Bei den Aufständen im Kongo hat ein junger, farbiger Meßdiener sogar seinen Pfarrer in der Kirche erstochen. Man kann das mit unserer Logik nicht begreifen.«

Am dritten Tag kamen ihnen Wagenkolonnen entgegen. Eingeborenenfuhrwerke, gezogen von Rindern. Die Gefangenen wurden darauf geladen, die Wagen wendeten und zogen hinein in die undurchdringlichen Sümpfe von Makoga.

So kam es, daß Robert Sander mit Ingeborg Kraemer zusammentraf.

Auf der großen Insel der Gefangenen, die Budumba ausgesucht hatte – und von der es kein Entfliehen gab, denn zu ihr gab es keinen Steg, man mußte in flachen Flechtbooten hinüberrudern –, trafen sie sich. Robert Sander half Ingeborg aus dem Boot und trug sie auf seinen Armen ein Stück durch den kniehohen Sumpf ans völlig feste Land der Insel.

»Willkommen«, sagte er und warf die Reisetasche Ingeborgs auf den feuchten Boden. »Ich weiß schon von unseren plappernden Mäulchen: Sie kommen aus Butiti.«

»Vorsicht, Mann!« Ingeborg bückte sich und nahm ihre

Tasche hoch. »Sie zerschlagen mir ja alles. Die Bantus waren vorsichtiger als Sie Bär.«

»Oh, die Dame bringt Porzellan und Kristall mit?« Robert Sander betrachtete die Tasche voll Spott. Er war groß, wie es sein Vater gewesen war, blond wie Corinna und kräftig wie ein Ringer. Über seine linke Wange zog sich eine blutige, tiefe Narbe. »Ist auch eine Vase dabei? Ich will Ihnen gern ein paar Blümchen pflücken.«

»Blöder Kerl!« Ingeborg Kraemer warf die Tasche über ihre Schulter. »Eine Schreibmaschine ist darin.«

»Oha! Die fliegende Sekretärin. Anruf genügt ... bin gleich da. Wollen Sie Budumbas Zauberkünste im Stenogramm aufnehmen?«

»Ich bin Journalistin«, sagte Ingeborg laut und ließ Robert Sander stehen. Mit weiten, kräftigen Schritten ging sie den anderen nach zu den provisorischen Grashütten. Von weitem winkte ihr Pater Fritz zu.

»Eine Journalistin!« sagte Robert Sander entgeistert. »Die hat uns gerade noch gefehlt. Na, wird sich Budumba freuen. Aber das Mädel ist in Ordnung. Vor allem hat es Mut!«

Er ging ihr nach und sah zu, wie zwei Bantu-Gruppenführer die neuen Gefangenen auf die neuen Hütten verteilten. Bevor sie abmarschierten, blickte sich Ingeborg noch einmal um. Ihr Blick traf Robert Sander, der winkend die Hand hob. Da winkte sie zurück und lächelte.

Auch in der Savanne, auch im Elend können zwei Herzen plötzlich schneller schlagen ...

Malanga merkte es erst, als es zu spät war.

Plötzlich fiel der Kopf Corinnas zur Seite gegen seine Schulter, sie stöhnte auf und sank dann zusammen. Malanga trat auf die Bremse und stellte gleichzeitig die Zündung ab, Thorwaldsen flog im hohen Bogen von der Kiste, auf der er saß, ins Gras und überschlug sich.

»Sind Sie verrückt geworden?« brüllte er noch im Liegen. Dann stand er auf und rieb sich die linke Schulter.

Malanga hatte Corinna umfangen und versuchte, sie wegzuschieben. Sie lehnte sich schwer gegen ihn und gab keine Antwort, als er sie anrief. Als er ihren Kopf faßte und hochhob, hatte sie die Augen geschlossen, die Lippen zusammengepreßt, um ihren Mund lag ein harter Zug. Mit zitternden Fingern fuhr Malanga über ihr Gesicht. Es war glühendheiß, die Haut fühlte sich trocken an, wie rotbraunes Pergament.

»Um Himmels willen!« schrie Malanga. »Kommen Sie her! Sie ist ohnmächtig. Sie glüht vor Fieber.«

Thorwaldsen sprang an den Wagen. Sie hoben Corinna heraus, Malanga hatte die Schultern untergefaßt, Hendrik hielt die Beine. Vorsichtig trugen sie Corinna etwas abseits, trampelten das Gras nieder und legten sie dann auf den Boden. Malanga öffnete ihr die Bluse und fühlte dann nach ihrem Puls.

»Himmel noch mal ... Puls fühlen, das ist alles, was ihr Ärzte könnt. Es ist doch wurscht, ob er 90 oder 120 ist! Die ist ohnmächtig ... machen Sie sie wieder mobil!« schrie Thorwaldsen. Er kniete neben Corinna und rieb ihr die Brust. Die harte Hand Malangas schob seine Hände weg. »Was hat sie?«

»Fieber.«

»Sie kluges Kind! Das sieht ein Blinder, der fühlt's nämlich. Aber welches Fieber? Malaria? Sumpffieber? Gelbfieber? Hat sie sich irgendwo vergiftet oder infiziert? War das Wasser trotz Abkochen schlecht? Mensch, Doktor, machen Sie die Schnauze auf. Wozu haben Sie sechs Jahre lang Ihren Arsch auf den Universitätsbänken gewetzt?!«

Malanga hörte nicht hin. Er sah Corinnas verzerrtes Gesicht und verging fast vor Angst.

»Wir müssen sie ausziehen«, sagte er leise. »Ich muß sie untersuchen.«

»Dann tun Sie es doch!« schrie Thorwaldsen.

»Wollen Sie es nicht übernehmen?«

»Blödsinn!«

Gemeinsam zogen sie Corinna aus, breiteten eine Decke auf den Boden und legten den nackten, leuchtenden, jetzt fieberheißen Körper darauf. Malanga kniete sich wieder neben sie und legte die Hände auf die Decke neben den Körper. Sein Kopf flog plötzlich hoch zu Thorwaldsen.

»Erlauben Sie, Sir, daß eine schwarze Hand diesen weißen Körper berührt?« sagte er laut. Thorwaldsen schnob die Luft durch die Nase ein.

»Ich zerschlage Ihnen den Schädel, Doc, wenn Sie nicht sofort anfangen!« knirschte er. »Los, untersuchen Sie ...«

Malanga tastete mit den Blicken Corinnas Körper ab. Bevor er das Herz abhorchte, suchte er nach äußeren Einwirkungen. Ein Schlangenbiß, ein Skorpionstich, eine Ansammlung von Mückenstichen ... es gab viele Möglichkeiten. Rätselhaft war es nur, warum Corinna nichts gesagt hatte. Ein solches Fieber kam nicht plötzlich, es entwickelte sich, mußte eine Ursache haben.

»Aha!« sagte Malanga, als er das rechte Bein Corinnas etwas drehte. »Da ist es.«

Thorwaldsen fiel auf die Knie und beugte sich vor. An der rechten Wade Corinnas zog ein langer, rötlicher Strich über die Haut. Ein Riß, wie von einem Dorn, und Dornen gab es genug in der Savanne. Dieser Riß war aufgetrieben, das Bein gerötet. Als Thorwaldsen die Hand darauf legte, zuckte er vor der Hitze zurück.

»Doc ...«, stotterte er und sah dabei Malanga nicht an.

»Sagen Sie bloß nicht: Blutvergiftung. Heben Sie bloß nicht die Schultern. Ich bringe Sie auf der Stelle um! Verdammt ... ich verlange von Ihnen jetzt Wunder!« Er holte tief Luft und sah Malanga nun doch an. »Was ist es?«

»Eine Blutvergiftung.« Malanga beugte sich über Corinna, zog die Lider hoch und sah in die verdrehten Augen. Er öffnete ihr gewaltsam den Mund, indem er seine Finger zwischen die Zähne preßte und betrachtete die Zunge. Sie war rötlichweiß, trocken, wie ledern. »Eine Septikämie«, sagte er tief atmend. Er tastete den Leib ab und drückte auf die Milz. »Noch kein deutlicher Milztumor, aber eine spürbare Verhärtung.«

»Tun Sie etwas, Malanga!« Thorwaldsen ballte die Fäuste. »Wenn es Sinn hätte, würde ich Sie jetzt umbringen mögen. Ich hatte in meinem Landrover eine Safariapotheke. Ich hatte ein paar Mittel drin, die vielleicht geholfen hätten. Aber Sie Saukerl haben mir das Öl abgelassen und ...«

»Ihre Mittel helfen hier nicht mehr.« Malanga erhob sich und sah starr auf den weißen, ausgestreckten Körper vor sich. »Ich muß operieren.«

»Hier? Jetzt? Im Gras?« Thorwaldsen starrte Malanga entgeistert an.

»Es ist ihre einzige Chance. Ich muß operieren ... sie muß bluten, viel bluten ... und sie muß neues, frisches Blut bekommen ...«

»Um Himmels willen, woher denn?«

»Von uns. Einer muß die Blutgruppe Corinnas haben ...« Malangas Gesicht war starr wie eine schwarze Eisenmaske.

»Und wenn nicht ...?« fragte Thorwaldsen kaum hörbar.

Malanga sah in die Sonne und schloß die Augen.

Und dann zuckte er mit den Schultern.

Während sich Thorwaldsen um Corinna kümmerte – es war herzlich wenig, was er tun konnte, und so hielt er nur ihren Kopf etwas hoch und spürte die glühende Haut an seinen Fingern, was ihn noch ratloser werden ließ –, war Malanga zu seinem Landrover gegangen und schleppte zwei Kisten heran. Es waren schöne, neue, mit Eisen beschlagene Kisten, tropenfest und mit Klemmverschlüssen, wie sie Thorwaldsen noch nicht gesehen hatte. Seinen fragenden Blick beantwortete Malanga gleichgültig.

»Eine Sonderanfertigung. In London hergestellt.«

»Tun Sie was Vernünftiges, Doc, statt Kisten zu erklären!« schnaubte Thorwaldsen. »Ich habe das Gefühl, daß sie mir in den Händen verbrennt. Sie glüht regelrecht. Haben Sie nicht wenigstens ein fiebersenkendes Mittel?!«

»Alles der Reihe nach. Das Fieber kann immer noch bekämpft werden. Wir müssen erst die Infektion angehen.« Malanga kniete neben seinen Kisten und schloß die Schlösser auf. Thorwaldsen starrte auf den weißen, nackten Leib Corinnas, und es war nur Sorge in seinem Blick, keinerlei männliche Bewunderung für die Schönheit des Körpers.

»Machen Sie ein Sonnensegel, Sir!« sagte Malanga, während er die erste Kiste aufklappte und eine Stanniolhaut zerriß. Es klang wie ein Befehl. Thorwaldsen ließ Corinnas Kopf los, rannte zum Wagen, holte Zeltleinwand und zusammensteckbare Stangen und begann, ein Sonnendach über dem nackten Körper aufzurichten. Es ging ziemlich schnell, darin war Thorwaldsen geübt. Er spannte die Leinwand zwischen die vier Stangen, zurrte die Seile aus Nylon fest und hieb die Heringe in die Erde. Als er mit dieser Arbeit fertig war und sich mit dem Unterarm den Schweiß aus dem Gesicht wischte, sah er, daß Malanga so etwas wie ein Labor aus der Kiste gepackt hatte. Auf einem Klapptisch standen Halter mit Reagenzgläsern, Glasschalen, Kolben, ein Bunsenbrenner, mit Propangas gespeist, dunkel getönte

Flaschen mit verschiedenen Flüssigkeiten, einige Spritzen in sterilen Chrombehältern, ein Ansaugschlauch, ein Blutdruckmesser, ein kleines, aber anscheinend sehr scharfes Mikroskop, eine Schachtel mit gläsernen Objektträgern und Deckgläsern, mehrere Skalpelle, ein Kasten mit sterilen Tupfern und Kompressen, Abdecktüchern und blutaufsaugenden, gepreßten Wattelagen. In einem verchromten Koffer sah Thorwaldsen ein vollständiges chirurgisches Besteck. Scheren, Zangen, Klemmen, Pinzetten, Sägen, Spreizer, scharfe Löffel, Sonden.

»Mein Gott – Sie haben ja ein ganzes Krankenhaus im Koffer!« sagte Thorwaldsen etwas kleinlaut. »Schleppen Sie auch eine aufblasbare Krankenschwester mit sich herum?«

»Die Krankenschwester sind Sie, Sir!« Malanga hatte alles um sich herum geordnet. Nun holte er aus der zweiten Kiste, die randvoll mit Medikamenten war, eine Plastikflasche heraus.

»Was ist das?« fragte Thorwaldsen.

»Homoseran. Eine 20prozentige Retroplazentarblutlösung mit 5 Prozent Traubenzucker in Ringerlösung und Chinosol-Zusatz.«

»Hören Sie auf! Daß Ärzte nie klar verständlich sprechen können!«

»Es ist Blutersatz ohne Rücksicht auf die Blutgruppe.«

»Aha!«

»Aber die Flasche reicht nicht. Wir brauchen auch Frischblut ... selbst wenn es dabei Komplikationen im Kreislauf geben sollte.« Malanga zog eine Spritze auf und näherte sich der ohnmächtigen Corinna. Thorwaldsen kniete wieder neben ihr und versuchte, mit einem wassergetränkten Lappen ihre heiße Stirn zu kühlen.

Malanga beugte sich über Corinna und stieß die lange

Nadel schnell in ihren Oberschenkel. Sie zuckte zusammen. Thorwaldsen bekam rote Augen.

»Sie tun ihr weh!« schrie er. »Sie behandeln sie wie eine kranke Kuh!«

»Sie merkt gar nichts. Nur die Nerven reagieren.«

»Das genügt wohl! Gehen Sie zarter mit ihr um, oder ich werfe Sie gegen die Bäume, Doc!«

»Sind Sie Arzt oder ich?« Malanga trug die Spritze zum Tisch zurück und kam mit der Staubinde und dem Blutentnahmegerät zurück.

»Leider Sie!« knirschte Thorwaldsen. »Was haben Sie ihr gegeben?«

»Ein Kreislaufmittel. Nun zu Ihnen. Strecken Sie den Arm aus und machen Sie eine Faust.«

»Das letztere wird mir nicht schwerfallen.« Thorwaldsen warf den Arm vor, als müsse er eine Gerade schlagen. Malanga legte die Staubinde um und zog sie fest an. Die Vene Thorwaldsens trat dick in der Armbeuge hervor. »Ich will Ihnen etwas sagen, Doc«, meinte Thorwaldsen, als Malanga die Nadel auf die Spritze setzte, mit der er Blut absaugen wollte. »Es ist das erste Mal, daß ich einen Schwarzen an meinen Körper lasse. Und ich tue es nur Corinna zuliebe.«

»Das ist mir klar, Sir.« Malangas Gesicht war unbewegt. Er schluckte die Beleidigungen, als seien es für ihn unverständliche Fremdwörter. Sicher und schmerzlos, nachdem er die Stelle kurz mit einem alkoholgetränkten Wattebausch gereinigt hatte, stach er die Nadel ein und zog fünf Kubikzentimeter Blut aus Thorwaldsens Vene. Es war gutes, dunkles Blut. Thorwaldsen sah mit gekräuselten Lippen zu.

»Sieht ausgesprochen gesund aus!« sagte er. Malanga zog die Nadel heraus, drückte den Tupfer auf den Einstich und schnallte die Staubinde ab.

»Das wird sich zeigen, Sir.« Er trug die Spritze zum

Klapptisch, verteilte das Blut auf drei Reagenzgläser und füllte sie mit verschiedenen Testseren auf. Einen Tropfen strich er hauchdünn auf einen Objektträger, ließ einen winzigen Tropfen Serum darauf fallen und verschloß diesen Tropfen mit dem Deckglas.

Thorwaldsen drückte den Wattebausch gegen die Armbeuge und sah Malanga zu. Was da geschah, war für ihn rätselhaft. Er bemerkte Verfärbungen seines Blutes, sah, wie sich etwas auf dem Boden des Glases absetzte, betrachtete kritisch Malanga, wie er sich über das Mikroskop beugte, sich ein paar Notizen auf einem Schreibblock machte, der neben dem Mikroskop lag; dann tat Malanga einen neuen Tropfen auf ein Glasplättchen, schob eine Zählmaske darüber und schaute wieder durch das Mikroskop.

»Sie haben 10 000 Leukozyten«, sagte Malanga plötzlich.

»Na und?« rief Thorwaldsen kampfeslustig zurück.

»Da Sie höchstens 8000 haben dürfen, ist eine Infektion in Ihrem Körper. Eine leichte nur.« Malanga sah sich um. Thorwaldsen schüttelte den Kopf.

»Ich bin kerngesund. Zählen Sie noch mal!«

»Vielleicht haben Sie einen faulen Zahn? Das genügt.«

»Machen Sie jetzt keine faulen Witze, Doc!« Thorwaldsen ballte die Fäuste. »Corinna liegt hier im Sterben, und Sie zählen seelenruhig meine Leukozyten! Man sollte Ihnen doch den Schädel einschlagen!«

»Sie haben Blutgruppe A!« Malanga schüttelte die Röhrchen und stellte sie dann in den Ständer zurück. »Ich auch!«

»Und Ihre Leukozyten?« fauchte Thorwaldsen. »Vielleicht haben Sie eine vereiterte Mandel?«

»Ich werde es nachher auch untersuchen.« Malanga kam zu Corinna zurück, entnahm ihr auch Blut und untersuchte es. Thorwaldsen hielt den Atem an. Wenn sie jetzt B oder 0 hat, ist sie verloren, dachte er und fühlte, wie sein Herz brannte. Warum muß ich auch A haben? Alles ist jetzt wie verhext.

»Auch A!« sagte Malanga von seinem improvisierten Labortisch her. »Welch ein Glück. Wenn alles andere gutgeht, kann sie gerettet werden.«

»Was ist denn noch so gefährlich?« rief Thorwaldsen. Corinna hatte sich in ihrer Ohnmacht bewegt. Ihre Haut zuckte und zog sich zusammen. »Himmel noch mal!« schrie Thorwaldsen. »Sie friert! Bei dem Fieber und 35 Grad Außentemperatur! Was ist das, Doc?«

»Ein Kreislaufkollaps ... er ist gleich vorbei.« Malanga gab Corinna noch eine Injektion und deckte sie mit einem großen Handtuch zu. Dann zog er abermals eine Spritze auf, einen großen Glasbehälter mit einer farblosen Flüssigkeit. Als er die Nadel in die linke Armvene stoßen wollte, hielt Thorwaldsen Malangas Hand fest.

»Sie pumpen das Mädchen voll«, sagte er rauh. »Muß das sein? Seit einer halben Stunde vollführen Sie hier einen Zauber wie einer Ihrer Medizinmänner! Aber etwas Wirksames sehe ich nicht! Sagen Sie die Wahrheit: Ist ihr noch zu helfen?«

»Ja, wenn Sie den Mund halten und mich in Ruhe lassen!« sagte Malanga hart. Er riß seine Hand los, stieß die Nadel ein und injizierte ganz, ganz langsam das Calcium, das einzige, was er jetzt noch tun konnte – bis auf die Operation. Thorwaldsen knirschte wieder mit den Zähnen.

»Das merke ich mir«, sagte er rauh. »Dafür bekommen Sie eins zwischen die Augen, wenn Corinna wieder gesund ist! Verdammt noch mal!«

Es dauerte etwa zehn Minuten, in denen Malanga alles für die Operation vorbereitete, als Corinna aus ihrer Bewußtlosigkeit erwachte.

»Sie ist wieder da!« brüllte Thorwaldsen, der neben ihr im Gras saß und mit einem Handtuch die Mücken und Fliegen von Corinnas Körper wegwedelte. »Corinna, Mädchen, hörst du mich? Kleines ...« Er beugte sich über sie und tätschelte ihr die glühendheißen Wangen. »Erkennst du mich? Mädchen, was machst du uns Sorgen!«

»Ich wollte das alles doch nicht ...« Corinnas Stimme war noch weit weg, aber ihre Augen erkannten alles um sie herum. Sie sah Malanga an, der sich neben ihr auf die Knie ließ, dann wandte sie den Kopf zu Thorwaldsen und lächelte auch ihn an. Ihre Hände glitten langsam über ihren nackten Leib.

»Es mußte sein, Miß Sander«, sagte Malanga. »Ich wußte ja nicht, was Sie ...«

»Ist es schlimm?« flüsterte sie.

»Sie wissen, was Sie haben?«

»Ich ahne es. Der Riß im Bein ... es war vor vier Tagen bei der Mittagsrast ... Ein Dornenstrauch ... Ich habe nicht gedacht, daß es so wichtig ist ... Ich wollte die Fahrt nicht unterbrechen ... Und dann wurde das Bein dick ... ich bekam Fieber ... Aber wir müssen ja weiter ... wir haben ja keine Zeit, krank zu sein ...« Erschöpft schwieg Corinna. Thorwaldsen war weggerannt und kam mit einer Büchse Fruchtsaft wieder. Es war der säuerliche, erfrischende Saft der in Kenia wachsenden Passionsfrucht. Gierig trank Corinna ein paar Schlucke, bis Malanga sanft, aber unnachgiebig ihr die Büchse aus der Hand nahm.

»Wir müssen jetzt ganz vernünftig sein«, sagte Malanga und strich Corinna über die schweißnassen Haare. »Und Zeit haben wir auch. Viel Zeit sogar.«

»Robert und Gisela ...«, stammelte Corinna. »Wenn sie noch leben ...«

»Zunächst müssen Sie weiterleben!« Malanga sagte es

ganz klar, obwohl er von dem hinter ihm stehenden Thorwaldsen einen Stoß in den Rücken bekam. »Sie müssen die volle Wahrheit kennen. Miß Sander. Die Dornen – ich weiß nicht, welch ein Strauch es war – müssen Gift in Ihre Blutbahn gebracht haben. Daß Sie noch leben, ist fast ein Wunder. Wie fühlen Sie sich?«

»Schlapp, unendlich müde ... und das Bein ist kalt, wie in Eis gelegt ...«

Malanga schwieg. Thorwaldsen starrte auf das geschwollene Bein, es glühte fast. Und sie empfand es wie vereist. Mein Gott, Doktor, helfen Sie doch! Das ist ja bereits die Kälte des Todes!

»Ich muß operieren«, sagte Malanga klar und fast dozierend. Corinna nickte. »Ich muß Ihr Bein weit aufschneiden und so viel Blut aus Ihnen herausbluten lassen, wie es möglich ist. Gleichzeitig bekommen Sie frisches Blut und starke Antibiotika, vor allem Aureomycin. Es muß uns gelingen, das Gift aus dem Körper zu schwemmen oder es zu neutralisieren. Das ist alles, was ich Ihnen zu sagen habe. Es ist sehr wenig.«

Corinna schloß die Augen. Ihre Hände lagen flach auf ihren Brüsten.

»Ich vertraue Ihnen«, flüsterte sie.

»Da ist noch der Blutaustausch«, sagte Malanga hart. »Ich weiß nicht, ob es Ihnen recht ist, wenn ... wenn das Blut eines Farbigen später in Ihnen ist ...«

»Meines wird reichen!« fiel Thorwaldsen ihm ins Wort. »Warum darüber reden?«

Corinna sah Malanga an. »Blut ist Blut«, sagte sie. »Malanga, warum fragen Sie überhaupt?«

Malanga erhob sich und ging zum Klapptisch. Er holte einige Plastikschüsseln und gruppierte sie neben Corinna. Dann winkte er zum Landrover.

»Sir, holen Sie Ihren Schlafsack. Sie müssen sich neben Miß Sander legen, damit ich die Blutbrücke anlegen kann.« Er schleppte seinen Instrumentenkoffer neben Corinna, legte die Blutdruckmanschette um ihren linken Arm und maß den Blutdruck. Dann horchte er ihr Herz ab, zählte die Pulsschläge und nickte. »Ich werde Ihnen eine leichte Narkose geben müssen«, sagte er. »Wenn Sie wieder aufwachen, sind Sie gerettet.«

Thorwaldsen lag bereits neben Corinna auf seinem Schlafsack und starrte gegen das Sonnensegel. Wenn ... dachte er nur. Wenn ...

»Wir sollten lieber wie die Irren zur nächsten Station fahren«, sagte er heiser. »Dort haben wir Funk. Ein Hubschrauber kann kommen ...«

»Zu spät.« Malanga scheute sich nicht, die Wahrheit zu sagen. Aber er verschwieg, was weder Corinna noch Thorwaldsen wußten: In der Station hörte das Leben des Dr. Julius Malanga auf. 5000 Uganda-Shillinge war sein Kopf wert. Im ganzen Land jagte man ihn jetzt. Die Fahrt zu einer Station bedeutete das Ende seines Lebens. »Die nächste Station ist 65 Meilen weit. Das ist eine Tages- und Nachtfahrt durch die Steppe. Corinna hält das nicht mehr aus. Wir müssen jetzt, hier, sofort operieren.« Malanga sah auf den liegenden Thorwaldsen. »Was ich bei der Blutbestimmung nicht sehen konnte, weil ich keine Zeit hatte: Waren Sie schon mal geschlechtskrank, Sir?«

Thorwaldsen fuhr von seinem Schlafsack hoch wie eine Rakete.

»Ich bringe Sie um!« brüllte er. Malanga wischte mit der Hand durch die heiße Luft.

»Das ist eine übliche ärztliche Frage bei einer Direktblutübertragung, Sir«, sagte er höflich. »Also nein?«

»Nein!« schnaufte Thorwaldsen und legte sich wieder

hin. »Junge, ich habe Ihnen viel heimzuzahlen, das glauben Sie mir!«

Er streckte sich, als sich Malanga zwischen ihn und Corinna kniete und dem Mädchen eine leichte Narkose gab, gerade so viel, daß sie die Schmerzen nicht spürte, wenn das Skalpell ihr vergiftetes Bein spaltete.

Malanga hatte seine Hände in eine Desinfektionslösung getaucht; zu einer gründlichen Waschung hatten sie nicht genug Wasser in den Kanistern. Er verzichtete darauf, Gummihandschuhe überzustreifen; er konnte schneller und sicherer mit den bloßen Händen arbeiten.

Thorwaldsen zuckte zusammen, als die dicke Hohlnadel in seine Vene fuhr. Er schielte zur Seite. Dunkelrotes Blut quoll in das Glasröhrchen und dann durch den Gummischlauch bis zu dem Dreiwegehahn, der noch geschlossen war. Auch die große Spritze, mit der Malanga das Blut anzog und in Corinnas Vene hineindrücken wollte, war noch abgestellt. Die Hohlnadel für Corinna lag auf einer sterilen Unterlage.

»Passen Sie genau auf, Sir«, sagte Malanga ernst. »Was ich gleich mache, müssen Sie später tun, wenn *ich* Blut spende.«

»Das kann ja heiter werden!« sagte Thorwaldsen, überwand ein plötzliches Gefühl von Übelkeit und starrte auf das, was Malanga jetzt machte.

Die Operation war einfach. Es war mehr ein Fleischzerteilen als eine elegante Chirurgenkunst. Malanga schnitt tief in den vergifteten Riß ein, klappte die Wunde weit auf und hielt sie offen. Er schnitt weit in das gesunde Muskelgewebe hinein und klemmte keine Adern ab, sondern ließ es kräftig bluten. Er hatte das Bein dazu über eine der Plastikschüsseln gelegt und fing das Blut auf, einerseits, um die Decke nicht unnötig zu beschmutzen, andererseits, um abschätzen zu können, wieviel Kubikzentimeter Blut Corinna verlor und wieviel er transfundieren mußte.

Thorwaldsen spürte ein Würgen in der Kehle. Ihm wurde merkwürdig schwindelig. Er hatte Blut in Massen gesehen ... ein Jäger muß Blut sehen können, sonst kann er nie ein Tier aus der Decke schlagen. Es hatte ihm bisher nichts ausgemacht, wenn er tierisches Blut über seine Hände laufen ließ. Aber hier blutete Corinna, leuchtete hochrot ihr Lebenssaft in der Sonne, und jeder Tropfen, das wußte er, machte sie schwächer und schwächer. Das war etwas anderes als ein ausblutender Wasserbüffel, das hier verkrampfte das Herz vor Angst. Er würgte und schluckte. Malanga schielte zu ihm hin.

»Tun Sie mir einen Gefallen, Sir, und kotzen Sie nicht«, sagte er ruhig.

»Der Teufel hole Sie!« Thorwaldsen verdrehte die Augen. »Corinna blutet ja weg. Wann kommt mein Blut dran?«

»Noch eine Weile, Sir.« Malanga fühlte Corinnas Puls und hörte die Herztöne ab. »Ich mache jetzt eine Venaesectio, um noch mehr fließen zu lassen.«

Thorwaldsen seufzte. Malanga machte einen Venenschnitt und ließ es weiter bluten. Dann führte er die Hohlnadel des Transfusionsgerätes in Corinnas linke Armvene, öffnete den einen Hahn und sog mit der großen Spritze Thorwaldsens Blut ein.

»Achtung! Es geht los!« sagte er dabei.

Er öffnete den anderen Hahn und drückte das Blut in Corinnas Kreislauf.

Corinnas Gesicht war schmal, fahl und kindlich klein geworden. Tiefe Ringe bildeten sich unter ihren Augen. Es war, als ob sie einsänken, sich zurückzögen in den Kopf.

Malanga arbeitete nun wie eine Maschine. Er beobachtete das Bluten im Bein und regulierte die Neuzufuhr des Blutes von Thorwaldsen. Dabei zählte er die vollen Spritzen und rechnete die Kubikzahlen zusammen.

»Wie fühlen Sie sich?« fragte er nach einer geraumen Zeit.

Thorwaldsen bleckte die Zähne. »Wie auf einer Wolke. Ich schwebe. Ich nehme an, Sie bringen mich auf diese legale Art um. Aber wenn ich Corinna damit helfen kann ...«

Malanga antwortete nicht. Er rechnete still, schloß dann die Transfusion und begann, die aufgeschnittene Vene Corinnas zu versorgen und die große Wunde wieder zu vernähen, nachdem er noch Aureomycin-Wundpuder darübergestreut hatte. Dann legte er einen dicken Verband an, schiente das Bein außerdem, damit es still lag, und kontrollierte wieder Herz und Blutdruck. Corinnas Körper schien geschrumpft zu sein. Klein wie ein Kind lag sie unter dem Sonnendach, bleich und kaum atmend. Auch Thorwaldsen befand sich in einem Stadium zwischen Wachen und Ohnmacht; er hörte und sah alles, aber er konnte sich nicht bewegen und auch nicht sprechen.

Malanga schloß an die Armvene Corinnas die Plastikflasche mit Homoseran an. Er befreite Thorwaldsen von dem Dreiwegehahn der Transfusion und gab ihm eine Injektion zur Stärkung und Kreislaufanregung. Thorwaldsen atmete rasselnd. Aber das Leben kam wieder zurück zu ihm.

»Jetzt weiß ich, wie's ist, wenn man stirbt«, sagte er leise. »Verdammt dusselig wird man dabei. Was kommt nun, Doc?«

»Wenn die Flasche leer ist, schließen Sie mich an.«

»Wollen Sie unbedingt krepieren? Ich fühle mich wie nach einem Marathonlauf.«

»Bis die Flasche leer ist, kann eine halbe Stunde vergehen, dann sind Sie wieder frisch.«

»Sie Optimist! – Wie geht es Corinna?«

»Sie wird es überleben«, sagte Malanga einfach.

»Ist das wahr, Doc?« flüsterte Thorwaldsen.

»Ja.«

»Mein Gott, ich möchte Sie umarmen! Warum sind Sie bloß ein Neger?«

Malanga stand stumm auf, ging zum Wagen und wusch sich die blutigen Hände. Ja, warum bin ich bloß ein Neger, dachte er und starrte über die glühende Savanne. Weitab zog eine Herde Impalas. Vor einem Hügel mit Papaya-Bäumen weideten vier Giraffen. Eine Zebraherde trabte zu einer Wasserstelle. Erst durch sie erkannte Malanga das nahe Wasser und atmete auf.

Warum bin ich schwarz, dachte er. Warum schuf Gott verschiedene Rassen von Menschen? Oder schuf er sie gar nicht? Machten die Menschen selbst diese Unterteilung? Ist Weiß die Farbe der Herren? Warum?

Er setzte sich in die offene Wagentür und blickte zu seinem »Operationssaal«. Corinnas weißer, halb zugedeckter Körper rührte sich nicht. Die Plastikflasche hing an der einen Zeltstange. Durch einen dünnen Schlauch rann das Leben in den zarten, blutleeren Körper. Daneben bewegte sich Thorwaldsen. Er stützte sich auf und sah zu Corinna. Dann wandte er den Kopf und sah hinüber zu Malanga.

»Halb ist sie schon leer!« rief er mit hoher Stimme.

Malanga erhob sich. Er tauchte wieder die Hände in die Sterillösung und kam mit tropfenden Fingern näher. Der Puls Corinnas ging stärker, die flache Atmung wurde kräftiger, der Herzschlag regelmäßiger, wenn auch immer noch sehr zaghaft.

»Ich lege mir die Hohlnadel selbst an«, sagte Malanga, »und auch die zu Corinna. Sie haben dann nichts weiter zu tun, als auf mein Kommando hin die Hähne zu öffnen, anzusaugen und hineinzudrücken. Haben Sie vorhin den Rhythmus gesehen?«

»Auf Ihre Verantwortung.« Thorwaldsen setzte sich. »Kann Corinna auch was passieren, wenn ich's falsch mache?«

»Ja«, sagte Malanga kurz. Thorwaldsen bekam hektische Flecken im Gesicht, seine Unterlippe zuckte.

»Legen Sie sich hin«, sagte er rauh. »Ich wollte zu einer Station! Wenn es schiefgeht und Corinna ... Doc, ich verspreche es Ihnen hoch und heilig: Ich zertrümmere Ihnen den Schädel!«

Malanga wartete, bis der letzte Tropfen Homoseran in die Vene gelaufen war, klemmte dann die Flasche ab, ließ die Nadel in der Vene und schloß den Schlauch zum Dreiwegehahn an. Dann streckte er den Arm aus, nahm mit der Rechten die andere Hohlnadel und stach sie ein. Thorwaldsen saß an der Spritze und hätte heulen können wie ein Schakal.

»Aufpassen!« sagte Malanga und legte sich vorsichtig, damit die Nadel nicht wieder aus der Ader rutschte. »Rechten Hahn auf – anziehen – schließen ... linken Hahn auf – eindrücken ... Nicht so schnell ... langsam, ganz langsam ... Soll sie einen Kollaps bekommen?«

Thorwaldsen war nach fünf Minuten ein Mensch, der im eigenen Schweiß badete. Vor seinen Augen flimmerte es, in seinem Kopf summten Millionen Moskitos. Aber er schaffte es ... öffnen, anziehen, schließen, öffnen, drücken ... immer und immer wieder ... bis Malanga leise »Halt!« sagte. Thorwaldsen schloß alle Hähne und ließ den Kopf in beide Hände fallen.

»Ich bin am Ende«, stammelte er. »Das vergesse ich mein Leben lang nicht ...«

Malanga lag ausgestreckt neben Corinna, noch mit den Schläuchen mit ihr verbunden und sah gegen das Zeltdach.

Jetzt ist mein Blut in ihr, dachte er. Sie wird weiterleben auch durch mein Blut. Blut ist Blut ... das stimmt, aber ich habe es ihr gegeben mit meiner ganzen Seele, mit meiner ganzen Liebe. Wenn es einen Gott gibt, wird sie es einmal in sich spüren.

Er schloß die Augen. In dieser Minute konnte kein Mensch so glücklich sein wie Malanga.

Am Abend war alles anders.

Corinna hatte tief geschlafen, und es war ein Schlaf der Gesundung.

Das Fieber war zurückgedrängt, das Aureomycin wirkte, die Kreislaufstützen stärkten das Herz, die Bluttransfusionen hinterließen keine großen Reaktionen, nur die Schwellung des Beines blieb, und das war natürlich. Ob das ganze Gift aus dem Körper geschwemmt oder durch die Antibiotika vernichtet worden war, konnte Malanga nicht sagen. Daß Corinna am Abend erwachte und ihr Blick klar war und ihre Stimme kräftiger, waren Beweise genug, daß es ihr viel besser ging. Thorwaldsen erkannte es auch und nickte Malanga dankbar zu.

»Wie fühlen Sie sich?« fragte Malanga und deckte Corinna mit drei Decken zu. Sie war noch nackt darunter.

»Viel besser, Herr Doktor.« Sie hob den Kopf. »Sehen Sie, ich bin schon wieder sehr stark.«

»Bravo!« Malanga schob eine zusammengefaltete Decke unter ihren Nacken. »Aber Sie müssen liegenbleiben.«

»Ich habe sogar Hunger.«

»Ich brate Ihnen einen ganzen Büffel, Corinna!« rief Thorwaldsen und klatschte in die Hände.

»Eine Tasse voll Porridge genügt.« Malanga gab ihr eine neue Injektion mit Aureomycin.

»Sie Rohling!« Thorwaldsen knurrte, gehorchte aber und bereitete den Haferbrei. »Sie hat doch nichts im Magen.«

»Schweres Essen belastet den Kreislauf.« Malanga beugte sich über Corinna und strich ihr die langen, blonden Haare von den Augen. Es war eine zärtliche Geste voll unendlicher Liebe. Corinna hielt seine Hand fest und legte sie an ihre Wange.

»Ich danke Ihnen«, sagte sie leise.

Malanga nickte stumm. Seine Kehle war plötzlich wie Leder.

»Daß Sie leben, ist mein größtes Glück«, sagte er heiser. »Ich habe heute gemerkt, daß auch ein Arzt verzweifeln kann.« Er streckte die Hand aus, nahm die Tasse mit Porridge von Thorwaldsen und begann, Corinna wie ein kleines Kind zu füttern. »Nun haben wir Zeit«, sagte er dabei. »Wir können uns erholen. Hier ist ein guter Platz.«

»Und Gisela und Robert?« fragte Corinna und schluckte tapfer den Haferbrei.

»Die finden wir auch. Wichtig sind im Augenblick nur Sie, Corinna.« Bevor die Nacht kam, bauten Malanga und Thorwaldsen das Zelt auf und trugen Corinna hinein. Sie kochten gemeinsam das Abendessen und suchten Holz für das Lagerfeuer.

»Schlafen Sie bei Corinna«, sagte Malanga später. »Es ist nötig, daß jemand bei ihr ist. Sie könnte Schmerzen haben, unruhig werden.«

Thorwaldsen sah Malanga groß an. »Wollen Sie nicht ... Sie sind Arzt, nicht ich.«

»Nein. Ich schlafe im Wagen. Wecken Sie mich, wenn irgend etwas ist.« Er drehte sich um und ging in die Dunkelheit hinein zu seinem Landrover. Thorwaldsen sah ihm nach. Er kaute an der Unterlippe.

Er spürte ganz deutlich, daß die Krankheit Corinnas die Lage nur noch weiter zugespitzt hatte.

Am frühen Morgen – Corinna und Thorwaldsen schliefen noch – saß Malanga vor seinem Transistorradio und hörte die ersten Nachrichten aus Kampala.

Gleich zuerst, als wichtigste Meldung, befaßte man sich mit ihm.

Sein Name war bekannt geworden. Wie ein Todesurteil tönte es ihm aus dem kleinen Lautsprecher entgegen.

»... hat die Regierung die Belohnung auf 10 000 Uganda-Shillinge erhöht. Der Preis gilt für den lebenden oder auch toten Dr. Julius Malanga.«

Malanga drehte das Radio aus. Alles andere war unwichtig.

Für 10 000 Uganda-Shillinge würde ein Vater seinen Sohn, eine Mutter ihr Kind, eine Frau ihren Ehemann, eine Schwester ihren Bruder verkaufen. Es war ein Vermögen.

Malanga sah hinüber zu der Sonne, die aus der Steppe aufstieg wie ein rotglühender Ball. Nicht weit von ihm brachen zwei Nashörner durch das hohe Elefantengras. Weit im Südwesten, wie eine Wolke im rötlichen Himmel des Morgens schwebend, stießen die Gipfel der Mondberge aus der Ebene.

Dort allein ist Sicherheit, dachte Malanga. Dort kann ich leben. Dort findet mich keiner. Von dort aus muß ich beweisen, daß alles nur ein Irrtum ist, daß ich nicht Krieg und Blut, sondern Frieden und Freiheit will. Von den Mondbergen, wo die Götter thronen, wie wir als Kinder noch gelernt haben von den Alten, muß ich für mein Volk sprechen und Budumba anklagen, dessen Haß auf alle Weißen das Land in neuen Brand gesetzt hat.

Sinnend beobachtete er die beiden Nashörner, die zur Tränke gingen, ab und zu stehenblieben, den mächtigen Kopf hochwarfen und mit dem dünnen, peitschenähnlichen Schwanz die Mücken vertrieben. Vier kleine Vögel, sogenannte Madenhacker, saßen auf den dicken, grauen Körpern der Nashörner und ließen sich tragen und hackten die Larven aus der rissigen Haut der Urwelttiere.

Wer hat ihnen bloß gesagt, ich sei der Kopf der Bwambas, dachte Malanga. Wer hat diese Lüge in Umlauf gesetzt? Wer hat meine Gedanken über ein großes Bantuvolk so verzerrt? Dahinter steckt doch System, das ist kein bloßer Irrtum mehr.

Er erhob sich, kletterte aus dem Wagen und wusch sich unter dem Wassersack mit dem Duschkopf. Er tat es nackt. Sein schwarzer Körper glänzte in der Sonne, die Muskeln spielten, das Wasser rann über seine Haut wie über poliertes Ebenholz.

Er war ein schöner Mann; in seiner Gestalt spiegelte sich die Kraft afrikanischer Natur.

Als Thorwaldsen erwachte und aus dem Zelt kroch, kochte schon das Teewasser und zog der Geruch von gebratenem Speck über den Lagerplatz.

»Es geht ihr gut!« rief Thorwaldsen vom Zelt her. »Kein Fieber mehr. Bekommt sie auch Speck mit Eipulver?«

»Ja.« Malanga lachte. »Ich habe für drei gekocht.«

Dann sah er wieder zu den Mondbergen.

Dorthin müssen wir, dachte er. Es gibt für uns keinen anderen Weg mehr.

An diesem Morgen machte sich ein anderer Feind Malangas auf den Weg: Mike Harris.

Nachdem schon in den Nachtmeldungen der Name des Staatsfeindes Nr. 1 von Uganda durchgegeben worden war, hatte Harris brüllend geflucht und sich entschlossen, an der Suche teilzunehmen. Nicht wegen der 10 000 Uganda-Shillinge; die wollte er Corinna zum Wiederaufbau der Farm stiften, wenn er Malanga gestellt hatte.

»Wie eine tollwütige Hyäne erschieße ich ihn!« schrie Harris und hieb auf den Tisch. »Ich werde nicht lange fragen oder diskutieren: Abzug durch und paff ... da liegt er. Dieser Saukerl! Und Corinna hat er unter Vorsäuselung von Lügen in seiner Gewalt! Himmel, Arsch und Zwirn, das muß mir passieren! Ich hätte ihn damals gleich umlegen sollen. Ich hatte es im Gefühl.«

Nach dem Brüllen folgte die Tat.

Major Harris rüstete einen Jeep aus, montierte sein MG auf den Rahmen der Frontscheibe, packte die Seiten voll mit Kanistern, bestimmte zwei Vorarbeiter als Begleiter und raste los in die Savanne.

Die Militärstreifen hatten nach einigen Meilen die Spur verloren und saßen nun herum, warteten, rauchten, schossen sich Nahrung und waren froh, von der Zentrale nicht erreicht zu werden. Sie machten sich ein paar gute Tage und wurden erst wieder mobil, als die Weißen systematisch gestohlen wurden und der Überfall auf Butiti viel Wind machte. Da tauchten sie aus der Savanne auf, meldeten sich per Funk und berichteten, sie hätten den gesuchten Malanga nicht gefunden. Die Spur höre an einem Fluß auf, und nun sei Ende.

Mike Harris begegnete drei Kolonnen, die zurück zur Staatsstraße zogen, um die Siedlungen der Weißen zu schützen. Die Sergeanten, die die Trupps anführten, berichteten von ihrem Pech.

»Weil ihr Bretter vor der Stirn habt!« sagte Harris grob. »Malanga ist zu den Mondbergen, das sage ich euch! Und dorthin fahre ich auch, und wenn ich durchbrechen müßte wie ein Panzer! Los, Jungs! Ich habe die richtige Witterung. Ich komme mir wie ein Geier vor, der Blut über fünfzig Meilen riecht!«

Sein Jeep tanzte über den Boden der Steppe und tauchte

wieder unter im hohen Gras. Er benutzte Eingeborenenpfade, kleine, enge Trampelwege, wo das Gras niedergetreten war, und kam gut voran.

»Er wird das gleiche getan haben«, sagte er zu seinen Vorarbeitern, die nicht gerade erfreut waren, an dieser Expedition teilzunehmen. Auch sie waren Bantus, allerdings getauft und in der Missionsstation erzogen. Sie konnten das Vaterunser und einige Kirchenlieder, hatten schreiben und lesen gelernt und trugen sogar Unterhosen unter ihren Khakihosen. Die wilde Fahrt durch die Steppe mit dem noch wilderen Harris kam ihnen unheimlich und – im stillen gedacht – auch dumm vor.

Wenn Malanga wirklich der große mganga war, wie der Rundfunk es sagte, dann war er unbesiegbar, auch für Mike Harris. Der alte Glaube an die großen Zauberer lebte trotz Missionsschule noch in ihren Herzen. Stumm hockten sie auf den Gepäckkisten Harris', starrten zu den Mondbergen und überlegten, was gegen den wilden Major zu unternehmen sei. Bis zu den Mondbergen, das wußten sie jetzt schon, würden sie auf keinen Fall mitfahren.

Mike Harris fuhr wie der Satan durch die Steppe, ein Jäger, der sein Wild hetzt.

Er ahnte nicht, was ihm noch alles bevorstand.

Das Gefangenenlager in den Sümpfen von Toro füllte sich von Tag zu Tag mehr. Die Fangkommandos Budumbas machten gute Beute; manchmal war man erstaunt, wie sorglos die Leute in einem Land lebten, das begonnen hatte – wie früher Kenia oder der Kongo, einen Haß gegen die Weißen hochzuspielen. Zwar hatte sich in den anderen Ländern nachher alles normalisiert, aber die Blutopfer waren groß gewesen.

So hatten die Kommandos Budumbas oft leichtes Spiel. Sie kassierten die Weißen wie eine Hammelherde und trieben sie in die Sumpfgebiete, wohin ihnen bisher nur einmal eine Streife der Armee folgte. Sie kehrte nie zurück, und man hat auch nie wieder etwas von den zwanzig Uganda-Soldaten gesehen oder gehört.

Im Lager litten die Weißen keinerlei Not. Sie hatten saubere Grashütten, die Bwambas sorgten rührend für sie, schleppten Nahrung heran und schossen Wild genug, so daß alle satt wurden. Im Lager ging schon der Witz um: »Jeden Tag Nashornkeule! Ich möchte mal ein saftiges Affensteak ...«

Ingeborg Kraemer, die Journalistin, hatte viel zu tun. Jeden neuen Transport interviewte sie; man behinderte sie nicht, ließ sie bogenweise Berichte schreiben, ja, man stand um sie herum und beobachtete interessiert, wie die Hebelchen der Schreibmaschine Buchstaben auf das weiße Papier zauberten, etwas, was die Bantus sehr in Staunen versetzte. Budumba mußte eingreifen und selbst ein paar Zeilen schreiben, um zu beweisen, daß es kein besonderer Zauber sei, den die weiße Herrin da vollführte.

Robert Sander hatte in diesen Tagen erstaunlich viel und oft in der Nähe Ingeborg Kraemers zu tun. Er war zu einer Art Lagerleiter befördert worden und kümmerte sich darum, daß Wünsche der Gefangenen von Budumba erfüllt wurden. Etwa die Anlage einer vernünftigen Toilette oder eine Gemeinschaftsanlage zum Wasserabkochen, der primitivste Schutz zum Überleben. Bautrupps hämmerten dann auch die große Toilettenhütte zusammen, wiederum bestaunt von den Bantus, die diese Bauweise noch nie gesehen hatten.

Ingeborg Kraemer saß gerade vor ihrer Schreibmaschine und tippte einen Tagesbericht, als Robert Sander hinter sie trat. Er las ein paar Zeilen, bis Ingeborg aufhörte und das Papier zurückrollte.

»Ich kann es gar nicht leiden, wenn mir jemand über die Schulter zusieht!« sagte sie grob. Im Herzen war sie froh, daß Robert Sander gekommen war. Über den Rand ihrer Schreibmaschine hatte sie ihn oft beobachtet und auch viel über ihn geschrieben. Ein Glück, daß er das nicht wußte, sie wäre sonst rot wie ein kleines Mädchen geworden.

»Vor das ›und‹ kommt ein Komma«, sagte Robert Sander ruhig. »Und-Sätze, die ein Prädikat und ein Subjekt haben, bekommen auch vorher ein Komma ...«

»Danke, Herr Lehrer!« Ingeborg riß wütend den Bogen aus der Maschine. »Man merkt, daß Sie noch nicht lange aus der Schule sind.«

»Erst acht Jahre, das stimmt. Ich habe mit 18 in einem Schweizer Internat mein Abitur gemacht.«

»Eine Intelligenzbestie also.« Ingeborg schob die Maschine zur Seite. Bantuschreiner hatten für sie einen großen Tisch gebaut aus roh behauenen, aber unverwüstlichen Stämmen. »Ich mag Genies ebenfalls nicht.«

»Darf ich fragen, wer Ihnen imponiert?«

»Ein richtiger Mann!«

»Und was muß der mitbringen?«

»Mut!«

»Aha! Er soll rüber zur Königsinsel fahren und Kirugu und Budumba zum Zweikampf fordern. Edel, ritterlich und hehr. Germania in Afrika!«

»Blödsinn!« Ingeborgs Kopf flog herum. Ihre Augen glänzten. Sie sah hübsch aus, und Robert Sander bekam ein schweres Herz. »Dieses Herumsitzen ist schrecklich. Worauf warten wir? Daß man uns eines Tages auffrißt? Was wollen die Bantus von uns? Ich weiß, ich weiß, wir sollen Bargeld für ihre Freiheit werden. Aber glauben Sie, daß sich jemand um uns kümmert? Wenn die Regierungstruppen zum Angriff antreten und man uns abschlachtet, dann werden drei Tage lang die Zeitungen der ganzen Welt über das Blutbad schreiben, und am vierten Tag ist alles vergessen, und ein Raubmörder beherrscht die Schlagzeilen.«

»Stimmt.«

»Ich habe aber keine Lust, ein Märtyrer zu sein.« Ingeborg Kraemer stand abrupt auf. Jetzt sah sie noch hübscher aus, die Bluse spannte sich über ihren Brüsten, der kurze Rock reichte bis knapp an den Knieansatz. »Ich will hier raus!«

»Tolle Idee!« sagte Robert Sander sarkastisch. »Auf den Gedanken ist noch keiner von uns gekommen.«

»Weil ihr alle herumsitzt und auf ein Wunder wartet! Mein Gott, wäre ich ein Mann ... Aber ich schaffe es auch allein!«

»Sie wollen also im Sumpf ersaufen?« sagte Robert grob.

»Ich werde schon einen Weg finden. Das Problem ist nur, von der Insel wegzukommen. Aber ich habe eine Idee.«

»Laß hören, edle Maid.«

Ingeborg Kraemer verzog den hübschen Mund. »Wenn Sie sich über mich lustig machen wollen, dann gehen Sie zu Ihren Bauarbeitern und kümmern sich um die Gestaltung des Lokus.«

»Das ist kein Problem.« Robert Sander grinste breit. »Es kommen fünfundzwanzig Kabinen hin mit einem Sitzbrett, in das ein Loch geschnitten ist von der Größe eines Normalhinterns.«

»Sie sind ein widerlicher, arroganter ...«

»Stopp!« Robert Sander legte seine Hand auf den Mund Ingeborgs und unterdrückte die anderen Worte. »Nun hören Sie mal schön zu, Sie feurige Amazone. Seit vier Tagen baue ich dort drüben im Schilf eine schwimmende Insel. Sie kann sechs Personen tragen, ist lautlos, unsinkbar, weil aus Binsengeflecht, fällt nicht auf und trägt uns über das Wasser ans feste Land. In drei Tagen ist sie fertig, und ich wollte Sie, wenn Sie mich nicht gleich mit Worten geohrfeigt hätten, fragen, ob Sie mitschwimmen wollen.«

»Phantastisch!« Ingeborgs Augen bekamen einen feurigen Glanz. »Das gibt eine Story!«

»Ihre dämliche Story lassen wir mal jetzt weg. Es geht um mehr als um 300 Zeilen. Es geht, verdammt noch mal, um unseren Kopf! Gelingt die Flucht, sind wir gut heraus; fängt man uns ...«

Er ließ die Alternative offen, aber Ingeborg Kraemer verstand ihn genau. Sie nickte. »Damit muß man rechnen.«

»Sie kommen also mit?«

»Natürlich. Wer schwimmt noch mit uns?«

»Meine Schwester Gisela. Ich muß sie erst von der Königsinsel holen. Dann dachte ich an Pater Fritz und drei Frauen, deren Familien in Kampala und Entebbe sind. Wir drei Männer werden sie schon mitschleppen können.«

»Drei Männer? Wieso?« Ingeborg Kraemer zählte an den Fingern. »Sie, Pater Fritz ... wo ist der dritte?«

»Sie! Sie gelten als Mann.«

»Danke.« Ingeborg sah Robert giftig an. »Ich habe von Ihnen auch gar nichts anderes erwartet als Blindheit in dieser Richtung.«

»Sehen Sie ... so wundert sich keiner mehr.«

Ehe es Ingeborg verhindern konnte, hatte er blitzschnell ihren Kopf mit beiden Händen umklammert, zog ihn zu sich heran und küßte sie. Es war ein langer, harter Kuß, unter dem ihr anfänglicher Widerstand kläglich zusammenbrach.

»So!« sagte er zufrieden, als er ihren Kopf wieder freigab. »Das hätten wir. Du hast übrigens Lippen, die einen einfach zwingen, sie zu küssen. Und jetzt gehe ich zum Lokusbau.«

Ingeborg Kraemer sah Robert Sander nach, bis er im Gewimmel der anderen weißen Gefangenen verschwunden war. Dann setzte sie sich an die Schreibmaschine, spannte ein neues Blatt ein und schrieb fünf Zeilen. Es war die beste Kurzgeschichte, die sie je geschrieben hatte. Sie bestand aus der Wiederholung von drei Worten:

Ich liebe dich ... ich liebe dich ... ich liebe dich ...

Nabu Budumba war zufrieden mit seiner Aktion. Malanga wurde gejagt und konnte nicht mehr gefährlich werden, die weißen Geiseln zeigten schon Erfolg: Die Armee stand Gewehr bei Fuß und rückte nicht weiter vor. Seine Späher hatten es gemeldet. Und ein Gefangener, den die Armee wieder freiließ, damit er den Kontakt zu Budumba und Kirugu herstellte, brachte es sogar schriftlich mit: Man war bereit, zu verhandeln. Man wollte über die Belange der Bwambas sprechen.

Hinter diesem Waffenstillstand verbarg sich Oberst McCallen. »Erst einmal die Knaben kommen lassen«, hatte er vorgeschlagen. »Sie erst an den Verhandlungstisch bringen. Wenn sie dann in Kampala, oder wo die Besprechung stattfindet, ›verunglücken‹, ist das eben ein großer Schickssalsschlag für die Bwambas. Aber er löst schnell alle Probleme. Blasen wir ihnen erst einmal Gleichberechtigungswahn in die Hirne!«

Budumba schien das zu ahnen. Er verhielt sich still und sammelte weiter Weiße. Jeder Weiße war eine Garantie mehr.

So verlief alles nach seinen Plänen ... nur Gisela Sander brachte ihm eine Verachtung entgegen, die ihn krank machte.

»Ich weiß, was Sie von mir denken. Miß Sander«, sagte Budumba in seinem kehligen Englisch, an dem Abend, an dem Robert Sander die Überrumpelung Ingeborg Kraemers gelang. Er hockte vor ihr in der Hütte, die sie allein bewohnte wie die Frau des Königs Kirugu neben ihr. »Aber Sie werden umdenken müssen.«

»Nie! Sie haben meine Eltern ermordet.«

»Ihr Vater hat zuerst geschossen. Ich konnte meine Leute nicht mehr halten.«

»Sollte er sich wehrlos abschlachten lassen?«

»Wir wollten niemanden töten, keine Häuser verbrennen. Wir wollten nur drei Tage auf Ihrer Farm bleiben und uns ausruhen von dem langen Marsch, der hinter uns lag. Aber wir wurden beschossen wie die Räuber.«

»Das ist eine Lüge! Mein Vater schoß erst, als die ersten brennenden Pfeile auf die Arbeiterbaracken fielen.«

»Wollen wir darüber streiten?« Budumba lächelte böse. »Es ist geschehen und vorbei. Der wahre Herr über die Bwambas und dieses Land bin ich! Es gibt keinen, der mich hindern könnte, das zu tun, was ich will.«

»Man wird Sie eines Tages wegtreiben wie einen bösen Spuk«, sagte Gisela Sander mutig.

»Ich werde es Ihnen beweisen.« Budumba erhob sich. Er zitterte vor Wut. »Ich könnte Sie betäuben, niederschlagen, von vier Mann festhalten lassen und mir nehmen, was ich will. Wie einfach wäre das. Aber ich will keine weiße Frau, die ich dazu zwingen muß. Ich will, daß Sie freiwillig zu mir kommen.«

»Eher hänge ich mich auf!« schrie Gisela Sander. Jetzt war sie wie ihr Vater, mutig, unerbittlich und in der größten Not auch ohne Angst.

»Wir wollen es sehen«, sagte Budumba dunkel. »Es gibt keine Frau, der die Macht nicht imponiert.«

In der Nacht geschah dann das Fürchterliche.

Budumba ließ die Gefangenen zu einem Block zusammentreiben. Eine Kompanie Bwambas bildete einen Sperrriegel zwischen den Weißen und einem freien Platz, auf dem ein weißer Farmer stand, allein, an Händen und Füßen gefesselt. Er war drei Stunden vorher von einem Fangtrupp neu eingeliefert worden und stand nun da, mit verkniffenem Gesicht, zusammengepreßten Lippen und kurzen, grauen Haaren. Er mochte vielleicht fünfzig Jahre alt sein und lebte seit seiner Kindheit in diesem Land. Er baute Ölfrüchte an und besaß eine große Ölmühle, die 300 Arbeitern Brot und Sicherheit gab.

Auf einem Kahn waren Kirugu, seine Frauen, Budumba und Gisela Sander auf die Gefangeneninsel gekommen. Sie standen seitlich, flankiert von federgeschmückten Kriegern. Über der Insel und den Hunderten von Menschen lag eine bedrückende Stille. Nur die Fackeln prasselten. Es war, als wagte niemand, richtig durchzuatmen.

Robert Sander, der sich als Lagerleiter vordrängte und sich bei Budumba beschweren wollte, daß man seit zwei Stunden herumstand ohne Erklärung, wurde von dem Kompanieführer der Bwambas zurückgestoßen.

»Ruhe!« sagte der »Oberleutnant« grob. »Zurück! Hier gibt es keine Erklärungen!«

Budumba trat auf den freien Platz und stellte sich neben den gefesselten Farmer. Er hatte wieder seine Zauberertracht an: die Federn, die Leopardenjacke, die klingenden Glöckchen und rasselnden Glasperlen. Die Fackel in seiner Hand beschien zuckend sein rotbemaltes Gesicht.

»Dieser weiße Mann hier«, sagte er und legte seine andere Hand auf den Kopf des Farmers, »hat sieben unserer Krieger getötet. Er hat sie erschossen, erschlagen, den letzten sogar erwürgt. Er tat es, obgleich wir ihm sagten: Dir geschieht nichts! Du sollst nur mitkommen. Er glaubte uns nicht ... ermordete.« Budumba sah kurz hinüber zu Gisela Sander, die neben Kirugu stand, der auf den Boden stierte. »Die Götter – ich habe sie gefragt – sind böse!« schrie Budumba hell. »Sie werden uns bestrafen, weil wir zu schwach sind, zu ängstlich, zu unterwürfig, denn dieses Land ist unser, von der Erschaffung der Welt an! Versöhnen wir die Götter, indem wir stark sind, so, wie sie uns sehen wollen!« Sein Arm fuhr zurück und zeigte in die Dunkelheit nach Süden, dort, wo die Mondberge nun von der Nacht verschlungen waren. Aber jeder Bantu wußte, wohin Budumba zeigte. »Dort sitzen sie jetzt und sehen auf uns herab!« schrie er. »Sie erwarten uns!« Er hob die Fackel und schwenkte sie über seinen Kopf! »Ihr Götter ... wir gehorchen!«

Budumba winkte. Aus der Dunkelheit trat ein riesiger Bantu mit bloßem Oberkörper. In der Hand hielt er eine große, blitzende Machete, jenes leicht gebogene, breite, rasiermesserscharfe Buschmesser, mit dem man sich einen Weg durch Urwald und Steppe schlagen kann.

Langsam ging er auf Budumba und den weißen Farmer zu und blieb hinter dem Weißen stehen.

»Das ist unmöglich«, flüsterte Robert Sander heiser. Er hatte den Arm um Ingeborgs Schulter gelegt und preßte sie plötzlich an sich. »Mein Gott ... sieh weg ... sieh nicht hin ... dreh dich um ...«

Auch Gisela Sander reagierte. Sie wollte vorstürzen, aber Budumba war schneller, fing sie auf und drängte sie in die Dunkelheit zurück. Dort faßten sie zwei Krieger und hielten sie fest.

Dann ging alles schnell.

Der riesige Bantu holte aus, die Scheide seiner Machete blitzte im Fackelschein, es knirschte laut, als er die Halswirbel des Farmers durchtrennte und den Kopf mit einem gewaltigen Hieb abschlug. Der enthauptete Körper fiel nach vorn, das Blut spritzte auf den Boden ... es war ein grauenhafter Anblick, den niemand vergessen würde, der es miterlebte.

Unter den weißen Gefangenen war lähmende Stille. Nur eine einzige Stimme erhob sich und klang über alle Köpfe hinweg.

»Gott gebe dir Frieden!« sagte Pater Fritz. »Herr, nimm ihn auf in deinen Himmel. Amen!«

Und vierhundert trockene, vor Entsetzen verkrampfte Kehlen antworteten in dumpfem Chor: »Amen!«

Budumba war zufrieden. Er ließ den Körper wegtragen. Er hatte seine unbegrenzte Macht demonstriert. Das Entsetzen in Giselas Augen erfreute ihn. Eines Tages wird sie reif sein wie eine Frucht, die vom Baum fällt, dachte er. Und sie wird in meine Arme fallen. Dann besitze ich alles, was ein Mensch besitzen kann: Macht, ein Volk und eine weiße Frau.

Auf der Gefangeneninsel fand in dieser Nacht niemand Schlaf. In den Hütten lag man nebeneinander, das Bild des geköpften Farmers immer vor Augen.

Was bedeutete das? Hatte die Regierung Verhandlungen abgelehnt? Begann jetzt das Abschlachten? Wer war an der Reihe? Wurde man einzeln umgebracht oder in Gruppen?

Pater Fritz hatte viel zu tun in dieser Nacht. Er ging von Hütte zu Hütte und tröstete die Frauen, so gut er es mit Worten vermochte. Er kam auch zu Robert Sander, der Ingeborg Kraemer zu sich geholt hatte. Zum erstenmal hatte sie vergessen, aus dem Gesehenen eine Story zu machen.

»Ich habe es mir überlegt«, sagte Pater Fritz. »Ich komme nicht mit. Ich bleibe hier. Man braucht mich. Ich werde der letzte sein, der geht ... wenn man mich den letzten sein läßt ...«

Robert Sander nickte. Er verstand den Priester. Alles hatte sich seit dieser Nacht verändert. Nun lief man gegen die Zeit um sein Leben.

Bis zum Morgengrauen hockte er, bis zum Hals im Wasser, wieder im Schilf und baute an seiner schwimmenden Insel.

Gab es noch eine Frist von drei Tagen?

Mike Harris kannte keine Ruhe. Der Gedanke, daß Corinna Sander in den Händen eines Mannes war, den das ganze Land suchte, auf dessen Kopf 10 000 Uganda-Shillinge Belohnung standen und der zwar ein Arzt, aber auch der geistige Motor für den Aufstand der Bwamba-Bantus sein sollte, trieb ihn vorwärts.

Der Tod seines Nachbarn und Freundes Gerald Sander, die verbrannte Farm, das Grauen, das die Bwambas überall hinterlassen hatten, wo sie durchgezogen waren, ließen ihn zu einem Berserker werden. Er hatte schnell ausgerechnet, daß der Vorsprung Malangas so groß nicht sein konnte, denn Corinna und Malanga würden in der Steppe ein Nachtlager aufschlagen – im Gegensatz zu ihm; er tat das nicht. Er fuhr den ersten Tag selbst und ließ in der Nacht seinen ersten Vorarbeiter weiterfahren. Ein Protest half nicht.

»Geister?!« brüllte Harris, als die beiden Farbigen sich verstört in den Wagen drückten. »Himmel und Arsch! Seid ihr in der Missionsschule erzogen worden oder nicht?! Es gibt keine Geister von Verstorbenen! Wenn ein Mensch tot ist, ist er tot, basta! Oder glaubt ihr, die Seele von Großmütterchen tanzt bei Mondschein über die Steppe! So ein Blödsinn! Du fährst in der Nacht weiter!«

Mike Harris schlief erschöpft, als es Nacht wurde. Ab und zu, getrieben von dem Willen, zu kontrollieren, wachte er kurz auf, aber es war nur ein Dämmern, ein Halbschlaf, in dem er zufrieden spürte, daß der Wagen schaukelte und brummte. Man fuhr also weiter ... Mike Harris schlief wieder ein.

So merkte er nicht, daß seine beiden Vorarbeiter eine äußerst raffinierte Methode ausgedacht hatten, die Geister der Nacht nicht zu stören: Der Wagen stand auf einem Fleck, der Motor lief, und einer der beiden Farbigen war damit beschäftigt, den Wagen auf der Stelle hin und her zu schaukeln. Nach zwei Stunden wurde er von dem anderen abgelöst.

So ging die Nacht mit Schaukeln herum. Als der Morgen dämmerte und die Tierherden zu den Tränken zogen, fuhren die beiden Vorarbeiter weiter. Harris erwachte erst, als ihm die Sonne ins Gesicht schien.

Er reckte sich, sah sich blinzelnd um, stellte fest, daß sie an einem Fluß entlangratterten und richtete sich auf.

»Brav!« sagte er anerkennend. »Anhalten! Jetzt fahre ich weiter. Legt euch hinten rein und schlaft ...«

Die beiden Bantus grinsten, hielten an, übergaben das Steuer wieder Harris, rollten sich auf den Rücksitzen wie Katzen zusammen und schliefen schnell ein.

Nach drei Stunden Fahrt, während denen Harris Fruchtsaft trank und Kekse aß, ohne Rast zu machen, hielt er verwundert an und stellte sich auf den Sitz. So konnte er das hohe Elefantengras überblicken. Fünfzig Meter rechts von sich erkannte er einen Einschnitt, der ihm seltsam bekannt vorkam. Dort verlief eine Straße und die Hügel in der Ferne hatten Formen, die er schon einmal gesehen hatte. Plötzlich schlug es in ihm ein wie ein Blitz.

Sie fuhren im Kreis! Er fuhr wieder seiner Farm zu. Noch dreißig Meilen, und er rumpelte wieder durch seine Felder.

Mike Harris tat einen Sprung aus dem Wagen und zog die

beiden schlafenden Bantus an den Beinen von den Sitzen. Sie plumpsten auf die Erde und sprangen schlaftrunken auf. Dann erstarrten sie. Harris stand vor ihnen, das Gewehr im Anschlag. Sein Gesicht war tief rot.

»Ihr Saukerle!« brüllte er. »Ihr Vollidioten! Wo seid ihr in der Nacht hingefahren? Antwort, oder es knallt!«

»Immer geradeaus, Bwana, wie du es gesagt hast!« rief der erste Vorarbeiter und zitterte. »Immer geradeaus.«

»Zurück seid ihr gefahren!«

»Nein, Bwana.«

»Doch!« Harris bebte vor Wut. »Ihr habt umgedreht.«

»Es war dunkel, Bwana. Die ganze Nacht sind wir gefahren. Vielleicht haben uns die Geister falsch geführt.«

»O Himmel!« Harris ließ das Gewehr sinken. Es hatte keinen Sinn, dagegen anzubrüllen. Man konnte ihnen jetzt den Schädel einschlagen – sie würden trotzdem dabei bleiben, daß die Ahnen sie für die nächtliche Fahrt bestraft hatten. »Einsteigen!« knurrte Harris. »Die nächsten 48 Stunden schlafe ich nicht! Los!«

Es zeigte sich, daß sie Malanga so schnell nicht einholen würden. Der Vorsprung war jetzt nur noch einzuholen, wenn Harris tatsächlich Tag und Nacht durchfuhr. Das war eine verrückte Aufgabe, denn nur wer bei 40 Grad Sonnenglut durch die Steppe gefahren ist, kann ermessen, was es heißt, ununterbrochen zu fahren. Stunde um Stunde in dem schaukelnden Jeep, hüpfend über den unebenen Boden, vor sich das Gras niederwalzend, über sich den glühenden Feuerball der Sonne. Der Körper trocknet aus, die Schleimhäute werden zu Leder, vor den Augen beginnt die Steppe zu tanzen, die Bäume und Sträucher werden zu gespenstischen Gebilden, die Tierherden zu schwankenden Schatten.

Am Nachmittag war Harris so weit, daß er anhielt, seinen Kopf in eine Schüssel mit Wasser tauchte, sich wusch und das Wasser trank wie ein Büffel in der Suhle. Seine beiden Bantus schienen frisch zu sein. Sie aßen Fladen aus Hirsemehl und machten eine Büchse Fleisch auf, das sie kalt herunterschlangen. Harris kochte für sich Tee, drehte Hartwurst und Brot Bissen für Bissen zwanzigmal im Mund herum, bis er es herunterschluckte, und legte sich dann in den Wagen, um eine Stunde auszuruhen.

»Weckt mich, wenn es dunkel wird«, sagte er zu den Bantus. »Und dann fahre ich die Nacht hindurch, und wenn es in der Steppe von euren Geistern wimmelt!«

Die beiden Vorarbeiter nickten artig und setzten sich neben dem Wagen in den Schatten.

Als es zu dunkeln begann, sahen sie auf den schnarchenden Harris und schienen beide das gleiche zu denken. Zugegeben, der Bwana Harris war ein starker, wilder Mann. Er war einmal Major bei den Engländern gewesen, er kannte das Land, und wenn er etwas wollte, dann gab es keine Widerrede. Aber auf der anderen Seite war der große Arzt Malanga, der große Führer der Bwambas, der mit einem ganzen Stamm in die Mondberge zog, um ein neues Königreich zu gründen. Wog man beides gegeneinander auf, dann sah es schlecht aus um Mike Harris. Denn in den Mondbergen war auch ein britischer Ex-Major wehrlos: In den Mondbergen war der Sitz der Götter, war die Quelle des Zaubers.

Die Vorarbeiter handelten schnell und mit Zartgefühl.

Sie ergriffen Harris an den Beinen und unter den Achseln, hoben ihn aus dem Jeep und legten ihn auf eine Decke, die sie auf die Erde gebreitet hatten. Harris grunzte laut, aber schlief weiter. Dann packten sie neben dem Schlafenden einige Dosen und Beutel auf die Decke, legten das Gewehr und genug Munition hinzu, schoben den Jeep ein Stück weiter über die Piste und zündeten den Motor erst, als sie sicher waren, daß Harris davon nicht aufschreckte. Dann rasten sie in die Dämmerung hinein, um so viel Land wie möglich zwischen sich und Mike Harris zu bringen.

Sie fuhren nicht wieder zurück zur Farm, dieser Weg war ihnen nun für alle Zeiten verschlossen. Sie wandten sich der Bergwand am Horizont zu, den Mondbergen, wo der große Arzt hinwollte, den Harris bis in den Tod haßte.

Mike Harris erwachte, weil er fror.

Mit einem Satz sprang er auf und sah, daß der Jeep und seine zwei Vorarbeiter weg waren. Allein stand er in der Steppe, mit einer Decke, einem Gewehr und ein paar Büchsen Verpflegung. Ein Kanister mit Wasser lehnte einsam an einem Busch.

Für Harris ging ein Teil der Welt unter. Bis zu dieser Stunde hatte er fest auf seine beiden Vorarbeiter gebaut. Er hatte sie für die treuesten Menschen gehalten. Sie hatten an seiner Seite den Sturm der Bwambas abgeschlagen, als die Truppen Budumbas von der Sander-Farm herüberkamen, sie hatten von Kind an bei ihm gedient, sie waren in den Arbeiterhütten seiner Farm geboren worden. Daß sie ihn verraten könnten, war ein unmöglicher Gedanke gewesen, der Harris nie kam. Nun brach dieser Glaube an Treue zusammen.

Sie hatten ihn allein in der Steppe gelassen. Sie waren mit dem Jeep davongefahren.

Was ist ein Mann allein und zu Fuß in diesem Land?

Die Landschaft verschlingt ihn, und er wird zu einem Käfer, dessen Welt zusammenschrumpft zu einer Unendlichkeit aus zerrissenem Boden und bizarren, tausendfachen Hindernissen, die man überkriechen muß. Und darüber brennt glühend die Sonne; schutzlos ist man ihr ausgeliefert und spürt, wie diese gleißende Helle das Blut kochen läßt und alle Flüssigkeit aus dem Gehirn zieht.

Was nutzt schon ein Gewehr?

Plötzlich kann man einem Leoparden gegenüberstehen, einem Elefantenbullen, einem Wasserbüffel, einem Nashorn. Man sieht den Tod, aber die Sonne hat alle Kraft aus einem herausgesaugt. Die Arme sind wie Blei. Das Gewehr an die Wange reißen, zielen, abdrücken ... man will es, aber die Arme hängen herunter, vor den Augen flimmert die Luft. Nicht einmal die Kraft ist mehr da zu schreien, wenn das Ende auf einen zukommt.

Mike Harris setzte sich auf die Decke und starrte in die beginnende Nacht. Er nahm das Gewehr zwischen seine Knie und umklammerte es.

Wohin, dachte er.

Zurück zur Farm? Es waren sechs Tage Fußmarsch.

Zu den Mondbergen? Es konnten sechs Wochen werden.

Oder in eine ganz andere Richtung? Nach Osten, zu den Truppen der Regierung? Irgendwo mußte man auf sie treffen; sie durchkämmten das Land nach den Stoßtrupps der Bwambas, die noch immer Weiße einsammelten und als Geiseln zu den immer noch geheimen Sammelstellen brachten.

Harris verbrachte die Nacht damit, sich an ein kleines Lagerfeuer zu hocken und es immer wieder am Brennen zu halten. So wehrte er die Tiere ab, die ihn umschlichen. Er hörte und sah sie nicht, aber er spürte sie in der Dunkelheit jenseits seines Feuers. Vor allem, als das Heulen der Hyänen näher und näher kam, wußte er, daß um ihn herum eine Raubkatze schlich und ihn beobachtete.

Harris saß still, das Gewehr auf den Knien, bereit, sofort zu schießen. Als im Osten der Nachthimmel fahl und streifig wurde, atmete er auf, zertrat das Feuer und lief ein paarmal rund um den Aschenhaufen, um seine lahmen Muskeln in Bewegung zu bringen.

Der neue Tag. Ein Tag, der für ihn unendlich lang werden würde. Ein Tag, den er verfluchen würde, noch ehe er zu Ende ging. Ein Tag, der Harris' Körper verändern würde wie ein ganzes Jahr.

Er wußte es, knotete die Decke zusammen, legte den Wasserkanister und die Büchsen hinein, warf den improvisierten Sack über die Schulter, sicherte sein Gewehr und benutzte es als Stock. So zog er los, der an den Himmel kletternden Sonne entgegen.

Er hatte keine andere Wahl. Er wurde zu einem Käfer in der Steppe.

»Wir ruhen uns noch diesen Tag aus«, sagte Malanga, als sie alle gefrühstückt hatten und Thorwaldsen sich seine Pfeife ansteckte. Corinna hatten sie aus dem Zelt getragen und wieder unter das Sonnensegel gelegt. Sie sah besser aus als am vergangenen Tag, aber das Fieber war noch nicht völlig aus ihrem Körper getrieben. Die Augen glänzten noch unnatürlich, das operierte Bein schmerzte. Malanga wollte nach dem Frühstück den Verband wechseln.

»Es geht mir wundervoll«, sagte Corinna, als sie Tee getrunken und Kekse gegessen hatte. »Man merkt, daß jetzt Männerblut in meinen Adern rollt. Ich fühle mich stark wie nie zuvor ...«

Thorwaldsen lachte laut. Er holte eine zweite Pfeife aus seiner Hosentasche und hielt sie Corinna hin. »Bitte, bedienen Sie sich! Mit meinem Blut im Körper müßten Sie daran Geschmack finden.«

Malanga schien andere Gedanken zu haben, als den Morgen mit Scherzen zu verbringen. Er ging unruhig in dem kleinen Camp herum, sah oft in die Ferne und winkte dann Thorwaldsen zu sich an den Landrover.

»Wir müssen uns tarnen«, sagte er leise, damit es Corinna nicht hörte, »wenn wir hierbleiben wollen.«

»Tarnen? Warum?« Thorwaldsen schüttelte den Kopf. »Wenn man uns entdeckt, um so besser für Corinna.«

»Es könnte Komplikationen geben. Ich möchte sie in unser aller Interesse vermeiden.« Die Stimme Malangas hatte sich verändert. Sie klang hart, befehlend. Auch sein Gesicht verlor die Weichheit; es war verschlossen und wie vereist.

»Sie haben Angst, nicht wahr?« sagte Thorwaldsen hämisch. »Irgend etwas ahnte ich doch. Mit Ihnen stimmt etwas nicht! Gut, Sie sind ein Arzt, aber weiß der Teufel, welche Funktionen Sie jetzt hier ausüben. Sie fürchten einen Zusammenstoß mit den Regierungstruppen.«

»Ja«, antwortete Malanga kurz.

»Und warum?«

»Ich könnte es Ihnen erklären, aber ich will nicht.«

»Oha! Jetzt wird's gemischt!« Thorwaldsen klopfte seine Pfeife am Stiefelabsatz aus und nahm sie dann in die Hand wie eine Pistole. Mit dem Mundstück tippte er Malanga an die Brust. »Der Aufstand der Bwambas und Sie ... da ist ein Zusammenhang, was? Sie sind doch ein Bwamba?«

»Natürlich.«

»So natürlich finde ich das gar nicht. Ihr Stamm zieht brennend und mordend durchs Land, bringt die Eltern und Geschwister von Corinna um, und Sie schnappen sich die einzige Überlebende der Familie und wollen mit ihr in die Mondberge! Hören Sie mal ...« Thorwaldsen sah hinüber zu Corinna, die auf der Decke lag, geschützt durch das Sonnensegel, und hinaus in die Steppe blickte. »Wir sind hier ganz allein. Es hat sich gezeigt, daß wir ebenbürtig sind. Trotzdem: Einer von uns ist hier zuviel! Ich will Corinna zur nächsten Missionsstation bringen, damit sie sachgemäß gepflegt wird. Sie wollen sie in die Berge schleppen ... Einer von uns muß seinen Kopf durchsetzen.«

»Ganz logisch.«

»Das heißt also, daß wir – jeder für sich – darüber nachdenken müssen, wie er den anderen umbringt.« Thorwaldsen kratzte sich mit dem Pfeifenmundstück den Kopf. Er war nicht im geringsten aufgeregt, er sprach über diese Situation des tödlichen Hasses wie über eine Schachaufgabe. »Sie wissen, Doktor: Wenn Sie mich umbringen, wird Corinna Schwierigkeiten machen.«

»Das gleiche wird sie tun, wenn Sie mich wegschaffen«, sagte Malanga und lächelte schwach. Sein schwarzes Gesicht glänzte in der weißlichen Morgensonne. Es würde wieder ein heißer, drückender Tag. Über der Savanne stiegen die Morgennebel hoch. »Überlassen wir alles dem Zufall. Zunächst aber müssen wir uns tarnen.«

»Und wenn ich mich weigere?« knirschte Thorwaldsen.

»Sie werden es nicht.« Die Stimme Malangas war sanft, aber überzeugend. »Sie würden Corinna in eine sehr gefährliche Lage bringen. Wenn wir aus der Luft beschossen werden, fragt keiner, ob eine Frau bei uns ist.«

Thorwaldsen sah das ein. Mit verkniffenem Gesicht begann er, in der Umgebung Äste zu schlagen und hohes Gras zu bündeln. Malanga wechselte unterdessen den Verband Corinnas.

Die Wunde sah nicht schön aus. Die Schwellung war zurückgegangen, aber noch immer war die Haut gespannt und gerötet. Er injizierte noch einmal ganz langsam 10 Kubikzentimeter Calcium und strich über die Wundränder eine Penizillinsalbe.

»Daß mir so etwas passieren mußte«, sagte Corinna und sah Malanga zu, wie er das Bein behandelte. »Wieviel Zeit verlieren wir nun? Sollen wir nicht umkehren?«

»Umkehren? Wohin?« Malanga wickelte einen neuen Verband um die Wunde. Er sah Corinna dabei nicht an. Ihr schönes Bein zu halten, es beim Verbinden verstohlen zu streicheln, war schon ein großes Glück für ihn, das sich in seinen Augen widerspiegelte. Und diese Augen wollte er Corinna nicht sehen lassen.

»Zurück zur Farm.« Corinna legte sich zurück und starrte gegen das Sonnensegel. Ihre Stimme wurde leiser und zitterte etwas. »Ich glaube nicht mehr, daß Robert und Gisela noch leben.«

»Wir werden es sehen.« Malanga legte das verbundene Bein zurück auf die Decke und breitete ein Handtuch darüber. Mückenschwärme umsurrten es, als sei die Penizillinsalbe wie Honig, der die Insekten anlockt. »Sollte es wirklich so sein, werde ich den Verantwortlichen zur Rechenschaft ziehen.«

»Man wird auch uns töten, Malanga.«

»Das glaube ich nicht.« Er erhob sich und stand groß, schlank und von einer rätselhaften Schönheit gegen die Sonne. Corinna starrte zu ihm auf. Sie empfand ein Gefühl von Geborgenheit. Sie wußte nicht, wieso, aber sie spürte es ganz deutlich. Gleichzeitig aber drängte auch die Frage: Woher nimmt er diese Sicherheit? Was weiß er wirklich?

»Ich möchte etwas wissen«, sagte sie, während Malanga um sie herum ein Moskitonetz spannte.

»Bitte, Miß Corinna.«

»Warum sind Sie so sicher?«

»Weil man mich braucht. Ich bin Arzt. Sie warten auf mich. Das ist das ganze Geheimnis.« Malanga lächelte zu ihr hinunter. »Ich bringe ihnen die Verlängerung ihres Lebens; ein Wissen, das ich von den Weißen lernte. Das ist zwei weiße Leben wert. Wenn Ihre Geschwister noch leben, werden sie bald mit Ihnen zurück zur Farm fahren können.«

Thorwaldsen hatte unterdessen genug Äste und Gras geschlagen, um die Tarnung aufzubauen. Malanga begutachtete die Arbeit, während sich Thorwaldsen zunächst in den Landrover setzte, einen Becher Wasser trank und seine Pfeife stopfte. »Wie geht's dem Bein?« fragte er dabei.

»Einen Tag nach der Operation – gut.« Malanga mischte sich Wasser mit Fruchtsaft und warf eine Tablette hinein, ehe er den Becher trank. Mißtrauisch kniff Thorwaldsen die Brauen zusammen.

»Was tun Sie sich da ins Wasser?«

»Pervitin. Ich möchte munter bleiben.«

»Geben Sie mir auch so'n Teufelszeug.« Thorwaldsen hielt die offene Hand hin. »Gleiches Recht für alle, Doc!«

Malanga gab ihm eine Tablette, und Thorwaldsen schluckte sie mit Wasser hinunter.

Dann bauten sie die Tarnung auf. Der Wagen verwandelte sich zu einem breiten Busch, das Zelt schien ein Grashügel zu sein, das Sonnensegel wurde von riesigen Halmen des Elefantengrases überwuchert. Aus der Luft war das Lager nicht mehr zu erkennen ... es versank völlig in der wogenden Üppigkeit der Savanne.

Wie wichtig das war, zeigte sich am Nachmittag, kurz nach dem Essen. Von Osten näherte sich Motorengebrumm. Zunächst sah es aus wie eine große Libelle, dann erkannte man mit bloßem Auge die gläserne Kanzel und die rotierenden Flügel eines Hubschraubers. Langsam überflog er das Land, zog Kreise und schien nach genau festgelegten Planquadraten die Savanne abzusuchen. Malanga trat vor Thorwaldsen, der mit einem verzerrten Lächeln die Maschine der Regierungstruppen beobachtete.

»Bitte Ihr Gewehr und die Pistole«, sagte Malanga hart. Thorwaldsen zuckte zusammen. Sein Gesicht wurde rot.

»Sind Sie verrückt?«

»Sie könnten in die Luft schießen und so ein Signal geben.«

»Und wenn ich das tue?«

»Dann schieße ich auch ... auf Sie!« Malangas Stimme war dunkel und gefährlich. »Denken Sie an die Gefahr, in die Sie Corinna dann bringen.«

»Sie schwarzes Aas!« Thorwaldsen warf sein Gewehr hin und schleuderte die Pistole hinunter auf den Boden. Er sah, wie es über Malangas ebenholzglänzendes Gesicht zuckte. Ich muß ihn beleidigen, bis er platzt, dachte Thorwaldsen. Bis er seine verdammten Nerven verliert. Bis er eine Dummheit macht und ich ihn umlegen kann.

»Danke!« sagte Malanga heiser und trat unter die Tarnung. Er schluckte die Beleidigung, aber sie blieb haften wie ein langwirkendes Gift.

Der Hubschrauber kam näher. Sein Motorengebrumm scheuchte die Herden auf. Hunderte von Hirschantilopen und Topigazellen flüchteten durch das mannshohe Gras. Eine Giraffenfamilie jagte mit vorgestreckten Hälsen dahin. Nicht weit von ihnen, durch eine Senke mit niedrigerem Gras, stampften drei Nashörner mit gesenkten Häuptern, die Panzer der Steppe. Ein Rudel Impalas hetzte davon; die braunen, schlanken Körper schnellten hoch und weit durch die hitzeflimmernde Luft.

Langsam zog der Hubschrauber seine Kreise. Nun war er über dem Lager, und Thorwaldsen konnte durch seine Tarnung ganz deutlich die beiden Piloten erkennen und dahinter die Soldaten an den Maschinengewehren. Es waren Farbige in braungrünen Uniformen. Fallschirmjäger der Uganda-Armee.

»Sie sehen uns nicht«, sagte Malanga zufrieden. »Was glauben Sie, was sie tun würden, wenn sie uns entdeckten?«

Thorwaldsen schwieg. Er kannte die Antwort. Die Läufe der MGs waren auf die Erde gerichtet.

In diesem Augenblick bewegte sich das Moskitonetz unter dem getarnten Sonnensegel. Der Kopf Corinnas erschien im Freien ... sie kroch auf dem gesunden Bein hervor und schleifte das verbundene Bein nach. Malangas Herz stand einen Augenblick still, auch Thorwaldsen war eine Sekunde unfähig, zu reagieren. Dann aber schrien sie beide wie aus einem Mund:

»Zurück! Corinna ... zurück!«

Das Donnern der rotierenden Hubschrauberflügel übertönte diesen Aufschrei. Corinna war ins Freie gekrochen, kniete sich jetzt, deutlich sichtbar in ihrer weißen Bluse, und winkte mit beiden Armen. Der Hubschrauber reagierte sofort, er drehte ab und kam in einem engen Kreis wieder zurück.

»Prost Mahlzeit!« knirschte Thorwaldsen. »Sie können nicht sagen, daß ich es war, Doc!« Er bückte sich und riß das Gewehr hoch. Auch Malanga griff zu der Maschinenpistole, die unter dem Gepäck verborgen gelegen hatte.

Fast gleichzeitig drückten sie ab, als der Hubschrauber wie ein Rieseninsekt auf sie zustürzte. Sie kamen den MG-Schützen in der Glaskanzel um den Bruchteil einer Sekunde zuvor. Während Thorwaldsen mit seiner großkalibrigen Büchse den Piloten traf, hämmerte die Garbe Malangas in die Kanzel und warf die beiden Fallschirmjägerschützen von den Maschinengewehren.

Der Hubschrauber bäumte sich auf, drehte sich auf die Seite, fiel dann, steuerlos, wie ein Stein in die Savanne und zerschellte auf dem Boden. Eine schwarze Rauchfahne quoll hoch, Benzin lief aus, entzündete sich und steckte das trockene Gras an. In wenigen Sekunden umgab ein Flammenmeer den abgestürzten Hubschrauber. Prasselnd fraß sich das Feuer weiter. Über der Steppe erhob sich ein Schleier von Rauch und zuckenden Flammen.

Entsetzt, gelähmt von dem Anblick, hockte Corinna noch immer auf den Knien vor dem Sonnensegel. Malanga und Thorwaldsen sahen sich kurz an.

»Ich habe es nur Corinnas wegen getan«, sagte Thorwaldsen heiser. »Sie wollten auf sie schießen.«

»Ich habe nichts anderes erwartet.« Malanga warf die Maschinenpistole in den Landrover. »Wir müssen weg! Sofort! Das Feuer kommt auf uns zu. Wir haben Glück, daß der Wind gegen unsere Richtung steht! Los, stehen Sie nicht herum ... alles abbauen! Sie fahren! Ich kümmere mich um Corinna.«

Malanga rannte zu Corinna, hob sie hoch und trug sie zum Wagen. Thorwaldsen riß die Tarnung ein, fetzte das Sonnensegel von den Stangen, rollte die Decke zusammen und half Malanga, Corinna auf die Kissen des Rücksitzes zu betten. Dann stürzten sie beide zum Zelt, bauten es ab, warfen die Leinwand einfach über Corinna und sprangen in den Wagen. Heulend reagierte der Motor auf das Vollgas, das Thorwaldsen schon beim Anfahren gab. Es war höchste Zeit. Die Hitze der brennenden Steppe wurde unerträglich, der beißende Rauch nahm ihnen den Atem.

»Festhalten!« brüllte Thorwaldsen, als er die Kupplung losließ. Malanga kniete auf seinem Sitz und umklammerte Corinna. Mit einem Satz schoß der Landrover vorwärts und bohrte sich in das hohe Elefantengras.

Corinna verzog den Mund, dann schrie sie auf. Das kranke Bein war gegen die eiserne Wagenwand gestoßen; der Schmerz, der sie von den Zehen bis zur Kopfhaut durchzuckte, war unerträglich.

Malanga biß die Zähne zusammen. Er umarmte Corinna, zog sie an sich, hielt sie fest, während Thorwaldsen durch die Steppe raste, einen Bogen um das Flammenmeer schlug und erst langsamer fuhr, als der Brand hinter ihnen lag und sie dem Wind entgegenschleuderten, der das Feuer von ihnen wegtrieb.

»Warum habt ihr das getan?« schrie Corinna in das Heulen des Motors. »Es waren doch Regierungstruppen. Sie wollten uns helfen! Mein Gott, ihr habt sie getötet. Sie verbrennen ...«

Malanga schwieg. Sein Gesicht war schweißnaß und wie versteinert. Thorwaldsen hatte genug zu tun, über den holprigen Boden zu fahren. Sie kamen mitten in eine flüchtende Herde von Elenantilopen hinein, in eine donnernde Wand von braunen, panikgehetzten Leibern. Neben ihnen stampften drei riesige Nashörner durch das Gras.

Nach zwei Kilometern hielt Thorwaldsen an. Hinter ihnen stand die Wand aus Feuer und Rauch. Eine brennende Hölle, die ostwärts trieb. Sie konnte ihnen nicht mehr gefährlich werden.

Thorwaldsen lehnte sich zurück und wischte sich mit beiden Händen über das Gesicht. Schweiß, Staub und Flugasche entstellten es völlig.

»Wie geht es Corinna?« fragte er dabei.

Malanga ließ sich neben ihn auf den Sitz zurückfallen. »Sie ist ohnmächtig«, sagte er. »Fahren Sie weiter. Wir müssen bis zur Nacht so viel wie möglich zurücklegen. Man wird den Hubschrauber ja suchen. Im übrigen danke ich Ihnen.«

»Wofür?«

»Man kann sich in der Not auf Sie verlassen, Sir.« Knurrend fuhr Thorwaldsen weiter. »Auf Ihr Lob verzichte ich!« sagte er grob. »Es war nur Notwehr ... damit Sie es genau wissen!«

Auf der Gefangeneninsel im Sumpfgebiet Toros wirkte das Entsetzen über die Hinrichtung des weißen Farmers noch nach. Budumba ließ aber, entgegen den Befürchtungen der Gefangenen, keine neuen Todesurteile mehr vollstrecken, sondern überließ die Weißen der quälenden Ungewißheit. Sie zermürbte noch mehr als Terror.

Gisela Sander hatte noch ein Zusammentreffen mit Budumba; danach, so glaubte sie fest, käme nur noch der Tod.

Es war am Morgen nach der grausamen Hinrichtung. Die ganze Nacht über hatte Gisela darauf gewartet, daß Budumba in ihre Hütte käme, um sich nun mit Gewalt zu nehmen, was sie aus freier Entscheidung nicht geben wollte. Sie hatte sich darauf vorbereitet und mit dem Leben abgeschlossen. Wie ihr Vater, der sich bis zuletzt gewehrt hatte, ehe die Buschmesser ihn zerstückelten, versteckte sie als einzige Waffe einen dicken Holzknüppel in der Hütte. Mit ihm wollte sie so lange um sich schlagen, bis Budumba sie tötete. Nur als Tote wird er mich bekommen, dachte sie, und es war keinerlei Angst bei diesem Gedanken.

Aber Budumba ließ die Nacht vorübergehen und kam erst am Morgen in die Hütte. Er trug seinen Anzug aus Leopardenfell und eine Mütze aus Löwenhaaren. Gisela Sander starrte ihn an wie ein ekliges Tier.

»Ich schlage Ihnen einen Vertrag vor«, sagte Budumba. »Wir haben jetzt über vierhundert Gefangene. Ihnen werde ich verkünden, daß ihr Leben davon abhängt, ob eine weiße Frau einen Schwarzen lieben wird oder nicht. Liebt sie ihn nicht, werden jeden Tag zehn Weiße vor aller Augen getötet ... so lange, bis die weiße Frau ja sagt.« Budumba gab diese Ungeheuerlichkeiten mit einer Stimme von sich, als sei er noch Taxichauffeur in Nairobi und erkläre bei einer Rundfahrt durch die Stadt den Touristen die Sehenswürdigkeiten. »Jeden Tag zehn Menschen, Miß Sander. Sie haben gesehen, daß ich die Macht dazu habe. Wer will mich hindern? Ich glaube, daß nach zwei Tagen Ihre eigenen Freunde zu Ihnen kommen werden und Sie anflehen, Budumba zu lieben, um das Leben der anderen zu retten. Und überlegen Sie, daß bei der dritten Gruppe Ihr Bruder sein wird. Bei der vierten Pater Fritz ...«

»Und Sie sind einmal getauft und in einer Missionsschule erzogen worden«, sagte Gisela leise.

Budumba lächelte breit. »Auch unter den weißen Christen gibt es Mörder. Warum verlangt man vom schwarzen Mann, daß er christlicher sein soll als seine weißen Vorbilder? Ich habe die Macht, zu tun, was ich will. Das allein ist jetzt wichtig. Miß Sander. Wollen Sie, daß ich jeden Tag zehn Ihrer Landsleute hinrichten lasse? Ist Ihnen Ihr schöner, weißer Körper soviel wert?« Budumba erhob sich abrupt. »*Mir* ist er soviel wert! Ich bade ihn in Blut, wenn es sein muß!«

»Nie bekommen Sie mich lebend!« schrie ihm Gisela Sander zu. »Nie! Nie!«

Budumba hob die breiten Schultern. Katzenhaft leise ging er zum Ausgang der Hütte. »Sie werden wahnsinnig werden«, sagte er dumpf, bevor er den Vorhang aufschlug. »Jeden Tag zehn Menschen ... vor Ihren Augen ... und diese Menschen werden Sie anflehen, auf den Knien vor Ihnen liegen und Ihnen zuschreien: Rette unser Leben ... liebe Budumba ... laß uns nicht töten ... liebe Budumba ... liebe Budumba ... Ob Sie das aushalten, Miß Sander?!«

Gisela sank auf ihr Fellager zurück, als Budumba die Hütte verlassen hatte. Was in den nächsten Tagen geschehen würde, was sich ein Mensch ausdenken konnte, der das krankhafte und mit Haß geladene Gehirn eines Budumba besaß, war wirklich das Grauenhafteste, das Unerträglichste auf dieser Welt. Es gab nur einen Weg, ihm zu entgehen und das Leben der anderen zu retten: Der eigene Tod, bevor die ersten zehn zur Hinrichtung geführt wurden.

Gisela Sander war dazu bereit.

»Ich möchte Pater Fritz sprechen«, ließ sie dem König der Bwambas, Kwame Kirugu, mitteilen.

Am Abend wurde Pater Fritz von der Gefangeneninsel zur Königsinsel gerudert. Nur eine Nacht blieb noch bis zur Entscheidung.

Was Pater Fritz mit Gisela Sander besprach, hat nie jemand erfahren. Aber als er die Hütte wieder verließ und Gisela ihn bis zu dem flachen Boot begleitete, segnete er sie, bevor er wieder hinüberfuhr zur Insel, und sie kniete nieder und senkte den Kopf.

In dieser Nacht schlief auch Pater Fritz nicht. Er hatte einen Tod durch eigene Hand gesegnet.

Die sich überschlagenden Ereignisse verhinderten das Opfer Gisela Sanders. Budumba hatte am nächsten Morgen andere Sorgen, als sich um die Eroberung einer weißen Frau zu kümmern.

Sein großer Traum von einem eigenen Staat der Bwambas unter seiner Herrschaft schien sich aufzulösen wie Frühnebel nach den ersten warmen Sonnenstrahlen.

Zwei Kompanien der Kampftruppen hatten die Mondberge erreicht und sich in den unwegsamen Felsgebieten eingenistet. Stoßtrupps hielten den Weg offen für den nachfolgenden Stamm, dem auch die vierhundert Gefangenen angehören sollten. Planmäßig, wie bei einem Manöver, war bisher alles abgerollt. Vom Kongo kamen Waffen- und Lebensmittellieferungen über die Mondberge. Zwei Batterien Artillerie zogen auf einsamsten Felsenpfaden zu den Bwambas, überquerten den »Thron der Götter«, die Region des ewigen Schnees.

Budumba war stolz auf seine Organisation. Siegessicher hatte er Kirugu, dem vorsichtig Zögernden, die Meldung gezeigt, daß militärisch schon fast alles erreicht sei. »Das ist eine Falle!« hatte Kirugu gesagt. Es klang lahm. Die Erfolge Budumbas waren unheimlich; die Bantus begannen, ihn wie einen Gott anzubeten. Die Königswürde Kirugus war nur mehr ein Maskenscherz, weiter nichts. Nur aus Tradition blieb er auf dem Thron. Sein Wort wurde nur noch von ganz wenigen Getreuen gehört, aber auch die wandten sich ab, aus Angst, den Zorn Budumbas auszulösen.

»Ich werde jetzt verhandeln«, sagte Budumba voller Triumph. »Ich schicke zwei Offiziere zu den Regierungstruppen und biete den Tausch an: Die Weißen gegen freies Geleit unseres Volkes zu den Mondbergen. Sie müssen darauf eingehen.«

»Sie werden es nicht!« Kirugu schüttelte den Kopf. Sein Kopfschmuck aus Pfauenfedern wippte. »Was sind die Weißen denn wert?«

Budumba nannte Kirugu einen alten Dummkopf und handelte nach seinem Plan. Mit einem erbeuteten Regierungsjeep schickte er zwei Offiziere im Hauptmannsrang nach Osten. Eine große weiße Fahne wehte über ihnen, als sie nach hundert Kilometern endlich auf Vorposten der Uganda-Armee stießen. Fünf Minuten später waren sie gefangengenommen, man zog ihnen die Stiefel und die Hosen aus, ließ sie in kurzen Unterhosen und Uniformjacken vor dem Jeep herlaufen bis zum Hauptlager. Dort erst konnten die beiden Bwambas erklären, was sie wollten. Das Funkgerät begann zu knistern, in Kampala holte man Oberst McCallen ins Kriegsministerium und zeigte ihm die Meldung von der »Front«. Eine halbe Stunde später flogen der General, zwei

Oberste und McCallen nach Fort Portal. Die Meldung war zu wichtig, um aus der Ferne behandelt zu werden.

Bei den Uganda-Truppen hatte unterdessen eine peinliche Untersuchung stattgefunden. Nachdem man erkannt hatte, daß es sich bei den beiden Bwambas weder um Überläufer noch um Gefangene handelte, sondern um Parlamentäre, auf die man in Kampala wartete, suchte man die Stiefel und Hosen der beiden Offiziere wieder. Es stellte sich heraus, daß sie wie weggezaubert waren, daß niemand wußte, wer sie genommen hatte, daß überhaupt niemand eine Ahnung hatte. Um die Unterhändler nicht halbnackt dem General vorführen zu müssen, zog man ihnen Armeehosen an und lieh ihnen auch halbhohe Schnürstiefel.

So wurden sie McCallen vorgeführt, der im Hauptquartier von Fort Portal mittlerweile eingetroffen war.

Das Ultimatum Budumbas, das die beiden Bwambas übermittelten, war klar. McCallen ließ die Unterhändler abführen und schob dann die Unterlippe vor.

»Das ist kein Bluff«, sagte er. »Wir wissen, daß Budumba die Geiseln hat. Wir sollten auf seinen Vorschlag eingehen.«

»Unmöglich.« Der General zog das dicke Kinn an. McCallen bekam plötzlich glänzende Augen.

»Es handelt sich um vierhundert Menschen!« sagte er lauter.

»Es handelt sich darum, daß wir nicht den Forderungen eines Rebellen nachgeben!« Der Uganda-General hieb auf den Tisch. »Ich denke nicht daran! Soll ich mich blamieren?!«

»Sollen vierhundert Unschuldige sterben?« rief McCallen.

»Es sind Weiße.« Der General lächelte mokant. »Sie gehen uns eigentlich gar nichts an, Oberst. Das hier ist eine innerafrikanische Angelegenheit. Daß man ausgerechnet unafrikanische Elemente als Druckmittel benutzt, ist ein Witz und zeugt von der Dummheit unserer Gegner.«

Oberst McCallen wurde rot. Er spürte, wie es an seinem Hals emporkroch, eine schreckliche Wut, die ihn zu zerreißen drohte.

»Das heißt ...«, sagte er mühsam beherrscht, »daß Sie meine Landsleute ...«

»Nicht ich! Die Bwambas!« Der General lehnte sich zurück. »Ich weigere mich nur, mich durch solche Dinge zu irgend etwas zwingen zu lassen.«

»Wenn Sie nicht zusagen, bedeutet dies das Todesurteil für vierhundert Männer, Frauen und Kinder.«

»Es gab Kriege, wo die Opfer höher waren, Oberst«, sagte der General verschlossen. »Ein Königreich Bwamba in den Mondbergen wäre für uns drückender als die Schuld, vierhundert Weiße geopfert zu haben.«

»Sie!« McCallen sprang auf. Vierzig Jahre Kolonialdienst brachen aus ihm heraus. »Mit einem Affen verhandle ich nicht! Ich werde mich an die Regierung selbst wenden!«

Eine halbe Stunde lang sprach McCallen telefonisch mit Kampala und verschiedenen Ministern. Die Antworten, die er bekam, waren die gleichen wie die des Generals: Uganda ist es wichtiger, Ruhe im Land zu haben, als den Tod von vierhundert Weißen zu verhindern. Die Bwambas müssen geschlagen werden, alles andere ist unwichtig.

Erschüttert, fast platzend vor Wut, aber ohnmächtig, kam McCallen von seinem Telefongespräch zurück in das Zimmer des Kommandeurs von Fort Portal. Der General und seine Offiziere rauchten und tranken Kaffee.

»Was sagten die Minister?« fragte der General freundlich. McCallen warf sich auf einen Stuhl. Er schwitzte vor Erregung.

»Das hier ist Mord!« sagte er heiser. »Mord an vierhundert Weißen. Man wird Sie dafür zur Rechenschaft ziehen.«

»Uns? Sie verkennen die Lage, Sir. Die Bwambas ermorden sie.«

»Sie können es verhindern!« schrie McCallen außer sich.

»Nicht mehr.« Der General zerdrückte seine Zigarette. »Der Fall ist bereits dabei, sich zu lösen ...«

Außerhalb Fort Portals, dort, wo wieder die Savanne beginnt, wurden in diesen Minuten die beiden Parlamentäre Budumbas aus dem Jeep gestoßen. Man hatte ihnen die Militärhosen und Schnürstiefel wieder abgenommen. Barfuß, in Unterhosen, standen sie im Staub und bekamen einen Tritt in den Hintern.

»Lauft zurück zu euren Schweinen!« schrien die Uganda-Soldaten ihnen zu. »Los! Lauft schon!« Sie schossen hinter den beiden Bwambas in die Erde und lachten, als diese begannen, wegzulaufen, die Röcke auszogen, die Mützen wegwarfen und mit nacktem Oberkörper, in kurzen Hosen durch das trockene Gras hetzten.

»Eigentlich sind es jetzt keine Offiziere mehr«, sagte ein junger Leutnant. »Sie haben ihren Rang weggeworfen. Nur noch dreckige Revolutionäre sind sie. Jungs, bestraft sie.«

Nur wenige Meter weit kamen die beiden Unterhändler. Dann traf sie eine Garbe aus einem MG ... sie breiteten im Laufen die Arme aus, stolperten, als stieße man ihnen in den Rücken und fielen dann vornüber in den Staub.

Das Schicksal von vierhundert Weißen war entschieden.

Oberst McCallen flog zurück nach Kampala und funkte seine Erfahrungen nach London an den Geheimdienst. Er bat um weitere Weisungen und schlug unter Einsatz aller Presse-Agenturen der Welt eine erdumspannende Pressekampagne zur Rettung der Gefangenen vor. Notfalls, so funkte er, müsse man Fallschirmjäger einsetzen, um die

Weißen zu befreien. Souveränität hin, Völkerrecht her, hier gehe es um eine humanitäre Sache. Vierhundert Weiße sollten geopfert werden.

London empfing die Meldungen – und schwieg.

Bis zum Morgen saß McCallen vor dem Funkgerät. Dann legte er sich resigniert hin. Er verstand das Schweigen aus London: Die große Politik kann auf vierhundert Menschen keine Rücksicht nehmen. Das selbständige Afrika ist noch immer das Hinterland Europas. Man braucht es. Was sind vierhundert Menschen in dieser weltpolitischen Situation?

»Es ist zum Kotzen!« sagte McCallen laut. »Ich suche mir einen anderen Job! Ich werde Kaninchen züchten oder eine Hühnerfarm aufmachen. Die Politik heute ist etwas für Rechenmaschinen. Ich aber bin noch ein Mensch!«

Das alles erfuhr Budumba nicht. Aber er bekam die Meldung, daß man seine beiden Unterhändler erschossen habe. Da dies die Antwort war auf sein Angebot, wußte er jetzt, daß seine Geiselaktion ein Fehlschlag geworden war. Neben der Fortführung des Krieges und dem Durchbruch des Reststammes zu den Mondbergen mußte das Problem der Gefangenen gelöst werden. Die einfachste Lösung, alle durch ein paar MG-Garben niederzumähen, lag am nächsten, aber Budumba scheute davor zurück. Er dachte an die Fallschirmjäger-Aktion im Kongo und an die Möglichkeit einer weißen Söldnertruppe, gegen die kein Zauber mehr half.

Kirugu, der Budumba mit einem hämischen Grinsen beobachtete, sah seine Zeit gekommen.

»Was nun?« fragte er. »Geh hinaus und erkläre es den Kriegern. Oder soll ich es tun?«

»Was willst du erklären?« Budumba fuhr von seiner geflochtenen Matte hoch. »Es hat sich nichts geändert.«

»Sie verzichten auf die Weißen.«

»Wir werden durchbrechen zu den Bergen.«

»Und die Gefangenen?«

»Wir lassen sie zurück.« Budumba atmetete tief auf. »Wir werden sie auf ihrer Insel lassen und abziehen. Wenn sie gefunden werden, ist es ihr Glück, wenn nicht ...« Er hob die Schultern. »Man sagt den Weißen nach, daß sie viel Phantasie hätten. Sie können sie gebrauchen. Vielleicht gelingt es ihnen, ans feste Land zu kommen. Es ist die beste Art, sie loszubekommen. Ich werde noch zwei Tage warten, dann räume ich den Sumpf.«

»Und draußen erwarten uns die Regierungssoldaten.«

»Wir werden sie überrennen.« Die Augen Budumbas blitzten fanatisch. »Ich werde mit einem neuen Zauber alle Herzen mutig wie die Herzen der Löwen machen. Wir werden unbesiegbar sein!«

Kirugu schwieg wieder. Aber er dachte: Warum kommt Malanga nicht? Wo ist er, der einzige, der das Volk noch retten kann? Wie lange ist es her, daß er von Kampala abgefahren ist? Wenn er nicht bald kommt, wird es keine Rettung mehr für das Volk der Bwambas geben. Dann gehen wir alle zugrunde an der dämonischen Macht Budumbas.

Robert Sander arbeitete verzweifelt an seinem Floß. Ingeborg Kraemer half ihm nun, stand wie er bis zum Hals im stinkenden, von Algen und Mückenlarven übersäten Sumpfwasser und flocht die aus Schilfhalmen gedrehten Seile um die Floßknüppel, die Robert einzeln im Laufe des Tages aufsammelte und in die Nähe der versteckten Baustelle trug.

Es war eine mühsame, die letzte Kraft aufsaugende Arbeit. Sie mußte geräuschlos sein, denn jedes laute Plätschern im Wasser, jeder dumpfe Schlag, wenn etwa ein schon zusammengebundenes Floßstück aus den Händen gleiten würde, konnte die Wachen alarmieren. Pater Fritz, der es abgelehnt hatte, sich an der geplanten Flucht zu beteiligen, half ihnen, indem er auf einem Platz in der Nähe der Schilfstelle Abendandachten abhielt. Er ließ dann hintereinander Lieder singen und überdeckte damit das leise Hämmern, wenn Robert einige Nägel einschlagen mußte. Robert Sander benutzte dazu als Hammerersatz einen runden Stein, aber man brauchte damit die dreifache Zeit, um einen Nagel einzutreiben.

»Morgen ist das Floß fertig«, sagte er zu Pater Fritz, als er und Ingeborg naß und frierend in die Hütte krochen.

»Haben Sie noch einmal mit Gisela sprechen können, Pater?«

»Ja. Sie will nicht mitkommen. Sie meint, eine Flucht würde dieselben Folgen haben wie ihre Weigerung, Budumba zu lieben: Er würde seine Drohung wahrmachen. Aber wenn sie ...« Pater Fritz stockte. Die weiteren Worte kamen ihm einfach nicht über die Lippen. Er starrte in das kleine Feuer, das die runde Hütte erleuchtete und wärmte. Durch ein kleines Loch im Hüttendach zog der Rauch ab.

»Ich lasse sie nicht zurück«, sagte Robert tief atmend. »Sie glauben doch nicht, Pater, daß ich meine Schwester ihrem Schicksal ausliefere? Ich hole sie herüber zu uns.«

»Können Sie mir sagen, wie? Um die Hütte Giselas hat Budumba vier Mann seiner Garde aufgestellt.« Pater Fritz faltete die Hände. »Nicht mal ein Käfer kann ungesehen bis zur Hütte krabbeln.«

»Es wird schon einen Weg geben!« Es war Ingeborg, die das sagte. Pater Fritz sah Robert Sander an.

»Gratuliere. Diese Frau paßt zu Ihnen, Robert. Aber Wunder können Sie beide trotzdem nicht vollbringen.«

»Vielleicht beten Sie um ein Wunder, Pater?« sagte Robert leise.

»Es wird nichts nützen.« Pater Fritz sah an das Hüttendach. »Verlangen Sie von Gott nicht, daß er Politik macht. Wir werden politische Opfer sein ... aber in Gottes Reich werden wir selig werden.«

»Das mag *Sie* trösten, Pater. *Ich* lebe lieber!« Robert stand auf und zog Ingeborg mit sich hoch. »Lassen Sie unser Floß erst mal fertig sein. In vierundzwanzig Stunden kann uns noch vieles einfallen und sich noch vieles ändern.«

Er ahnte nicht, wie nahe er damit der Wahrheit war.

Das neue Lager Malangas, in dem er einen Tag ausruhen wollte, um Corinnas Kräfte zu schonen, lag am Rande des Sumpfgebietes von Toro.

Wieder tarnte man Zelt, Landrover und Sonnendach und spannte Moskitonetze über alles, denn die Mückenplage war hier in der Sumpfnähe kaum noch auszuhalten. Corinna lag in einem Dämmerschlaf, den Malanga durch Injektionen aufrechterhielt. So merkte sie nicht, daß man Tag und Nacht und wieder einen ganzen Tag hindurch gefahren war. Malanga hatte noch einmal den Verband gewechselt und wieder Calcium gespritzt, dazu eine Dosis Aureomycin. Nun blieb nur noch das Warten, medizinisch war nichts mehr zu tun.

»Ich frage mich wirklich, wozu Ärzte sechs Jahre studieren müssen, wenn am Ende so wenig dabei herauskommt«, knurrte Thorwaldsen, als Malanga ihm dies erklärte. »Solche Heilerfolge habe ich auch, wenn ich mit dem ›Hausschatz des ärztlichen Ratgebers‹ herumfahre.«

Von Kilometer zu Kilometer, die sie zurücklegten, wurde Thorwaldsen ruhiger und entschlossener. Er hatte nicht die geringste Absicht, mit Malanga in die Mondberge zu ziehen, ebensowenig wie er es dulden konnte, daß Corinna diesen Wahnsinn, wie er es nannte, mitmachen mußte, vor allem jetzt, wo sie kaum noch überblickte, was mit ihr geschah. Irgendwie und irgendwann mußte es zu der großen Auseinandersetzung zwischen ihm und Malanga kommen; die Stunde, nach der es nur noch einen von ihnen auf der Welt gab. Thorwaldsen zweifelte nicht daran, daß er es war, nur den Zeitpunkt wußte er nicht. Eines jedoch war für ihn jetzt schon sicher: In die Sümpfe hinein zog er nicht mit Corinna.

Er atmete also auf, als Malanga sich entschloß, das neue Lager noch in der Feuchtsavanne aufzuschlagen, wieder am Fuße eines der typischen Hügel und im Schatten großer Euphorbien und Papayas.

»Hier bleiben wir, bis Corinna gesund ist!« sagte Thorwaldsen, als die Tarnung vollendet war.

»Einen Tag«, antwortete Malanga ruhig. Er kam von der Kuppe des Hügels und hatte hinübergeblickt zu den weiten Sümpfen. Er war wie ein Raubtier, das Blut wittert. Es schien, als rieche er die Nähe seines Stammes.

»Darüber sprechen wir morgen noch mal«, knurrte Thorwaldsen. »Sie sehen doch, in welchem Zustand Corinna ist.«

»Die Injektionen werden ihr guttun.«

»Ihr Ärzte mit euren Spritzen! Ihr müßtet eigentlich den Erfinder der Spritzennadel heiligsprechen lassen!« Thorwaldsen stellte sich vor das Zelt, in das sie Corinna getragen hatten, als müsse er Ehrenwache halten. »Ich sage Ihnen eins, Malanga: Ich wehre mich weiterzuziehen, ehe Corinna nicht selbst laufen kann und fieberfrei ist. Ist das klar?«

»Ganz klar.« Malangas Gesicht zeigte keinerlei Regung. »Sie wird morgen fieberfrei sein.«

Thorwaldsen winkte mit beiden Händen ab. »Sie machen leere Versprechungen wie ein Meteorologe!« sagte er bissig. »Wir bleiben hier, bis – zum Teufel noch mal – Corinna selbst entscheiden kann, wohin es geht.«

»Das hat sie schon. Sie hat sich mir anvertraut.«

»Dann hatte sie damals schon Fieber!« bellte Thorwaldsen.

Schulterzuckend wandte sich Malanga ab, ging zum Landrover und packte die Kochkiste aus. Aber sein Gleichmut war nur Maske. Innerlich bebte er vor Erregung.

Dort in den Sümpfen, irgendwo in der wogenden Weite des Schilfs, liegt mein Volk, dachte er. Dort werde ich Robert und Gisela Sander ihrer Schwester Corinna wiedergeben und mir damit ihr Herz erkaufen. O mein Gott, es wird keinen glücklicheren Menschen mehr unter der Sonne geben.

Am nächsten Morgen – Corinna schlief noch – gingen Malanga und Thorwaldsen gemeinsam auf die Jagd. Einträchtig, wie Freunde, tauchten sie nebeneinander unter im hohen Gras.

Eine ganze Weile gingen sie gemeinsam über die Savanne, benutzten einen alten Elefantenpfad und kamen an einen schmalen Fluß. Er war seicht, mit verschilften Ufern und von Sandbänken durchsetzt. Auf diesen lagen, riesigen grauen Steinen gleich, Flußpferde in der Morgensonne und hoben nicht einmal die mächtigen Schädel, als Thorwaldsen und Malanga durch das Schilf brachen. Plötzlich blieb Malanga stehen, so abrupt, daß Thorwaldsen, der hinter ihm ging, gegen ihn prallte.

»Hoppla!« sagte er und riß das Gewehr herunter. »Ist etwas?«

»Sie lieben Corinna, Sir?« fragte Malanga hart. Thorwaldsen war überrumpelt. »Wie kommen Sie denn darauf?«

»Ich muß es wissen, Sir.«

»Blödsinn!« Thorwaldsen winkte ab. »Und wenn ... so etwas bespreche ich mit Ihnen nicht im Schilf.«

»Gerade hier, Sir.« Die Augen Malangas waren hart und glänzend. Und plötzlich verstand Thorwaldsen. Ganz langsam zog er das in der Hand herunterhängende Gewehr hoch.

»Lassen Sie das.« Malangas Stimme war schneidend und zuckte über Thorwaldsen wie eine Peitsche. »Ich habe kein Interesse daran, Sie auf diese Art auszuschalten. Warum sollte ich Sie töten? Ich möchte nur Klarheit.«

»Mit anderen Worten: *Sie* lieben Corinna!«

»Ja.«

Thorwaldsen war einen Augenblick verblüfft über diese klare Antwort. Dann lachte er, laut und dröhnend. Malanga unterbrach ihn nicht, nur sein Blick wurde kälter. Dieses Lachen war eine Beleidigung, das wußte er. Jeder Ton war ein Schlag, jedes Glucksen eine Verachtung: Was bildest du dir ein, schwarzer Kerl? Corinna lieben? Du? Ein Neger? Zum Lachen ist das ja ... zum Lachen ...

Nach einer Weile unterbrach Thorwaldsen seine angreifende Fröhlichkeit. Er musterte Malanga wie einen Geisteskranken.

»Weiß es Corinna schon?«

»Nein.«

»Dann wird es Zeit, daß Sie es ihr sagen. Mein Gott, wie kann man nur so dämlich sein!« Thorwaldsen faßte sich an den Kopf. »Schwarze ermorden ihre Eltern, schleppen die Geschwister weg, brennen die Farm nieder – und Sie lieben sie.«

»Ich habe mit diesen Greueln nichts zu tun, Sir.«

»Aber Sie haben eine schwarze Haut, verdammt noch

mal!« schrie Thorwaldsen. Über das Gesicht Malangas zuckte es, aber er stand steif und unbeweglich am Flußufer und starrte über das in der Morgensonne spiegelnde Wasser. Gegenüber traten zierliche Impalas aus dem Schilf zur Tränke. Einer der grauen Flußpferdkolosse wälzte sich von der Sandbank und verschwand schnaufend im Wasser.

»Ich konnte es nicht ändern, mit dieser Haut geboren zu werden«, sagte Malanga gepreßt. »Aber ich fühle mich als Mensch wie Sie, Sir. Mein Blut hat die gleiche Zusammensetzung wie Ihres, mein Gehirn den gleichen anatomischen Aufbau, mein Herz den gleichen Herzschlag.«

Thorwaldsen verzog den Mund. »Alles schön und gut, aber sehen Sie sich einmal im Spiegel an und denken Sie an die Schönheit Corinnas ... Himmel, das ist ja absurd!«

»Das sagen Sie!« Malanga wandte sich ab und ging drei Schritte von Thorwaldsen weg. Dieser benutzte die Gelegenheit, sein Gewehr in Anschlag zu bringen. Noch einmal überrumpelst du mich nicht, dachte er. Von jetzt ab beobachte ich dich wie eine Wildkatze. Und ich kann schnell und gut schießen, das glaube mir, mein Junge. Ich habe sieben Jahre nichts anderes getan als geschossen.

»Sie lieben also Corinna auch?« fragte Malanga noch einmal.

»Ich habe darüber nicht genauer nachgedacht, aber wenn man mich darauf anspricht: Ja! Ich mag sie!« Thorwaldsen legte den Finger an den Abzug. »Vor einigen Jahren habe ich einmal gedacht: Donnerwetter, aus diesem Mädel wird mal etwas Schönes. Ich besuchte damals die Sanders, und Corinna war in den Ferien aus dem Internat da. Ich glaube, sie kam aus der Schweiz. Wenn die mal groß ist, dachte ich. Nun ist sie groß, und wenn ich mir das richtig überlege, wäre sie eine Frau, mit der ich leben könnte.«

»Weiß sie das?«

»Ebensowenig wie die Liebe Ihres schwarzen Herzens.«

Malanga wandte sich um, trat mit den Stiefeln etwas in den seichten Fluß, bückte sich und schöpfte mit den Händen ein paarmal Wasser. Er ließ es über seinen Kopf rinnen, als müsse er einen Brand löschen, der ihn von innen heraus zerfraß.

»Sie haben viel Mut«, sagte er dann. Thorwaldsen zog das Kinn an und kniff die Augen erwartungsvoll zusammen.

»Wieso?«

»Sie haben sich Corinna und mir angeschlossen, obwohl Sie wissen, daß ich zu den Bwambas will. Sie werden mir nichts tun, Corinna werde ich schützen ... aber wer übernimmt Ihren Schutz?«

Thorwaldsen lächelte verzerrt. »Gut, daß Sie davon sprechen, Doc. Da ist nämlich ein Gedankenfehler bei Ihnen. Corinna wird nicht zu den Bwambas fahren. Solange die Richtung ungefähr stimmte, machte ich mit. Jetzt sieht die Lage anders aus. In die Sümpfe hinein – und das wollen Sie ja wohl – wird Corinna nie gehen. Wir werden nach zwölf Kilometern die Straße nach Kijura erreichen und dann so schnell wie möglich Fort Portal ansteuern. Ihr Mondbergetreck ist doch eine hirnverbrannte Idee!«

»Das heißt: Ab sofort sind wir Gegner?«

»Welch große Worte für eine so natürliche Sache!« Thorwaldsen riß das Gewehr hoch. Er war schneller als Malanga, der sich nach seinem Gewehr bücken wollte, das er beim Wasserschöpfen auf den Ufersand gelegt hatte. »Stopp, mein Sohn! Weg von der Waffe!«

Malanga blieb stehen. Hochaufgerichtet, stolz. Über sein wie aus Ebenholz geschnitztes Gesicht liefen noch die Wassertropfen. Das krause, wollige Haar hatte die Feuchtigkeit wie ein Schwamm gespeichert.

»Können Sie einen Wehrlosen erschießen, Sir?« fragte

er laut. Thorwaldsen kaute an der Unterlippe. Die Situation war klar, und doch zögerte er, abzudrücken und damit alle Probleme zu lösen. Wäre Malanga ein sprungbereiter Löwe, ein angreifender Wasserbüffel, ein alter, zorniger Elefant gewesen: Thorwaldsen hätte keine Sekunde mit dem Schuß gezögert. Oft genug war er gezwungen gewesen, auf diese Weise sein Leben zu retten. Wer sieben Jahre in der Savanne jagt, entwickelt ein äußerst feines Gefühl für den Bruchteil der Sekunde, auf den es ankommt. Aber hier stand ihm ein Mensch gegenüber, den er zwar nicht leiden konnte, der ihm aber doch Achtung abnötigte. Ein Mensch mit Mut und Geist, der nur zwei Fehler hatte, für die er nicht verantwortlich war und für die er trotzdem zu leiden hatte: Er liebte Corinna und hatte eine schwarze Haut.

»Ich werde nicht so blöd sein und Sie an die Waffe heranlassen«, sagte Thorwaldsen heiser vor Erregung.

»Aber zu einer Lösung des Problems muß es kommen.« Malanga hob die Schultern. »Schießen Sie, Sir. Sie haben die beste Sekunde erwischt.«

Thorwaldsen atmete tief auf und blinzelte. Schweiß rann ihm über die Augen, obgleich es noch nicht so heiß war. Die Morgensonne begann gerade erst, sich am Himmel einzurichten und gegen die Kühle der Nacht anzukämpfen.

»Sie wissen genau, daß ich das nicht kann«, sagte er dumpf. »Aber Sie haben wiederum recht: Wir müssen uns irgendwie klarwerden! Ich lasse es nicht zu, daß Corinna in die Mondberge fährt. Sie wollen sie dorthin bringen. Eine Meinung kann nur gelten!«

»Wir sind zwei alte Löwen, die um ein Weibchen kämpfen.« Malanga legte die Hände auf den Rücken. »Ich schlage Ihnen vor, Sir, daß wir auf die Jagd gehen. Betrachten

Sie mich als Wild, wie ich Sie als Wild ansehe. Jagen wir uns gegenseitig. Das ist eine faire Lösung. Sie werden nach links gehen, ich gehe nach rechts, bis wir uns nicht mehr sehen und hören. Sie haben eine Uhr?«

»Ja.« Thorwaldsens Stimme war belegt. Er hob sein rechtes Handgelenk.

»Vergleichen wir, Sir. Es ist jetzt sechs Uhr zweiundzwanzig. Um genau sechs Uhr fünfundvierzig beginnt die Jagd.« Malanga sah auf seine Armbanduhr. Thorwaldsen drehte etwas an dem Zeiger, seine Uhr ging zwei Minuten nach. »Stimmt es?«

»Es stimmt.« Thorwaldsen spürte sein Herz bis zum Hals klopfen. Es war keine Angst; es war die unerträgliche Spannung, die sich erst lösen würde, wenn er gleich untertauchte im hohen Gras, Jäger und Wild zugleich.

Malanga bückte sich nach seinem Gewehr und hob es auf. Er sah dabei nicht zu Thorwaldsen, er drehte ihm sogar den Rücken zu. Wenn er jetzt schießt, ist er ein Schuft, dachte Malanga, aber dann hat er gewonnen. Schießt er nicht, bleibt er ein Gentleman, aber er hat verloren. In der Savanne zu jagen, machte keiner Malanga nach. Hier bin ich geboren, hier bin ich aufgewachsen. Ich habe den Leoparden das Anschleichen abgeguckt, ich habe die Tarnung der Schlangen studiert, ich habe geübt, wie die Flußpferde zu tauchen, ich bin ein Teil dieser grandiosen Natur. Welche Chance hat Thorwaldsen noch, wenn er jetzt nicht schießt? Keine! Ob er das weiß? Er wird mich in den Rücken schießen, links, ein glatter Herzschuß. Es wird nicht weh tun, ich werde nur den Einschlag spüren, dumpf, wie ein Hammerschlag. Dann wird die Sonne schwarz werden wie meine Haut ...

Aber Thorwaldsen schoß nicht, obwohl der gebeugte Rücken dazu einlud. Malanga riß sein Gewehr hoch und wirbelte herum. In seinen Augen stand fast Traurigkeit, als er Thorwaldsen wieder ansah.

»Gott mit Ihnen!« sagte er.

»Oha!« Thorwaldsen lächelte gequält. »Warum Gott?«

»Ich bin getaufter Christ.«

»Dann haben Sie eine Hilfe mehr, Doc. Ich bin aus der Kirche ausgetreten.«

»Warum, Sir?«

»Das ist jetzt nicht so wichtig. Die Zeit rennt. Wir müssen unsere Jagd vorschieben. Sagen wir jetzt: Punkt sieben Uhr sind Sie und ich Freiwild.«

»Einverstanden.« Malanga nahm sein Gewehr unter den Arm, wandte sich ab und ging den Fluß entlang. Bevor er im Schilf verschwand, schaute er sich noch einmal um. Thorwaldsen stand noch auf demselben Fleck und starrte ihm nach. »Trotzdem – Gott mit Ihnen!« rief ihm Malanga zu. Dann brach er in das über zwei Meter hohe Schilf ein.

Thorwaldsen wollte sich gerade abwenden und hinein in die Savanne laufen, um sich einen Platz zu suchen, von dem aus er in aller Ruhe den heranschleichenden Malanga beobachten und unschädlich machen konnte, als er im Schilf einen leisen Aufschrei, ein lautes Rascheln und Knacken und dann einen dumpfen Ruf hörte. Thorwaldsen sah auf die Uhr. Noch zehn Minuten bis zur tödlichen Jagd! War das ein gemeiner Trick Malangas? Wollte er ihn ins Schilf locken? Er nahm das Gewehr in Anschlag und kam langsam ein paar Schritt auf den Schilfwald zu. »Wo sind Sie?« rief er dabei. »Machen Sie keine Dummheiten, Malanga!«

Keine Antwort. Die Impala-Herde zog von der Tränke wieder zurück in die Savanne, dafür erschienen Wasserbökke und neun Zebras am Fluß. Thorwaldsen blieb vor dem dichten Schilf stehen.

»Malanga!« rief er. »Wo sind Sie? Wenn Sie glauben, mit solchen Mätzchen Zeit zu gewinnen und mich als Zielscheibe hinzustellen ...«

Im Schilf antworteten ihm Rascheln und brechende Zweige. Dann klang irgendwoher Malangas Stimme, weit weg, wie aus der Erde, dumpf, als halte ihm jemand den Mund zu.

Thorwaldsen, an tausend Überraschungen im Busch gewöhnt, zögerte nicht länger. Er schob sich in das Schilf, nicht schnell, sondern Schritt um Schritt, sich vortastend, mit aufs äußerste geschärften Sinnen. Jedes Geräusch, jedes Plätschern oder Knacken dröhnte jetzt an sein Ohr wie durch einen Verstärker. Sieben Jahre Wildnis ... da werden Augen und Ohren zu hochempfindlichen Instrumenten. Und dennoch zuckte Thorwaldsen zusammen, als plötzlich vor ihm, keine zehn Schritte entfernt, die Stimme Malangas aus der Tiefe klang.

»Hier, Sir ... kommen Sie ... Vorsichtig ... noch ein paar Schritte ...«

Thorwaldsen schlich weiter. Dann sah er vor sich eine große, eingebrochene Erdgrube, einen kreisrunden Trichter im Boden, aus dem Malangas Stimme klang. Er kniete nieder und kroch an den Rand der Grube heran. Unten, über drei Meter tief, in einem Gewirr zusammengebrochener Zweige, Schilfmatten, geflochtener Äste und zusammengesteckten Grases hockte Malanga und rieb sich beide Beine.

»Wir müssen unsere Jagd wieder verschieben!« sagte Malanga, als er Thorwaldsens Schädel am Grubenrand sah. »An alles habe ich gedacht, nur nicht daran, daß hier eine Nashorn-Fanggrube sein könnte. Die Bwambas müssen sie angelegt haben, bevor sie in den Freiheitskrieg zogen.« Malanga richtete sich auf. Die Wände der Grube waren senkrecht und glatt. Wer hier unten gefangensaß, kam aus eigener Kraft nicht wieder an die Oberfläche. Der Boden war hart, von der Sonne wie betoniert. »Wenn Sie Ihr Hemd in Streifen reißen und sie zusammenknüpfen, können Sie mich herausziehen. Das ist am einfachsten.«

Thorwaldsen legte sich an den Rand der Fallgrube. »Sind Sie verletzt?« fragte er hinunter.

»Nein. Nur die Beine sind aufgeschlagen. Wie in einem Fahrstuhl fuhr ich abwärts, nur nicht so bequem.«

Thorwaldsen nickte. Über sein Gesicht zog ein hartes Lächeln. Das Schicksal hat entschieden, noch vor sieben Uhr, dachte er. Man soll das Schicksal nicht an seinen Entschlüssen hindern, vor allem, wenn das Leben daran hängt.

»Hören Sie mal, Malanga«, sagte er ganz ruhig und blickte auf den etwas gekrümmten Mann inmitten der eingestürzten Fanggruben-Tarnung. »In genau sieben Minuten hätten wir uns abgeknallt. Entweder Sie mich oder ich bei einigem Glück Sie. Mitleid hätten wir nicht mehr gekannt. Das alles ist nun nicht mehr nötig. Das Schicksal hat gegen Sie entschieden, Doc. Sie fuhren in die Grube, und ich meine, das ist die beste Lösung für uns alle. Ordnen wir uns dem Gesetz der Savanne unter.«

»Sir!« Malanga hatte sich aufgerichtet. Er lehnte an der glatten Wand und starrte hinauf zu Thorwaldsen, der sich erhoben hatte. »Seien Sie human, erschießen Sie mich wenigstens.«

»Das kann ich nicht, Doc.« Thorwaldsen warf das Gewehr an dem Riemen über den Rücken. »Sie sind wehrlos. Aber wenn der Durst zu stark wird, wenn Sie merken, der Wahnsinn kommt, dann nehmen Sie den Gewehrlauf zwischen die Zähne ... es ist besser so.«

»Mein Gewehr ist oben. Als ich herunterfiel, flog es weg ins Schilf.«

»Ich hole es Ihnen.« Thorwaldsen umkreiste suchend die Grube. Nach einigen Minuten fand er Malangas Büchse ... sie stak mit dem Lauf in der Erde. Er riß sie heraus, trat an die Grube und warf die Waffe hinunter. Dabei trat er nicht mehr an den Rand, sondern blieb einen Meter von ihm stehen. Er wußte, daß Malanga sofort schießen würde, wenn er sich jetzt zeigte.

»Ich danke Ihnen!« tönte Malangas Stimme aus der Tiefe der Grube. »Ich gebe noch nicht auf, Sir. Vielleicht sehen wir uns doch noch wieder.«

»In einer Stunde wird es glühend heiß, in vier Stunden brennt Ihre Mundhöhle, nach sechs Stunden kocht Ihr Gehirn ...« Thorwaldsen wischte sich mit dem Ärmel über das Gesicht. Die Vorstellung, was Malanga drunten in der Grube erwartete, war grauenhaft. Aber die eigene Chance, jetzt überleben zu können, wog schwerer als jedes Entsetzen oder jegliches Mitleid. »Ich werde Corinna sagen, Sie seien plötzlich verschwunden ...«

Er wartete auf eine Antwort, aber aus der Grube kam nur Schweigen. Da wandte er sich ab, kämpfte sich durch den Schilfwald wieder zum freien Ufer und lauschte noch einmal zurück.

Wenn er klug ist, macht er sofort Schluß, dachte Thorwaldsen. Aus der Grube kommt er nicht mehr heraus, das weiß er selbst.

Er blieb noch einige Minuten stehen und wartete auf den Schuß. Dann kniff er die Lippen zusammen, senkte den Kopf und ging weiter in die Savanne hinein.

In eineinhalb Tagen kann ich mit Corinna in Fort Portal sein, dachte er. Sie wird in einem Krankenhaus liegen, in einem weißbezogenen Bett, mit modernsten Mitteln wird man sie behandeln. Und alles das hier wird dann nicht viel mehr sein als ein geträumter Spuk.

Ja, und Afrika werde ich verlassen, zusammen mit Corinna. Ihre Liebe ist es wert, meine andere Liebe Afrika zu vergessen.

Der Weg war frei für Hendrik Thorwaldsen.

Malanga hatte sich gegen die glatte Wand der Grube gelehnt und überdachte in aller Ruhe seine verzweifelte Lage.

Die unmenschliche Haltung Thorwaldsens verstand er; in umgekehrter Lage hätte er vielleicht ebenso gehandelt. Nun gab es nur noch einen Gedanken: Wie konnte man aus diesem runden Grab herauskommen, solange der Körper noch die nötige Kraft aufbrachte, gegen Hitze, Durst und die drei Meter hohe Erdwand anzukämpfen.

Malanga hieb mit der Faust gegen die Wand. Der trockene steinharte Boden bröckelte etwas ab. Es war Lehm, der kein Wasser durchließ. Nur oben, vielleicht einen halben Meter dick, lag eine Schicht fruchtbarer Boden, von Nässe durchweicht. Hier konnte Schilf wachsen, weil die Lehmschichten darunter das Wasser am Versickern hinderten.

Es bleibt nichts anderes übrig, als Stufen in die Wand zu schlagen, dachte Malanga. Es wird eine lange, die Kräfte verzehrende Arbeit werden, aber es ist der einzige Weg zurück ins Leben.

Er zog alle Kleidung aus. Nackt, von allem Ballast befreit, begann er, mit dem Gewehrkolben und dem Lauf Loch um Loch und Furche um Furche in die harte Wand zu schlagen. Wie ein Bildhauer jeden Zentimeter dem Stein abringt, so hämmerte sich auch Malanga in den steinharten Boden.

Nach vier Stufen, die gerade so tief und breit waren, daß er sich mit den Stiefelspitzen darin halten konnte, mehr ein Festkrallen als ein Aufwärtssteigen, machte er eine Pause und setzte sich auf die Äste der eingebrochenen, geflochtenen Grubenabdeckung. Schweiß ließ Malangas schwarze Haut wie poliert glänzen, die Hitze stand wie eine Glutglokke über dem Schilf. Er hatte Durst, pflückte ein paar Blätter und steckte sie in den Mund. Langsam zerkaute er sie, bis sie ein breiiger Kloß waren und erfrischte sich so an seinem eigenen Speichel.

Was wird Thorwaldsen wohl Corinna gesagt haben, dachte er dabei. Wie hat Corinna reagiert? Glaubt sie, daß ich einfach verschwunden bin? Traut sie mir so etwas zu? Oder wird sie mich suchen, sosehr sich Thorwaldsen auch dagegen wehrt?

Er starrte empor zu dem runden Himmelsausschnitt, wo das Leben war. Drei Meter nur ... so winzig ist die Strecke zwischen Tod und Leben. Drei Meter ...

Malanga behielt den grünen Blätterkloß zwischen den Zähnen und setzte die Arbeit fort. Er hieb die nächsten Stufen in die glatte, harte Wand. Solange er noch auf dem Grund der Grube stand und die Löcher so hoch, wie seine Arme lang waren, schlagen konnte, ging die Arbeit ziemlich schnell vorwärts. Schwierig wurde es erst, als er auf den schmalen Tritten an der Wand klebte und über sich die neuen Stufen schlagen mußte, jede Sekunde damit rechnend abzustürzen. Das war natürlich nicht lebensbedrohend, der Fall würde nicht tief sein, aber die Zeit verrann, und mit der Zeit auch die Kraft in seinem schwitzenden, vor Anstrengung zuckenden Körper.

Es mußte gegen Mittag sein, als Malanga zwei Meter geschafft hatte. Die Hitze war unerträglich geworden. Millionen Mücken umschwirrten ihn und fielen über ihn her, angelockt von dem süßen Schweiß, der über seinen nackten Körper strömte. Dieser Feuchtigkeitsverlust trug dazu bei, daß er ab und zu mit dem Stufenschlagen einhielt, sich an die Wand lehnte und tief durchatmete. Dann flimmerte alles um ihn herum in bunten Farben, die Schwäche gaukelte ihm verwirrende Bilder vor die Augen, bis er den Kopf an die Erde lehnte und erschöpft einige Minuten die Lider schloß.

Weiter, schrie es dann in ihm. Weiter! Nur noch eine kurze Strecke. Willst du beim letzten Meter kapitulieren? Soll Thorwaldsen recht behalten: Nimm den Lauf des Gewehres zwischen die Zähne und kürze das Sterben ab ...? Weiter, Malanga! Nicht nur eine schöne, weiße Frau wartet auf dich, auch dein Volk braucht dich. Es rennt unter dem Haß Budumbas in das Verderben. Schlage dich weiter die Wand hinauf, Malanga ... es ist nicht dein Schicksal, in einer Fanggrube zu verkommen, bei vollem Bewußtsein zu vertrocknen. Der letzte Meter war der schlimmste. In der feuchten Schicht fanden seine Hände keinen Halt, sie glitten ab, griffen wie in Pudding. Keuchend versuchte Malanga, sich hochzuschnellen, um den Grubenrand zu packen ... dreimal stürzte er ab, fiel auf den Blätterboden und kletterte wieder die Stufen hinauf.

Beim viertenmal gelang es. Er krallte die Finger in den nassen Boden, hing frei über der Grube, die Beine zuckten, in den Armen zitterte die Anstrengung. Kraft ... Kraft brauche ich, sagte sich Malanga vor. Kraft, mich jetzt emporzuziehen. Einen Klimmzug nur, einen lächerlichen Klimmzug, wie ich ihn hunderte Male an einer Reckstange getan habe ... in der Schule, bei den Studententurnmeisterschaften in Köln. Ich war der Dritte im Kunstturnen, ich konnte Riesenwellen und Fluggrätschen ... und nun habe ich nicht einmal mehr die Kraft zu einem Klimmzug.

Malanga biß die Zähne zusammen. Er atmete tief ein, hielt dann den Atem an und sammelte alle Energie in sich. Er gab sich selbst ein Kommando, legte alle Kraft in die Armmuskeln und zog sich empor.

Diesmal gelang es. Er kam mit den Schultern über den

Grubenrand, griff nach einem Schilfbündel, hielt sich daran fest, preßte das glühende, zuckende Gesicht in den feuchten Boden und lag so eine ganze Weile. Die Beine hingen noch in der Grube wie leblose Anhängsel.

Es vergingen Minuten, bis der Schwächeanfall vorüber war. Langsam kroch Malanga vollends aus der Grube, wälzte sich auf den Rücken und starrte in den blaßblauen, vor Hitze flimmernden Himmel.

Ich lebe, dachte er. Mein Gott, ich lebe.

Nachdem er sich etwas erholt hatte, waren die nächsten Arbeiten keine Anstrengung mehr. Er rupfte Schilf aus und flocht aus den Halmen einen dicken Strick. Schon als kleiner Junge hatte er das gelernt, denn aus Lianen, Hanf, Schilf und den Stengeln der Kletterpflanzen drehten sie im Dorf die Seile, mit denen sie die Wände und Dächer der Rundhütten zusammenhielten. An dem Strick ließ er sich wieder in die Grube hinunter. Er holte das weggeworfene Gewehr herauf, zog sich wieder an, nachdem er sich im Fluß gewaschen hatte – was die trägen Flußpferde auf den Sandbänken kaum wahrnahmen –, und aß ein paar Hartkekse, die er in der Jagdtasche fand. Dann ging er den Weg zurück zum Lager.

War Corinna noch da? Wartete sie auf ihn? Hatte sie dagegen protestiert, daß Thorwaldsen das Zelt abbaute?

Es war Nachmittag, als Malanga, müde und mit schleppenden Schritten, den Hügel sah, an dessen Fuß das Lager aufgeschlagen worden war. Mit steinernem Gesicht blieb er stehen, als er den Platz übersehen konnte.

Er war leer. Nur ein Haufen Asche zeigte noch, daß hier um ein Lagerfeuer Menschen gesessen hatten. Die Spur, die der Landrover in das Gras gewalzt hatte, führte nach Osten.

Langsam ging Malanga um den verlassenen Platz herum, blieb vor der Stelle stehen, an der Corinnas Zelt gestanden hatte, und sah noch die Abdrücke des gepolsterten Schlafsackes im Boden. Etwas blinkte in der Sonne; er bückte sich und hob einen Knopf auf.

Ein Blusenknopf. Von Corinnas weißer Bluse.

Malanga legte ihn auf die Handfläche und starrte ihn an. Dann schloß er die Faust und preßte sie ans Herz.

Sie hat Thorwaldsen mehr geglaubt als mir, dachte er. Sie hält mich für fähig, daß ich sie einfach in der Steppe allein lasse. Ihr Vertrauen ist zerbrochen. Sie ist gegangen ...

Er hob die Faust und schleuderte den Knopf ins hohe Gras.

Vorbei! Vorbei mit aller Liebe, vorbei aber auch mit allem, was weiß ist! Was jetzt von Malanga übriggeblieben ist, wird ein schwarzer Blitz sein, der in jedes weiße Haus einschlägt. Der Haß wird auf den Fahnen der Bwambas wehen.

Malanga sah über die Savanne hinüber zu den fernen Mondbergen. Noch knapp dreißig Kilometer trennten ihn von seinem Stamm in den Sümpfen von Toro. Dreißig Kilometer zu Fuß über glühendes Land und später über schwankenden Moorboden.

Er warf den Kopf in den Nacken, schulterte sein Gewehr und ging.

Er kam sich noch nie so kraftvoll vor wie jetzt, wo er nichts anderes mehr war als ein hassender Bantu.

Thorwaldsen hatte es sich leichter vorgestellt, Corinna von der veränderten Lage zu überzeugen. Er kam allein von der Jagd zurück und blieb erschrocken vor dem Lager stehen. Corinna konnte wieder gehen. An einem abgebrochenen Ast, den sie als Stock benutzte, humpelte sie herum, hatte den Klapptisch gedeckt, das Teewasser summte im Kessel über dem Gaskocher, und sie winkte Thorwaldsen fröhlich zu.

»Ich habe gar keinen Schuß gehört!« rief sie. »Habt ihr den Mittagsbraten mit der Hand gefangen?« Sie setzte sich und brühte den Tee in der Plastikkanne auf. »Sie sehen ganz schön verschwitzt aus, Hendrik. Wo ist Malanga?«

Die Frage, auf die Thorwaldsen gewartet hatte. Die Antwort hatte er sich auf dem Weg immer wieder vorgesagt, wie ein Schauspieler, der nach dem Stichwort mit seinem Monolog einsetzen muß. Aber jetzt war alles wie weggewischt aus seinem Gehirn. Er sagte bloß knurrend:

»Weg!«

Corinna ließ den Wasserkessel hart auf den Kocher zurückfallen. Ihre großen, blauen Augen wurden starr.

»Was heißt weg?« Sie sprang auf und stützte sich auf den dicken Ast. »Hendrik! Wo ist Malanga?«

»Weg. Ich sage es ja. Wir hatten uns in der Savanne getrennt, wollten uns nach einer halben Stunde an einem gewissen Platz treffen ... und wer war nicht da? Malanga! Ich habe eine Stunde gewartet, habe ihn gesucht – er war wie vom Erdboden verschluckt.« Wie wahr das ist, dachte Thorwaldsen. Sonst sagt man das immer so daher, jetzt stimmt es wörtlich. »Ich dachte dann, er sei schon in einem Bogen zum Lager zurück.«

»Hier ist er nicht.« Die Stimme Corinnas war plötzlich belegt. »Hendrik ... ich habe Angst.«

»Wovor?« Thorwaldsen setzte sich an den Tisch, aber er wagte es nicht, Corinna anzusehen. »In der Savanne war es still. Sie haben ja auch keinen Schuß gehört.«

»Wenn Malanga hinterrücks angefallen worden ist ...«

»Von wem?«

»Ein Löwe ... ein Leopard ...«

»Ausgeschlossen. Malanga hört jedes Wild meterweit

vorher. Jede Raubkatze gibt Laute von sich. Und wenn ... ich hätte seinen Aufschrei gehört. Aber da war nichts.«

»Etwas muß aber doch geschehen sein!« schrie Corinna plötzlich. »Mein Gott, sitzen Sie doch nicht so herum wie in einem Hotel und warten, bis Sie bedient werden! Malanga ist noch in der Savanne! Vielleicht ist er verletzt.«

»Wodurch denn?«

»Weiß ich es? Woher nehmen Sie bloß die Ruhe, Hendrik?! Wenn Malanga nicht zum Treffpunkt gekommen ist, muß doch etwas Schreckliches passiert sein!« Sie humpelte vom Tisch weg. Thorwaldsen sprang auf und trat ihr in den Weg.

»Wo wollen Sie hin, Corinna?«

»Zum Wagen. Ich suche ihn, wenn Sie schon zu müde dazu sind!«

Thorwaldsen senkte den Kopf. Der Gedanke, daß Malanga jetzt in der Nashorngrube elend zugrunde ging, trieb ihm Röte ins Gesicht. Es durfte an diesem Morgen nur einen Überlebenden geben, versuchte er sich innerlich zu trösten. Wir hätten jeder den anderen umgebracht, pünktlich ab sieben Uhr. Ob nun erschossen oder in der Grube, das bleibt sich im Endeffekt gleich. Malanga ist nicht mehr ... damit müssen wir uns abfinden.

»Es kann auch etwas anderes sein«, sagte Thorwaldsen heiser.

»Was denn?« Corinna starrte ihn an. Sie zitterte vor Erregung. Thorwaldsen, der sie kurz angesehen hatte, wandte sich ab. Sie liebt ihn, dachte er. So kann nur eine Frau um einen Mann zittern, wenn sie ihn liebt.

Es war ein schmerzhafter Gedanke; er bohrte im Herzen und machte Thorwaldsen plötzlich härter, als er sein wollte.

»Er hat uns in diese Wildnis geführt und läßt uns nun hier

verrecken!« sagte er grob. Corinna schüttelte wild den Kopf.

»Malanga? Nie! So etwas zu glauben, ist Wahnsinn!«

»Bitte, wo ist er denn?« Thorwaldsen ging Corinna voraus zum Landrover Malangas und setzte sich hinter das Steuer. Er blockierte es damit und wußte auch, daß er es nie freigeben würde. »Kein Schuß, kein Schrei, keine Bewegung ... einfach weg! Jeden Überfall, ob durch Menschen oder Tiere, hätte Malanga abgewehrt. Er hätte zumindest geschossen.«

»Er ist überrascht worden!« schrie Corinna. »Himmel noch mal, fahren Sie doch schon und suchen Sie ihn!«

»Man kann Malanga nicht überraschen. Er ist selbst eine Riesenkatze. Aber wie Sie wollen, Corinna ... wir suchen ihn. Ich werde Sie überzeugen, so schwer es auch für Sie sein wird, daß Malanga uns sang- und klanglos verlassen hat.«

Thorwaldsen arbeitete schnell. Er baute das Zelt ab, das Sonnensegel, packte die Kisten zusammen. Daß kein Laut aus der Steppe kam, war ihm selbst unheimlich. Er hat sich nicht erschossen, dachte er. Er wird bis zur Erschöpfung um sein Leben kämpfen, aber es wird ihm wenig nützen. Aus dieser Grube kommt er ohne fremde Hilfe nicht mehr heraus. Vielleicht sehen wir später von weitem die Geier am Fluß kreisen; sie haben ein schreckliches Gespür für einen Ort, wo es einmal Aas für sie geben wird.

Nach knapp einer Stunde fuhren sie los. Corinna hatten die Anstrengung und die Angst um Malanga wieder in eine Schwäche zurückgeworfen, die sie unbeweglich werden ließ. Sie lag auf dicken Decken hinten im Wagen, das Bein brannte wieder, und die Hitze machte sie zusammen mit der Schwäche so schläfrig, daß sie einschlief. Thorwaldsen hielt einmal kurz an, betrachtete sie, seufzte tief und fuhr dann weiter.

Nach Osten, der Straße entgegen, die von Kijura nach Fort Portal führt. Weg vom Fluß, an dessen Ufer Malanga um sein Leben rang.

Corinna wußte es nicht. Einmal wachte sie kurz auf und merkte, daß sie noch immer fuhren. »Noch nichts?« schrie sie nach vorn zu Thorwaldsen. Sie stemmte sich auf den Ellbogen hoch und starrte über die Savanne. Eine Giraffenfamilie zog hundert Meter an ihnen vorbei. Der Giraffenbulle blieb stehen und äugte mißtrauisch auf das hüpfende, brummende Gefährt im Gras. »Wir müssen Meter um Meter absuchen!«

»Ich fahre schon zum drittenmal im Kreis um das Gebiet, wo wir uns getrennt haben!« log Thorwaldsen. »Ich habe wenig Hoffnung, Corinna.«

»Trotzdem! Suchen Sie weiter, Hendrik ... bitte!«

Thorwaldsen nickte. Er kaute an der Unterlippe. Sie liebt ihn, und wie sie ihn liebt ... ich hätte das nie geglaubt.

Er trat auf das Gaspedal und erhöhte das Tempo.

Morgen mittag sind wir in der Stadt, dachte er. Dann wird sie Malanga vergessen müssen. Die Zeit heilt alle Wunden.

Auf den Inseln in den Sümpfen hatte die Räumung der Bwamba-Lager begonnen.

Die Furcht, nacheinander hingerichtet zu werden, hatte sich bei den weißen Gefangenen in eine Ratlosigkeit verwandelt. Von der großen Insel aus beobachtete man, wie die Bwamba-Krieger in Gruppen abzogen, die Hütten eingerissen wurden, die Frauen und Kinder in langen Kolonnen durch den Sumpf wateten. Pater Fritz versuchte, bei den Bewachern etwas zu erfahren. Die Bantus schwiegen und reagierten auf keinerlei Fragen.

Robert Sanders Floß stand kurz vor der Fertigstellung. Es war ein schönes, massives Fahrzeug geworden, das noch zwei Personen mehr aufnehmen konnte. Robert hatte deshalb mit einem Farmer verhandelt, der ihm für dieses Unternehmen am besten gerüstet schien. Der Mann war ein Bulle an Stärke, seine Familie lebte in der dritten Generation in Afrika, er kannte das Land fast so gut wie die Eingeborenen und sprach mehrere Bantudialekte. Der vierte Passagier des Floßes sollte das genaue Gegenteil sein: ein schmächtiges Männchen, dessen bestechendstes Merkmal seine Augen waren. Große, braune, scharfe Augen. Der Mann hieß Jack Dennings und hatte in der britischen Armee als Sergeant gedient. Er galt zu seiner Militärzeit als der beste Schütze des Regimentes. In der Provinz Toro schoß auch heute noch keiner so gut wie er. Man erzählte sich von ihm, daß er einmal eine Hummel vom Rücken eines Elefanten geschossen hatte, ohne dessen Fell anzukratzen. Das war natürlich eine Legende, aber wer Dennings einmal hatte schießen sehen, konnte es fast glauben.

Dennings war es auch, der einen Plan entwickelte, wie man Gisela von der Königsinsel herüberholen konnte: Robert sollte den Schwerkranken spielen. Ein unbekanntes Sumpffieber wollte man ihm andichten, eine so rapide verlaufende Krankheit, daß jede Minute mit seinem Tod zu rechnen war. Pater Fritz sollte diese Krankheit erklären und darum bitten, die Schwester noch einmal den sterbenden Bruder sehen zu lassen. War Gisela erst einmal auf der Gefangeneninsel, konnte man sie so lange dort festhalten, bis die Flucht begann.

»Es rücken immer mehr Krieger ab«, meldete Dennings, der im Lager herumgelaufen war und die anderen Lagerplätze im Schilf beobachtete. »Sie lösen das Sumpfversteck auf. Ich sage Ihnen, meine Herren: Die bringen uns zum Abschluß ihrer Ruhepause auf einmal um, oder sie lassen uns einfach im Sumpf zurück.«

»Beides wäre schrecklich.« Pater Fritz steckte sich eine Pfeife an. Seit zwei Tagen rauchte er getrocknete Blätter, da keiner mehr Tabak hatte. »Wir würden verhungern. Rundherum sind Krokodile. Bis zum festen Boden zu schwimmen ist unmöglich.«

»Es gibt nur eine Möglichkeit«, sagte Dennings sarkastisch. »Es lassen sich so viele von den Krokodilen fressen, daß sie satt sind und wir anderen dann ungehindert hinüberschwimmen können.«

Pater Fritz hatte in dieser Situation keinen Sinn für schwarzen britischen Humor. Er blies dicke Rauchwolken aus seiner Pfeife. Den anderen tränten die Augen, wenn der Qualm sie im Gesicht traf.

»Wenn sie abgerückt sind und wir noch leben, werden wir große Feuer entzünden und riesige Rauchsäulen aufsteigen lassen. Vielleicht sehen uns dann Regierungstruppen oder Suchflugzeuge. Rauch im Sumpf, das muß jedem auffallen. Was meinen Sie, Robert?«

»Wenn sie uns dazu kommen lassen. Ich halte Budumba nicht für so dumm. Er braucht einen Vorsprung von drei, vier Tagen und weiß genau, daß wir nach Abzug seiner Krieger keine Stunde warten würden.«

»Das heißt also ...«, sagte Pater Fritz dunkel. Er sprach den Satz nicht zu Ende. Robert nickte, und jeder wußte, was unausgesprochen blieb.

Am Nachmittag gab es Unruhe im Lager. Vier Bantus mußten Ingeborg Kraemer festhalten, die schreiend, kratzend, tretend und um sich schlagend in eine der Hütten geschleift wurde.

»Laßt mich los!« schrie sie gellend. »Ich will zu ihm! Ich

will bei ihm sein! Tötet mich mit ihm! Bringt mich doch um wie ihn ...«

Pater Fritz rannte mit wehender Soutane durch die Lagergassen und wurde an Sanders Hütte von einem »Leutnant« aufgehalten.

»Was ist los?« keuchte Pater Fritz. »Was ist mit Robert Sander? Warum schreit die Frau so?«

Der »Leutnant« hob grinsend die Schultern. »Budumba hat Mr. Sander zur Königsinsel holen lassen. Weiter nichts.«

»Aber ohne Gepäck«, sagte jemand heiser hinter Pater Fritz.

Ohne Gepäck ... das ist bei allen Gefangenen das Zeichen, daß der Weg nicht mehr zurück geht, daß er im Unendlichen endet.

»Sie wollen ihn töten?« fragte Pater Fritz mit belegter Stimme.

»Ich weiß nicht.« Der »Leutnant« grinste wieder.

»Lassen Sie mich zu der Frau.« In der Hütte wurde es stiller. Die Schreie Ingeborg Kraemers verstummten. Ein wimmerndes Weinen wurde aus ihnen. Der schwarze »Leutnant« gab den Weg frei, und Pater Fritz betrat die Hütte. Ingeborg lag in der Ecke auf einer Decke, zusammengerollt, die Fäuste gegen den Mund gepreßt. Die vier Bwamba-Krieger verließen die Hütte, als der Pater eintrat, und stellten sich draußen vor dem Eingang auf.

»Sie haben Robert abgeholt«, stammelte Ingeborg und ließ die Fäuste sinken. »Sie töten ihn. Morgen wird sein Kopf drüben auf der Königsinsel auf einer Stange stekken.«

Pater Fritz schluckte mehrmals, ehe er sprach. »Wer hat Ihnen das gesagt, Ingeborg?«

»Einer von den schwarzen Teufeln, die ihn abholten. O mein Gott, warum hilfst du nicht? Warum schweigst du?«

Sie faltete die Hände und hob sie hoch empor. »Mein Gott, warum schweigst du?«

Pater Fritz verließ erschüttert die Hütte. Hier jetzt noch von Trost zu sprechen, war sinnlos. Auch das Wort Gott bekam einen herben Klang.

»Ich möchte König Kirugu sprechen!« sagte er laut zu den Bewachern. »Jetzt gleich.«

»Es geht nicht, Herr Pater.« Der »Leutnant« hob bedauernd die Arme.

»Es geht! Ich weiß, daß Kirugu mit mir sprechen wird.«

»Sicherlich. Aber trotzdem geht es nicht mehr. Kirugu hat vor einer halben Stunde die Insel verlassen.«

»Und Budumba?«

»Ebenfalls, Herr Pater.«

Das Herz Pater Fritz' stockte. Er hatte große Mühe, wieder tief durchzuatmen. »Und die beiden Weißen Gisela und Robert Sander?« fragte er.

Der »Leutnant« zuckte wieder mit den Schultern. »Ich weiß es nicht. Wer fragt schon Budumba nach seinen Entschlüssen?«

Er lächelte höflich, wandte sich ab und ließ Pater Fritz stehen.

Am Abend zog die letzte Gruppe ab. Nur ein Zug Krieger blieb zurück, um die Weißen daran zu hindern, Licht- oder Rauchzeichen zu geben. Dennings rannte herum wie ein Tiger und wußte nicht, ob er nun in der kommenden Nacht mit dem Floß starten sollte oder nicht. Ingeborg hatte es abgelehnt mitzukommen.

»Ich bleibe hier, bis ich weiß, wo Robert ist«, sagte sie fest entschlossen. Nach dem ersten zerreißenden Schmerz kam ein verzweifelter Mut über sie. Dennings verzichtete darauf, sie zu anderer Ansicht zu bekehren. Aber allein wegfahren wollte er auch nicht. Angenommen, Robert Sander lebte noch drüben auf der Königsinsel und kam zurück? Dann war das Floß weg, die Arbeit von vielen Nächten.

So kam die Nacht. Die weißen Gefangenen saßen im Dunkeln vor ihren Hütten und warteten. Zogen nun auch die letzten Wachen ab? Würde es wahr, was jetzt jeder vermutete: Die Bantus ließen sie allein im Sumpf zurück. Waren sie gerettet?

Die Lage wurde sofort klar, als ein ungeduldiger Farmer entgegen allen Warnungen versuchte, mit einem winzigen Schilffloß die große Insel zu verlassen. Die Wachen hörten das leise Plätschern, Handscheinwerfer suchten das Wasser ab, erfaßten die kleine schwimmende Insel und den Mann, der flach darauf lag und mit den Händen ruderte.

Ohne Anruf, ohne Zögern eröffneten die Bantu-Soldaten das Feuer. Eine Salve zerfetzte dem Farmer den Rücken. Er rollte von seinem Schilffloß und versank im Wasser.

Stumm standen die anderen Männer am Rand der Insel und starrten auf den allein weitertreibenden Schilffleck.

»Jetzt wissen wir es«, sagte Dennings laut und wandte sich ab. »Als ob wir nicht gelernt hätten, daß in Afrika alles seine Zeit braucht. Auch das Überleben, meine Herrschaften. Gehen wir schlafen!«

Am Morgen waren auch die letzten Wachen fort. Unauffällig, lautlos waren sie verschwunden. Als die Sonne aufstieg und der Sumpf wieder dampfte, waren die vierhundert Weißen allein auf ihrer Insel. Nur die Krokodile bewachten sie noch.

Und obgleich sie keinen Bantu mehr sahen, warteten sie bis Mittag. Kritisch sahen sie hinüber zur Königsinsel. Wer sagte ihnen, daß dort drüben im hohen Schilf nicht noch Schützen lagen, die nur darauf warteten, daß die Weißen eine Dummheit begingen? Noch einmal einen Versuch machen wollte niemand. Das Schicksal des Farmers am Vorabend hatte genügt. Aber um die Mittagszeit stampfte der dritte Passagier des Sander-Floßes, der bullige Pflanzer, in die Hütte Pater Fritz'.

»Ich sage Ihnen, die sind weg!« meinte er. »Haben Sie schon einmal Neger gesehen, die von morgens bis mittags still sind? Ich nicht. Ich wage es einfach. Ich rudere mit dem Floß hinüber.«

»Sie müssen es wissen.« Pater Fritz schüttelte den Kopf. »Ich kann Sie nicht halten. Ich kann nur raten: Warten Sie noch.«

»Worauf? Wir können es auch anders machen: Lassen Sie die erste Rauchsäule aufsteigen. Wenn sie noch drüben sind, werden sie es verhindern wollen.«

»Das können wir versuchen.« Pater Fritz erhob sich und kam aus der Hütte heraus.

Eine Viertelstunde später erhob sich eine weißgelbe Rauchwolke hoch in den glühenden Himmel. Kerzengerade stand sie über dem Sumpf, weithin sichtbar, für Suchflugzeuge ein Signal.

Die Gefangenen standen hinter den Hütten und warteten. Was geschah? Schossen die Bwambas? Kam ein Trupp wieder herüber zur großen Insel?

Aber alles blieb still. »Jetzt versuche ich's doch!« sagte der riesige Farmer. »Einmal muß ja Klarheit sein.«

Dennings und er schoben Roberts Floß in das Wasser, der Pflanzer setzte sich auf die festen Geflechte, Dennings gab dem Fahrzeug einen Tritt, und langsam glitt es hinaus ins Wasser. Die Gefangenen hielten den Atem an. Viele hatten die Hände gefaltet.

Jetzt schießen sie ... jetzt ...

Aber nichts geschah. Die Stille wurde unheimlich. Das Floß trieb an den Strand der Königsinsel, der Farmer stieg an Land und verschwand im Uferdickicht. Nach zehn Minuten qualvollen Wartens sah man ihn wieder; er brach an anderer Stelle ans Ufer und schwenkte beide Arme.

»Verlassen!« brüllte er herüber. »Sie sind abgezogen. Die Hütten sind leer!«

»Und Robert?!« schrie Ingeborg Kraemer zurück. Sie stand bis zu den Schenkeln im Wasser, als wolle sie noch dem Floß nachschwimmen. »Wo ist Robert? Haben ... haben Sie ihn gefunden ...?« Ihre Stimme versagte.

»Nein. Er ist ebenfalls weg.« Der Farmer watete zu dem Fluß. »Hier ist keiner mehr ... ich habe alles durchsucht.«

»Auch Gisela Sander fehlt.« Pater Fritz half Ingeborg aus dem Wasser. »Budumba hat sie beide mitgenommen.«

»Mitgenommen? Wohin?« Sie lehnte sich gegen die Brust Pater Fritz' und weinte laut. »Verstehen Sie das?«

»Man muß in Afrika aufhören, nach der Logik zu fragen.« Pater Fritz legte die Arme um Ingeborg wie um ein schutzsuchendes Kind. »Beten Sie zu Gott um Stärke, Ingeborg. Ich muß Ihnen die Wahrheit sagen: Robert und Gisela Sander sind für uns tot. Wir sehen sie nie wieder.«

Über der Insel standen jetzt sieben riesige Rauchsäulen. Bis weit ins Land hinein mußte man sie sehen.

Eine Militärkolonne, die von Ntoroko am Albert-See nach Itojo fuhr, auf einer schmalen Piste am Rande der Sümpfe, bemerkte sie durch die Ferngläser. Mit einem Funkgerät meldete der Offizier seine Beobachtung an den Kommandeur des Bataillons in Ntoroko.

»Schwenken Sie ab und sehen Sie nach«, lautete sofort der Befehl. »Ich werde es weitermelden nach Fort Portal zu den Hubschraubern.«

Die Militärkolonne verließ die Piste und fuhr in die Sümpfe. Nach drei Kilometern stak sie fest im schwabbelnden Boden, versanken die Jeeps im Morast. Die sieben Rauchsäulen aber standen gen Himmel und vereinigten sich hoch droben zu einer einzigen, weißlichen, bizarren Wolke.

Wenn dort Menschen lebten, wenn das Signale um Hilfe waren, kam ein großes Problem auf die Soldaten zu. Niemand kannte die Sümpfe. Keiner wußte die schmalen, geheimen, festen Pfade, die durch den Schilfwald führten. Nur die Bwambas kannten sie, und die konnte niemand mehr fragen.

Auch noch ein anderer sah die Rauchsäulen, blieb stehen und wischte sich den Schweiß aus dem Gesicht. Dann lehnte er sich gegen den dicken Stamm eines Baobab-Baumes, schälte sich eine wilde Banane und aß sie.

Sie sind weitergezogen, dachte Malanga ganz richtig. Budumba hat die Weißen zurückgelassen. Um ein paar Stunden nur komme ich zu spät.

Er ruhte sich unter dem Baobab aus, bis der Nachmittag etwas Kühle brachte, dann wanderte er weiter und tauchte in dem hohen Schilfdickicht unter.

Malanga kannte die geheimen Pfade. Er ging durch den Sumpf wie über eine feste Straße. Als die Dunkelheit sich über den Schilfwald senkte, blieb Malanga plötzlich stehen, riß das Gewehr herum und duckte sich. Er hörte Laute. Knirschende Schritte, die sich bemühten, unhörbar zu sein. Rascheln von Schilfhalmen, ein glucksendes Plätschern.

Malanga wurde eins mit dem Schilf. Unbeweglich stand er einen Schritt seitlich vom Pfad, dort, wo der schwabbelnde Boden noch fest genug war, ihn zu tragen. Ein halber Schritt weiter rückwärts, und der Morast würde ihn aufsaugen.

Von den Rauchsäulen her kamen drei Bantukrieger. Es waren die letzten der Wache, Freiwillige, die sich nun durchschlugen zu den Stoßtrupps Budumbas.

Malanga atmete auf. Mit einem Sprung war er mitten auf dem Weg, und ehe die Bantus ihre Gewehre heben konnten, rief er:

»Ich bin es. Der mganga Malanga.«

Die Krieger erstarrten in der Bewegung. Dann warfen sie ihre Gewehre weg, fielen auf die Knie und senkten den Kopf tief herab, bis sie mit den Stirnen den Boden berührten.

Über Malangas erschöpftes Gesicht glitt ein seliges Lächeln. Zu Hause, dachte er. Nach Irrfahrten durch die halbe Welt, nach der Jagd zum Wissen bin ich heimgekehrt. Hier gehöre ich hin, hier brauchen sie mich, hier werde ich Jahrhunderte überspringen müssen, um mein Volk in die Neuzeit zu führen.

»Bringt mich zu Kirugu«, sagte er mit bebender Stimme. »Ich bin endlich gekommen ...«

In der Nacht dröhnten zum erstenmal wieder die Trommeln durch die Finsternis. Irgendwo begann eine Trommel, dann flog die Nachricht über das Land, weitergegeben von Hand zu Hand. Ein dumpfes, rhythmisches Hämmern, beklemmend in der fahlen Dunkelheit.

Die Soldaten der Uganda-Armee, geboren und aufgewachsen in den Dörfern, verstanden die Nachricht wie die Bwambas. Auch Mike Harris verstand sie, der einsam durch die Savanne irrte, die noch nie so leer gewesen war wie jetzt. Und Thorwaldsen verstand die Trommeln. Er biß sich auf die Lippen und verschwieg Corinna die Wahrheit.

Noch schneller als die Nachricht der Trommeln flog die Neuigkeit per Telefon nach Kampala. Dort wurde Oberst McCallen aus dem Bett geläutet. Der General der Uganda-Armee war selbst am Apparat.

»Malanga ist angekommen!« sagte er und schwieg dann schnaufend.

McCallen lächelte grimmig. Nach seiner Niederlage bei der Rettung der weißen Geiseln gönnte er dem Land fast diesen Schlag.

»Na prost!« sagte er laut. »Sie wissen, General, was das für Uganda bedeutet.«

»Eine verstärkte Aktivität der Bwambas.«

»So kann man es auch nennen.« McCallen grunzte schadenfroh. »Nennen wir das Kind beim Namen: Bürgerkrieg! Jetzt wird Blut fließen. Die Bantus haben ihren Kopf bekommen. Mein Beileid, General.«

Oberst McCallen legte auf, setzte sich ins Bett und steckte sich eine Pfeife an. Es war ein merkwürdiges Gefühl, im Detail zu erleben, wie Afrika erneut an einer Ecke zu brennen begann.

Um diese Stunde fuhr Malanga bereits mit einem Jeep des I. Bwamba-Bataillons nach Westen.

»Noch eine Stunde«, sagte der Fahrer, »dann haben wir die Gruppe mit Budumba erreicht.«

Malanga nickte. In seinem Kopf entstand der Plan eines neuen Staates. Ein Staat, den kein Weißer betreten durfte. Wie die Stadt Lhasa, die heilige Stadt des Lamas in Tibet. Ein Staat in den Mondbergen, der die Urzelle eines neuen Afrika werden sollte.

Als der Morgen graute, sahen sie die ersten Gruppen der Nachhut Budumbas. Sie lagen gut gedeckt in Erdlöchern und begannen zu schießen, als der Jeep nahe genug herangekommen war.

Zwei Kugeln trafen den Jeep und heulten als Querschläger in den Busch, aber sonst geschah nichts. Die Begleiter Malangas brüllten aus Leibeskräften, winkten mit beiden Armen und jagten dann, als die Truppen Budumbas ungerührt weiterschossen, mit langen, katzenhaften Sätzen ins schützende hohe Gras. Malanga blieb im Jeep, duckte sich hinter das Armaturenbrett und schwenkte ein großes, weißes Taschentuch.

Dieses Zeichen ist international, auch ein Bantu versteht es. Aber die Nachhut Budumbas übersah auch dies. Sie schoß sich jetzt auf den einsamen Jeep auf dem schmalen Negerpfad ein, zertrümmerte die Windschutzscheibe, zerfetzte die Reifen und durchlöcherte die Scheinwerfer.

Malanga verstand das nicht. Er lag auf dem Wagenboden, hatte seine Pistole schußbereit in der Hand und wartete, bis die Bwambas den Jeep stürmen würden in der Annahme, den zurückgebliebenen Mann nun getroffen und erschossen zu haben.

Wie erwartet hörte das Schießen auch schlagartig auf. Im hohen Gras neben dem Jeep begannen die Begleiter Malangas wieder zu brüllen, nannten ihre Namen und beschimpften die versteckten Schützen. Aber niemand zeigte sich. Die Soldaten Budumbas warteten. Ein toter Löwe ist erst tot, wenn er stinkt, sagt ein Sprichwort.

»Er darf das Lager nicht erreichen!« hatte Budumba den Kommandeuren der Nachhut befohlen. »Er will unser Volk verraten! Jahrelang hat er unter den Weißen gelebt, er hat dort studiert, ihr Wissen aufgesaugt, weiße Frauen geliebt ... er ist selbst ein Weißer geworden! Verhindert, daß er zu Kirugu kommt. Und vertraut nicht seinen Worten: Bei den Weißen hat er die Doppelzüngigkeit gelernt. Tötet ihn, wo ihr ihn trefft!«

Dann hatte Budumba wieder seinen Zauber losgelassen, den Kriegern mit Kreide kleine Kreise auf die Stirn gemalt und zu ihnen gesagt: »Ihr seid unverwundbar! Die Kugeln werden kurz vor euren Körpern abbiegen und in die Erde fahren. Ihr seid die Lieblinge der Götter geworden.«

Malanga kroch in sich zusammen, spannte seine Muskeln an wie eine Katze, die sich zum Sprung duckt, hielt einen

Augenblick den Atem an und schnellte dann vor. Wie ein schwarzer Panther flog er durch die Luft, mit vorgestreckten Armen, und landete im Gras, ehe die verblüfften Schützen erneut die Abzüge ihrer Schnellfeuergewehre durchziehen konnten.

Malanga rollte sich weiter, bis er an einen Körper stieß, der platt auf der Erde lag. Es war der Unteroffizier der Streife, die Malanga in der Steppe aufgelesen hatte. Er zitterte und rollte ängstlich mit den Augen.

»Sind die verrückt geworden?« keuchte Malanga und preßte den Kopf in das harte Gras. »Sie wissen doch, wer ich bin.«

Der Unteroffizier des I. Bwamba-Bataillons zitterte. »Darum schießen sie ja, Bwana.«

»Das verstehe ich nicht.«

»Es sind Anhänger Budumbas. Wir haben zwei Gruppen, Bwana ... Budumba und Kirugu. Und Budumba hat die Macht. Er ist ein großer Zauberer.«

»O Himmel.« Malanga lag ausgestreckt im Gras. Über ihn hinweg schwirrten die ungezielten Kugeln. »An alles habe ich gedacht ... nur daran nicht.«

Es ist mein Fehler, dachte er. Ich habe mein Volk mit den Augen eines Menschen gesehen, der in Europa den Fortschritt und den Beginn des 21. Jahrhunderts gesehen hat. Ich habe zuviel verlangt von meinem Volk. Ich habe vergessen, daß hier in den Herzen und Hirnen noch das Mittelalter vorherrscht, daß sie an Zauber glauben, an Götter und Geister. Ich habe zu modern gedacht. Und plötzlich erkannte er bedrückt, daß er aus diesem Volk herausgewachsen war, daß er wirklich das war, was Budumba mit unheimlichem Instinkt erkannte: ein in europäischer Mentalität denkender Farbiger, ein Verlorener für das alte Afrika, ein Fremder in den Savannen, in denen er zwar geboren war, denen er aber in den langen Jahren des Studiums der Zivilisation vollkommen entwachsen schien. Er war ein Bantu, aber er dachte, fühlte und handelte europäisch.

Das Schießen verstummte wieder. Malanga wußte, daß sie sich nun an den Jeep schleichen würden, um ihn zu »erobern«. Ein neuer, größerer Zauber, als ihn Budumba praktizieren kann, würde sie umstimmen, dachte Malanga. Aber was habe ich denn? Alles liegt in dem Landrover, mit dem Thorwaldsen nach Osten fährt. Meine Koffer und Kisten, Medikamente und Instrumente ... und Corinna.

Malanga atmete tief auf. In seinem Herzen brodelte der Haß. Nein, sagte er sich, nein! Ich bin kein europäisierter Neger. Ich habe mein Volk nicht verraten. Ich bin der Bantu Malanga und sonst nichts. Ich will das Gift der weißen Denkart wieder aus mir herausdrücken, ich will ein Neger sein, ein Schwarzer, ein Nigger.

»Hört zu!« rief er. »Ich kenne eure Befehle. Aber ich weiß auch, daß es besser für alle Bwambas ist, wenn ich lebend zu Budumba komme. Ich bringe euch einen neuen Zauber mit, der dem ganzen Volke nützen wird. Zwei Nächte bin ich allein gewandert und habe mich mit den Geistern unterhalten. Sie lieben unser Volk.«

Der Unteroffizier neben Malanga kroch näher an ihn heran. »Ist das wahr, Bwana?« flüsterte er heiser.

»Ja«, antwortete Malanga kurz.

Vom Jeep kam kein Laut mehr. Die Soldaten Budumbas schienen sich zu beraten. Ein junger »Leutnant« war unschlüssig, wie er sich verhalten sollte. Bei den Geistern weiß man nie, ob sie morgen noch so gut gelaunt sind wie heute. Am besten ist es, zu gehorchen. Wenn Budumba und Malanga zusammentrafen, würde es sich ja zeigen, wer der Stärkere ist, wer den größten Zauber in sich hat, wen die Götter am meisten lieben.

Malanga hob den Kopf. »Ich verspreche euch ein langes Leben!« rief er.

Aus dem Busch antwortete ihm Stimmengewirr. Dann tönte die helle Stimme des jungen »Leutnants« über das hohe Gras.

»Budumba hat uns schon unverwundbar gemacht. Auf unseren Stirnen sind Kreise.«

Malanga nickte. Über sein Gesicht glitt ein verzerrtes Lächeln. Der gleiche Zauber wie bei den Mau-Mau, dachte er. Budumba hat in Kenia viel gelernt, aber nicht genug. Ihm fehlt die Logik.

»Wascht die Kreide ab und der Zauber verfliegt!« rief er zurück. »Er ist nur kurz ... nur so lange, bis eure Stirnen wieder glatt sind. Seht euch an: Wer keine Ringe mehr auf der Stirn hat, soll vortreten. Ich werde ihm beweisen, daß er verwundbar ist.«

Im Busch schwirrten die Stimmen wieder durcheinander. Dann teilte sich das Gras und ein großer Bwamba trat auf den Pfad, ging zum Jeep und wartete. Malanga zögerte. Es konnte eine Falle sein. Man lockte ihn aus der Deckung, und wenn er auch auf den Pfad hinauskam, schossen sie wieder auf ihn. Und diesmal trafen sie ihn, das war sicher. Aber dann sprang er doch auf und trat aus dem schützenden, hohen Gras.

Hoch aufgerichtet, stolz, so wie ein großer mganga gehen muß, kam er an den zerschossenen Jeep und streckte dem wartenden Bantu die Hand entgegen. Der Soldat nahm sie nicht ... er starrte Malanga aus weiten Augen an, in denen Fragen und Angst gleichermaßen zitterten.

Malanga betrachtete die glänzende, schwarze Stirn des Mannes. Nur ein Hauch der Kreidekreise war noch darauf. Er hob die Hand und wischte sie ganz weg. Bei der Berührung zuckte der Bantu zusammen und verzog die dicken Lippen.

»Jetzt bist du ganz blank«, sagte Malanga hart. »Glaubst du noch an den Zauber Budumbas?«

»Ja«, antwortete der Bantu heiser.

»Er hat euch belogen! Sieh her! Heb die linke Hand.«

Der Bantu tat es. Sein Blick irrte zu den Erdlöchern, aus denen die Köpfe der anderen Bwambas hervorlugten.

»Streck den Zeigefinger aus!« kommandierte Malanga ungerührt. Es ging jetzt um mehr als um einen abgeschossenen Finger. Das Leben Hunderter von Bantus, das Fortbestehen des Volkes Bwamba hing an diesem lächerlichen, blutigen Experiment.

Der Bantu streckte den Zeigefinger aus. Ganz hoch über seinen Kopf hob er die Hand und grinste plötzlich, als Malanga seine Pistole langsam in Augenhöhe brachte.

Einen Finger treffen, dachte der Bantu, wer kann das? Budumbas Zauber wird doppelt wirken. Sobald er geschossen hat, werde ich die Arme herunterwerfen und ihn erwürgen. Er ist ein jämmerlicher Lügner.

Malanga zielte ganz kurz. Bei den Studentenmeisterschaften in Oxford hatte er im Schießen den zweiten Platz belegt. Nur um einen Punkt war er geschlagen worden.

Der Schuß peitschte durch die Morgenstille. Mit einem gellenden Schrei machte der Bantu einen hohen Satz in die Luft, Blut strömte über die Hand und den Arm, der Zeigefinger war abgeschossen, der Schmerz machte ihn fast wahnsinnig, er brüllte und rannte um den Jeep, um dann, als er wieder vor Malanga stand, in die Knie zu fallen und den Kopf tief zur Erde zu senken.

Aus den Erdlöchern kamen die anderen Soldaten, an der Spitze der junge Leutnant. Sie legten ihre Waffen vor Malanga auf den Boden, fielen dann ins Gras und unterwarfen sich dem großen Zauberer.

Am Nachmittag erreichte Malanga das Hauptlager der

abziehenden Bwambas. Sein Eintreffen war wie ein Volksfest. Jubelnd zogen ihm die Bwambas entgegen; Kwame Kirugu, der König, umarmte ihn, küßte ihn und legte ihm die wertvolle Kette aus Leopardenzähnen um den Hals.

Seht, hieß das, er ist der wahre Herrscher. Jetzt wird unser Volk ein großes Volk werden.

Auch Nabu Budumba begrüßte Malanga. Er umarmte ihn nicht und drückte ihn nicht an sich ... in seiner Zaubertracht trat er aus der Hütte und hob den Wedel aus Löwenhaar, als wollte er Malanga verhexen.

Eine ganze Zeitlang sahen sie sich in die Augen, stumm und verbissen, als könne der Blick allein den anderen in die Knie zwingen. Die Bwambas um sie herum waren plötzlich still. Auch Kirugu hielt den Atem an.

Malanga lächelte. Er hob die Hand und klopfte Budumba auf die Schulter, so wie sich alte Freunde begrüßen, wenn sie sich nach langer Zeit unverhofft wieder treffen. Hier aber war dieses Schulterklopfen etwas Ungeheueres. Es war die Verachtung aller Würde, die Budumba um sich herum aufgebaut hatte.

»Laß es gut sein, Vetter«, sagte Malanga auf englisch, was Budumba noch mehr entehrte. »Deine Tricks kann man frei Haus kaufen. Für zwei Pfund bekommst du in Nairobi einen ganzen Zauberkasten. Hast du schon einmal den Trick versucht, einen Menschen zu zersägen? Im Varieté siehst du das jeden Abend. Ich habe mir das zeigen lassen, in London, es ist ganz einfach. Du mußt noch viel lernen, Vetter.«

Budumba schwieg. Aber in seinen Augen stand der Mord. Malanga erkannte es, sein Lächeln fror ein.

»So einfach ist das nicht«, sagte er gepreßt. »Ein Löwe tötet ein Schwein, aber nie das Schwein einen Löwen.« Er wandte sich ab und ließ Budumba in seiner ohnmächtigen

Wut stehen. Kirugu, der glücklichste Mensch auf dieser Welt, faßte ihn unter.

»Es war höchste Zeit, daß du eingetroffen bist«, sagte er leise. »Sein Einfluß auf das Volk wächst von Tag zu Tag. Was konnte ich dagegen tun? Ich kann nicht zaubern.«

Malanga atmete tief auf. Er war heimgekehrt. Er blickte über das Menschengewimmel des Lagers, die Nothütten, die Frauen und Kinder, die zwischen den Rindern und Hühnern saßen und Hirsebrei in großen Kesseln kochten. Er sah neue Trupps von Kriegern in die Steppe fahren und bemerkte einen großen Stall aus zugespitzten Bambusstangen, hinter denen apathisch gefangene Regierungssoldaten hockten und auf ihren Tod warteten.

»Ich möchte die Weißen sehen«, sagte Malanga hart. »Die beiden Sanders. Gisela und Robert. Ich habe eine Nachricht für sie.«

Hendrik Thorwaldsen erreichte nicht sein Ziel, die Stadt Fort Portal. Immer wieder mußte er vom Weg abbiegen und in die Savanne hineinfahren, um den Stoßtrupps der Bwambas auszuweichen, die die ganze Gegend beherrschten. Einmal beobachtete er sogar, wie eine Streife der Regierungssoldaten auf einen solchen Bwambatrupp stieß. Es kam nicht, wie er es erwartet hatte, zu einem Gefecht, sondern die beiden Bantugruppen unterhielten sich, tauschten Zigaretten aus und entfernten sich dann wieder, jede in eine andere Richtung.

»Das muß man sich mal ansehen!« knurrte Thorwaldsen. Er stand im Landrover und beobachtete durch ein Fernglas diese Verbrüderungsszene. Ein Wald von Feigenbäumen machte den Wagen unsichtbar. Corinna lag hinten auf den Kisten und trank in kleinen Schlucken einen Becher voll lauwarmen Orangensaftes. »Die Kerle umarmen sich, statt sich totzuschießen.«

»Sie sind klüger als wir Weißen.« Corinna stellte den Becher ab. »Bei uns ist es möglich, daß Deutsche auf Deutsche schießen.«

»Da weiß man wenigstens, woran man ist.« Thorwaldsen kletterte vom Sitz. Sein Sarkasmus war bitter. »Hier umarmen sie sich, fahren ab und schleichen sich in einem großen Bogen wieder heran, um sich dann umzubringen. Und wir sind mitten drin in diesem gesegneten Landstrich.« Er setzte sich, stemmte die Beine gegen das Armaturenbrett und hieb mit dem Messer zwei Löcher in eine andere Fruchtsaftdose. »Wie geht es Ihnen, Corinna?«

»Gut.«

»Wirklich?«

»Ehrenwort. Ich habe kaum noch Schmerzen.«

»Kaum ist nicht gut.«

»Das Fieber ist weg. Morgen bin ich wieder ganz fit.«

Thorwaldsen trank die Dose in langen Zügen leer. Dann begann er, den Verband Corinnas zu erneuern. In den Kisten Malangas war alles, was er dazu brauchte. Mullbinden, Zellstofflagen, Wundsalbe, Penicillinpuder, Schere, Leukoplast.

Corinna hatte nicht übertrieben: Das Bein sah wesentlich besser aus als vor zwei Tagen. Die Wunde war geschlossen, die Schwellung kaum noch sichtbar. Die Entzündung, die das Gift hervorgerufen hatte, schien abzuklingen.

»Fabelhaft!« sagte Thorwaldsen, als er die Wunde einpuderte. »Wenn er auch nur ein dreckiger Bantu ist – als Arzt hat er was in Old Europe gelernt. Jetzt kann ich es Ihnen ja sagen, Corinna: Als er die Bluttransfusionen machte und ich plötzlich Arzt spielen mußte, ging mir der Hintern auf Grundeis! Lieber drei Monate allein in der Wildnis von Kitepo, als noch einmal solche Handreichungen.«

»Aber er hat mich damit gerettet, nicht wahr?«

»Allerdings, das hat er. Ehrlich, Corinna: Ich gab keinen Kieselstein mehr für Sie.«

»Und plötzlich läßt er uns allein, ist einfach weg ... verstehen Sie das, Hendrik?« Corinna stützte sich auf den Ellbogen und sah zu, wie Thorwaldsen das Bein verband. »Er hat nichts gesagt? Keine Andeutung gemacht?«

»Gar nichts! Wir trennten uns bei der Jagd, und weg war er. Wer weiß auch, was in solch einem Hirn vorgeht?«

»Malanga war kein sogenannter Wilder mehr.« Corinna versuchte, aufzustehen und das Bein zu belasten. Es schmerzte noch etwas, aber sie stand, mit leicht verzerrtem Gesicht und aufeinandergebissenen Zähnen. Thorwaldsen faßte sie unter.

»Wollen wir?« fragte er.

»Versuchen wir es.« Corinna machte den ersten Schritt. Thorwaldsen trug sie fast die ersten Meter, ehe sie richtig fest auftrat, ein Zucken in der Wunde spürte, aber tapfer weiterging. Es war noch ein langsames Humpeln, aber Thorwaldsen klatschte in die Hände wie nach einer großen artistischen Leistung.

»Na also!« rief er. »Es geht ja! Es macht sich! Bis zum nächsten Foxtrott ist's nicht mehr weit.«

Erschöpft humpelte Corinna die paar Meter wieder zurück zum Wagen und setzte sich auf den Vordersitz. Der Schweiß lief ihr über das Gesicht und die Brust in die vorne offene Bluse. »Ich bin doch noch verdammt schwach«, sagte sie dabei.

»Das blasen wir auch gleich weg!« Thorwaldsen packte vom Hintersitz die zusammenklappbare »Küche« auf den Boden. »Ich mache Ihnen eine Rindfleischsuppe, vor der der Chefkoch des Hilton gelb vor Neid würde. Sie werden sehen, wie das wirkt. Ich kenne das noch von meiner Mutter. Immer, wenn ich eine Krankheit überstanden hatte, gab es eine kräftige Rindfleischsuppe. Können Sie sich vorstellen, daß ich als Kind ein schwächlicher Knabe war?«

»Schwer.« Corinna lachte hell.

»Ich war immer ein zartes Büblein, bis zum fünfzehnten Lebensjahr. Da geschah ein Wunder: Ich wurde groß, breit und stark. Irgendein Kontakt in mir muß da gezündet haben. Meine Mutter behauptete aber, das seien nur die Rindfleischsuppen.«

Thorwaldsen hatte die »Küche« ausgepackt, der Gaskocher zischte. Corinna humpelte zu der Vorratskiste und suchte eine Büchse mit eingekochtem Fleisch. Der Schwächeanfall war vorüber. Nun gingen die nächsten Schritte schon viel müheloser. Plötzlich blieb sie stehen und sah sich zu Thorwaldsen um, der pfeifend Wasser aus dem Kanister in den Topf plätschern ließ. Zwischen den Büchsen hatte Corinna ein abgerissenes Stück eines Zettels gefunden.

»Führen Sie Tagebuch, Hendrik?« fragte sie.

»Nein! Sehe ich so aus?« rief Thorwaldsen vom Kocher her. »Wozu auch? In meinem großen Kopf ist immer Platz genug. Warum fragen Sie?«

»Mir fiel es nur so ein.« Sie steckte das Stückchen Papier vorne in ihre Bluse und klemmte es unter den Büstenhalter.

»Tagebücher sind etwas für junge Mädchen und romantische Männer. Oder für Politiker, die sich später einmal mit diesen Notizen rechtfertigen wollen.«

»Da könnten Sie recht haben, Hendrik.« Corinna warf ihm die Büchse mit Fleisch zu, ging dann hinter den Landrover und holte den Fetzen Papier wieder aus dem BH. Eine flüchtige Hand hatte die wenigen Worte geschrieben und den Zettel dann zerrissen. Wie das Stückchen zu den Büchsen kam, wußte niemand.

Ich liebe Sie ... stand auf dem Fetzen. Mehr nicht.

Malangas Handschrift.

In diesem Augenblick glaubte Corinna zu wissen, warum Malanga wortlos in der Weite der Savanne verschwunden war.

Er war vor seinem Herzen geflüchtet.

Nachdenklich steckte Corinna den Zettel wieder unter ihre Bluse.

Vielleicht war das die beste Lösung, dachte sie. Malanga war ein netter Mensch, er hätte ein guter Freund werden können. Aber mehr auch nicht. Er hat es sicherlich geahnt und ist gegangen, bevor ich ihm weh tun mußte.

»Die Suppe kocht!« rief Thorwaldsen von der »Küche« her. »Gnädiges Fräulein, es wird gleich serviert. Bitte Platz zu nehmen!«

Corinna strich sich die Haare aus der Stirn und humpelte zu den aufgestellten Klappstühlen. So rauh und ungeschliffen Thorwaldsen auch war ... jetzt war sie froh, mit ihm allein zu sein und nicht mit Malanga.

Einen Thorwaldsen konnte man abwehren, einen Malanga nicht.

Sie spürte das ganz deutlich an dem Rauschen ihres Blutes in den Schläfen.

Wenn Thorwaldsen gedacht hatte, nach der geradezu unheimlich schnell fortschreitenden Genesung Corinnas ebenso schnell in Sicherheit zu kommen, so hatte er viele Faktoren nicht einkalkuliert.

Nicht die Bwambas stellten sich ihm in den Weg, sondern der Landrover machte plötzlich Sorgen.

Es begann mit einer ganz gewöhnlichen Reifenpanne.

Thorwaldsen fluchte laut, als aus dem linken Vorderreifen die Luft entwich und er auf der Felge durch das Gras hoppelte. »Es hat keinen Sinn, den Ersatzreifen zu montieren«, sagte er nachdenklich, als habe er eine dunkle Ahnung von den kommenden Ereignissen. »Wenn wir ihn einmal dringend brauchen, stehen wir dann herum.«

Er begann also, bei 40 Grad Hitze den Schlauch zu flikken. Corinna baute das Zelt auf, denn bis zum Abend würde der Wagen nicht wieder fahrbereit sein. Thorwaldsen beschimpfte den verschwundenen Malanga mit den übelsten Worten.

»Sehen Sie sich das an!« brüllte er und hielt den Autoschlauch Corinna unter die Nase. »Porös wie ein Netzhemd! Mit so etwas fährt er in den Busch! Daß er überhaupt noch so lange gehalten hat!«

Im Pannenkasten fand er sechs Gummiflicken und entschloß sich, die drei am kritischsten aussehenden Stellen zu kleben. Darüber wurde es Nacht. Als das Feuer, das Corinna aus zusammengesuchten Zweigen entfacht hatte, flackernd brannte, hatte Thorwaldsen endlich den Reifen wieder aufgezogen und an den Landrover geschraubt.

»Einen halben Tag haben wir verloren«, knurrte er. »Und Gott allein weiß, wie lange der geflickte Schlauch hält. Wie die anderen aussehen, daran wage ich gar nicht zu denken.«

Am nächsten Morgen wußte er es. Das rechte Hinterrad sank zusammen und verlor die Luft. Thorwaldsen hieb auf das Armaturenbrett und schien zu platzen. Bei der Überquerung eines fast trockenen Bachbettes hatte sich die Spitze eines Steines wie ein Dolch in den Reifen gebohrt.

Diese Reparatur dauerte nur zwei Stunden, aber gegen Mittag begann der Motor zu tuckern, der Wagen hüpfte merkwürdig, immer wieder wurde die Zündung unterbrochen, bis der Motor gar keinen Laut mehr von sich gab.

Mitten in einem feuchten Savannengebiet, in einem lichten Wald von Euphorbien, Dumpalmen und Borassus blieben sie stehen.

»Scheiße!« schrie Thorwaldsen und sprang vom Sitz. »Etwas Besseres konnte uns gar nicht passieren! Jetzt fressen uns Milliarden Mücken auf. Mistding, verdammtes!« Er gab dem Landrover einen Tritt und öffnete dann die Motorhaube.

Corinna rutschte von ihrem Kistenlager herunter und humpelte in den Schatten einer großen Borassus. Ein Heer von Insekten umsummte sie sofort und stürzte sich auf sie. Um sich schlagend rannte sie zum Wagen zurück und riß den Sack mit dem Zelt und den großen Moskitonetzen heraus. Sie rollte das Netz auf und warf es über sich. So stand sie hinter dem Wagen, vermummt wie ein Gespenst, als Thorwaldsen hinter der Motorhaube wieder auftauchte, ölverschmiert und mit einem Zorn, der ihm den Atem nahm.

»Was ist?« rief Corinna. »Können wir bald weiter? Hier werden wir ja bei lebendigem Leib gefressen.«

Thorwaldsen warf einen großen Schraubenschlüssel gegen den Landrover, versetzte ihm noch einen Tritt und kam dann zu Corinna.

»Ich finde den Fehler nicht«, sagte er heiser. »Irgend etwas an der Brennstoffleitung muß es sein. Auch stinkt es nach verbranntem Kabel. Aber wo ist es?!«

»Dann müssen wir ausgerechnet hierbleiben?«

»Nur ein paar Stunden. Ich werde den Defekt schon noch finden.«

Um den unerträglichen Mückenschwärmen zu entgehen, zogen sie zunächst alle Moskitonetze um den Wagen, spannen sich ein wie eine Raupe und jagten dann die in dieser Netzburg gebliebenen Insekten durch Rauch hinaus. Sie steckten nasses Holz an und hielten hustend und mit tränenden Augen so lange in dem beißenden Qualm aus, bis sie glaubten, auch die letzten Mücken seien durch den freigelassenen Schlitz des Ausganges entwichen. Dann traten sie das Feuer aus, schlossen das Netz und tranken erst einmal jeder drei Becher voll Wasser.

»Es tut mir leid, Corinna«, sagte Thorwaldsen und rieb sich die geröteten Augen. »Aber es ist nicht meine Schuld. Man soll sich auf die Technik nie hundertprozentig verlassen. Früher, als man noch mit Trägerkolonnen durch Afrika zog, wäre das nie passiert. Da wurden auf einer Safari höchstens drei oder vier Schwarze von Löwen gefressen, aber ernsthafte Pannen gab es nie.«

Corinna mußte wieder lachen und setzte sich in den Wagen. »Wer Sie nicht kennt, Hendrik«, sagte sie, »der hält Sie für einen ganz kaltschnäuzigen, ekelhaften, brutalen Kerl.«

»Ach! Und Sie kennen mich anders, Corinna?«

»Ich glaube, ja. Hinter Ihrer Grobheit verstecken Sie ein weiches Herz. Sie schämen sich, daß auch Sie einmal gefühlvoll werden könnten.«

»Ich glaube, Sie täuschen sich gewaltig.« Thorwaldsen wandte sich ab. »Ich bin ein Eisenfresser.«

»Das sagen Sie allen. Ich glaube es nicht.« Corinna zog die Knie an und umschlang sie mit beiden Armen. Die blonden Haare fielen über ihr Gesicht. Sie sieht bezaubernd aus, fand Thorwaldsen. »Ich glaube, Sie können sogar sehr zärtlich sein.«

Thorwaldsen zuckte zusammen, als habe jemand ihn getreten. »Ich muß zum Motor«, knurrte er. »Zum Reden haben wir keine Zeit. Der Mistkarren muß doch wieder laufen!« Er verschwand wieder hinter der hochgeklappten Motorhaube und hantierte laut zwischen den Kabeln und Gestängen.

Ich habe mich in sie verliebt, dachte er, als er begann,

die Benzinleitung abzuschrauben. Ich habe es immer gewußt, aber jetzt hat es eingeschlagen wie ein Blitz. Ich habe sie geliebt, als sie noch ein Schulmädchen war, aber nie darüber nachgedacht, weil es unsinnig war. Vor fünf Jahren war das auf der Sander-Farm. Sie war aus dem Internat in die Ferien gekommen und lief in kurzen Shorts an mir vorbei zum Tennisplatz, den der alte Sander gerade angelegt hatte. Donnerwetter, dachte ich damals und gab mir dann selbst einen Tritt. Alter dreckiger Esel, sagte ich mir. Welche Gedanken! Du bist ein grober Klotz von Großwildjäger, ein stinkender Buschtrapper. Sie sieht dich gar nicht an! Und außerdem ist sie noch ein halbes Kind. Sieh weg, alter Esel!

Er legte den Schraubenschlüssel weg und starrte gegen das Autoblech.

Wenn wir in Fort Portal sind, werde ich sie fragen, dachte er. Wenn ich mich gebadet und rasiert habe, einen vernünftigen Anzug anhabe und wie ein zivilisierter Mensch aussehe. Vielleicht tanzen wir dann zusammen, und wenn ich sie umschlungen halte und wir uns beim Tanzen in die Augen sehen, könnte ich den Mut haben, was anderes zu tun als zu fluchen. Aber jetzt, hier, unter dem Moskitonetz, bei einer Scheißkarre von Auto, das nicht weiter will, wäre es zu blöd.

Thorwaldsen nahm fast den ganzen Motor auseinander. Den Fehler fand er nicht. In dem engen Gefängnis aus Netzgespinst hatte Corinna drei Batterielampen aufgestellt und zwei Büchsen Obstsalat zum Abendessen geöffnet. Vor dem Netz klebten in dichten Wolken die Mücken. Thorwaldsen lächelte verkniffen.

»Wenn die hinein könnten! Corinna, ich will Ihnen nichts verschweigen: Ich habe wenig Hoffnung, den Karren wieder zum Laufen zu bringen. Was uns bleibt, ist der Versuch, uns bemerkbar zu machen. Ob Regierungstruppen oder Bwambas ... alles ist besser, als hier hocken zu bleiben.«

»Und wenn wir zu Fuß weitergehen?«

»Das schaffen Sie nicht, Corinna. Wir kommen jetzt in ein Feuchtsavannengebiet und in die Nähe der Toro-Sümpfe.« Er wischte sich über das Gesicht und seine Hand zitterte dabei. »Ich will es morgen noch einmal versuchen. Mein Gott, es ist ja nicht der erste Automotor, den ich auseinandergenommen habe. Vielleicht gelingt es. Haben Sie keine Angst, Corinna.«

»Angst? Überhaupt nicht! Ich bin kein ängstlicher Mensch. Und außerdem sind Sie ja da, Hendrik.«

»Das haben Sie schön gesagt.« Thorwaldsen wurde rot wie ein Schuljunge. »Verdammt, ich verspreche Ihnen, uns hier heil herauszuholen!«

In der Nacht wurde dieses Versprechen Thorwaldsens uneinlösbar.

Ein Trupp von zwanzig Bwamba-Kriegern überfiel die Netzburg, fesselte Thorwaldsen und Corinna und trug sie weg. Den Landrover banden sie mit drei dicken Seilen an einen Jeep und schleppten ihn ab. In einem Lager, dessen Feuer geschickt abgeschirmt war, nahm man Thorwaldsen und Corinna die Knebel aus dem Mund. Ein junger Bantu in der Phantasieuniform der Budumba-Truppe begann ein Verhör.

»Sie sind Mr. Thorwaldsen?« fragte er.

»Sieh an, es spricht sich rum!« Thorwaldsen nickte grimmig.

»Und Sie sind Miß Sander?«

»Ja«, sagte Corinna mit fester Stimme.

Der Leutnant winkte, zwei Bantus lösten die Fesseln, blieben aber hinter den Gefangenen stehen.

»Sie werden erwartet«, sagte der Leutnant höflich. »Entschuldigen Sie meine Leute, aber sie haben noch keinen Umgang mit Gästen. Auch wenn es beschwerlich ist, Miß Sander, muß ich Sie bitten, sofort mit mir zu fahren.«

Die Bantus führten sie zu einem gut getarnten, kleinen Lastwagen, auf den gerade die letzten Kisten aus Malangas Landrover umgeladen wurden. Der junge Leutnant half Corinna auf den Wagen, Thorwaldsen kletterte hinterher und setzte sich auf eine der Kisten. Vier mit Gewehren bewaffnete Bantus folgten ihm und hockten sich still in die andere Ecke des Laderaumes.

»Verstehen Sie das?« fragte Corinna, als der kleine Lastwagen anfuhr.

Thorwaldsens Herz klopfte heftig. Die Wahrheit, vor der er weggelaufen war, hatte ihn eingeholt.

»Ja«, sagte er rauh.

Dann versank er in dumpfes Brüten.

Die Chance zu überleben war so dünn wie ein Seidenfaden, an dem man einen Ertrinkenden aus dem Meer ziehen will.

Die Gefangenen auf der Insel wurden – nachdem ein Hubschrauber sie dreimal überflogen hatte – zunächst aus der Luft versorgt. Pater Fritz und vier andere Männer ruderten auf dem Floß von Robert Sander herum, entdeckten noch mehr schwimmende Inseln, kehrten aber immer wieder entmutigt zurück.

»Es ist zum Verzweifeln«, sagte Pater Fritz zu den anderen Gefangenen. »Der schmale Landweg, über den die Bwambas aus den Sümpfen gezogen sind, ist nicht zu entdecken. Wie sie von der sogenannten Königsinsel weggekommen sind, ist fast ein Rätsel. Überall nur grundloser Sumpfboden.«

»Suchen wir weiter, Pater.« Einer der Männer, der bei einer Eisenbahntruppe gearbeitet hatte und eine neue Strecke nach Kijura ausbaute, eine Kleinbahn für die Pflanzungen, hieb sich wütend auf die Schenkel. »Weggeflogen sind sie nicht, also *muß* es einen Weg geben.«

Die Hilfe von draußen ließ ebenfalls auf sich warten. Außerhalb der Sümpfe stand man vor dem gleichen Problem: Wie kommt man zu den Inseln? Der Major der Regierungstruppen, die diesen Abschnitt besetzt hatten, befragte in guter alter Manier die Bantubauern, die den Durchzug der Bwambas überlebt hatten. Er ließ sie zunächst peitschen, dann Pfeffer in die aufgeplatzte Haut streuen. Die Bauern brüllten vor Schmerz, aber einen Weg in die Sümpfe kannten auch sie nicht.

»Es war Budumba, der sie führte«, schrien sie. »Er hat die großen Geister bei sich!«

Der Major zuckte die Schultern und ließ die Bauern wegschaffen. Dann telefonierte er mit dem Kommando in Fort Portal und schlug vor, die Weißen durch Hubschrauber gruppenweise ausfliegen zu lassen.

»Das ist unmöglich«, antwortete ihm ein Hauptmann aus dem Hauptquartier. »Wir brauchen die Maschinen zur Bekämpfung der Rebellen. Außerdem hat man schon neun Hubschrauber abgeschossen. Die Weißen müssen warten, bis die Rebellen vernichtet sind.«

Die Gefangenen erfuhren diesen Entschluß durch ein Funkgerät, das man mit einigen Säcken voll Lebensmitteln über der Insel abwarf. Das Gerät war auf die Frequenz des Militärfunkverkehrs eingestellt, und Pater Fritz begann sofort, die Verbindung zu Fort Portal aufzunehmen.

»Wir haben hier neunundvierzig Frauen und siebenundzwanzig Kinder«, funkte er ins Hauptquartier. »Wenn man wenigstens sie aus dem Sumpf holt!«

In Fort Portal gab man keine Antwort mehr. Dafür brummten täglich zwei Hubschrauber über den Sumpf und warfen Ballen mit Büchsen, Mehl, Zucker und Milchpulver ab.

»Das gibt eine dicke diplomatische Beschwerde«, sagte ein hagerer Mann, der bisher still in der großen Männerhütte gelebt hatte. »Bis jetzt habe ich geschwiegen, weil die Lage unübersichtlich war. Aber jetzt *will* man nicht. Ich bin Angehöriger der holländischen Handelsmission. Ich lasse mir das nicht bieten!« Und plötzlich sprang er auf, brüllte und warf die Arme um sich. »Ich will hier heraus! Ich protestiere! Ich bin Holländer. Ich pro-te-stie-re!!«

Vier Männer hatten Mühe, den Tobenden festzuhalten und auf die Erde zu drücken. Da man keinerlei Medikamente hatte, entschloß man sich, ein altes Hausmittel anzuwenden, um den um sich Schlagenden zu besänftigen: Man schlug ihm mit einem Knüppel auf den Kopf.

Ingeborg Kraemer war in diesen Tagen immer stiller geworden. Sie saß an ihrer Schreibmaschine und tippte ununterbrochen. Nachdem nun Klarheit herrschte, daß die Bwambas Robert Sander und seine Schwester Gisela mitgenommen hatten, als einzige weiße Gefangene, hatte sie wieder Hoffnung, Robert noch einmal zu sehen. Wenn man ihn hätte töten wollen, wäre das sofort geschehen; daß man ihn mit in die Mondberge schleppte, war ein Beweis, daß Budumba ihn brauchte, daß Robert für ihn wertvoller war als alle anderen weißen Gefangenen zusammen.

Nun saß sie in Roberts Hütte auf der Sumpfinsel und schrieb die Geschichte ihrer Liebe. Es war kein Roman und auch kein Bericht; es war eine zärtliche, ergreifende Unterhaltung mit dem Mann, der irgendwo dort in der Ferne mit Tausenden von Bantus zu den schneebedeckten Gipfeln des Ruwenzori zog. Es war ein Gespräch mit Robert Sander, in dem sie ihm alles sagte, was sie bisher verschwiegen hatte.

Ihre Kindheit. Ihre erste Schülerliebe. Die Jahre als Volontärin bei der Zeitung. Der erste Mann in ihrem Leben. Der zweite, den sie heiraten wollte und der schon verheiratet war. Der dritte, ein Kollege, der mit dem Flugzeug über Südamerika abstürzte.

Manchmal unterbrach sie ihre Arbeit und las alle Seiten noch einmal durch. Wieviel man schon erlebt hat, dachte sie dann, und dabei ist man noch so jung. Und wie die unwichtigen Dinge wichtig werden, wenn sie zur Beichte gehören ... zum Bekenntnis, noch nie so geliebt zu haben wie jetzt.

Es war am fünften Tag nach dem Abzug der Bwambas aus dem Sumpf, als ein junger Mann, der in Hakibale als Entwicklungshelfer gearbeitet und dort eine Schlosserei eingerichtet hatte, mit einem selbstgebastelten Floß und breiten, geflochtenen Gleitschuhen, ähnlich den Schneeschuhen sibirischer Jäger, die Sumpf- und Wasserrinnen abfuhr und sich vorsichtig vorantastete. Auf der Insel brach fast eine Panik aus, als er zurückkam und schon von weitem schrie:

»Ich habe den Weg gefunden! Ich habe ihn! Ich habe ihn!«

Pater Fritz und einige besonnene Männer hatten größte Mühe, einen allgemeinen, ungeordneten Aufbruch zu verhindern, der viele in den Tod gerissen hätte. Wie von Sinnen hieben die meisten ihre Hütten zusammen, packten und versammelten sich am Ufer der Insel, um diese Hölle von Sumpf so schnell wie möglich zu verlassen.

Pater Fritz war mit dem jungen Mann allein hinausgerudert und kam nun sehr ernst zur Insel zurück.

»Der Pfad ist so schmal, daß nur zwei Männer knapp nebeneinander gehen können«, sagte er. »Und wo er endet, weiß noch keiner. Es kann sein, daß es ein blinder Weg ist und nur noch weiter in den Sumpf hineinführt. Es gehen zunächst vier Mann mit langen Stangen und Seilen allein den Weg ab, ehe wir die Frauen und Kinder als erste hinausschaffen.«

Am Abend wußten die Gefangenen, daß der Weg in die Freiheit führte. Aber es war ein teuflischer Weg. In Schlangenlinien, manchmal im Halbkreis, manchmal sogar eine Strecke wieder zurück und dann scharf im Winkel zur Seite zog sich der schmale Pfad festen Bodens durch den Sumpf.

Die vier Männer steckten ihn mit Bambusstangen und Schilfpuppen ab. Jede Biegung wurde markiert, jeder Bogen, jede gefährliche Stelle, wo der Boden fast einen halben Meter unter dem Wasser lag, glitschig, schwabbelnd, aber fest. Als sie am Abend todmüde zur Insel zurückkamen, hatten sie nur ein paar hundert Meter geschafft. Der Sumpf um sie herum aber war 15 Kilometer groß.

»Wir haben Zeit«, sagte Pater Fritz, als die Stimmung wieder zu sinken begann. »Aus der Luft werden wir verpflegt, im Herzen haben wir den Mut ... soll uns die Ungeduld besiegen? Wir wissen nun, daß es einen Weg gibt, wir wissen, daß wir alle überleben werden – nun laßt uns Zeit haben, Freunde. Denkt daran, wieviel Jahre Leben euch jetzt geschenkt worden sind.«

In dieser Nacht loderten die Feuer heller. Allen kam es so vor. Die Hoffnung machte die Nacht zum Tag.

»Morgen oder übermorgen verlasse ich die Insel im Sumpf von Toro, auf der ich dich kennenlernte und auf der ich begriff, was Liebe ist«, schrieb Ingeborg Kraemer in ihrem Gespräch mit Robert. »Ob wir uns wiedersehen? Ich glaube daran, ja, ich weiß es, denn ohne dieses Wissen bliebe ich zurück auf diesem runden Stück fester Erde, das für mich mehr ist als eine stinkende Sumpffläche: Es ist für mich der erste Ort gewesen, an dem ich selbst mein Herz gesehen habe.«

Am dritten Tag nach der Entdeckung des schmalen Pfades zogen die Frauen und Kinder, begleitet von einzelnen Männern, hinaus in die schilfwogende Unendlichkeit des Sumpfes.

Noch wußte keiner, wo und wie der Weg endete. Man war bisher nur vier Kilometer weit gekommen, und immer noch war nur schwabbelnder Boden um sie herum, so weit das Auge reichte.

Die Verpflegungshubschrauber begleiteten aus der Luft den Zug durch das Schilf ... eine lange Schlange, immer zwei und zwei hintereinander, und weit voraus der kleine, sich vorwärtstastende Vierertrupp der Markierer, die Einsamen in dieser grünen, wogenden Hölle, die den Weg zum Paradies suchten.

»Wir schaffen es!« sagte Pater Fritz. »Mein Gott, wir schaffen es.«

Es war Nacht. Die lange Schlange im Sumpf stand still. Stehend, oft bis zum Bauch im Wasser, warteten sie auf den Morgen. Die Frauen, die Kinder, die Männer. Sie rührten sich nicht von der Stelle, denn links und rechts von ihnen, nur einen Schritt weit, lag der Tod.

So standen sie die ganzen Stunden bis zum Morgengrauen, bis wieder Licht über der grünen Hölle schien.

Dann tasteten sie sich weiter, zwischen den Bambusmarkierungen hindurch. Sie empfanden weder Hunger noch Durst, sie spürten keine Müdigkeit, sie kannten keine Erschöpfung.

Der Zwerg, der um sein Leben kämpft, hat die Kraft eines Riesen ... nie klang ein Sprichwort wahrer.

Robert und Gisela Sander fuhren von ihrem Fellager hoch, als sich der Türvorhang der Hütte öffnete und ein Mann eintrat. Das fahle Licht, welches das Blätterdach durchließ, genügte, um sie erkennen zu lassen, daß es nicht Budumba war, der in die Hütte kam, auch nicht Kirugu, sondern ein fremder, hochgewachsener, schlanker Bantu in einer modernen, engbeinigen Hose und einem sauberen, weißen Hemd. Das war so ungewöhnlich, daß Robert seine Schwester hinter sich schob und sie mit seinem Körper deckte.

»Wer sind Sie?« fragte er.

Malanga blieb an der Tür stehen und musterte Robert Sander.

Er hat Ähnlichkeit mit Corinna, dachte er und fühlte wieder den bohrenden Schmerz in seiner Brust. Er hat die gleichen mutigen Augen, das blonde Haar, die trotzige Kopfhaltung, die zusammengepreßten Lippen. Was wird er sagen, wenn ich von Corinna spreche? Wie sieht er mich? Wird er mich beleidigen? Bin ich für ihn auch nur ein Neger? Bei Gott, Robert Sander, sag so etwas nicht ... ich bitte dich ... ich könnte es nicht mehr ertragen. Wenn du mich einen Nigger nennst, werde ich dich töten müssen. *Müssen,* hörst du! Ich kann nicht anders. Ich bin ein Mensch, der innerlich verblutet, zerrissen von diesen tausendfachen Dornen, die uns trennen, nur weil wir eine andere Hautfarbe besitzen. Wenn ich daran zugrunde gehe, wirst du es auch, werden es alle Weißen, die mir von jetzt an begegnen. Ich habe es nicht gewollt, ich habe euch geliebt, ihr klugen, stolzen Weißen, ich habe euch bewundert ... eure Hochhäuser, eure Kultur, eure Kliniken, eure Technik, euer Wissen, euer Genie ... Ich wollte so werden wie ihr! Und was bin ich geblieben? Ein Nigger!

Robert Sander ... sag das nie! Nie!

»Ich bin Dr. Julius Malanga«, sagte er und verbeugte sich

höflich, so wie man sich in Europa formvollendet vorstellt. »Ich bringe Ihnen Grüße von Corinna.«

Hinter dem Rücken Roberts schrie Gisela leise auf. »Corinna ...«, stammelte sie. »Was ist mit ihr? Wo ist sie? Kommen ... kommen Sie aus Heidelberg ...?«

»Auch. Jetzt komme ich aus Kampala. Ich traf Corinna auf dem Dachgarten des Apolo-Hotels.«

»Corinna in Uganda?! Um Himmels willen, was macht sie denn hier?«

»Sie bekam von den Eltern keine Nachricht und flog nach Entebbe. Ich begleitete sie durch den Busch nach Hause.«

Robert Sanders Lippen zuckten. »Nach ... Hause ...«, sagte er heiser. »Was für Teufel seid ihr doch. Genügt es nicht, daß ihr alles gemordet und niedergebrannt habt ...«

»Als das geschah, stand ich noch in London am Krankenbett. Ich traf einen Tag vor Corinna in Entebbe ein, getrieben von der tiefen Sorge, was hier mit meinem Volk geschieht. Es wäre vieles nicht geschehen, wenn ich schon hiergewesen wäre.«

»Aber es ist geschehen! Und nichts kann mich diesen Mord an meinen Eltern vergessen lassen, auch nicht Ihre Worte. Welche Rolle spielen Sie hier eigentlich, Dr. Malanga? Wer sind Sie wirklich?« Robert Sander musterte den schlanken, schönen Neger mit deutlichem Haß. »Sind Sie das langerwartete geistige Haupt der Bwambas?«

»Ja.«

Das klang stolz und doch schlicht. Robert Sander zog etwas die Schultern hoch, als fröstelte ihn. »Und ... was ist mit Corinna?« fragte er leise.

»Sie lebt, es geht ihr gut, und sie ist auf dem Wege nach Fort Portal.« Malanga sah Robert Sander forschend an. Er erkannte die innere Abwehr des Mannes und war traurig darüber. »Ich habe mich gefreut«, sagte er langsam, »als ich hörte, daß Sie das Massaker überlebt haben und unter dem Schutz meines Onkels Kirugu stehen. Es ist eine rein persönliche Freude. Nach dem tragischen Tod Ihrer Eltern, den ich – ich betone es noch einmal – verhindert hätte, wenn ich an Ort und Stelle gewesen wäre, sind Sie, Mr. Sander, das Oberhaupt der Familie. Ich habe in Europa gelernt, daß man bei gewissen Dingen das Familienoberhaupt zu fragen hat.« Malanga sah in den Augen Roberts ein gefährliches Glimmen. Sage jetzt nichts, bat er innerlich. Halte den Mund, bitte, bitte ... du bist in den Klauen des Löwen, aber dieser Löwe will friedlich sein, er hat die Krallen eingezogen, er will sie nie gebrauchen, er will ein friedfertiger Löwe sein, aber ein Löwe, der seinen Stolz behält. Bitte, sage nichts!

Malanga holte tief Atem. Er wußte, daß sich jetzt alles in seinem Leben entschied.

»Sir«, sagte er formvollendet. »Ich bitte Sie um die Hand Ihrer Schwester Corinna.«

Einen langen Augenblick war es totenstill in der halbdunklen Hütte. Dann tat Robert Sander das Fürchterlichste, das überhaupt möglich war.

Er lachte schallend.

Über das Gesicht Malangas fiel eine eiserne Maske.

Er ließ Robert Sander auslachen, ohne ihn zu unterbrechen. Er stand stumm, hochaufgerichtet vor ihm und ertrug diese Schmach, die sich tiefer in sein Herz brannte als alle bisherigen Demütigungen.

Robert schien zu spüren, daß sein Lachen für Malanga grausamer war als Schläge ins Gesicht. Abrupt brach er ab und sah Malanga mit verkniffenen Lippen an.

»Warum lachen Sie, Sir?« fragte Malanga heiser. Sein Gesicht war so versteinert, daß die Worte aus seinem Mund kamen, ohne daß sich die Lippen bewegten. Robert Sander zog das Kinn an.

»Haben Sie schon mit Corinna darüber gesprochen?« fragte er zurück.

»Nein.«

»Und Sie glauben, daß Corinna einverstanden wäre, wenn sie es wüßte?«

»Ich sehne es herbei.«

»Zwischen Sehnsucht und Erfüllung liegt oft ein ganzes Meer, und wer kein Boot hat oder schlecht schwimmen kann, kommt nie hinüber.« Robert Sander wandte sich um. Gisela hatte sich an die Hüttenwand gedrückt; für sie waren die Worte Malangas nur eine Wiederholung der Anträge Budumbas. Sie wußte, zu welchen Grausamkeiten diese verschmähten Liebhaber fähig waren. Die Hinrichtung des weißen Farmers auf der Sumpfinsel, dieser Beweis von Budumbas Macht würde sich wiederholen, das ahnte sie. Nur würde es noch grausamer werden. Neben den primitiven Haß Budumbas war nun der intellektuelle Haß Malangas getreten.

»Warum fragen Sie uns, Malanga?« sagte Gisela mit zitternder Stimme. »Es ist Ihre und Corinnas Sache. Nehmen Sie es Robert nicht übel, daß er lachte ... er wollte Sie nicht beleidigen.«

»Was heißt beleidigen?« Robert Sander steckte die Hände in die Taschen seiner ausgeblichenen, an vielen Stellen zerfetzten Hose. »Sie sind Arzt, wie Sie eben sagten. Sie sind also ein intelligenter Mensch. Können Sie – wenn Sie sich in meine Lage versetzen – nicht verstehen, daß ich Ihren Antrag als absurd betrachte?«

»Nein«, antwortete Malanga kurz.

»Ihre Krieger haben unsere Farm niedergebrannt, sie haben meine Eltern und unsere treuen Arbeiter bestialisch hingeschlachtet, sie haben uns einen Haß auf alles Schwarze eingebrannt, der durch nichts mehr zu löschen ist ... Und da kommen Sie und wollen Corinna heiraten!«

»Als diese Greuel geschahen, war ich noch nicht in Uganda.« Malangas Stimme klang abgehackt und merkwürdig hohl. »Es wäre nie geschehen. Aber nun bin ich hier, und ich werde die Verantwortlichen für diese Taten bestrafen.«

»Davon werden meine Eltern nicht wieder lebendig.«

»Mehr als diese Sühne kann ich Ihnen nicht anbieten.«

»Doch!« Durch den Körper Roberts lief ein Zittern. Er dachte an die schrecklichen Stunden in Kitumba, als die Bantus, die man für ein friedliches Volk gehalten hatte, heranzogen, plötzlich in breiter Front die Farm überschwemmten, mit Buschmessern, Speeren, Revolvern und einigen Gewehren ein Gemetzel unter den Arbeitern anrichteten, die Häuser in Brand setzten und dann schreiend das Herrenhaus umstellten, in das sich die Sanders geflüchtet hatten. Er sah wieder die Minuten vor sich, als die Bantus das Haus stürmten, Gisela wegschleppten, ihn, Robert, mit sechs Männern festhielten und er zusehen mußte, wie man seine Mutter mit einem Buschmesser aufschlitzte und seinen Vater als Zielscheibe der langen Speere an die Zimmerwand stellte.

»Ich weiß, daß ich keine Chance zum Überleben habe«, sagte Robert Sander langsam. »Warum man uns über Hunderte von Kilometern mitschleppt, ist mir ein Rätsel. Vielleicht hofft Budumba, durch mich als Geisel meine Schwester zu bekommen. Er müßte wissen, daß es vergeblich ist. Gisela und ich sind uns einig: Keiner wird um des anderen willen nachgeben. Und nun kommen Sie auch noch und wollen Corinna haben. Ist das nicht zum Lachen? Ein Lachen, das in der Kehle gefriert?«

Malanga betrachtete Gisela Sander, und zum erstenmal seit Minuten zeigte sein Gesicht eine Regung. Es verzog sich zu einem schwachen Lächeln.

»Sie können ruhig sein, Miß Sander«, sagte er. »Budumba wird Sie nicht mehr belästigen. Ich gebe Ihnen mein Wort.«

»Und was haben Sie sonst noch mit uns vor, Doktor?«

»Ich möchte, daß Sie meine Gäste sind.«

»Ach! Ein gefälligeres Wort als Gefangene, nicht wahr?«

»Sie werden mich in die Mondberge begleiten. Ich habe eine Aufgabe zu erfüllen, einen Auftrag meinem Volke gegenüber. Ist er erledigt, haben wir das Gebiet erreicht, wo die Bwambas leben können in einem eigenen Königsstaat unter Kwame Kirugu, werden wir in die Zivilisation zurückkehren. Auch ich sehne mich nach einem ruhigen Leben. Doch das Volk, Sir, geht vor. Seit Hunderten von Jahren leben die Bwambas in Unfreiheit. Sie wurden von anderen Stämmen beherrscht, von arabischen Sklavenhändlern ausgeplündert, von den europäischen Farmern ausgenutzt, sie waren die Fußbank Afrikas, auf die jeder seinen Stiefel setzen durfte. Erst jetzt, nach Jahrhunderten, haben die Bwambas die Möglichkeit, frei und selbständig zu sein. Neunundvierzig Bwambas studieren in Europa und den USA ... sie werden in diesem Jahr noch, nach Abschluß ihrer Examen, nach Uganda zurückkommen. Sie werden die Führungsspitze des Volkes bilden. Ich weiß, der Kampf um die Freiheit wird schwer sein, aber dort oben, in den Ruwenzori-Bergen, nehmen wir niemandem Land weg, wir werden keinen stören, wir werden abseits der großen Politik leben, aber wir werden ein freies Volk sein.«

»Und Sie haben diese Hirngespinste ausgearbeitet?«

»Jedes Volk hat ein Recht auf Leben!«

»Und Sie glauben wirklich, daß Corinna da mitmacht?« Robert Sander legte den Kopf schief. »Doktor, so realistisch Sie sein mögen, in diesem Punkt werden Sie ein Phantast.«

Das Gesicht Malangas versteinerte sich wieder. Er wußte,

daß jetzt das letzte, entscheidende Wort fiel, und er hatte keine Möglichkeit, es zu verhindern. Er wollte es auch nicht ... er wollte es hören, vielleicht brannte es die Sehnsucht nach Corinna aus seinem Herzen weg.

»Warum soll ich ein Phantast sein, Sir?« fragte er gepreßt.

»Was soll man Ihnen darauf antworten?« Robert Sander hob die Schultern. »Jeden Morgen, wenn Sie sich rasieren und in den Spiegel sehen, haben Sie die Antwort.«

Malangas Faust schnellte so blitzartig vor, daß Robert keine Möglichkeit mehr hatte auszuweichen oder überhaupt zu reagieren. Genau auf den Punkt traf der Schlag, Robert drehte sich etwas und sank dann stumm in sich zusammen. Gisela schrie auf und streckte beide Fäuste zur Abwehr vor. Malanga verbeugte sich korrekt, stieg über den im Weg zur Tür liegenden Robert hinweg und verließ wortlos die große Hütte.

»Du siehst schlecht aus, mein Junge«, sagte Kirugu, als Malanga zu ihm kam und sich stumm neben ihm an den großen Klapptisch setzte. Im Hintergrund zirpte ein Funkgerät. Dort saßen zwei in der Armee ausgebildete Funker und hörten den Militärfunk ab, notierten die Funksprüche und fragten in bestimmten Zeitabständen bei den eigenen Stoßtrupps an, von denen neun erbeutete kleine Kurzwellensender bei sich hatten.

»Ich habe Sorgen, Onkel«, sagte Malanga leise.

»Wegen Budumba?«

»Nein.«

»Daß wir unser Ziel nicht erreichen?«

»Nein.« Malanga faltete die Hände. »Ich liebe eine weiße Frau.«

»Das ist schlimmer als der Fluch aller Geister.« Kirugu atmete schwer. »Vergiß sie!«

»Das kann ich nicht.«

»Versuche, sie zu hassen! Sage dir immer vor: Ich bin ein Neger! Ich bin ein Neger! Sie aber ist weiß ... weiß ... weiß ...«

»Es hilft nicht.« Malanga legte die Stirn auf die gefalteten Hände. »Mein Herz brennt. Ich könnte mich selbst verleugnen, so liebe ich sie.«

»Dann hilft nur, sie zu töten!«

»Selbst das geht nicht. Ich weiß nicht einmal, wo sie jetzt ist. Ich weiß nur, daß meine Welt ohne sie immer leer bleibt. Ich habe noch nie so geliebt.«

»Soll ich sie suchen und töten lassen?«

Der Kopf Malangas zuckte hoch. Unsagbare Qual stand in seinen Augen. »Was würde das helfen?« sagte er dumpf. »Ich könnte sie nie vergessen. O mein Gott, warum bin ich nicht weiß geboren? Warum gibt es verschiedenfarbige Menschen? Warum hat Gott nicht eine einzige Rasse gemacht? Wir haben doch alle das gleiche Herz.«

»So solltest du nie denken.« Kirugu legte seine schwere Hand auf die zuckende Schulter Malangas. »Du bist unser Kopf! Du mußt denken für unser Volk. Reiße diese weiße Frau aus deinem Gehirn!«

»Es geht nicht.« Malanga preßte die Fäuste vor seine Augen. »Du hast sie nie gesehen, Kwame. Sie ist für mich wie ein Engel. Darf ich einen Engel vertreiben?«

Eine Stunde später fingen die Funker in Kirugus Königshütte den Spruch des Stoßtrupps VI auf.

»Haben Malangas Wagen, den weißen Mann und die weiße Frau gefunden. Kommen ins Hauptlager zurück. Ende.«

Kirugu überlegte lange, ob er Malanga verständigen sollte. Im Vorlager I waren sieben Verwundete eingeliefert worden. Die 2. Kompanie hatte sich mit Einheiten der Uganda-Armee einen wilden Kampf geliefert, bei dem ein Regierungspanzer ausbrannte. Nun war Malanga unterwegs, die Verwundeten zu versorgen. Es war leicht, Malanga zurückzurufen, und Kirugu wußte, daß er sofort umkehren würde.

Aber Kirugu schwieg.

Ich sehe sie mir erst an, dachte er. Ich muß den Engel sehen, der Malanga so verzaubert hat. Und dann werde ich sie töten und begraben, ehe er zurückkommt.

Malanga gehört dem Volke, nicht einer einzigen Frau.

Einer weißen Frau!

Und nie wird er erfahren, was geschehen ist. Er wird an sie denken als an ein unerreichbares Glück ... die Erinnerung wird verblassen, langsam, aber stetig ... und dann werden die Jahre alles zudecken.

Ein Mann wie Malanga hat andere Aufgaben, als zu lieben.

Am späten Nachmittag trafen Thorwaldsen und Corinna im Hauptlager ein. Die Handtrommeln der Vorposten meldeten sie an. Als das rhythmische Gedröhn aufklang, rannten einige Krieger zu der Hütte der Sanders und sperrten sie ab. Vier kräftige Männer stellten sich von innen an die Tür.

»Jetzt ... jetzt ist es soweit«, sagte Gisela Sander mit erstickter Stimme. Sie tastete nach der Hand Roberts und umklammerte sie. »Leb wohl, Robbi ... ich werde die Augen ganz fest zudrücken und auch nicht schreien. Es geht schneller, als man denkt. Die paar Sekunden Angst ... sie gehen auch vorbei. Leb wohl ...«

Robert Sander umfaßte Gisela und drückte sie an sich. Er schwieg verbissen. Was sind Worte noch wert in dieser

Stunde? Können sie noch trösten? Haben sie noch Kraft, den anderen aufzurichten? Was soll man sagen? Sei tapfer ... das ist zu dumm. Wer ist tapfer, wenn er genau weiß, daß der Tod, der in wenigen Minuten zu ihm kommt, grauenhaft sein wird?

Robert lauschte auf das dumpfe Trommeln. Das klingt nicht wie eine Tanztrommel, dachte er verwundert. Das sind einfache Signale. Zu einem Fest, an dem zwei Weiße hingerichtet werden sollen, rufen sie anders. Da ist es ein einziger Wirbel, ein wilder Aufschrei der Natur. Hier aber klingt es deutlich wie getrommelte Buchstaben, das Morsealphabet der Savanne.

»Es hat mit uns nichts zu tun«, sagte er, als die Trommeln schwiegen. Er hielt Gisela noch immer umklammert und drückte sie an seine Brust. »Irgend etwas Außergewöhnliches muß draußen geschehen sein.«

»Warum haben sie aber die Hütte umstellt?«

Robert hob die Schultern. »Wir werden es bald wissen.«

Sie blieben umschlungen im Hintergrund der Hütte stehen und warteten. Die vier Bwambakrieger an der Tür rührten sich nicht. Wie vier große, schwarze Pfähle, die man in die Erde gerammt hatte, standen sie da.

Auf dem großen Platz vor der Königshütte klang jetzt Motorengebrumm auf. Es kam schnell näher, Bremsen quietschten, Hunderte von Stimmen schrien durcheinander.

»Es sind Wagen gekommen«, sagte Robert Sander stokkend. »Die Bwambas müssen eine Kolonne überfallen haben und schleppen nun die Autos ins Lager.«

Das Brummen der Motoren erstarb. Dafür schrien die Stimmen lauter und gingen plötzlich in einen wilden, rhythmischen Gesang über.

»Sie feiern irgend etwas.« Robert Sander atmete hörbar auf. »Sie haben anscheinend eine große Beute gemacht, Gisela!« Er stockte und streichelte über ihr zerzaustes Haar. »Wir sind noch nicht dran.«

»Mein Gott!« Sie preßte das Gesicht gegen seine Brust und weinte laut. »Wann ist es endlich? Einmal werde ich keine Kraft mehr haben. Ich war jetzt so ruhig bei dem Gedanken, daß es vorbei ist.«

Auf dem großen Platz vor Kirugus Hütte hielt der kleine Lastwagen mit den Kisten und Koffern Malangas. Der Landrover, den er im Schlepp hatte, wurde abgebunden und zur Seite gerollt. Thorwaldsen, der durch einen Schlitz in der Plane des Wagens nach draußen äugte, lehnte sich zurück und legte seine Hand auf die Knie Corinnas.

»Wir sind in der Höhle des Löwen«, sagte er hart. »Verdammt, ich habe mir mein Ende anders vorgestellt. Nicht im weißbezogenen Bett ... das habe ich immer gehaßt. Aber auf einem Hügel stehend, über die Savanne blickend und dann in die Sonne, vor sich die Herden der Impalas und Wasserböcke, und dann umfallen – das wäre schön!«

Corinna beugte sich vor und starrte ebenfalls durch den Riß in der Plane. Sie sah die Massen der Bantus, die die Kolonne umringten und in einer geradezu überschwenglichen Stimmung waren.

»Glauben Sie, daß man uns umbringen will?«

»Ich möchte Sie nicht mit frommen Lügen füttern, Corinna ... ich sehe tatsächlich dunkel.«

»Dann verstehe ich nicht, wieso man mich wie eine Art Herrin behandelt. Denken Sie an den jungen Leutnant, der sich entschuldigte, daß man uns aus Versehen gefesselt habe.«

»Bei Ihnen, Corinna, ist das etwas anderes. Ich spreche nur von mir.« Thorwaldsen lehnte sich zurück. »Sie werden selbstverständlich weiterleben. An den Kragen geht es nur mir.«

»Vielleicht nützt es Ihnen etwas, wenn Sie von Malanga erzählen?« Corinna fuhr herum, ihre großen Augen waren plötzlich noch weiter. »Das ist es, Hendrik! Malanga! Sein Ziel war ja dieses Lager der Bwambas!« Sie wollte aufspringen, aber Thorwaldsen riß sie auf die Kiste zurück. »Wenn Robert und Gisela noch leben ... dann sind sie hier ... dann sehe ich sie gleich wieder ...« Ihre Worte verloren sich in einem Stammeln. Thorwaldsen kaute an der Unterlippe. Er hatte den Arm wie schützend um Corinna gelegt, obwohl er wußte, daß jetzt jeder Mut sinnlos war, daß ihr Leben nur von dem Willen des einen Mannes abhing, der zu einer der geheimnisvollsten Persönlichkeiten Ostafrikas geworden war.

Licht fiel in das Halbdunkel des Laderaumes und blendete grell. Die Plane an der Tür wurde zur Seite gerissen. Corinna blinzelte in die Sonne und erhob sich. Thorwaldsen folgte ihr etwas gebückt. Er war größer als der Wagenaufbau und mußte den Kopf einziehen.

Die Bantus rund um den Wagen schwiegen nun. Aus Hunderten von schwarzen Gesichtern starrten abschätzende Augen auf die beiden Weißen, die jetzt mit Hilfe des jungen Leutnants aus dem Lastwagen kletterten.

Fünf Meter vom Wagen entfernt, unter einem großen Schirm aus geflochtenem Gras, den zwei Bantus an Stangen über ihn hielten, wartete Kwame Kirugu. Er hatte seinen Königsschmuck angelegt und das hemdartige, orangefarbene, mit goldenen Lurexfäden durchwirkte Gewand angezogen, dessen Stoff ihm ein indischer Händler vor drei Jahren verkauft hatte. »In diesen wertvollsten Stoff der Welt kleidet sich der Kaiser von Indien!« hatte der Händler gesagt und Fotos gezeigt, auf denen andere Könige majestätisch auf goldenen Thronen saßen, alle in Prunkgewändern aus diesem Stoff. Daß diese Aufnahmen in einem Zimmer des

Londoner Old-James-Theaters aufgenommen waren, die goldenen Throne Bühnendekorationen waren und die Kaiser und Könige gut geschminkte Komparsen des Theaters – woher sollte Kwame Kirugu das wissen? Der Glanz der anderen Könige überzeugte ihn. Er kaufte für einen wahnsinnigen Preis einen Ballen dieses Goldstoffes und ließ sich daraus sein Königskleid machen. Als er zum erstenmal damit unter sein Volk trat, beschienen von der Sonne, die ihre Strahlen in den Goldfäden zurückwarf, und dadurch aussah, als leuchte er selbst, fielen seine Bantus auf die Knie und glaubten, Kirugu habe sich mit der Sonne bekleidet.

Corinna senkte einen Augenblick die Lider, geblendet von der mächtigen, goldorangenen Fülle Kirugus, und auch Thorwaldsen fand, daß diese Erscheinung unter dem Grasschirm imposant war. Er erkannte sofort den Mann wieder, den er damals in der Savanne auf dem geschnitzten Stuhl gesehen hatte, nachts, getragen auf einer Sänfte aus Bambusstangen. Der König, dessen Krieger einen Weg aus Feuer und Tod quer durch das Land geschlagen hatten.

Kwame Kirugu betrachtete Corinna genau, als sie vor ihm stand. Die schmutzige, verschwitzte Bluse, die Khakihose, deren linkes Bein abgeschnitten war, damit das noch immer dick verbundene Bein nicht gedrückt wurde, die blonden Haare, der zierliche und doch wohlgeformte Körper – es war ein Anblick, der Kirugu weh tat.

Ich kann dich verstehen, Malanga, dachte er. Die Schönheit dieser weißen Frau hat dich vom Weg gelockt. Du bist ihr gefolgt wie der Löwe einer Löwin, durch die Steppen und Sümpfe, Regenwälder und Sandwüsten. Du hast nur sie gesehen. Es hätte nicht viel gefehlt, und du hättest dich verirrt für dein ganzes Leben. Du wärest deinem Volk davongelaufen, um in den Armen einer Frau ein Sklave zu werden.

Corinna sah sich um. Die Ansammlung primitiver Hütten

bewies ihr, daß dieses Lager nur für ein paar Tage errichtet war. Einige Gruppen bauten schon wieder ihre Behausungen ab; die Frauen schnallten sich die Hüttenstangen auf den Rücken, schleppten die Säcke und Körbe und zogen die Rinder hinter sich her, auf denen der Hausrat verschnürt war.

Noch immer schwieg Kirugu und sah Corinna an. Thorwaldsen störte ihn. Wer ist er, dachte er. Wo kommt er her? Malanga hat nie ein Wort von ihm gesagt. Warum? Er hat ihn mir verschwiegen. Was ist in der Steppe vorgefallen? Warum wanderte Malanga einsam durch den Busch, während der Weiße mit der Frau in Malangas Wagen weiterfuhr? Haben sie ihn ausgesetzt? Ist der weiße Mann der Rivale Malangas in der Liebe zu dieser Frau?

Auf einmal hatte es Kirugu nicht mehr eilig, Corinna töten zu lassen. Er ahnte, daß sich draußen in der weiten Savanne eine stille Tragödie abgespielt hatte, deren Fortsetzung nun hier im Lager stattfinden mußte. Das alte Drama zwischen Schwarz und Weiß, dachte Kirugu und hatte plötzlich Mitleid mit seinem Neffen. Du liebst sie, und ein Weißer tritt dich weg, nur weil er eine helle Hautfarbe hat. Ist es so, Malanga? Sieh, ich werde das schöne weiße Weibchen leben lassen, damit du für immer von deinem Wahn geheilt wirst. Du bist ein Bantu, auch wenn du in Europa deinen Doktor der Medizin gemacht hast. Für die Weißen bist du immer ein Neger, ein Mensch zweiter Klasse. Du weißt es, aber du willst dieses Wissen nicht aufnehmen. Du wehrst dich dagegen, weil du sie liebst. Darum soll sie weiterleben, damit sie dir eines Tages selbst sagt, welcher Illusion du nachgerannt bist.

In diesem Augenblick wurden die Gedanken Kirugus durch einen klirrenden Lärm unterbrochen. Von der Zauberhütte her tanzte Budumba heran. Er war in sein Leopardenfell gekleidet, behängt mit bunten Glasketten und klingenden Glöckchen, silbernen Schnüren und gebleichten Totenschädeln von Affen, die aussahen wie die Köpfe von kleinen Kindern. Das Gesicht war durch eine bunt bemalte, holzgeschnitzte Fratze verdeckt, eine Maske, die selbst die nächtlichen Dämonen verscheuchte. Die Füße und Hände steckten in Manschetten aus Federn. Was da herantanzte, unartikulierte Schreie ausstoßend, mit wilden Körperzuckungen und federnden Beinen, war ein grellbuntes, gefiedertes Wesen, eine Fabelgestalt ohne Namen, ein erschreckendes Gebilde abstoßender Häßlichkeit.

Nabu Budumba umtanzte schreiend Corinna und Thorwaldsen. Die Bantus machten ehrfürchtig vor ihm Platz und bildeten einen weiten Kreis. Kirugu sah mit verkniffenem Gesicht auf den hüpfenden Zauberer.

Budumba umkreiste ein paarmal Corinna und Thorwaldsen. Unter seiner hölzernen Maske lief ihm der Schweiß in Strömen über den Körper, aber er merkte es nicht. Was er jetzt tat, war ein Akt der Verzweiflung. Mit dem kleinen Lastwagen, das wußte er, war alles gekommen, was Malanga brauchte, um den Stamm auf seine Seite zu bringen, um der größte Zauberer aller Zeiten zu sein, der den kleinen Dämonentänzer Budumba lächerlich machen konnte. Aber jetzt war Malanga weit, der Zauber gehörte noch Budumba allein, und das wollte er nun ausnutzen, wollte vor den Bantus seine Kraft beweisen, die Liebe der Geister, die ihm gehörte.

Selbst Kirugu zuckte zusammen, als Budumbas schreiende Stimme aufklang. Thorwaldsen verstand nicht, was er brüllte; es war ein Dialekt, den er nicht kannte.

»Mit ihnen ist das Unglück zu uns gekommen!« schrie Budumba und schüttelte sich, daß alle Glöckchen anschlugen und die Glasketten rasselten. »Die Geister sagen es mir ... sie sollen sterben ... sterben ... bevor die Sonne sich zum Schlafen legt ... Überleben sie die Nacht, werden die Bwambas untergehen ... Ich höre die Stimmen der Geister ... ich höre sie ... sie sind um mich ... dringen in mich ein ... zerfleischen mich. Oh!« Budumba stieß einen grellen Schrei aus. Er fiel zur Erde und wälzte sich wie in Krämpfen. Das hatte er lange geübt. Ein Mensch in Krämpfen galt bei allen Naturvölkern als ein von den Geistern Besessener. Sie wurden geehrt und gepflegt, denn sie lebten ja schon in der Welt, in die man erst nach dem Tode hineinkam. Selbst im zaristischen Rußland galten die Epileptiker und Halbidioten als »Männer Gottes« und genossen am Zarenhof Sonderrechte. Um wieviel stärker wirkte dann ein Mann wie Budumba auf die Bantus, deren Geisterglaube trotz Missionsschule und reisender Pater unerschütterlich war.

Ehrfürchtig standen die Bwambas um den zuckenden, sich über die Erde wälzenden Körper. Budumba hatte die Holzmaske vom Gesicht gerissen. Schaum stand ihm vor dem Mund, die Augen quollen wie Kugeln hervor. Sein Leib verkrampfte sich und schnellte dann wieder hoch, die Beine schlugen auf den Boden, die Hände trommelten in den Staub.

»Tötet sie ...!« schrie Budumba heiser. »Tötet sie ... tötet sie ...!«

Die Mauer der Bwambas zog sich bedrohlich zusammen. Was die Geister befahlen, mußte getan werden, das war eine uralte Lehre. Wer die Geister erzürnt, hat ein schreckliches Leben und ein noch furchtbareres Ende.

Kwame Kirugu wuchs in diesen Augenblicken der Entscheidung über sich selbst hinaus. So sehr ihn die Vorstellung Budumbas beeindruckte, so sehr auch er in der Tradition verwurzelt war und Budumba als Zauberer anerkannte, jetzt, in der Minute der Gefahr für das ganze Volk, erinnerte er sich an die Jahre der Mission. Vor fast fünfzig Jahren war das. Der kleine Kwame kam nach Ntoroko am Albert-See, zusammen mit einem Onkel, um das Fischen zu lernen. Dort lernte er einen Mann kennen, der ein langes, weißes, bis zum Hals zugeknöpftes Gewand trug, die Sprache der Bwambas sprach, als sei er im Kral geboren, und der ihn, ohne lange zu fragen, mit ins Haus nahm, ihn in ein hölzernes rundes Gefäß mit warmem Wasser stellte, ihn mit etwas einrieb, das schäumte, süßlich roch und die Haut ganz glatt machte, dann mit einem Schlauch alles abspritzte und ihm ein herrliches, weißes, bis zu den Knöcheln reichendes Hemd schenkte. In den nächsten Tagen hatte Kwame viel zu hören. Er erfuhr von einem Mann, der Jesus hieß. Der weißgekleidete Mann, er nannte sich Pater Jules, zeigte Kwame Bilder dieses Jesus. Ein Weißer mit einem hellen Bart und gütigen Augen. Kwame hatte geduldig zugehört, denn nach allen Geschichten um diesen Mann bekam er ein gutes Essen – das allein war wichtig. Aber nach sechs Wochen hatte sich Kwame an Pater Jules gewöhnt. Nach neun Wochen machte ihm Pater Jules vor, daß man das, was man sprach, auch mit Zeichen ausdrükken konnte. So lernte Kwame schreiben, er lernte die Bibel kennen, sang Kirchenlieder in der Buschkirche, wurde Meßdiener von Pater Jules und blieb vier Jahre bei ihm. Dann lief er weg, weil er Sehnsucht nach seiner Mutter hatte. Ein Gesangbuch und einen Rosenkranz nahm er mit ... das Gesangbuch ging verloren, den Rosenkranz trug er noch immer, aber nicht zum Gebet, sondern als Zierkette um den Hals.

An all das erinnerte sich Kirugu jetzt in diesen Minuten. Er faßte mit beiden Händen an die Perlen der Rosenkranzkette und schlang die Finger um sie. Dann trat er vor, unter dem Dach aus Gras heraus, ging mit festen Schritten auf den zuckenden und spuckenden Budumba zu und stellte sich neben ihn.

»Er lügt!« sagte Kirugu laut. »Die Geister sprechen nicht zu ihm. Er spielt uns etwas vor! Seht her! Wenn er recht hat, müssen die Geister mich jetzt töten! Ich lache über das, was Budumba sagt. Ich lache!«

Kirugus Kopf flog hoch. Er lachte laut, aber in dieses Lachen mischte sich Angst.

Gibt es die Geister? Strafen sie mich jetzt?

Aber nichts geschah. Nur Budumba heulte auf wie ein verwundeter Schakal und starrte haßerfüllt auf Kirugu. Noch immer spielte er seinen zuckenden Anfall, aber er sah, daß die Wirkung zerstört war. Da erhob er sich, streckte die Arme hoch in den Himmel und nahm alle seine Kraft zusammen.

»Tötet sie!« brüllte er. Seine Stimme schallte über den ganzen Bwamba-Stamm. Aber niemand rührte sich. Sie blickten alle auf Kirugu, der in seinem goldenen Gewand majestätisch unter sein Grasdach zurückschritt.

Die Geister hatten ihn nicht bestraft. Welch ein Wunder!

Corinna und Thorwaldsen standen eng beieinander vor dem tobenden Budumba und dem dicken Kirugu.

»Verstehen Sie etwas?« fragte Corinna, als Budumbas letzter Verzweiflungsschrei verklungen war.

»Kein Wort. Sie sprechen einen barbarischen Dialekt.«

Das Gesicht Corinnas war entschlossen und hart. »Ich weiß nur, daß dieser Kerl da Budumba sein muß. Er hat Vater und Mutter töten lassen und die Farm angesteckt.«

»Woher wissen Sie das?«

»Malanga hat es mir gesagt.«

»Dann stimmt es. Bessere Informationen können Sie nicht haben.« Es klang sarkastisch und gleichzeitig wehrlos.

»Halten Sie den Kopf hoch, Corinna. Machen Sie jetzt nicht schlapp.«

»Ich bin noch nie so ruhig gewesen wie jetzt. Gleich werde ich wissen, was mit Robert und Gisela geschehen ist.«

»Man sollte den goldorangenen Opa einmal fragen.« Thorwaldsen sah zu Kirugu hinüber. »Er ist der König. Ob er die Anrede Majestät gern hört?«

»Hendrik!« Corinna senkte den Kopf. »Müssen Sie selbst jetzt noch den Spaßmacher spielen?«

»Was soll ich tun? Jedes Wort, glauben Sie mir, schmeckt bitter wie Galle. Aber es stirbt sich leichter mit einem Lachen als mit einem Schluchzen ...«

Kirugu winkte plötzlich. Ein Schwall von Kriegern ergoß sich über Thorwaldsen und Corinna, riß sie voneinander und schleppte sie nach verschiedenen Richtungen weg. Sie wehrten sich nicht; sie ließen sich abführen, festgehalten von schwarzen Händen, die sich in ihre Arme und Schultern krallten. Noch einmal sahen sie sich an, über die wolligen, dunklen Schädel ihrer Henkersknechte hinweg. Das Gesicht Thorwaldsens zuckte.

»Kopf hoch, Corinna!« schrie er ihr zu. »Und verdammt, jetzt sage ich es: Ich liebe dich!«

Er wurde herumgerissen, sank in die Knie und wurde in einer Staubwolke weggeschleift.

Starr, mit zusammengepreßten Lippen, ging Corinna durch das Lager. Vor einer runden Hütte hielten die Bantus an, vier Krieger kamen durch die Tür nach draußen und hielten dann den Eingang offen. Als letzter kam der junge Leutnant heraus, der mit seinem Trupp den Landrover Malangas aufgestöbert hatte. Höflich, wie vor ein paar Stunden in der Steppe, verbeugte er sich und zeigte auf die Tür.

»Bitte, treten Sie ein, Miß Sander«, sagte er in seinem harten Englisch.

Zuerst zögernd, dann mit festen Schritten ging Corinna zur Hütte. Was mich da drinnen auch erwartet, dachte sie, man wird nicht sehen, daß ich Angst habe.

Ihr Bein stach wieder, die Wunde zuckte. Sie verbiß den Schmerz, unterdrückte sogar ein Humpeln und betrat hocherhobenen Hauptes die Hütte.

Dann aber verließen sie Haltung und bewundernswerte Kraft, die sie durch Savanne und Sumpf geführt hatten. Sie breitete die Arme aus und stürzte mit einem hellen Aufschrei den beiden Gestalten entgegen, die sich aus dem Halbdunkel der hinteren Hütten lösten und gleichfalls die Arme hochrissen.

»Corinna!« gellte ein Doppelschrei.

»Robert – Gisela –«

Dann prallten sie aneinander, umschlangen sich, preßten sich gegeneinander und weinten und lachten in einem Atemzug.

Nach zwei Tagen kehrte Malanga vom Vorlager I zurück. Drei Verwundete waren gestorben, die anderen kamen auf geflochtenen Tragen nach. Malanga fuhr in einem Jeep voraus. Trommeln hatten ihm schon gemeldet, was im Hauptlager geschehen war.

Corinna war angekommen.

Je näher er dem Lager kam, um so langsamer fuhr er.

Habe ich Angst vor der nun unausweichbaren Entscheidung, dachte er. Habe ich Angst vor Corinnas Nein zu meiner Frage? Habe ich Angst, in ihren Augen gleichfalls zu lesen: Wie kannst du mich fragen? Du, ein Neger!

Er umklammerte das Lenkrad so fest, daß die Gelenke seiner Finger knackten.

Ja, er hatte Angst. Höllische Angst. Angst auch vor sich,

daß nach Corinnas Nein alle europäische Erziehung von ihm abfallen könnte wie die Haut einer sich häutenden Schlange und er wieder nichts weiter wäre als ein getretener, verachteter, nach strengem Schweiß stinkender Bantu.

Kirugu empfing Malanga in seiner Königshütte. Er hatte noch immer sein goldorangenes Gewand an. Es war sein einziger, ihn moralisch aufrichtender Schutz gegen die wilde Wut Budumbas, der seine Niederlage jetzt nur noch mit Blut wegwaschen konnte. Die Spaltung der Bantus in zwei Gruppen löste sich auf; die Anhänger Budumbas wurden immer weniger; sie sahen, daß der große Zauberer nicht unbesiegbar war, daß zwar die Geister bei ihm waren, aber seine Kraft nicht ausreichte, sie voll zu verstehen. Kirugu wußte genau, daß nun zwischen ihm und seinem Vetter Todfeindschaft herrschte, doch er hatte vorgesorgt: Um seine Königshütte lagerten fünfzig ausgewählte, treue Krieger und bewachten ihn. Es war ein Ring, den Budumba allein nie sprengen konnte.

»Wo ist sie?« fragte Malanga knapp, nachdem er Kirugu umarmt hatte.

»Ich habe sie zu den anderen Sanders getan.«

»Und Budumba?«

»Er rief das Volk mit Zaubereien auf, sie zu töten. Ich konnte es gerade noch verhindern.«

Malanga sah starr an Kirugu vorbei.

»Und der weiße Mann?«

»Liegt an einen Pfahl gebunden in der Hütte von Leutnant Mgangenga.« Kirugu legte beide Hände auf die Schultern Malangas. »Willst du sie sehen?«

»Ja.« Malanga seufzte und legte die Stirn an die breite Brust Kirugus. »Es ist furchtbar, Kwame.«

»Es wird noch furchtbarer sein, wenn du sie gesehen hast.«

»Was hat sie gesagt?«

»Nichts.«

»Nichts?«

»Sie ist mutig und stolz, schön und gefährlich für dich, mein Junge. Sprich nicht mehr mit ihr.«

»Das ist unmöglich.«

»Ich habe lange über alles nachgedacht.« Kirugu legte den Arm um Malanga wie um einen weinenden, kleinen Jungen, der sich gestoßen hat und nun nach Trost sucht. »Du siehst sie nicht mehr. Morgen ziehen wir weiter, und wir lassen sie zurück mit einem Gewehr, Munition, genügend Verpflegung, einem Zelt und einem Jeep. Vergiß sie!«

»Wie kann man vergessen, was ins Herz gebrannt ist?« Malanga schüttelte den Kopf. »Ich liebe sie doch.«

»Und sie wird dir sagen, daß du nur ein Neger für sie bist.«

»Das wird sie nie sagen!« Malangas Kopf sank wieder gegen die Schulter Kirugus. »Mein Gott, kann es denn nicht möglich sein, daß sie mich auch liebt? Warum kann das nicht möglich sein?« Seine Stimme schwankte. »Bin ich denn ein Ungeheuer?«

»Du bist schwarz im Gesicht.«

»Ich werde das nie begreifen!« schrie Malanga.

»Auch ein Ochse versteht nicht, warum er acht Stunden am Tag das Wasserrad drehen muß«, sagte Kirugu. »Aber er geht geduldig im Kreise, immer und immer wieder, Stunde um Stunde, Tag um Tag, Monat um Monat und dreht das Wasserrad. Warum sollen wir große Fragen stellen? Nehmen wir hin, was ist.«

»Aber die Welt besteht aus Fragen!« Malanga riß sich los. »Ich habe gelernt, die Dinge und Wesen zu fragen und nach einem Sinn zu suchen. Nein, ich laufe nicht vor der Wahrheit weg ... ich will sie hören. Aus ihrem Munde.«

»Und dann?«

»Ich weiß es nicht. Vielleicht bin ich dann gestorben«, sagte Malanga kaum hörbar.

Dann standen sie sich gegenüber, so, als hätten sie sich gerade gesehen, als habe sich Malanga soeben erst vorgestellt, als sei alles nur ein flüchtiges Gespräch, eine gesellschaftliche Höflichkeit auf der Terrasse eines Hauses, in das man zufällig gemeinsam eingeladen worden ist. Eine Schlucht war zwischen ihnen, über die zwar ihre Stimmen drangen, aber über die kein Steg mehr führt.

»Sie wissen jetzt alles, Corinna«, sagte Malanga, nachdem er Corinna die Hand geküßt hatte. Ihre Finger waren kalt, als habe sie kein Blut in sich, sondern Eiswasser in den Adern.

»Ja, ich weiß alles.« Corinna sah ihn lange an, bevor sie weitersprach. »Warum haben Sie mir nicht schon in Kampala die Wahrheit gesagt?«

»Ich wollte Sie nicht erschrecken.«

»Spätestens vor meinen toten Eltern hätten Sie sagen können, wer Sie sind.«

»Da schämte ich mich für mein Volk. Erinnern Sie sich ... ich sagte es sogar. Und ich versprach Ihnen, daß Sie Robert und Gisela wiedersehen. Ich habe mein Versprechen gehalten. Auch den Tod Ihrer Eltern will ich an dem sühnen, der ihn befohlen hat. Ich hatte bisher nicht die Zeit dazu. Aber seit drei Stunden ist Budumba kein freier Mann mehr.«

»Sie werden ihn töten?«

»Nein, viel schlimmer. Ich werde ihn als Zauberer lächerlich machen. Das ist furchtbarer als der Tod. Wo ein Bantu ihn trifft, wird er schlimmer als ein Hund behandelt werden.

Man wird ihn mit Tritten wegjagen, man wird ihn aus der Nähe anständiger Menschen wegprügeln. Er wird mit Hyänen und Geiern leben. Aber warum reden wir davon, Miß Corinna?« Malangas Stimme hatte wieder den warmen, singenden Klang, der Corinna auf der Terrasse des Apolo-Hotels in Kampala schon wie mit einem Samtmantel umhüllt hatte. »Ihr Bruder hat Ihnen auch das ... das andere erzählt?«

»Ja.« Die Stimme Corinnas schwankte leicht. Sie griff in die Bluse, nestelte an ihrem Büstenhalter und holte den zusammengefalteten, abgerissenen Zettel heraus, den sie in der Kochkiste gefunden hatte. »Ich wußte es schon vorher. Es ist doch Ihre Schrift, Julius?«

Malanga nahm den Zettel und zerknüllte ihn dann zwischen den Fingern.

»Ja«, sagte er rauh. »Wo haben Sie ihn gefunden? Ich dachte, ich hätte den Zettel völlig vernichtet und verbrannt. Ich habe ihn nämlich zerrissen und angesteckt, als Sie schliefen. Es ... es war ein Brief an Sie, Corinna.«

»Warum haben Sie ihn mir nicht gegeben?«

»Sie sollten ihn nie lesen.« Malanga wandte sich ab. Er konnte den Anblick Corinnas nicht länger ertragen. Ihr blondes Haar, ihr junger, weißer Körper, den die Bluse und die zerrissene, einbeinige Hose kaum verhüllten, ihre großen, blauen Augen, die Lippen, der Duft, der von ihrer Haut strömte und nun in dem Zettelstückchen eingefangen war ... es war Malanga, als müsse sein Herz zerplatzen und sein Leben damit enden. Er drückte die Faust, in der er den Zettel umklammert hatte, an die Nase und atmete die Süße ein, die von Corinnas Haut in diesem Fetzen Papier geblieben war.

Ich bin verrückt, dachte er dabei. Ich bin ein pathologischer Fall. In der Klinik lachten wir als Studenten, wenn wir in der Psychiatrie einen Kranken vorgestellt bekamen, von dem es hieß, er litte an Liebeswahn. »Kaltes Wasser in die Hose!« riefen wir damals im Chor und lachten uns krumm. Wie unrecht taten wir dem armen Kranken. Ich verstehe ihn jetzt ... ich könnte mich selbst auszehren vor Liebe. Ich würde Corinna zu Füßen fallen, wenn sie mich streichelte. Ich würde auf allen vieren hinter ihr herkriechen, wenn sie mich dafür küssen würde.

Ich bin verrückt in dieser Liebe. Ich kann nicht anders.

Er stand mit dem Rücken zu Corinna und starrte gegen die Hüttenwand. Es war Malangas Hütte, in die man die Kisten mit den medizinischen Geräten und den Medikamenten getragen hatte. Vor der Hütte hatte man das Zelt aufgespannt; hier wollte er Kranke behandeln und die besten Krieger gegen Cholera, Typhus und Malaria impfen.

»Sie sollen wissen, was ich Ihnen schrieb«, sagte Malanga plötzlich. »Es waren Bilder meiner Zukunft. Ein Haus am Victoria-See mit einem großen Garten. Eine Arztpraxis. Eine Frau mit zwei oder drei Kindern, die immer glauben sollten, daß sie in einem Paradies leben. Ein Leben voll Liebe und Glück. Abends, wenn die Sonne blutrot untergeht, sah ich uns auf der Terrasse des Hauses sitzen und über den See blicken. Die Wellen wurden violett, die Bäume blau, der Garten war wie verzaubert. Wir saßen da, Hand in Hand, und waren glücklich. Was konnte uns die Welt noch Schöneres bieten?« Malanga machte eine Pause, ehe er weitersprach. »Das erzählte ich alles in dem Brief ... und dann zerriß und verbrannte ich ihn.«

»Es war auch besser so, Malanga«, sagte Corinna.

Malanga zuckte wie unter einem Schlag zusammen. Jetzt werde ich zerrissen, dachte er. Jetzt verliere ich mein Leben. Jetzt stirbt Dr. Julius Malanga. Mach es kurz, Corinna.

»Ich bedeute Ihnen gar nichts, nicht wahr?« fragte er mühsam.

»Sie sind mir ein lieber Freund, das wissen Sie.«

»Auch ein Hund kann ein Freund sein.«

»Sie haben mir das Leben gerettet, ich habe Ihr Blut in meinen Adern, Sie haben mir meine Geschwister wiedergegeben – meine Schuld Ihnen gegenüber ist so groß, daß ich sie gar nicht abtragen kann.«

»Es gibt keine Schuld. Ich habe alles mit dem Herzen getan, Corinna.« Malanga fuhr herum. »Als ich Sie damals auf dem Dachgarten des Apolo sah, erfuhr ich zum erstenmal, was es heißt: Der Blitz schlägt in das Herz. Sie waren so schön und so mutig. Ich war nach Uganda zurückgekommen, um zu kämpfen. Als ich Sie sah, verlor ich das Gefühl für meine Aufgabe. Ich erkannte, daß ich zurückgekommen war, um zu lieben.«

»Malanga, bitte!« Corinna hob flehend beide Hände. Malanga nickte schwer.

»Ich weiß. Ich habe mich verzaubert mit einer Illusion. Ich hätte jeden Tag das tun müssen, was mir Ihr Bruder ins Gesicht warf: In den Spiegel sehen und meine schwarze Haut erkennen.«

»So ist das nicht, Malanga«, sagte Corinna gequält.

»Doch, so ist es, Corinna! Könnten Sie mich lieben, könnten Sie meine Frau werden? Könnten Sie mir Kinder schenken? Ekelt es Sie nicht, wenn meine schwarze Hand über Ihren weißen Körper streicht?«

»Malanga!«

»Warum verstecken wir uns? Ich bin ein Neger; ich bin ein Wesen, ein Unwesen von einem anderen Stern!«

»Das ist nicht wahr, Malanga. Es gab Augenblicke, draußen in der Savanne, wo ich dachte ...«

»... warum ist er kein weißer Mann? Dann läge ich jetzt selig in seinen Armen! War es so, Corinna?« Das Gesicht Malangas überzog sich mit Schweiß. Seine Augen flimmerten. »Warum lügen wir uns an? Lieben Sie Thorwaldsen?«

»Ich weiß es nicht.«

»Natürlich lieben Sie ihn! Er ist ein grober Klotz, aber er hat zwei gute Eigenschaften: Er mißachtet die Schwarzen und hat selbst eine weiße Haut!« Durch Malanga lief ein Zittern. Er warf den Zettel auf den Boden und zertrat ihn. Mit der Sohle seines Stiefels zermahlte er das Papier zu Staub. »Warum sagen Sie nicht zu mir: Geh weg, du schwarzes Aas! Warum drücken Sie sich vor der Entscheidung?«

Corinna sah ihn starr an, dann schüttelte sie langsam den Kopf.

»Jetzt sind Sie nicht mehr Malanga«, sagte sie stockend. »Jetzt sind Sie ein Fremder.«

»Ich bin ein Nigger!« schrie Malanga. Sein Herz war zerplatzt. Die Welt des Dr. Malanga ging unter, wie er es erwartet hatte. »Ich bin ein dreckiger Nigger, und wie ein Nigger werde ich auch handeln! Ich werde dir die weiße Haut deines Hendrik Thorwaldsen vor die Füße legen ... sie kannst du lieben! Ohne Haut aber, das werde ich dir zeigen, wird auch er nicht anders aussehen als ich!«

»Malanga!«

Corinna schrie auf und warf sich ihm in den Weg, als er die Hütte verlassen wollte. Er schob sie zur Seite, und als sie sich an ihn klammerte, gab er ihr einen Stoß. Sie taumelte, fiel in einen Stapel Säcke hinein und schlug mit dem kranken Bein auf die Erde. Noch einmal schrie sie auf, diesmal vor Schmerzen, dann wurde es dunkel um sie.

Vier Bantus trugen die ohnmächtige Corinna wenig später zu dem aufgestellten Operationstisch im Zelt. Die Beinwunde war aufgeplatzt.

Am Abend dieses Tages, in einem Kreis lodernder Feuer, vollzog sich das Schauspiel der Entzauberung Budumbas.

Es war der gleiche Abend, an dem die Gefangenen in den Toro-Sümpfen endlich festen Boden erreichten und von Regierungstruppen in Empfang genommen wurden, Pater Fritz einen Dankgottesdienst abhielt und Ingeborg Kraemer den Kommandanten anflehte, Robert Sander zu suchen. Es war der Abend, an dem eine Patrouille des III. Bataillons von Fort Portal den herumirrenden Mike Harris in der Savanne auflas, einen Mann, der halb wahnsinnig war und dem man eine Beruhigungsspritze geben mußte, um ihn weiterzutransportieren ins Lazarett von Fort Portal, wo die Ärzte einen Sonnenstich feststellten und eine gefährliche Austrocknung bestimmter Hirnteile. Es war der Abend, an dem Oberst McCallen in Kampala widerwillig, aber einem Befehl aus London gehorchend, das – heimliche – Kommando über die Streitkräfte von Uganda übernahm. »Es ist im Interesse des Friedens erforderlich, daß der Aufstand der Bwambas so schnell und so gründlich wie möglich niedergeschlagen wird«, hieß es in einem verschlüsselten Telegramm des britischen Kriegsministeriums. McCallen wußte, was das bedeutete.

Zweitausend Bwambas umstanden den Feuerkreis, in den man Budumba gebracht hatte. Malanga hatte ihm die Zaubererkleidung wiedergegeben. In seinem Leopardenfell, behängt mit Glöckchen und Glasperlenketten, hockte Budumba auf dem Boden und sah Malanga lauernd an. Daß man ihn nicht einfach getötet hatte, ließ ihn Schreckliches ahnen.

Im Gegensatz zu ihm trug Malanga seinen weißen Arztkittel. Das war eine Tracht, die die meisten Bantus in tiefe Ehrfurcht versetzte. Der Gegensatz zwischen Budumba und Malanga war nie augenscheinlicher als jetzt: Dort das Mittelalter Afrikas mit Zauberketten und Totenköpfen, hier der schlichte, weiße Kittel, hinter dem das Wissen der Neuzeit, die Wunder des Geistes verborgen waren.

Zwei Bantus trugen jetzt einen Tisch in die Mitte des Feuerkreises und stellten ihn neben den auf dem Boden hokkenden Budumba. Auf weißen Tüchern lagen blitzende chirurgische Instrumente, Wunderwaffen in den Augen der stumm starrenden Bantus.

Budumba regte sich, als Malanga in den Kreis kam. Seine Augen flackerten vor Angst. Er erhob sich, die Glöckchen klingelten.

»Was willst du tun?« stammelte er. »Was sollen die Instrumente?«

Malanga antwortete nicht. Er trat hinter seinen Tisch und wartete. Erst als aus dem Dunkel Stimmen klangen und sich näherten, fiel seine starre Haltung zusammen. Seine Hände wurden unruhig.

Du bist Arzt, sagte eine Stimme in ihm. Du hast in Köln den Eid des Hippokrates geschworen. Du hast gelernt, zu helfen und zu heilen. Was aber willst du jetzt tun, Malanga? Mit dem Wissen und den Instrumenten, die zur Heilung, nicht zum Töten gemacht wurden?

Wo bist du, Dr. Julius Malanga?

Aus dem Dunkel in den Feuerkreis schleppten vier Bantus den gefesselten Thorwaldsen. Verwirrt sah er auf Malanga und die chirurgischen Instrumente. Dann überfiel ihn die Erkenntnis, was hier geschehen sollte. Alles Blut wich aus seinem Gesicht.

Außerhalb der Feuer lag jetzt eine lähmende Stille über den zweitausend Bantus. Das Schwatzen und Geschnatter hörte auf. Nur das Prasseln der brennenden Holzstöße unterbrach die nächtliche Stille. Corinna, Robert und Gisela, eingeschlossen in ihrer Hütte, standen an der geflochtenen

Wand und lauschten nach draußen. Die plötzliche Ruhe war unheimlich. Von den Wachen hatte Robert erfahren, daß der große mganga Malanga beweisen wollte, daß er die Kraft der Götter mitgebracht hatte aus dem fernen Land, aus dem er zurückgekommen war. Und einen Feind wollte er bestrafen. Einen Feind, der die Gesetze der Steppe verletzt habe: Hilfe dem Wehrlosen.

»Er wird es nicht tun«, stammelte Corinna und drückte die Stirn gegen das Geflecht der Hüttenwand. »Es ist unmöglich. Er ist europäisch erzogen worden. Er ist in einer anderen Welt aufgewachsen.«

Robert Sander sah seine Schwester betroffen an. Er wußte nichts von Corinnas Unterhaltung mit Malanga und verstand ihr Entsetzen nicht.

»Was ist denn schon dabei, wenn er Budumba entzaubert«, sagte er. »Es kann für uns nur zum Vorteil sein.«

»O Gott, Robbi ...« Corinna warf sich herum und barg ihr Gesicht an seiner Brust. »Du weißt ja nicht, was er sich vorgenommen hat. Er will ... er will Thorwaldsen die Haut abziehen und mir zu Füßen legen ...«

Im Hintergrund stöhnte Gisela auf. Grauen war auf einmal in der dunklen Hütte. Robert Sander legte beide Arme um Corinna.

»Das ist nicht wahr«, stammelte er.

»Er hat es mir gesagt. Aber ich glaube nicht daran, ich kann das nicht glauben! Malanga fühlt und denkt wie wir. Er hat das alte Afrika von sich abgeschüttelt, er ist ein Mensch unserer Zeit. Und – er ist Arzt.«

»Aber er bleibt ein Bantu.« Robert Sander lauschte nach draußen. Die dünne Hüttenwand verbarg kaum die Geräusche. Er hörte das Prasseln der Feuerstöße und das unruhige Scharren von Tausenden von Füßen. Ein Klang wie das Rauschen eines aufgewühlten Meeres. »Das ist das Rätsel, das wir nie lösen werden, für das es auch keine Erklärung gibt: Man kann ihnen die ganze Welt zeigen, sie können unter den Weißen aufwachsen, lernen, Examen machen, Gelehrte werden, Menschen des 20. Jahrhunderts – und dann kommen sie zurück zu ihrem Volk, betreten ihre Hütte, legen mit dem Anzug auch ihr Jahrhundert ab und kehren mit dem Lendenschurz zurück ins Mittelalter. Es ist unbegreifbar, aber ich habe das hier schon oft erlebt. Warum soll Malanga eine Ausnahme sein?«

»Er ist nicht so.« Corinna lehnte den zuckenden Kopf an Roberts Schulter. »Er kann doch Thorwaldsen nicht die Haut ...«

Sie weinte vor Grauen, und Robert trug sie zu den Fellbetten, legte sie hin und deckte sie zu. Gisela hockte sich neben Corinna und nahm ihre beiden Hände. So saßen sie in der Dunkelheit, gefangen in einer engen Rundhütte, und warteten.

Sie warteten auf einen Schrei, auf ein nervenzerreißendes Gebrüll, wenn man Thorwaldsen bei vollem Bewußtsein enthäutete. Sie warteten auch auf ihr Ende. Denn sie wußten plötzlich: Wenn Malanga fähig war, seine Feinde so zu bestrafen, gab es auch keine Rettung mehr für die Sanders.

Sie waren in den Klauen des Löwen.

Im Feuerkreis des Platzes standen sich Thorwaldsen und Malanga gegenüber. Budumba hockte neben dem Tisch auf der Erde, ein Bündel aus Leopardenfell, Glasperlenketten, gebleichten Affenschädeln und zitternder, schwarzglänzender Haut.

»Ich wußte, daß wir uns wiedersehen, Sir«, sagte Malanga ruhig. »Ihr Abschied an der Fallgrube konnte nicht endgültig sein. Erinnern Sie sich, ich rief es Ihnen noch zu. Aber Sie glaubten mir anscheinend nicht.« Er nahm ein Skalpell von dem weißen Tuch, mit dem der Tisch bedeckt war, und wog es in der Handfläche. Thorwaldsens Blick wurde starr vor Entsetzen.

»Ist Europa spurlos an Ihnen vorbeigegangen, Malanga?« knirschte er. Er brachte die Zähne nicht auseinander, seine Backenmuskeln zuckten. Die Worte waren kaum zu verstehen. Malanga lächelte versonnen.

»Ich verdanke Europa viel. Ich habe gelernt, daß ich ein Neger bleibe, auch wenn ich Professor würde. Nicht das Wissen, nicht der Charakter, nicht die Seelen machen einen Menschen, sondern nur die Hautfarbe! Ich habe in Köln meine Examina mit sehr gut bestanden. Ich habe meine Doktorarbeit mit Auszeichnung geschrieben. Ich konnte mehr als die meisten meiner weißen Kollegen, und doch blieb ich immer nur der Mann aus dem Urwald, wie mir einmal ein Kommilitone im Bierrausch sagte. Ich wollte es nicht glauben, aber dann bewies man es mir. In den Krankenhäusern sah ich es ganz deutlich, am Krankenbett. Ich sah die Augen der Patienten, wenn ich an ihr Bett trat; ich spürte die Abwehr, wenn ich sie aufdeckte; ich spürte den Ekel, den sie vor mir hatten, wenn ich ihren Körper abtastete. Vierzehn Tage lang war ich auf einer Frauenstation, dann holte man mich weg. Man log mich an: Sie müssen auch die anderen Stationen kennenlernen. Hinterher erfuhr ich: Die Frauen hatten sich beschwert. Sie weigerten sich, sich von mir anfassen zu lassen. Ich kam auf die Männerstation. Hier war man großzügiger. Aber es war ein einziges Spießrutenlaufen. ›Doktor‹, sagte man zu mir, ›verwechseln Sie meinen Herzschlag bloß nicht mit einer Urwaldtrommel!‹ Oder: ›Sagen Sie mal, ist das wahr, bei Ihnen darf ein Häuptling hundert Frauen haben? Wie machen die das? Kauen die bestimmte Wurzeln? Ich schaffe kaum eine!‹ Und das Tag für Tag, Woche für Woche.« Malanga sah auf das blitzende Skalpell in seiner Hand. »Ich ließ mich versetzen – auf die

Kinderstation. Hier war alles anders. Die Kinder machten mich zu ihrem Freund. Ich erzählte ihnen unsere Märchen ... von den Mondgöttern und den Leopardenmenschen, den Geistern der uralten Elefanten und dem König der Gorillas. Hier fühlte ich mich wohl, hier war ich glücklich. Die Kinder sahen nicht meine dunkle Haut, sie sahen nur mich. Und dann wurde ich auch von dort versetzt – die Eltern hatten sich darüber beschwert, daß ein Neger ihre Kinder betreute.«

Malanga sah Thorwaldsen an. Die vier Bantus hatten ihm das Hemd vom Leib gerissen. Über die weiße, behaarte, schweißbedeckte Brust flammte der Widerschein der Feuer.

»Man bot mir eine Stelle in der Anatomie an ... was blieb mir übrig, ich nahm an. Ich wollte ja in Europa bleiben, ich wollte lernen, ich wollte zeigen: Afrika ist anders! Die junge Generation gehört zur Welt!« Malanga nahm eine Schere vom Tisch und eine große, klemmende Pinzette. »Hier hatte ich endlich Ruhe, unten im Anatomiekeller, vor den Marmortischen und Zinkwannen. Die Leichen sprachen nicht mehr, sie wehrten sich nicht dagegen, daß eine schwarze Hand sie aufschnitt. Ich wurde Assistent des Anatomieprofessors, teilte die Leichenteile zur Präparierung ein, überwachte die Studenten, die Muskeln, Gefäße und Nerven bloßlegten; ich übernahm frische Leichen von Toten, die keine Angehörigen mehr hatten. Landstreicher, Säufer, Zuchthäusler, deren Verwandte den Toten nicht haben wollten. Sie wurden meine Freunde. Mit ihnen unterhielt ich mich. Sieh, mein Junge, sagte ich. Nun präpariere ich dir die Lunge heraus. Eine schäbige Lunge. Zerstört vom übermäßigen Rauchen. Hast wohl deine Zigaretten in Zeitungen gedreht, was? Nun hast du einen Lungenkrebs gehabt ... aber du hast wenigstens gelebt, du wurdest von den anderen akzeptiert, trotz Dreck und Läusen und Uringestank. Junge, du warst wenigstens ein Weißer! Ich bin ein Neger, und wenn ich dich jetzt auch aufschneiden darf, bin ich dennoch weniger wert als deine verschissenen Unterhosen.« Malanga atmete tief auf. »Ein Jahr blieb ich im Leichenkeller. Es war keine verlorene Zeit. Ich lernte, wie man einen Menschen zerlegen kann, genauso wie einen Automotor ... in einzelne Schrauben, Muttern, Kolben und Zahnräder. Nur hießen sie hier Knochen, Muskeln, Nerven, Blutgefäße, Organe. Ich wurde ein glänzender Anatom. Dort übte ich auch, wie man vom Menschen eine Haut abzieht. Es ist so einfach wie bei einem Kaninchen.« Malangas Kopf fuhr ruckartig vor. »Ich werde es Ihnen zeigen, Sir.«

Die vier Bantus hielten Thorwaldsen umklammert. Wie in einem Schraubstock hing er zwischen den Händen. Es war unmöglich, sich zu rühren. Welch einen Sinn hätte es auch gehabt, sich zu wehren? Dem Unabänderlichen kann man nicht ausweichen, nicht weglaufen; es holt einen immer wieder ein. Nur die Qual wird länger.

»So etwas können Sie nicht tun, Malanga«, sagte Thorwaldsen heiser.

»Wer will mich daran hindern, Sir?«

»Niemand von uns ... nur Sie selbst.«

»Appellieren Sie nicht an mein Gewissen. Ich habe keins, wie auch Sie keins hatten, als Sie mich in der Grube ließen. Den Tod, den ich dort erwarten sollte, kannten Sie genau: Wahnsinn durch Durst. Ein Sterben voller Grauen. *Sie* hatten kein Mitleid, Sir. Warum verlangen Sie es von mir?«

Thorwaldsen schüttelte den Kopf. Es war das einzige, was er noch bewegen konnte. »Kein Mitleid, Malanga. Es ist etwas anderes. Sie sind *Arzt*!«

Das Gesicht Malangas blieb eine starre Maske. Die Instrumente in seinen Händen bebten nicht. Aber er trat auch nicht an Thorwaldsen heran, um mit dem Skalpell den ersten langen Schnitt in die Haut zu tun, um sie dann stückweise abzutrennen. Neben sich hörte er Budumba laut durch die Nase atmen. Er schien zu ahnen, was ihn erwartete, wenn die Rache an Thorwaldsen beendet war.

Ich bin Arzt, dachte Malanga. Ich bin mit meiner ganzen Seele Arzt, aber wer hat sich jemals um meine Seele gekümmert? In Europa hat man nur die andersfarbene Haut gesehen. Das einzige Mädchen, das ich wirklich liebte, wird mich niemals heiraten, weil ich ein Bantu bin! Überall auf dieser Welt werde ich nur ein Neger sein. Nur hier nicht, in meinem Afrika, unter meinem Volk, in der Savanne, in den Mondbergen, in den Toro-Sümpfen. Was hat das alles genutzt? Die Missionsschule, das Gymnasium, das Studium, die ärztliche Praxis, das Aufsaugen des Wissens, als sei ich ein trockener Schwamm, diese Wonne, nicht mehr dumm zu sein, sondern ein Mensch, der erkennen gelernt hat. Was hat das alles genutzt? Mein Traum von einer eigenen Praxis – vorbei. Das Häuschen am Victoria-See – vorbei. Die Kinder, das Lachen im Garten, die Liebe Corinnas, die wie eine zweite Sonne ist, die aufgeht, wenn die andere im See versinkt – vorbei. Was ist für mich die Welt noch wert?

Ich bin Arzt ... Heilen und helfen habe ich geschworen ... Nun ziehe ich einem Menschen die Haut vom Körper und will, daß er vor Schmerzen wahnsinnig wird, daß sein Gebrüll den Nachthimmel aufreißt, daß vor diesem Tod der Qual sogar die Tiere flüchten ... Und ich bin Arzt ...

Malanga drehte sich brüsk weg und warf die Instrumente auf den Tisch zurück. Thorwaldsen schloß erschöpft die Augen. Mein Gott, ich danke dir, betete er im stillen. Ich habe mich nie um dich gekümmert, Gott ... aber diesmal warst du vonnöten. Es scheint dich wirklich zu geben.

Die Stimme Malangas schreckte ihn wieder auf. Er öffnete die Augen. Es schmerzte, und erst da wußte Thorwaldsen, daß seine Augen aufgequollen waren. Er weinte.

»Beweisen Sie Haltung, Sir«, sagte Malanga starr. »Sie werden sterben auf afrikanische Art. Nicht durch moderne Instrumente. Man wird Sie draußen in der Steppe an einen Baum binden. Mit der Morgensonne kommen die Löwen ... aber wem erzähle ich das. Wer kennt die Lebensgewohnheiten der Löwen besser als Sie? Ich lag in einer Fallgrube – Sie sind an einen Baum gebunden. Sie haben die gleiche Chance wie ich! Betrachten Sie das als fair, Sir?«

»Ja.« Thorwaldsen nickte mühsam. »Das ist fair, Malanga. Ich danke Ihnen.«

Malanga winkte. Die vier Bantus hoben Thorwaldsen hoch und trugen ihn aus dem Feuerkreis weg in die Dunkelheit. Irgendwo in einer Hütte banden sie ihm die Hände und Füße zusammen, bogen ihn wie einen Bogen, bis seine Fäuste an den Füßen lagen und verschnürten sie miteinander.

Noch ein paar Stunden Aufschub, dachte Thorwaldsen und drückte das Gesicht gegen die Erde. Unendliche Müdigkeit überkam ihn. Die Schwäche, die nach der Angst folgt. Ein paar Stunden ... und dann die Steppe, die hungrigen Löwen, ihr Knurren, ihr unschlüssiges Herumschleichen um den Baum mit dem zappelnden Menschen, der erste Prankenhieb, nur zur Information, was danach kommt ... und dann der Sprung, die Krallen, die den Körper zerfetzen, die Zähne, bluttriefend vom ersten Biß ...

Thorwaldsen biß die Zähne zusammen.

Ich habe eine Chance, dachte er. Ich habe immer noch eine Chance. In der Savanne ist alles möglich. Eine Patrouille der Regierungstruppen kann kommen, ein Hubschrauber mich entdecken, die kreisenden Geier können Suchtrupps anlocken, ja, sogar die Löwen können satt sein, wenn sie vor mir eine Impala oder einen Wasserbock geschlagen haben. Alles, alles ist möglich.

Noch lebe ich! Das allein zählt jetzt.

In dem Feuerkreis, der zweitausend halbnackte, schwarzglänzende Leiber beschien, standen nun nur noch Malanga und Budumba.

Die große Stunde war gekommen. Budumbas hündische Angst war gewichen. Der uralte Trotz der Bantus stieg in ihm hoch, ein verzweifelter Mut, ein Lebenswille, der in Anbetracht seiner Lage fast schon Irrsinn war.

Malanga hielt sich nicht mit langen Reden auf. Er hob die Hand, und der letzte Laut erstarb. Es war fast, als atmeten die zweitausend Menschen nicht mehr.

»Budumba ist ein großer Zauberer«, begann er. Hinter ihm klirrten die Glasperlenketten. Dieser erste Satz verwirrte Budumba. Er schüttelte sich, als käme ein Hund aus dem Wasser. »Er hat euch von den Göttern erzählt, von dem Weg, den unser Volk gehen soll, von der Rache an den Weißen, die die Geister fordern. Ihr habt dem Zauber gehorcht ... niemand kann es euch übelnehmen. Wer wußte denn von euch, daß Budumba lügt?«

»Er lügt!« schrie Budumba und sprang vor. Er tanzte um den Tisch herum mit den rhythmischen Sprüngen, mit denen er sonst die Seelen der bösen Ahnen verscheuchte. »Er lügt! Habt ihr nicht gesehen, wie die Blitze vom Himmel fielen, wie sie in meinen Händen lagen, wie sie aus meinen Händen wieder zurück in den Himmel zuckten? Habt ihr nicht gehört, wie die Donner rollten, wenn ich die Hand ausstreckte?! Die Götter sind bei mir!«

Malanga sah sich um. Er sah Hunderte von schwarzen Köpfen, die nickten. Böse, kritische Augen starrten ihn über dem Feuerschein an. Sein Feuerwerksschauspiel, dachte Malanga. Es hat einen tiefen Eindruck auf sie gemacht. Wer kann das auch verstehen. Man wirft etwas Zischendes in die Luft, dann ertönt ein lauter Knall, bunte Sterne fallen aus dem Himmel, Blitze zucken, Nebelschwaden ziehen dahin ... wer fällt da nicht auf die Knie und glaubt, die Götter selbst kämen zu den Bantu?

»Ja, das hat er getan!« rief Malanga in das aufkommende Gemurmel der zweitausend glänzenden, dunklen Körper hinein. »Aber es waren nicht die Götter. Dort, woher ich komme, kann das jedes Kind. Man kann in den Geschäften die Feuerwerksraketen kaufen, ein paar Shillinge kosten sie nur. Es sind künstliche Sterne und Sonnen.«

»Lüge!« heulte Budumba. »Lüge!« Er warf die Arme empor und stieß schrille Schreie aus. Die Bantus kannten das ... so verjagt man die Geister der Krankheit und des Todes. Was Malanga da sagte, waren nur Worte.

»Komm her!« Malanga griff nach Budumba und zog ihn mit einem Ruck zu sich. Seine Augen waren hart. Budumba stemmte die Beine in die Erde, aber die Kraft Malangas war jung und trainiert. Ein kräftiger Zug, und der Zauberer fiel gegen die Brust seines unerbittlichen Gegners.

»Ich werde euch einen anderen Zauber zeigen!« sagte Malanga. »Seht diese Flasche. Aus ihr gieße ich ein paar Tropfen auf diesen kleinen Ballen Baumwolle. Budumba wird an ihm riechen, und nach ein paar Sekunden wird er keine Schmerzen mehr spüren, wird sein Geist bei den Ahnen sein.«

»Ich werde nie den Äther einatmen«, zischte Budumba an der Seite Malangas. »Nie!«

»Du wirst!« Die Stimme Malangas war kalt wie Eis. »Du hast die Wahl, Nabu: dein Untergang als Zauberer – oder den Tod! Entscheide dich.«

Budumba senkte den Kopf. Was er nun auch wählte, es war das Ende. Der Tod war milde gegen ein Leben als Aussätziger des Volkes. Aber man konnte wenigstens herumkriechen, essen und schlafen, man war zwar weniger als ein Hund, doch man sah die Sonne und spürte den Wind. Jeder durfte ihn anspucken und treten, aber die Nacht war milde, gehörte ihm allein und sagte ihm: Morgen werden sie dich wieder quälen und erniedrigen, doch du lebst. Es war ein langsames Sterben ...

Budumba entschloß sich, zu leben. »Nun?« fragte Malanga leise. Er hatte unterdessen die dunkle Flasche aufgeschraubt und den dicken Watteball mit Äther getränkt.

»Eines Tages werden sie auch dich vernichten!« stammelte Budumba. »Du bist nicht der größte Herr der Welt!«

»Wer hat das je behauptet?« Malanga hielt den Wattebausch hoch in die Luft. Der Widerschein der Flammen umzuckte seine schlanke, schöne Gestalt. »Seht her!« rief er. »Was wird aus Budumba?«

Plötzlich packte er zu, ergriff Budumba, zog an den Haaren seinen Kopf nach hinten und preßte die Ätherwatte auf sein Gesicht. Instinktiv wehrte sich Budumba, trat um sich, schlug mit den Armen nach Malanga, aber der Äther wirkte schnell, die Bewegungen wurden matter, im Flug sanken die Arme herab, wurde der Körper weich, als lösten sich alle Knochen in ihm auf. Der Zauberer drehte sich, fiel in sich zusammen und rollte vor Malanga auf die Erde.

Durch die Menge der zweitausend schwarzen Bantus jenseits des Feuerringes lief ein Murmeln.

Er hat Budumba getötet. Er hat ihn mit einem Zauberwasser getötet.

Malanga schien zu ahnen, was seine Bantus dachten. Er bückte sich, stemmte den Körper Budumbas empor und legte ihn neben die Instrumente auf den Tisch.

»Er lebt«, sagte Malanga stolz. »Er wird wieder aufstehen und zu euch kommen, wenn ich es will. Nur ich allein kann es bestimmen. Doch das ist nicht alles, Freunde: Ich kann mit ihm machen, was ich will. Er wird keine Schmerzen haben. Ich kann ihm ins Fleisch schneiden, ich kann ihm ein Bein abtrennen, einen Arm, die Brust aufspalten und sein Herz herausnehmen, ich kann ihm Wunden beibringen, überall ... er wird keinen Ton sagen, er wird nichts spüren, er wird nichts davon wissen.« Malanga ergriff ein großes, blinkendes Messer und hob es hoch. Die zweitausend Bantus schienen mit den Zähnen vor Erregung zu knirschen, ein merkwürdiger Laut flog zu Malanga in den Feuerkreis, ein Geräusch, das ihm zeigte, wie sehr sein »Zauber« das Volk ergriff.

Ohne Zögern setzte er das Messer an und schnitt tief in die Oberschenkelmuskulatur Budumbas. Das war ein ungefährlicher Schnitt; es blutete stark und wirkungsvoll, aber verletzte nur das Fleisch. Eine Narbe blieb zurück, das war alles.

Als er das Messer ansetzte, als das Blut über das Bein Budumbas strömte, ohne daß dieser sich rührte, aufbrüllte oder sich wehrte, schrien die zweitausend Bantus auf und warfen die Arme in den Nachthimmel.

Welch ein Wunder. Welch unbegreifliches Wunder!

Ein Mensch wurde aufgeschnitten und spürte dennoch keine Schmerzen!

Malanga kümmerte sich nicht mehr um sein Volk. Der große Zauber war getan, nun war er nur noch Arzt. Er drückte blutstillende Watte auf die Wunde, nahm seinen chromglitzernden Kasten aus der Tasche, in der die sterilen Nadeln und Fäden lagen, und begann, schnell, wie er es tausendmal in Europa getan hatte, den langen Schnitt zu vernähen. Dann wickelte er einen Verband um den Oberschenkel, kontrollierte schnell die Reflexe, hob die Augenlider des Betäubten hoch und drückte noch einmal kurz die mit Äther getränkte Watte gegen die Nase Budumbas.

Dann winkte er. Zögernd kamen vier Bantus in den Kreis, hoben den entthronten Zauberer vom Tisch und trugen ihn weg zu seiner Hütte. Dort warfen sie ihn wie ein Stück Abfall in die Ecke, traten sogar nach ihm und kehrten zum Feuerplatz zurück.

Die zweitausend Bantus lagen auf der Erde, die Stirn gegen den Boden gedrückt. Allein Kwame Kirugu, der König, kam langsam zu Malanga, der unbeweglich neben seinem Tisch stand. Das weiße Tischtuch war nun rot vom Blut.

»Ich danke dir«, sagte Kirugu und gab Malanga die Hand. »Das Volk gehört dir. Was willst du nun tun?«

»Ich führe euch in die Berge«, sagte Malanga mit seltsam tonloser Stimme. »Ich zeige euch euer neues Land. Ihr werdet dort zu essen und zu trinken haben. Wir werden Dörfer gründen und Produktionsgemeinschaften. Ihr werdet Hygiene lernen und ein vernünftiges Leben. Die Kinder werden nicht mehr sterben, die Frauen nicht krank werden, die Männer werden älter werden. Ich werde Missionare in das Land holen, es werden Schulen entstehen, ein Krankenhaus, Pflanzungen nach genauen Plänen. Man wird arbeiten mit Sinn und Verstand. Mehr brauchen wir nicht, um glücklich zu sein. Das Paradies ist um uns, man muß es nur erkennen. In zehn Jahren sind wir ein reiches Volk.«

»Und du wirst ihr König sein!« sagte Kirugu feierlich. Er hielt Malanga den Löwenhaarwedel hin, als sei es ein Zepter. Malanga schüttelte langsam den Kopf.

»Nein, Kwame«, sagte er mit belegter Stimme. »Wenn wir in den Bergen sind, wenn die ersten Missionare kommen, die ersten Ingenieure, die jungen Ärzte, die von Europa unterwegs sind, werde ich gehen. Ich werde dir meine Pläne geben.«

»Das ist unmöglich.« Kirugu starrte Malanga entsetzt an. »Unser Plan von einem mächtigen Bantureich ...«

»Ein Hirngespinst von Budumba. Die Völker können nur glücklich sein, wenn sie miteinander leben, zusammenarbeiten für den Frieden, sich ergänzen und gegenseitig schützen. Herren und Sklaven, ob weiß oder schwarz – das ist vorbei. Wir werden mit unserer Umwelt Frieden machen, wenn wir den Platz erreicht haben, auf dem wir leben können.«

»Und du?« Kirugu umklammerte die Schulter Malangas. Es kam ihm vor, als verfalle er sichtlich, würde kleiner, schrumpfe zusammen. »Malanga ... wo willst du denn hin?«

»Irgendwohin.« Malanga sah Kirugu aus unendlich traurigen Augen an. »Wo man mich nicht kennt, wo keine Erinnerungen sind ... vielleicht nach Amerika ... auf irgendeine Insel in der Karibik ... nur weit, weit weg ... Ich bin an einer weißen Frau zerbrochen, Kirugu. Ich bin einfach ausgebrannt.«

»Ich werde sie töten!« knirschte Kirugu. »Ich werde ihren weißen Körper vor dich hinlegen, damit du siehst, was von ihr übriggeblieben ist. Das wird dich heilen, Malanga.«

Er wollte weglaufen und seine Krieger rufen, aber Malanga hielt ihn fest. »Nicht du!« sagte er so heiser, daß man ihn kaum verstand. »Nur ein einziges Mal noch, nur ein paar Minuten will ich so sein, wie man uns sieht ... der aus der Urzeit nie entwachsene, der grausame, blutgierige, rachsüchtige, entmenschte Neger ... Sie sollen ihren Willen haben. Sie sollen an ihrer Blindheit, ihrem Stolz, ihrer Verachtung allen Farbigen gegenüber zugrunde gehen.«

Kirugu wich zurück. Die Augen Malangas glühten. Er hatte plötzlich Angst vor seinem Neffen. Das ist kein

Mensch mehr, durchrann es Kirugu heiß. Das ist nicht mehr Malanga.

Dort steht ein Urweltmensch. Eine gnadenlose Maschine. Ein Räderwerk der Rache.

Langsam verließ Kirugu, rückwärts gehend, den Feuerkreis. Zögernd hoben die Bantus den Kopf, standen auf, starrten auf den großen Malanga und warteten. Als sich die weiße Gestalt inmitten der Feuer nicht rührte, so, als sei sie festgewachsen im Boden, gingen sie mit hängenden Köpfen auseinander. Sie krochen in ihre Hütten, rollten sich auf die Lager und brauchten lange, um einzuschlafen. Das Bild des blutenden Budumba, der keinen Laut von sich gab, lag auf ihren Seelen.

Nur die Wachen umkreisten das riesige Lager, die Späher durchstreiften die Savanne, tief gestaffelt lagen die Kompanien der Krieger in Erdhöhlen und improvisierten Bunkern. Vor ihnen brannten am Horizont die Lagerfeuer der Regierungstruppen.

Der große Kampf um die Freiheit begann erst.

Malanga stand allein auf dem Platz, bis die Feuer niedergebrannt waren. Er starrte in die glühenden Aschenhaufen.

Ich werde sie nie töten können, dachte er. Nie! Warum bin ich kein weißer Mann, Corinna ... Warum muß ich an dieser Liebe zugrunde gehen ... Wenn es möglich wäre, Corinna, würde ich mir die schwarze Haut abziehen und eine weiße Haut transplantieren lassen. Ich würde damit kein anderer Mensch, doch ich wäre weiß ... weiß ... Aber es geht nicht ...

Er sah in die niedergebrannten Feuer, und er war in diesen Stunden der verzweifelteste und einsamste Mensch auf der Welt.

Unterdessen hatte Oberst McCallen die kleine Armee Ugandas indirekt unter seinen Befehl genommen. Der General unterzeichnete zwar die einzelnen Anordnungen, besichtigte die neu aufgestellten Kompanien und die umorganisierte Spezialtruppe, die aus Fallschirmjägern und im Buschkrieg geschulten, eiskalten Burschen bestand, aber hinter allem stand McCallen, unsichtbar, anonym, ein schneller Organisator, der den eingeborenen Offizieren mit geradezu perverser Freude zeigte, daß weißer Geist und weiße Logik doch nicht einfach zur Seite zu schieben seien. Wohl waren alle Offiziere damals in der britischen Armee geschult worden, aber sie hatten nur schießen und marschieren gelernt, grüßen und Ordnung, Waffenreinigen und Sicheingraben. Von Taktik hatten sie bloß am Rande gehört.

Auch jetzt behielt McCallen die Logik für sich. Ein paarmal fragten die farbigen Offiziere, warum er dies oder jenes anordne, warum er die Kompanien auflöste und Kampftruppen bildete. Sie bekamen immer die Antwort: »Es hat alles seinen Sinn, meine Herren.«

So zog sich nach einigen Tagen ein Ring um das Volk der Bwambas, unauffällig, aber undurchdringbar. Fallschirmjäger wurden aus Hubschraubern im Rücken der Bwambas abgesetzt und blockierten die Wege, die in die Ruwenzori-Berge führten. McCallen jagte die Truppen von den normalen Straßen weg, wo sie an den Seiten herumlungerten und warteten, daß die Bantus ihnen in die Arme liefen. Er schickte die Trupps, jeden mit Maschinengewehren, Gewehrgranaten und einem Minenwerfer, auf den unwegsamsten Pfaden und Tierwechseln in die Wildnis und ließ sie dort Lager errichten. »Kein Feuer!« befahl er. »Wenn es nachts kalt wird, wärmt euch Arsch an Arsch! Das ganze Gebiet zum Ruwenzori muß aussehen, als sei es unbewohnt! Wenn ich ein Flämmchen sehe, kastriere ich euch!«

Von Süden und Osten her schoben sich die Kommandotrupps an die Vorposten der Bwambas heran. Ab und zu überflogen die Hubschrauber die Gebiete, fotografierten die gegnerischen Stellungen und beschossen einzelne Bwambas, die auf Fleischjagd gingen.

In seinem Hauptquartier in Fort Portal betrachtete McCallen die Flugaufnahmen durch eine starke Lupe. Mit einem roten Fettstift malte er einige Kreise auf die Fotos. Die farbigen Offiziere, die ihm zusahen, staunten. Für sie war nur Steppe auf den Bildern. Hohes Gras, Baumgruppen von Euphorbien und Leberwurstbäumen, Hügel, Niederungen und Flußläufe mit verfilztem Regenwald.

»Man merkt, daß ein geschulter Kopf bei ihnen ist«, knurrte McCallen und schob die Fotos weg. »Sie graben sich ein. Sie haben Erdbunker. Und genau an den Stellen, wo sie die Savanne überblicken können. Aber warum gehen sie in die Erde? Sie wollen doch in die Berge ziehen! Wer sich eingräbt, wandert nicht!«

Er betrachtete wieder die Fotos und schüttelte den Kopf. Verrückte Erinnerungen an den letzten, großen Krieg tauchten auf. Die Kamikaze-Flieger Japans, die sich mit Flugzeug und Bombe auf die Ziele stürzten und sich selbst opferten. Die Einmann-Torpedos. Die Todeskommandos, die einen Brückenkopf bis zum letzten Mann verteidigten. Die Kommandotrupps, die hinter den feindlichen Linien mit den Fallschirm absprangen und den Nachschub sprengten. Sollte Malanga auch diese Todestruppen aufgestellt haben? Blieben diese Bunkerstellungen so lange besetzt, bis das Gros der Bwambas in den Bergen war, in der Sicherheit der Felsen und Schluchten, der Urwälder und Lianendickichte? Alles deutete darauf hin.

»Es wird ein verdammt harter Kampf werden«, sagte McCallen ehrlich. »Wir haben einen Gegner vor uns, der sich außer für Medizin auch für Kriegsgeschichte interessiert haben muß. Die einzige Möglichkeit, die ganze Sache in den Griff zu bekommen, ist, ihnen den Weg zu den Bergen abzuschneiden. Wir werden die Bunkerwachen leerlaufen lassen. Ein paar Stoßtrupps sollen besonders laut knallen, damit sie glauben, die ganze Armee läge ihnen gegenüber. Wir werden alles, was wir an freien Truppen haben, nach Westen werfen. Aber dieser Riegel muß sitzen!«

Und er saß.

Der Weg zu den Mondbergen, zur Sehnsucht der Bwambas, war verschlossen. Drei Regimenter wurden dort abgesetzt. Mit dem einzigen überschweren Hubschrauber wurden sogar leichte Feldgeschütze in den Rücken der Bantus gebracht.

»Und jetzt Ruhe!« befahl McCallen, als der schwarze General, fiebernd nach Sieg und Glorie, losschlagen wollte. »Keinen Mucks! Sie sollen erst marschieren. Wir machen die Falle ganz weit auf, und wenn sie drin sind, lassen wir sie zuschnappen! Nur Ruhe ... sie kommen von ganz allein ...«

In Fort Portal waren unterdessen die aus dem Sumpf befreiten weißen Gefangenen eingetroffen. Lastwagen brachten sie in die Stadt, wo sie in ausgeräumten Schulen und Lagerhäusern untergebracht wurden. Ein Teil der Frauen und Kinder wurde in das Krankenhaus gefahren. Sumpffiebersymptome zeigten sich bei einigen. Viele der Frauen litten unter dem Schock, den die grauenhaften Tage bei ihnen ausgelöst hatten. Die meisten Kinder waren erkältet, eine Folge der Sumpfwanderung und der ewigen Nässe.

Pater Fritz hatte viel zu tun, betete an den Betten, sprach seine Erlebnisse auf Tonband und wurde von McCallen empfangen. Vor ihm aber war schon Ingeborg Kraemer bei McCallen gewesen und hatte einen wilden Tanz aufgeführt.

»Sie haben die gesamte Familie Sander als Geiseln mitgeschleppt!« schrie sie. »Man hat mir gesagt, daß Sie die Aktionen leiten ...«

»Woher wissen Sie das?« unterbrach sie McCallen.

»Ich bin Journalistin.«

»Mir bleibt auch nichts erspart.« McCallen sah an die Decke. »Sie waren auch im Sumpf?«

»Natürlich.«

»Und die Bwambas haben Ihnen kein Haar gekrümmt?«

»Nein.«

»Verständlich! Wer einen Journalisten frißt, muß einen eisernen Magen haben.«

Verständnislos für den britischen schwarzen Humor starrte Ingeborg Kraemer den pfeiferauchenden McCallen an. »Verstehen Sie nicht ...«, stammelte sie. »Sie haben die Familie Sander bei sich ...«

»Das kann ich nicht ändern.«

»Mein Verlobter ist dabei!« schrie Ingeborg auf. »Sie haben die Pflicht, sie zu befreien!«

»Ich habe die Pflicht, für Ordnung im Lande zu sorgen. Für eine haltbare Ordnung. Dafür gibt es bestimmte Pläne, und die kann ich nicht umwerfen, nur weil die Familie Sander bei den Bwambas ist.« Der Ton McCallen wurde militärisch knapp. »Miß Kraemer, es ist schrecklich, aber ich kann die gesamte Taktik nicht wegen ein paar Menschen ändern. Sie müssen das einsehen.«

»Einsehen? Einsehen, wie drei Menschen geopfert werden?« Ingeborg Kraemer schwankte. Ein farbiger Boy, der McCallen gerade den Tee servierte, schob ihr einen Stuhl unter.

»Vier!« sagte McCallen ruhig. »Ein Thorwaldsen ist auch noch dabei.«

»Sie wissen also alles?« stammelte Ingeborg.

»Halten Sie mich bitte nicht für einen kleinen Idioten, Miß Kraemer.« McCallen goß sich den Tee ein und füllte auch eine zweite Tasse, die er Ingeborg zuschob. »Mike Harris hat mir alles erzählt. Ich weiß, Sie kennen Mike Harris nicht, aber ich kenne ihn um so besser. Wir haben Thorwaldsens Landrover im Busch gefunden. So ganz nebenbei ist auch noch ein Hubschrauber abgeschossen worden. Die Geschoßeinschläge sind hochinteressant. Neben einem Militärgewehr muß man auch mit einer Jagdbüchse auf den Hubschrauber geschossen haben. Rätselhaft, was? Es sind da überhaupt viele Rätsel. Schon die Rundreise dieser Miß Corinna Sander mit diesem Höllenhund Malanga ... was soll das? Mike berichtete, Malanga habe ihr versprochen, die beiden Geschwister zu befreien. Das ist doch Blödsinn! Als wenn Malanga drei Kronzeugen laufen läßt!« Er trank in kleinen, schnellen Zügen den Tee aus und drückte die Glut im Pfeifenkopf herunter. »Ich kann im Augenblick gar nichts tun, Miß Kraemer.«

»Sie könnten mit Fallschirmjägern die Sanders befreien.« Ingeborg Kraemer zitterte vor Erregung. »Sie könnten das gleiche tun wie damals die Belgier im Kongo. Auch da wurden durch die Fallschirmjäger Hunderte von Weißen gerettet.«

»Die Situation war anders.« McCallen sah dem Pfeifenrauch nach. »Die Sanders befinden sich in der Mitte von über zweitausend gutbewaffneten Bantus. Was nützt da eine Kompanie aus der Luft? Man würde sie an den Fallschirmen abknallen, bevor sie überhaupt zur Erde kämen. Im Kongo war die Landung ein Schock. Als die Weißen vom Himmel fielen, liefen die Simbas weg. Ihnen fehlte die straffe Führung. Aber die Bwambas haben sie, Miß Kraemer. Erst Budumba, jetzt Malanga. Beide haben den Bantus die Angst vor dem Sterben genommen. Wissen Sie, was das bedeutet? Wenn wir das Lager stürmen, verliere ich eine ganze Kompanie ... um vier Tote zu erobern.«

»Tote?« Ingeborg Kraemer faßte sich ans Herz. Sie taumelte im Sitzen. »Oberst ...« Ihre Stimme brach in einem Schluchzen. McCallen schob die Unterlippe vor. Es hatte keinen Sinn, drumherum zu reden.

»Glauben Sie wirklich, daß sie noch leben?« Seine Stimme war plötzlich väterlich und mitfühlend. »Spätestens beim ersten Fallschirm leben sie nicht mehr. Ich kenne die Grausamkeiten Afrikas, ich lebe seit über dreißig Jahren hier ... Es ist furchtbar, so hilflos zu sein. Ich weiß es.«

Wie eine Schlafwandlerin verließ Ingeborg Kraemer das Zimmer McCallens. Ihre Augen waren weit geöffnet und leblos.

Ich sehe Robert nie wieder. Ich sehe ihn nie wieder. Nie nie, dachte sie. Und die Welt wird sich weiterdrehen ohne ihn. Was ist schon ein einzelner Mensch wert ...

Vor der Tür McCallens brach sie ohnmächtig zusammen.

Zwei Tage lebten Corinna Sander und ihre Geschwister in völliger Ungewißheit. Ob Thorwaldsen getötet worden war, ob Malanga wirklich das Furchtbare wahrgemacht hatte und ihm die Haut abgezogen hatte, was nun mit ihnen selbst geschehen sollte ... es war ein bedrückendes, niederschmetterndes Warten auf die Wahrheit.

Malanga ließ sich nicht mehr sehen. Täglich dreimal brachten die Bantus das Essen in die Hütte und nahmen die großen Kalebassen – ausgehöhlte riesige Flaschenkürbisse, die als Gefäße dienten – mit, in die die Sanders ihre Notdurft verrichten mußten.

Auf alle Fragen Roberts und Corinnas blieben die Bantus stumm. Sie stellten das Essen hin, nahmen die Wünsche schweigend entgegen und verließen die Hütte, die von außen abgeschlossen wurde. Am zweiten Tag sagte Corinna:

»Ich möchte Dr. Malanga sprechen! Sagt ihm, daß es wichtig ist.« Die Bantus schwiegen wie bisher, zeigten keinerlei Regungen, räumten die Essensreste vom Vortag weg und fegten mit einem Reisigbesen die Hütte aus. Corinna stellte sich ihnen in den Weg. »Sagt ihm«, schrie sie plötzlich, »daß ich die Hütte anzünde, wenn er nicht kommt! Habt ihr verstanden?!«

Die Wächter kehrten weiter, kamen mit neuen Kalebassen und schlossen dann das geflochtene Gefängnis wieder ab.

»Versprichst du dir etwas davon?« fragte Robert. Er kaute an einem Stück kalten Rinderbraten. »Was willst du ihm überhaupt sagen?«

»Daß ich ihn nicht verstehen kann.«

»Ich nehme an, das weiß er.« Robert trank aus dem Blechbecher das gefilterte Wasser, das man ihnen jeden Morgen in einer kleinen Kalebasse brachte. Es war gut gekühlt und erfrischte köstlich, wenn am Tage die unbarmherzige Sonne die Temperatur im Inneren der Hütte auf über 40 Grad ansteigen ließ. Dann lagen Gisela und Corinna, nur mit Büstenhalter und Höschen bekleidet, auf der kühlenden Erde, während Robert nackt bis auf eine knappe Unterhose an der geflochtenen Wand hockte.

»Hast du Malanga jemals die Gelegenheit gegeben, zu glauben, daß du ihn liebst?«

»Nein.« Corinna strich sich die blonden Haare aus dem schwitzenden Gesicht. »Wir waren gute Freunde. Er sieht gut aus, unbestritten, er ist klug und mutig, er ist gar nicht der Typ des ostafrikanischen Schwarzen ... das alles sagte ich mir damals auf der Hotelterrasse in Kampala und war nett zu ihm. Außerdem versprach er mir, mich zur Farm zu bringen. Ich wußte ja nicht, was mit euch geschehen war. Alle offiziellen Stellen mauerten sich zu. Sogar die deutsche Botschaft wußte von nichts und mußte sich auf die Lügen des Ministeriums verlassen. Ich glaube, bis heute weiß die Welt noch nicht, was hier in Toro passiert. Überall hieß es: Eine Seuche grassiert in diesem Gebiet. Riesige Buschbrände, Heuschreckenschwärme. Nur von Bwambas wurde kein Wort gesagt. Und da kam dieser Dr. Malanga und erbot sich, mich nach Kitumba zu euch zu bringen. Wer sagt da nein?«

»Und dann?« fragte Robert Sander.

»Dann fuhren wir tagelang auf Schleichwegen durch die Savanne, bis Thorwaldsen zu uns stieß. Vorher begruben wir Vater und Mutter ... sie lagen noch so in den Trümmern, wie man sie zerhackt hatte. Da sie im Inneren des Hauses waren, kamen die Geier nicht an sie heran. Aber die Arbeiter ...« Corinna senkte den Kopf. Das Bild des Grauens stieg wieder vor ihr auf und das Versprechen Malangas: Ich werde die Schuldigen zur Rechenschaft ziehen! Wer ahnte damals, wer Malanga wirklich war?

»Und er hat nie mit dir über seine Liebe gesprochen?«

»Nie.«

»Hast du es nicht gemerkt?«

»Manchmal ... ja, da war ich unsicher. Er sah mich manchmal lange an, wenn er glaubte, er sei unbeobachtet. Aber dann sagte ich mir immer: Das ist unmöglich. Er weiß es genausogut wie du, daß es unmöglich ist. Er ist viel zu intelligent, um sich Hoffnungen zu machen. Es wäre ja auch absurd ...«

»Du hast seinen Stolz vergessen, Corinna.« Robert nahm wieder einen Schluck Wasser. »Du hast ihn immer in der Hoffnung gelassen, daß er dir nicht gleichgültig ist. Du hast in ihm die Sehnsucht wachgehalten. Das kann er nie vergessen.«

Corinna nickte. »Ich sehe das jetzt alles ein. Wer denkt an diese Probleme, wenn er durch die Steppe fährt, um seine verschleppten Geschwister zu suchen? Für mich war die Hauptsache, euch zu finden. Darum will ich ja auch mit Malanga sprechen. Ich muß ihm alles erklären ...«

»Ich glaube nicht, daß er jetzt noch Erklärungen annimmt.« Robert und die beiden Mädchen lauschten nach draußen. Lärm und Motorengebrumm klangen zu ihnen herein, eine Kompanie rückte ab nach Westen. Späher hatten gemeldet, daß Fallschirmjäger auf dem Weg zu den Ruwenzori-Bergen gelandet seien. Wie in einem Generalstab hatte Malanga auf den großen Spezialkarten, die er in London gekauft hatte und die nun auf einem langen Tisch ausgebreitet in der Königshütte lagen, den Einsatz seiner Truppen eingezeichnet und verschob sie jetzt. Aus Kampala hatte er Funkgeräte mitgebracht, die nun den Truppenführern der wichtigsten Einheiten zur Verfügung gestellt wurden. Die Trommelsignale gehörten der Vergangenheit an. Ab sofort zirpte es auch bei den Bwambas durch den Äther, wurden die Stoßtrupps blitzschnell hin und her dirigiert. McCallen bekam es zu spüren: Ein Zug Fallschirmjäger lief in eine Falle und wurde vollständig vernichtet. Knirschend malte er auf seiner Karte ein dickes Kreuz auf dieses Gebiet.

»Sie rücken ab«, sagte Robert an der Hüttenwand. »Das Lager löst sich auf.« Er sah auf seine beiden Schwestern, und diese verstanden seinen stummen Blick.

Das Ende. Wieviel Stunden noch Leben?

»Wir müssen tapfer sein«, sagte Robert mit erstickter Stimme. »Denken wir an Vater und Mutter, dann geht es leichter ... Glauben wir daran, daß wir sie in der anderen Welt wiedersehen. Mehr kann ich euch nicht sagen.«

Die Mädchen ergriffen sich bei den Händen und warteten. Gisela weinte leise vor sich hin. Da umfaßte Corinna sie, drückte sie an sich und streichelte ihre Haare. So hatte es Mutter immer getan.

Und die Stunden vergingen ... Stunden, die wie Jahre waren ...

Den ganzen Tag über rückten Kolonnen aus dem Lager ab. Aber andere kamen auch zurück. Sie berichteten von großen Massierungen der Regierungstruppen im Osten. Pausenlos griffen sie die Bunker in der Savanne an. Sie erreichten wenig damit, die Erdstellungen waren gut ausgebaut, aber trotzdem forderten die Bwambas Verstärkungen an, vor allem einige der eroberten Granatwerfer. Die List McCallens, Malangas Hauptmacht an der falschen Stelle zu binden, schien zu gelingen.

Malanga konnte selbst nicht entscheiden, er war mit seinem Jeep unterwegs zum Kampfgebiet im Westen, wo die Fallschirmjäger den Weg zu den Mondbergen abriegeln wollten. Ein Hauptmann, früher Feldwebel in der Uganda-Armee und auch ein Bwamba, hatte den Befehl über die zurückgebliebenen anderen Truppen übernommen. Er war unschlüssig, wollte nichts ohne Malanga entscheiden und schickte nur hundert Krieger in die Bunkerstellungen. So wurde es möglich – aus Angst vor der Verantwortung –, daß McCallens Plan nur einen halben Erfolg hatte. Die Mehrzahl der Bantus machte sich nach Westen auf. Die Mondberge mußten erreicht werden, und wenn der Weg mit Toten gepflastert würde. In den Bergen war die Freiheit, kamen Waffen aus dem Kongo, warteten an der Grenze Lastwagenkolonnen mit Nachschub, die auf gefährlichen Schleichpfaden über die Felsen zu den Bwambas gebracht werden sollten.

Am Abend öffnete sich die Hüttentür, und zu den Sander-Geschwistern schlüpfte eine Gestalt herein. Zunächst erkannte niemand den halbnackten, schmucklosen Bantu, der nur eine dreckige Khakishorthose trug und dessen Oberkörper mit Striemen bedeckt war, als habe man vor kurzem Peitschen an ihm ausprobiert. Doch dann schrie Gisela auf und flüchtete an die hinterste Wand der Hütte. Robert und Corinna bauten sich vor ihr auf, eine lebende Wand, zu allem entschlossen.

»Budumba ...«, wimmerte Gisela in höchster Angst. »Es ist Budumba ... Ich will nicht ... Bringt mich vorher um!«

Budumba stand in der Mitte der Hütte, ein entehrter, entmachteter, getretener Mensch; Abfall, der unter einem Blätterdach am Rande des Lagers hauste und den jeder anspuckte, der an ihm vorbeiging.

»Keine Angst«, sagte Budumba leise. »Hören Sie mit Schreien auf, Miß Sander. Ich komme als Freund.«

»Sie – als Freund?« sagte Robert bitter.

»Malanga ist mit den Truppen voraus. Kirugu bricht gerade seine Hütte ab. Wir sind allein. Ich habe noch ein paar Freunde, die an mich glauben und die mir helfen ... Vertrauen Sie mir. Ich kann Sie wegbringen lassen.«

»Sie? Der gemeinste Hund, den ich kenne?« Robert trat an Budumba heran. Einen Augenblick lang war er bereit, blitzschnell die Hände um den Hals des Bantus zu werfen und ihn zu erwürgen. Aber dann siegte die Klugheit. Wem nützte Budumbas Tod? Selbst Malanga hatte ihn leben lassen; die Jammergestalt am Rande des Volkes war ein größerer, immer gegenwärtiger Triumph als eine Leiche, von der nach vier Stunden die Geier nur das Gerippe übrigließen. »Was wollen Sie von uns?« fragte Robert hart.

»Ich habe alles organisiert. Dreihundert Meter weiter wartet ein Jeep auf Sie. Er ist vollgetankt und mit allem beladen, was Sie brauchen. Auch zwei Gewehre liegen auf den Sitzen. Wasser ist genug in den Kanistern. Ich führe Sie in der Nacht hin, und Sie können wegfahren.«

»Das ist doch eine Falle, Budumba«, sagte Robert, schneller atmend. »Wenn wir vor dem Wagen stehen, erschießt man uns von hinten. Flucht ist ein guter Grund ...«

»Was habt ihr mit Thorwaldsen gemacht?« rief Corinna. »Hat Malanga ihn getötet?«

»Mr. Thorwaldsen lebt in einer Hütte dreißig Meter entfernt von hier. Es geht ihm gut. Ich war schon bei ihm. Er hat zugesagt.«

Robert drehte sich zu seinen Schwestern um. Sein Blick war eine stumme Frage: Wollen wir es wagen? Wollen wir Budumba vertrauen? Und wenn es doch eine Falle ist ...

»Es kürzt den Prozeß nur ab«, sagte Corinna starr, die die gleichen Gedanken hatte. »Es ist besser, als wie ein räudiger Hund erschlagen zu werden.«

»Wir sind bereit.« Robert wandte sich wieder zu Budumba. »Warum tun Sie das, Budumba? Woher diese plötzliche Freundlichkeit?«

»Fragen Sie nicht, Mr. Sander.« Budumbas Gesicht war verschlossen. »Um Mitternacht hole ich Sie ab.«

Wie ein Schatten verschwand er wieder aus der Hütte.

Die Stunden bis zum Wiedererscheinen Budumbas dehnten sich noch länger als das vorherige Warten auf die Rache Malangas. Da sie keine Uhr mehr hatten, war auch das Gefühl für die Zeit verkümmert. Wie lange dauerte eine Minute? Wie endlos ist eine Stunde? Wieviel Uhr ist es überhaupt?

Endlich schwang die Tür wieder auf. Budumba stand, gegen den helleren Nachthimmel deutlich sichtbar, im Eingang und winkte stumm.

Noch einmal zögerte Robert. Was war außerhalb der Hütte? Wirklich die rätselhafte Freiheit – oder der Tod?

»Kommt!« sagte er dann rauh und faßte Corinna und Gisela unter. »Kopf hoch. Was auch kommt, die Sanders sind keine Feiglinge.«

Aber nichts geschah, als sie aus der Hütte traten. Budumba war allein, die Wachen schienen sich verkrochen zu haben.

Ungefähr vierhundert Meter gingen sie stumm hinter Budumba her durch die Savanne, bahnten sich einen Pfad durch das hohe Elefantengras. Dann blitzte kurz eine Taschenlampe auf, sie traten auf einen Pfad, und hier stand der versprochene Jeep. Eine Gestalt, die hinter dem Steuer hockte, sprang auf die Erde.

Thorwaldsen.

»Mein Gott, Sie leben!« schrie Corinna auf. Sie umarmte Thorwaldsen und merkte gar nicht, daß er sie küßte, so erschüttert war sie.

»Keine langen Reden«, sagte Thorwaldsen energisch. »Einsteigen und ab. Zu Erklärungen haben wir später viel, viel Zeit. Erst einmal Staub zwischen uns und die Bantus bringen!« Er wandte sich an Budumba, der still neben dem Pfad stand. »Und du, du Rabenaas, willst doch hoffentlich keinen Dank. Warum du das getan hast, weiß der Teufel! Los! Einsteigen!«

Er schwang sich hinter das Steuer, ließ den Motor an, und es war ein herrlicher Klang. Freiheit ... Freiheit ... Leben tuckerte die Maschine. Es war ein Ton, der die Seele aufriß.

Der Jeep machte einen Satz nach vorn, als Thorwaldsen die Kupplung losließ, hüpfte über den unebenen Boden, war nach wenigen Sekunden in der Dunkelheit der Nacht verschwunden. Budumba blieb stehen und starrte in die Finsternis, aus der noch das Motorengebrumm zu ihm herüberflog.

Das trifft Malanga mehr als alle Niederlagen, dachte er,

das wird ihn vernichten. Das raubt ihm die Kraft. Er hat mich zu einem Hund gemacht ... damit mache ich ihn zu einem irren Trottel! Er wird ihr nachlaufen, er wird sein Volk vergessen, und die große Zeit Budumbas wird wiederkommen.

Fahrt, ihr Weißen. Fahrt!

Je weiter ihr kommt, um so armseliger wird Malanga sein ...

Gegen Morgen funkte Kirugu die Nachricht zur II. Kompanie, wohin Malanga unterwegs war. Budumba selbst hatte die leere Hütte gemeldet.

»Corinna und die anderen sind entflohen«, tickte es in den Morgenhimmel.

Malanga schaltete das Funkgerät ab und senkte den Kopf. Sein Gesicht war eine Maske aus schwarzem Eisen. Sein Herz schlug wie wild.

»Umdrehen!« sagte er zu seinem Fahrer. »Zurück!«

Während der Wagen den Weg zurückraste, in der gleichen Spur, die er bei der Hinfahrt durch die Steppe geschlagen hatte, lehnte sich Malanga zurück und schloß die Augen. Die geballten Fäuste lagen in seinem Schoß.

Ich werde sie jagen, dachte er. Ich werde sie bis ans Ende der Welt jagen.

Die Rückkehr Malangas in das Hauptlager war wie ein heißer Sturm.

Ein großer Teil der Bwambas war bereits in langen Kolonnen auf dem Weg zu den Mondbergen, das Königszelt war abgebrochen, Kirugus tragbarer Thron neu gebaut, im Osten standen die Kompanien in ständigem Kampf mit beweglichen Truppen der Regierung, die nach einem neuen Verfahren, das McCallen ausgearbeitet hatte, wie Insekten plötzlich auftauchten, die Erdbunker mit Granatwerfern beschossen und dann wieder im Busch verschwanden, ohne den Versuch zu unternehmen, die Bunker auch zu stürmen. Die Besatzungen funkten daraufhin verzweifelt nach Verstärkungen. Genau das wollte McCallen. Eine Schwächung der Westfront, wo seine versteckten Fallschirmjäger die Masse der Bwambas erwarteten.

Kirugu kam Malanga entgegen, als dessen Jeep mit knirschenden Bremsen hielt. Aber er kam nicht dazu, etwas zu sagen. Der Anblick Malangas war zu schrecklich. Sein schwarzes, ebenmäßiges, schönes Gesicht war nun rotgelb mit Staub überzogen, aus dem die Augen hervorglühten, als seien sie glimmende Kohlenstücke. Mit bloßen Händen, die Finger gespreizt, kam er auf Kirugu zu.

»Wo ist Budumba?« fragte er. Auch seine Stimme hatte sich verändert. Sie war rauh, wie über rostiges Blech gehaucht. Kirugu zog die Schultern hoch. Er war ein alter Mann, er lebte nur noch für sein Volk. Was jetzt hier geschehen würde, wollte er weder hören noch sehen. Es war die Abrechnung zwischen zwei Menschen, für deren Haß es auf dieser Welt keinen Platz mehr gab.

Stumm zeigte Kirugu nach hinten in das Gewirr der eingerissenen Hütten und die Berge von zurückgelassenem Unrat. Malanga nickte und ging weiter. Der Jeep blieb mit laufendem Motor stehen. Ein kurzer Aufenthalt, dachte Kirugu. Als wenn ein Mann schnell einen Becher Wasser trinken muß. Schaudernd hob er die Schultern noch höher und entfernte sich schnell zu der Kolonne, die um seinen tragbaren Thron stand.

»Was steht ihr herum?« brüllte er, als er die Gesichter der Männer sah, die Malanga nachstarrten. »Ist alles bereit? Können wir abrücken?«

»Du kannst dich setzen, großer Kirugu«, antwortete der Kommandeur der Königstruppe, zweihundert ausgesuchte Bantus, groß, kräftig, die besten Männer des Stammes. Er reichte Kirugu die Hand, und dieser stieg auf die Sänfte, setzte sich in den geschnitzten Stuhl und hielt sich an den Seitenlehnen fest, als die acht Träger das Gestänge gleichmäßig, mit einem dumpfen Anfeuerungsruf, auf die nackten Schultern hoben.

Kirugu wandte den Kopf zu den Mondbergen. Er wollte nicht sehen, was dort zwischen den Hütten geschah. »Los!« kommandierte er. Dann lehnte er sich zurück, schloß die Augen und genoß das leise Schaukeln seiner Thronsänfte. Um ihn herum tappten zweihundert Krieger, knirschte der Steppenboden unter vierhundert nackten, schwarzen Füßen. Vor ihm zogen in drei Kolonnen, wie drei riesige Schlangen, die Bwambas durch das hohe Elefantengras. Ein Volk war im Aufbruch, ein Volk sah von ferne, im weißblauen Licht gleißender Sonne seine neue Heimat.

Die Wälder ... ein Reichtum ohnegleichen, wenn man die Schätze zu erkennen und zu verwerten versteht.

Die Berge mit ihren fruchtbaren Tälern und Hochebenen.

Die Felsen, natürliche Festungen gegen alle Feinde.

Und über allem, in den Wolken und im ewigen Schnee, die Götter.

Laßt Malanga leben, betete Kirugu stumm zu ihnen, während er durch das hohe Gras geschaukelt wurde. Wir brauchen ihn, er ist Kopf und Seele unseres Volkes. Was sind wir ohne ihn? Heimatlose in der Savanne, Vagabunden, Ausgestoßene. Erst er macht aus uns ein Volk. Laßt ihn leben – oder wir ziehen jetzt in das Vergessen. Mit ihm werden auch wir zugrunde gehen.

Malanga hatte die Hütte erreicht, die Budumba als letzter Unterschlupf diente. Eine alte, morsche Grashütte, am Rande des Lagers, dort, wo man den Unrat hintrug und in Haufen aufrichtete. Kein Hund würde hier wohnen ... Budumba mußte es nach seiner Entzauberung.

Als er Malanga kommen sah, atmete er auf. Er hatte ihn erwartet. So sieht der Tod aus, dachte er, und es war keinerlei Schrecken in diesen Gedanken. Nur eine große Leere umgab ihn, eine Nüchternheit, die plötzlich die Welt entzauberte. Alles schien seine Farbe zu verlieren ... die Gräser, die Bäume, der Himmel, der Boden ... sie waren gleich, grau und dumpf, und alle Geräusche verloren den Klang und wurden zu einem eintönigen Summen.

Malanga verhielt den Schritt nicht, als Budumba ihm von seiner Hütte aus entgegenkam. Er hinkte etwas, der Verband um die Oberschenkelwunde war verrutscht. Die Wunde brannte etwas, aber auch das spürte Budumba nicht mehr, als er Malangas Augen sah.

Zwei Meter voreinander blieben sie stehen.

»Wo ist Corinna?« sagte Malanga heiser.

»Fort. Mit einem Jeep, mit Waffen und Verpflegung für eine Woche. Wenn sie gut fahren, können sie morgen die Regierungstruppen erreichen.« Budumbas Stimme war voll Triumph. Sein Gesicht glänzte wie nach einer seiner wirkungsvollsten Zaubereien. »Du siehst sie nicht wieder!«

»Welch ein Schwein bist du«, sagte Malanga leise. »Welch ein Schwein.«

»Besser ein Schwein als ein Idiot!« Budumbas Lachen gellte in den Ohren Malangas wie das Geschmetter von hundert Posaunen. Er verzog das Gesicht vor diesem brüllenden Ton, seine Augen verengten sich. »Jawohl, ein Idiot!« schrie Budumba. »Hast du geglaubt, du könntest das weiße Mädchen heiraten? Hast du bei ihr auf Liebe gehofft? Oh, du Verrückter! Was hast du denn an dir, daß sie dich lieben könnte? Deine Erziehung in der Missionsschule, deine Kunst, mit Messer und Gabel zu essen, einen Hummer so zu zerteilen, daß du auch an der Tafel des Hilton-Hotels essen könntest? Dein Studium? Deinen Doktortitel? Deine Manieren eines Gentleman? Daß du drei Sprachen sprechen kannst? Daß du Walzer tanzt? Daß du Maßanzüge trägst statt Lendentücher? Du Idiot! Du Idiot! Was du auch tust, deine Haut bleibt schwarz! Deine Nase bleibt breit, deine Lippen bleiben wulstig. Und wenn du dich schminkst und bepuderst, und wenn du alles machst ... du bleibst ein Neger! Was nützt dir da dein Latein, was nützen deine Liebesgedichte? Ein Mädchen wie Corinna müßte blind sein, um dich zu lieben – und selbst dann merkt sie es noch an dem Geruch, den wir ausströmen! Und du willst ein Leben mit ihr führen, willst sie heiraten und Kinder kriegen, kleine braune Malangas, die wie häßliche Erdklumpen aussehen, wenn sie an der Brust ihrer weißen Mutter liegen ... Du Idiot! Du Idiot!«

Malanga hatte Budumbas Triumphgeschrei nicht unterbrochen. Starr, mit hochaufgerichtetem Kopf, ließ er die Flut der Beschimpfungen über sich ergehen. Die Worte waren wie Säure, sie zerfraßen die letzte Menschlichkeit in ihm. Erst als Budumba erschöpft mit Reden aufhörte, fragte er langsam:

»Hat sie das zu dir gesagt?«

»Ja!« jauchzte Budumba, diese neue Möglichkeit, Malanga innerlich zu zerfetzen, sofort ausnützend.

»Nabu ... ich frage dich: Hat sie so über mich gesprochen?«

»Ja! Ja! Sie nannte dich einen schwarzen Affen!« Budumba klatschte in die Hände. »Ich hätte sie dafür küssen können.«

»Es ist gut.« Malanga nickte kurz. In ihm loderte ein Flammenmeer. Sie hat es nie gesagt, dachte er. Nie! Sie kann gar nicht so denken. Aber wenn sie auch nicht so denkt ... ihr unbewußtes Gefühl, ihre Abwehr, ihr Ausweichen vor mir wird von diesen Gedanken diktiert. So denkt sie nicht, so fühlt sie bloß, diese Gedanken sind in ihrem Blut. Und dabei bin ich doch auch nur ein Mensch wie sie ...

Blitzschnell, ohne vorherige Anzeichen, griff er zu. Es geschah so schnell, daß Budumba nicht eine Sekunde blieb, sich zu wehren. Als er begriff, daß Malanga angegriffen hatte, war sein Hals schon umklammert und schrie seine Lunge nach Luft.

Nur zwei Sekunden lebte Budumba noch mit wachem Verstand, sah die Sonne schwanken, den Himmel sich drehen. Die Welt zerplatzte in rasend rotierende Punkte. Dann senkte sich Nacht über ihn, der Druck auf den Kehlkopf unterbrach seine Verbindung zur Welt.

Mit starrem Gesicht trug Malanga den schlaffen Körper Budumbas zu einem großen Haufen Unrat. Faulendes Gemüse, Abfälle, Rinderdreck und mit Sand überdeckte menschliche Exkremente bildeten einen über einen Meter hohen Berg. Mückenschwärme umkreisten den stinkenden Hügel wie eine summende Nebelwolke.

Wie einen Speer hob Malanga den Körper Budumbas hoch. Mit beiden Armen, mit all seiner Kraft und seinem inneren Schmerz, seiner Wut und seiner Enttäuschung hielt er Budumba über seinem Kopf, atmete schwer auf und rammte dann den Körper mit dem Kopf zuerst tief in den gärenden, breiigen, jauchigen Berg. So tief schleuderte er Budumba hinein, daß nur noch die Beine bis zu den Knien herausschauten, als seien diese schwarzen Unterschenkel mit den Füßen und den weißen Sohlen ebenfalls Unrat, den man weggeworfen hatte.

Es war der schrecklichste Tod, den Malanga je gesehen hatte. Ein paar Sekunden zuckten die Beine noch, bewegten sich die Füße ruckartig, knickten die Knie ein und stießen die Beine wieder von sich ... dann staken sie plötzlich ruhig in dem faulenden Berg wie zwei schwarze, hölzerne Pfähle.

Budumba war erstickt.

Mit regungslosem Gesicht wandte sich Malanga ab, ging schnell und dann immer schneller zu seinem Jeep zurück, sprang hinein, löste die Bremse und gab Gas. Mit heulendem Motor jagte er nach Osten, weg von den Mondbergen, denen sein Volk entgegenzog.

Ich werde sie einholen, dachte er, als er der Sonne entgegenraste. Ich werde sie einholen! Es ist die letzte Aufgabe, die ich im Leben noch zu erfüllen habe.

Thorwaldsen und Robert Sander wechselten sich im Fahren ab. Die Mädchen lagen hinten auf den Sitzen und schliefen erschöpft. Sie wußten, daß sie die Freiheit noch nicht erreicht hatten und daß es darauf ankam, so viele Meilen zwischen sich und Malangas Bantus zu bringen, wie es nur möglich war. So fuhren sie die ganze Nacht hindurch und auch den ganzen Tag, hielten nicht einmal zum Essen, sondern ließen sich von Corinna und Gisela die Kekse in den Mund schieben und tranken mit einer Hand aus der Flasche.

Einmal, es war gegen Mittag, sahen sie einen Trupp Bwambas unter einer Euphorbiengruppe stehen. Robert steuerte den Jeep, Thorwaldsen tat das einzig Richtige: Er legte das von Budumba erhaltene Schnellfeuergewehr an und befahl: »Drauf, Robert! Kopf einziehen, Kinder! Kriecht hinter die Vordersitze ...« Und dann schoß er mit einer Präzision, als läge er auf einem Schießstand. Schreiend stoben die Bwambas auseinander, als drei ihrer Leute wie Puppen nach hinten stürzten. Corinna sah mit zuckendem Gesicht diesem sinnlosen Sterben zu, Gisela hatte beide Hände vor die Augen gedrückt und zitterte.

»Es muß sein«, sagte Thorwaldsen, als der Jeep einen

Bogen machte und ungehindert weiterfahren konnte. »Robert wird mir recht geben, Corinna: Um das eigene Leben zu retten, darf man nicht daran denken, daß dort Leben vernichtet wird. Das ist gemein, ich weiß, aber sollen wir uns abschlachten lassen? Es ist Notwehr.«

Von ganz fern – genau konnte es keiner bestimmen – hörten sie in Abständen Artilleriefeuer. Die leichten Geschütze, die McCallen herangeschafft hatte, begannen mit der Beschießung des Befestigungsringes. Thorwaldsen hielt einen Augenblick an, um zu lauschen.

»Wo das ist«, sagte er gepreßt, »ist völlig gleichgültig. Es beweist aber, daß wir uns noch im Aufmarschgebiet der Bwambas befinden. Wir sind noch nicht durch! Überall kann also der Mist wieder losgehen! Verdammt noch mal ... weiter!«

Am Nachmittag erlebten sie eine Überraschung.

Sie hüpften einen Pfad hinunter, der an einem Fluß endete, wo eine schmale hölzerne Balkenbrücke der einzige Übergang war, so schmal, daß neben den Rädern des Jeeps links und rechts genau sechs Zentimeter Platz blieben, als vor ihnen plötzlich ein dunkler Gegenstand auftauchte. Zuerst sah er wie ein grauer Stein aus ... aber als sie näher kamen, erkannten sie einen dreckiiberzogenen, mit Grasbüscheln getarnten, anderen Jeep. Thorwaldsen hielt an. Robert Sander riß sein Gewehr von den Knien. Corinna legte den Arm um Gisela.

»Sei ruhig«, sagte sie merkwürdig gefaßt. »Auch das werden wir schnell hinter uns haben.«

Vor ihnen, zwischen dem Fluß und der Brücke, stand Malanga.

Wie er es geschafft hatte, auf anderen Wegen die Flüchtenden zu überholen und nun hier zu stehen, blieb für immer unbekannt und rätselhaft. Es mutete wie ein Wunder an, aber es war keine Luftspiegelung. Malanga stand neben seinem Jeep, groß, schlank und hochaufgerichtet. Der Herr dieses Landes, der Rächer seiner schwarzen Haut, der Mann, der mit dieser Stunde sein Leben erfüllte.

Auch Thorwaldsen war ganz ruhig, als er aus dem Jeep kletterte und ein wenig mit den Beinen stampfte, um die steif gewordenen Fußgelenke zu lockern. »Dann wollen wir mal!« sagte er dann, so als ginge es um ein Preiskegeln. »Bleibt hier ... ich mache das allein.«

»Unmöglich!« Robert Sander sprang hinterher. »Das machen wir gemeinsam!«

Bevor Thorwaldsen etwas sagen konnte, war auch Corinna neben ihm. Ihr blondes Haar flatterte im Wind und umwehte ihr zu allem entschlossenes Gesicht.

»Laßt mich mit ihm sprechen«, sagte sie. »Es ist besser so ...«

»Zurück!« Thorwaldsen zog den Kopf ein. »In den Wagen, verdammt noch mal!« Und plötzlich brüllte er. »Genügt es nicht, wenn zwei Sanders begraben wurden? Immer dieses Heldenspielen! Zum Kotzen ist das! Zurück, sag ich! Das ist meine Angelegenheit! Der Herr dort und ich, wir haben ein privates Problem, das mit den Sanders nichts zu tun hat! Robert –« Er faßte Robert Sander am Hemd und riß ihn zurück. »Du nimmst deine Schwester und sorgst dafür, daß sie keine Dummheiten macht! Corinna –«, er stellte sich ihr in den Weg, als sie an ihm vorbei zu Malanga laufen wollte. »Sie haben ein herrliches Leben vor sich. Warum wollen Sie es wegwerfen? Es gibt keine Verhandlungen mehr, glauben Sie mir. Dort drüben steht nicht mehr der Dr. Julius Malanga, sondern ein schwarzer Löwe, weiter nichts. Alle Worte, die Sie sprechen, erreichen ihn nicht mehr! Auch Ihre blonden Haare, Ihre blauen Augen, Ihre weiße Haut – sie machen keinen Eindruck mehr. Dort drüben wartet die Wildnis, und mit der kenne ich mich aus! Ich flehe Sie an, gehen Sie zurück in den Wagen! Ich ... ich bitte Sie darum ... weil ich Sie liebe, Corinna ...«

Nun war es heraus. Zu spät, im Augenblick des Schicksals, das nur einen Überlebenden kannte. Wer es sein würde, das wußte keiner. Aber Thorwaldsen war glücklich, es jetzt endlich gesagt zu haben. Er lächelte fast verträumt, als sich Corinna zu ihm hinbeugte und ihm einen Kuß gab.

»Wir werden nie heiraten, Corinna«, sagte er, »auch wenn ich nachher wieder zu euch zurückkommen sollte. Ich passe nicht in die Welt, die dir gehört. Ich bin ein Jäger und Abenteurer, ein Lumpenkerl und Aasgeier, ein Tier dieser Steppe mit einem menschenähnlichen Äußeren. Aber es hat gutgetan, daß es ein Mädchen gibt, das mich küßt.« Er wischte sich über die Augen und straffte sich dann. »So, und jetzt in den Wagen!«

»Ich gehe mit!« sagte Corinna laut und umklammerte seinen Arm. Thorwaldsen schüttelte sie ab.

»Blödsinn!« schrie er wieder in seiner alten Art. »Corinna, wenn Sie mir lästig werden, ohrfeige ich Sie zum Wagen zurück, so wahr ich Hendrik heiße! Lassen Sie dieses dämliche ›Ich will bei dir sein‹ ... ich mache diese Sache hier ganz allein ...«

Er stieß Corinna ziemlich grob in die Arme Roberts und verließ mit schnellen, weitausgreifenden Schritten den Jeep.

Malanga kam ihm nur vier Schritte entgegen und blieb dann stehen. Unter den Arm geklemmt trug er zwei breitklingige, blitzende Macheten; scharfe Buschmesser, mit denen man sich einen Weg durch das verfilzte Gehölz schlagen kann und mit denen die Eingeborenen sogar Bäume fällen.

Malangas Augen waren traurig. Er hatte gesehen, wie Corinna vorhin Thorwaldsen geküßt hatte, und er empfand es als eine Demonstration gegen sich. Sieh, sollte das heißen, ihn liebe ich, ihn küsse ich ... er ist ein Weißer!

»Sie haben kein Gewehr bei sich, Sir?« sagte Malanga, als sich Thorwaldsen ihm auf Sprechnähe genähert hatte.

»Nein!« Thorwaldsens Stimme war voll von Kraft. »Auch keine Pistole. Nichts. Ich erwarte, daß Sie fair sind, Malanga. Vielleicht ist das das einzige, was Sie von Ihrer europäischen Bildung übrigbehalten haben.«

Malanga schluckte auch das mit eisernem Gesicht. Er nahm eine der Macheten am Griff und warf sie Thorwaldsen zu. Kurz vor seinen Füßen klatschte sie auf den Boden. Die breite Schneide blitzte in der grellen Sonne. Thorwaldsen bückte sich, hob das Buschmesser auf und wog es in der Hand.

»Damit also?« fragte er gepreßt.

»Ja.«

»Fäuste wären mir lieber. Mit Macheten habe ich wenig Übung.«

»Ich hatte auch keine Übung, aus Fallgruben zu klettern, Sir«, antwortete Malanga höflich. Thorwaldsen nickte.

»Da haben Sie recht, Doc!« Er umklammerte das breite Buschmesser und holte tief Atem. »Zerhacken wir uns also!«

Sie standen sich gegenüber, die Macheten in der Hand, und belauerten sich. Vom Jeep herüber scholl ein Aufschrei. Dort hielt Robert seine Schwester Corinna umklammert. Sie wehrte sich, trat um sich und schlug mit den Fäusten auf ihn ein. »Laß mich zu ihm!« schrie sie. »Das ist doch unmenschlich! Laß mich mit Malanga sprechen!«

Thorwaldsen hörte die Schreie hinter sich. Über sein Gesicht zog ein Lächeln.

»Corinna hat Angst. Hören Sie ... sie will mit Ihnen sprechen, Doc. Aber ich habe es verhindert. Ob sie sich nun um mich oder Sie sorgt, das ist jetzt gleichgültig.«

»Hat Corinna mich einen Nigger genannt?«

»Nie!«

»Würde sie mich lieben können?«

»Schwer zu sagen.« Thorwaldsen beobachtete die Augen Malangas. Erfolgte ein Angriff, warfen die Augen den Blitz der Entscheidung voraus. »Vielleicht hätte sie es gekonnt, wenn sie Sie in Heidelberg getroffen hätte, als Arzt, als Kollegen. Jetzt, als Führer der Bwambas, die ihre Eltern zerhackt haben, die ihre Geschwister verschleppten, die mordend und brennend durchs Land zogen, haben Sie keine Chancen mehr. Sie sind nicht an Ihrer Hautfarbe gescheitert, Malanga, sondern an Ihrem Volk.«

»Ich danke Ihnen, Sir.« Malanga machte eine leichte Verbeugung. »Sie wissen nicht, was diese Worte für mich bedeuten. Sie machen mich glücklich. Ich weiß jetzt, daß ich als Mensch akzeptiert werde, daß Herzen stärker sind als Pigmente. Es ist ein schönes Gefühl, Sir. Sie werden es nie nachempfinden können. Daß der Kampf meines Volkes um seine Freiheit mich in den Strudel hineinreißt, ist etwas anderes. Es ist meine Tragik, nicht Ihre. Ihre Tragik ist es, sich nicht wie ein Gentleman benommen zu haben, als es darum ging, einem Hilflosen zu helfen. Das ist unverzeihlich.«

Malanga hob die breite, blitzende Klinge. Auch Thorwaldsens Machete zuckte hoch. Klirrend stießen sie gegeneinander. Vom Jeep her ertönte wieder ein lauter Aufschrei. Corinna kämpfte mit Robert, der sie mit beiden Armen umklammert hielt.

»Nicht!« schrie sie. »Nicht! Ihr Verrückten!«

Malanga sah mit einem langen, wehmütigen Blick hinüber zum Jeep. Es war ein Abschied für immer. Dann sprang er vor, wie ein Panther, der sich auf die Beute schnellt, und hieb gleichzeitig zu. Der Streich traf Thorwaldsen an der linken Schulter und schlug eine tiefe, klaffende Wunde, aus der sofort in einem breiten Strahl das Blut schoß.

Thorwaldsen schwankte nicht. Sein Gesicht wurde nur bleich, seine Zähne knirschten. Mit ungeheurer Kraft schlug auch er zu. Seine breite Klinge schnitt tief in den Oberarm Malangas, bis auf den Knochen. Dann standen sie sich wieder gegenüber, schwer atmend. Ihre Körper zuckten.

»Ich schlage dir den Kopf ab ...«, sagte Thorwaldsen keuchend.

»Ich habe das gleiche vor, Sir ...«, entgegnete Malanga.

Sie hoben die breiten Messer, diese Hauklingen, mit denen man armdicke Äste zerfetzt, und visierten sich gegenseitig an. Sie wußten: Wer zuerst schlug, war der Sieger. Aber er mußte genau schlagen. Den Gegenschlag überlebte er sonst selbst nicht mehr.

Fast gleichzeitig sprangen sie aufeinander zu. Die Macheten zischten durch die Luft, fielen nieder. Es war ein Aufprall wie beim Zusammenstoß zweier Kolosse, sie lagen aneinander, ihr Blut vermischte sich, ihre Körper schienen aufzuschreien ... dann fielen sie auseinander wie zwei Hälften einer geteilten Frucht.

Thorwaldsens Kopf war unversehrt, aber der Hieb hatte seine Schulter bis zu den Rippen aufgespalten. Aus der Arterie schoß in hohem Bogen das Blut ... er schwankte noch zwei Schritte, ließ dann die Machete fallen und fiel nach vorn auf das Gesicht. Dort starb er, aufgehackt wie ein Schwein, in einem See von Blut.

Malanga stand noch, als Thorwaldsen fiel. Sein linker Arm war abgeschlagen, auch aus ihm spritzte das Blut, aber er hatte noch die Kraft, hinüberzusehen zu dem Jeep. Dort lag Corinna ohnmächtig in den Armen Roberts, der ungläubig auf die blutigen Wesen starrte, die einmal Menschen gewesen waren.

Malanga ließ die Machete fallen und drückte die Hand flach auf den linken Armstumpf, als könne er damit die Blutung stillen. Er versuchte einen Schritt, aber die Beine knickten ihm weg, er fiel in die Knie, und unaufhaltsam spritzte das Blut und damit die Kraft aus ihm heraus.

Was dann geschah, mußten die zornigen Götter veranlaßt haben ... so erzählten es sich später die Bantus.

Aus dem hohen Gras neben dem Fluß trat ein Löwe. Es war die Zeit der Abenddämmerung, er war zur Tränke gegangen, und auf dem Weg dorthin hatte er Menschen gerochen, was ihm unangenehm war. Aber dann wehte etwas zu ihm, was ihn reizte, was ihn zittern ließ, was ihn in all seiner Wildheit aufrief: Blut!

Nun stand er da, roch das Blut, sah das Blut, sah ein Wesen, das sich wand und zuckte, das wegkriechen wollte ... und er senkte zuerst den Kopf, duckte dann seinen braunen Körper, schlug mit dem quastigen Schweif den trockenen Boden, fuhr sich mit der Zunge über die Zähne und die Lefzen, hieb für einen Löwen die Krallen in die Erde und atmete wieder den Geruch ein, der der schönste auf Erden ist.

Blut –

Ganz kurz brüllte er auf, es war wie ein lauter Atem. Malanga fuhr auf den Knien herum, die Hand noch auf seinen Armstumpf gepreßt. Auge in Auge mit dem Löwen war er, die Machete lag unerreichbar von ihm entfernt, und das Blut spritzte zwischen seinen Fingern hindurch in die Richtung des lauernden, geduckten Raubtieres.

»Simba«, sagte Malanga mit trockener Kehle. »O Simba ... Lala salama ..., gute Nacht.«

Mit weit offenen Augen starrte Malanga den Löwen an,

als dieser aus seiner geduckten Stellung herausschnellte und sich auf ihn warf. Die Pranken hieben Malanga in die Brust, er fiel nach hinten, und das letzte, was er sah, hörte und roch, war der weit aufgerissene, hechelnde, nach Verwesung riechende Rachen des Löwen. Den Biß, mit dem seine Kehle durchrissen wurde, spürte er schon nicht mehr ... sein Herz versagte, bevor er von den Klauen des Löwen zerfetzt wurde.

Man begrub Thorwaldsen und Malanga nebeneinander am Ufer des Flusses. Robert Sander zimmerte aus Palmenholz ein großes Kreuz und steckte es auf den Hügel.

Am Morgen des nächsten Tages erreichten sie die Vortruppen der Regierungssoldaten. Ein Hubschrauber flog sie sofort nach Fort Portal, wo sie Mike Harris trafen, der unter Arrest stand, weil er McCallen grob beleidigt hatte. Wie Ingeborg Kraemer hatte auch Harris die Auskunft erhalten, man könne wegen einer Familie Sander nicht den ganzen Kriegsplan ändern. Daraufhin hatte Mike den alten Oberst McCallen einen Hundsfott genannt, den man in Old England früher an den Mast gebunden hätte, um ihn zehn Tage lang zu bepinkeln! McCallen, ein Ästhet trotz allem, nahm das übel und stellte Harris unter Arrest.

Die Bwambas erreichten die Mondberge nie. Vor dem Riegel der Fallschirmjäger wichen sie zurück. Als die Regierungstruppen stürmten, ergaben sie sich. Es fehlte Malanga, der große Arzt, es fehlte auch Budumba, der große Zauberer. Kirugu, der alte Mann auf dem Thron, ließ sich weinend abtransportieren in das Gefängnis von Fort Portal. Fünftausend Bwambas zogen später zurück in ihre alten Gebiete, in die Savanne, an den See, an den Rand der Sümpfe. Und oft standen die, die näher an den Bergen lebten, vor ihren Hütten und sahen hinüber zu den Mondbergen, wo das Paradies liegen sollte unter den Augen der Götter.

Kam ein neuer Malanga?

Wann würde er kommen, das Volk in das Glück führen?

Warum hatten die Götter ihn bestraft?

Die Welt erfuhr nichts von diesem Krieg. Nur eine kurze Meldung – das war alles: »Im Westen Ugandas, so wird gemeldet, sind einige Unruhen unter einem Bantustamm ausgebrochen. Beamten der Regierung gelang es, schnell wieder Frieden herzustellen. Die Bantus wollten bessere Felder, was ihnen zugesichert wurde.«

Weiter nichts. In Europa erfuhr es überhaupt niemand.

Die Liebe zu ihrem Beruf war für Ingeborg Kraemer stärker als ihre Liebe zu Robert Sander.

Robert und Gisela Sander begannen die Farm in Kitumba wieder aufzubauen. Mike Harris half ihnen mit allen Arbeitern und Maschinen.

Corinna kehrte zurück nach Deutschland. Sie wurde Ärztin in Wuppertal und nahm sich vor, jedes Jahr zwei Monate in Kitumba zu verbringen.

Aber das Kreuz am Fluß fand sie nie mehr wieder. Der Wind hatte es weggerissen, und der Fluß hatte es bei Hochwasser mitgenommen in die Weite des afrikanischen Landes. Auch der Erdhügel war verweht, unter dem Thorwaldsen und Malanga gemeinsam lagen ... Aber was macht's?

Die wenigen Menschen, die wußten, wo sie sich befanden, standen ab und zu an dieser Stelle am Fluß, etwa dort, wo das Grab sein mußte, und wenn die Abenddämmerung über die Savanne kroch, sahen sie die Löwen zur Tränke ziehen, sahen, wie sie sich duckten und das Wasser schlürften, sich schüttelten und gähnend reckten, Könige dieses

Landes, dessen Zauber einem auf der Zunge lag wie ein berauschendes Gewürz.

Und dann gingen die Löwen zurück über ihren alten Pfad, vorbei an dem Grab. So wird es immer sein, Jahr um Jahr: ein kraftvolles, gewaltiges Leben, das über Gräber schreitet.

Afrika lebt. Auch heute. So wie damals. Und morgen.

Während der sechziger Jahre arbeiteten vier junge Frauen in einem exklusiven Juweliergeschäft. Eine enge Freundschaft verband Natasha, Prudence, Rachel und Maisie.
Viele Jahre später kehrt Natasha, frisch geschieden, mit ihrer fünfzehnjährigen Tochter aus Amerika zurück und beschließt, ein Wiedersehen zu organisieren. Prudence, stets von Geheimnissen umgeben, schlägt eine Zusammenkunft in ihrem Haus in Malvern Hill vor. Nur zu gern verläßt Rachel – mit ihrem ehemaligen Chef verheiratet – eine problematische häusliche Situation, um ihre Freundinnen wiederzusehen. Nur Maisie, vielleicht die verletzlichste der vier, Mutter von fünf Kindern und Ehefrau des unberechenbaren Edward, erscheint nicht in Malvern Hills. Ihr dramatisches Verschwinden hat schwerwiegende Folgen für Leben und Schicksal der drei anderen.

ISBN 3-404-14284-5

BASTEI
LÜBBE

Die Sowjetunion plant ein aufsehenerregendes Kanalprojekt: Der Lauf zweier Flüsse soll umgedreht werden, um die sibirische Steppe zur üppigen Kornkammer Rußlands zu machen. Eine Umweltkatastrophe ungeheuren Ausmaßes in anderen Erdteilen könnte die Folge sein.
Aus dem In- und Ausland kommen massive Proteste. Da taucht eines Tages aus den Weiten der Steppe ein Fremder auf, der behauptet, »Spezialist« für derartige Fälle zu sein, Er handelt, und das sibirische Roulette kommt ins Rollen ...

ISBN 3-404-14251-9

BASTEI LÜBBE